Garibaldi T. Neto

NIRVANA
Instituto de Medicina

Literare Books
INTERNATIONAL
BRASIL · EUROPA · USA · JAPÃO

Copyright© 2023 by Literare Books International
Todos os direitos desta edição são reservados à Literare Books International.

Presidente:
Mauricio Sita

Vice-presidente:
Alessandra Ksenhuck

Chief Product Officer:
Julyana Rosa

Diretora de projetos:
Gleide Santos

Capa, diagramação e projeto gráfico:
Gabriel Uchima

Imagem da capa:
Freepik

Revisão:
Rodrigo Rainho e Ivani Rezende

Chief Sales Officer:
Claudia Pires

Impressão:
Gráfica Impress

Dados Internacionais de Catalogação na Publicação (CIP)
(eDOC BRASIL, Belo Horizonte/MG)

N469n   Neto, Garibaldi T.
　　　　Nirvana: instituto de medicina / Garibaldi T. Neto. – São Paulo, SP: Literare Books International, 2023.
　　　　16 x 23 cm

　　　　ISBN 978-65-5922-415-9

　　　　1. Ficção brasileira. 2. Literatura brasileira – Contos. I. Título.
　　　　　　　　　　　　　　　　　　　　　　　　　　　CDD B869.3

Elaborado por Maurício Amormino Júnior – CRB6/2422

Literare Books International Ltda.
Alameda dos Guatás, 102 – Saúde– São Paulo, SP.
CEP 04053-040
Fone: (0**11) 2659-0968
site: www.literarebooks.com.br
e-mail: contato@literarebooks.com.br

NIRVANA

Instituto de Medicina

A meus mestres e professores.

"Sigo o Caminho do meu Dharma;
Se soprar uma brisa suave, eu me delicio com a brisa;
Se fizer um sol causticante, eu sofro com o sol,
Mas, nem um nem outro, me tiram do meu caminho."
Sri Ram

Alguns livros têm o poder de descortinar não só o conhecimento e a imaginação, como o próprio ser. *Nirvana – Instituto de Medicina* é uma obra de ficção construída sobre fatos históricos, e contextualizada com base nos panoramas socioeconômicos, culturais e religioso de diversos países, em especial dos Estados Unidos, durante a metade do século XVIII. A cidade Unkath foi criada com o intuito de representar as cidades místicas e ocultas daquele período, algumas das quais a filósofa Helena Blavatsky adentrou em sua peregrinação discipular e de autoconhecimento.

SUMÁRIO

ATO 1 8

O DOM 13

O ESTRANGEIRO 33

CONDENADO 57

ATO 2 78

LUTO DUPLO 83

ESTÁ DECIDIDO 107

A VIAGEM 127

O DILÚVIO 145

ATO 3 168

RESGATADOS 173

TERAPIA INTENSIVA 195

DE VOLTA AO TRABALHO 217

ATO 4 242

A TRANSFERÊNCIA 247

REGRESSANDO 271

LAR DOCE LAR 297

INDÍCIOS DE TRAIÇÃO? 317

ATO 5 336

O FUTURO MÉDICO 343

REENCONTRO 361

ATO
1

Nasci no Egito antigo, na época em que o governante era o "Faraó do Egito" descrito na Torá Judaica e no Velho Testamento Cristão.

Eu me chamava Kéfera e meus pais eram cidadãos nobres da corte. Durante minha infância e adolescência, tive frequentes aulas de harpa e me tornei uma excelente musicista. Era a única mulher de cinco irmãos e todos eles escolheram seguir carreira militar.

Eu me casei com Chenar, um escriba muito gentil e dedicado, e passados dois anos tentando engravidar, os médicos me disseram que não poderia ter filho. A notícia me assolou profundamente e eu sabia que Chenar procuraria outra mulher que pudesse lhe dar herdeiros.

Porém, ele nem chegou a procurar por uma pretendente, pois dias após meu diagnóstico, o Egito sofreu a primeira de suas grandes provações. As águas do Nilo se tornaram avermelhadas, o que em pouco tempo impactou diretamente nossa agricultura e, por conseguinte, a criação de animais.

A contaminação do rio gerou a proliferação de pragas como rãs, moscas e mosquitos. Devido aos insetos, muitos animais ficaram doentes e morreram, e por isso foi preciso trazer carnes e vegetais das colônias para nos alimentar.

Os hebreus falavam que as pragas eram um sinal do deus deles, e que um profeta chamado Moisés, um irmão do Faraó que ficara desaparecido por anos e que retornara, era quem as estava causando.

Eu não sabia muito bem o que pensar, e minha preocupação não era a situação política entre o Faraó e os hebreus, mas sim a fome que se alastrava entre o povo, principalmente entre os mais pobres.

O clero, os burgueses e a corte tinham provisões para suportar os períodos de estiagem ou de escassez provocados por intempéries climáticas. Porém, a maioria dos hebreus não possuíam tais recursos.

Minha casa possuía três empregados e, quando suas famílias começaram a não ter o que comer, promovi campanhas para arrecadação de comida e doava de minha dispensa o que podia para ajudá-los.

Em meio àquela situação, meu marido me contou que em muitas colônias e cidades controladas pelo Faraó haviam se iniciado revoltas e, em alguns locais, o exército faraônico tinha sido subjugado pelos insurgentes.

Em função da falta de alimentos e pelo fato de as reservas da cidade estarem baixando, cada vez mais se exigia das colônias, até o ponto de os povos delas não terem mais o que comer, muito menos fornecer. Era um cenário perfeito para culpar o Faraó e lutar por independência.

Em meio às dezenas que morriam todo dia de inanição, eu perguntava aos hebreus por que eles apoiavam uma pessoa como Moisés. O que me respondiam era que ele os levaria para outra terra, uma terra prometida, onde não teriam que servir ao Faraó e seriam livres. Por isso tinham que ser fortes e suportar as provações.

Ao longo do período de falta de alimento, em razão de muitas vezes serem ingeridas comidas estragadas na falta de frescas e devido aos insetos, muitas pessoas ficaram doentes, com úlceras e chagas espalhadas pelo corpo, por isso me voluntariei para trabalhar nas enfermarias e visitar os enfermos.

Eu nunca tinha trabalhado tanto. Saía de minha residência ao nascer do sol e voltava ao final do dia. O surto afetou pessoas de todas as classes sociais e impactou em cheio a gestão da cidade. Muitos trabalhadores das instituições administrativas e da guarda dos templos tiveram que se ausentar para serem tratados, incluindo Chenar, que morreu em meio às complicações de saúde.

A tristeza tomou conta do meu coração, contudo eu sabia que tinha de resistir ao meu sofrimento para ajudar os incontáveis necessitados.

Se a situação era caótica nos altos escalões da sociedade, com os hebreus, o cenário seguia muito pior. Eles não tinham condições ou materiais para se tratarem e centenas morreram.

Descobri algumas semanas mais tarde que eu era imune às úlceras, e passei a incluir nas minhas visitas os doentes hebreus. Era de partir o coração. Velhos, adultos e crianças doentes tendo suas vidas se esvaindo. Eu passei a contrabandear insumos médicos para eles, como ataduras, remédios e pomadas, e ao ver uma menina de cinco anos morrendo no meu colo, me indignei com Moisés.

— Se ele era o causador daquela tragédia, como permitia que seu próprio povo sofresse? – me questionava.

Movimentos contra o profeta foram ganhando força entre a aristocracia faraônica, os funcionários que administravam a cidade e entre o sacerdócio, e quando se esperava que uma condenação à morte fosse emitida pelo Faraó contra Moisés, o inacreditável aconteceu.

O céu caiu sobre nós em forma de bolas de fogo. Houve correria, destruição e pânico. Pensamos que o mundo havia chegado ao seu fim. Parecia que a ira dos deuses descia sobre a cidade, e impotentes, ficamos testemunhando a devastação de uma considerável parte de nosso lar.

Focos de incêndio surgiram por toda parte. E parada a chuva de pedras incandescentes, equipes foram encaminhadas para combater o fogo e outras para contabilizar os mortos.

Um curto período de dias de paz se firmou em seguida, e os cacos que restaram de nós puderam, em partes, serem juntados.

Fui admitida em definitivo como enfermeira e tratamos incessantemente os feridos e doentes. Aquela nova conjuntura nos dava a impressão de que tudo ficaria bem, e podíamos ver uma luz no fim do túnel e ter um pouco de esperança.

Eu continuei aplicando o que aprendia com os hebreus, e a caridade que eu praticava enchia meu coração de alegria.

No entanto, algo se desenhava à frente. Eu podia ver nos olhos daquelas pobres pessoas. Porém, elas demonstravam uma fé que superava seus medos e aflições. Havia um segredo no ar, e eu e aqueles que me acompanhavam no trabalho voluntário éramos os únicos na periferia que não sabiam.

Em um dia, o presságio foi concretizado pelos gritos que despertaram a todos antes do nascer do sol. Crianças de diversas casas haviam falecido à noite, até o filho mais velho do Faraó. Não estava claro o que tinha acontecido e meus empregados não foram trabalhar. Alguns diziam que era obra de Moisés. Mas como poderia ele ter feito aquilo ou produzido as demais tragédias que havíamos presenciado?

Como anteriormente, eu não quis me envolver com tais suposições, pois meu trabalho era de suma importância. Os doentes não conseguiriam se tratar sozinhos e eu não poderia ficar dispersa para ficar especulando.

Dias depois, Moisés e os hebreus saíram da cidade. Eu recebi de presente um vaso com uma flor de um dos meus empregados e nos despedimos emocionados.

O Faraó não aceitou pacificamente o esvaziamento da cidade e, com sua guarda, partiu rumo à multidão desgarrada. Misteriosamente, somente alguns oficiais e soldados retornaram à cidade, e a notícia era de que a maioria havia morrido com o Faraó. Mais uma vez disseram que o culpado fora Moisés.

Morri anos mais tarde serenamente na cama, vivendo em uma cidade que era somente um resquício do que fora no passado. No leito de morte, aquilo que mais me reconfortava era o vaso que eu recebera, pois simbolizava a oportunidade que tive de trabalhar em meio aos necessitados.

O DOM

O ano era 1854 e Richard Lemmon, um médico que se especializara em anestesia, embora realizasse cirurgias e atendimentos em geral, aguardava a chegada de um cadáver cuja morte fora provocada por doenças intestinais. Ele usava sua tradicional camisa preta e o paletó marrom. Enquanto esperava, se lembrou de sua trajetória até ali e de como o destino o havia conduzido por linhas tão tortas, porém certeiras.

Em 1835, Richard, um jovem alto e franzino de dezenove anos, filho único, com a pele clara, cabelo preto e olhos claros, dissecava atentamente a carcaça de um coelho do tamanho de uma caixa de sapatos.

Ele abriu o dorso do animal com uma faca enferrujada e, ao expor seus órgãos, foi retirando um a um, e falando em voz alta seu funcionamento e função no corpo. Richard se encontrava sozinho em meio a uma floresta com partes pantanosas. O sol do meio-dia entrava pela copa das árvores e um de seus feixes parecia um pequeno refletor sobre o corpo sem vida.

Abrir e estudar bichos mortos era um dos seus maiores prazeres. E ao finalizar a limpeza das estranhas relacionadas ao aparelho digestivo e urinário, Richard puxou e empurrou o diafragma e reparou como o ar entrava e saía dos pulmões por meio do balançar do peito do coelho.

Era o último dia dele em casa, pois ingressaria na manhã seguinte na Medical College of Georgia, e aquele animal era sua despedida da vida do campo.

Desde pequeno, Richard gostava muito de analisar o interior de bichos, tanto selvagens quanto domésticos, abatidos para alimentação ou mortos na natureza. Remetendo às suas tenras lembranças da época em que era criança, tal gosto foi motivado por acompanhar o pai na caça e a mãe na retirada das entranhas de animais para as refeições. Aquilo deixou claro para ele o desejo por seguir no futuro um curso na área biológica.

As anatomias que realizava normalmente eram às escondidas e ele passava horas a fio fazendo as dissecações. Comumente só parava quando o sol se punha e a luz se tornava insuficiente, para diferenciar as estruturas corpóreas de suas cobaias.

Aos catorze anos, Richard pela primeira vez realizou uma consulta "médica", aquela particularmente com sua mãe. Martha era uma mulher gorducha, carinhosa, francesa, a quem Richard puxara a aparência e praticamente só se comunicava em sua língua de origem com o filho.

O atendimento clínico, por assim dizer, se referia ao processo de desencravar as unhas dos dedões dos pés da mãe. Tais unhas eram daquelas que cresciam enviesadas para os lados e entravam nas carnes adjacentes, tal qual lâminas afiadas. O problema da pobrezinha era permanente.

Um dia, ela brigou severamente com o filho por encontrá-lo dissecando, quase que profissionalmente, uma raposa detrás do celeiro, e teve a ideia de pedir a ele que desse uma olhada em seus pés.

Martha era uma negação para manejar a pequena tesoura de unha, e frequentemente fazia mais mal do que bem ao tentar aliviar sua dor, resolvendo precariamente a situação e se ferindo muito ao final. De dois em dois meses, religiosamente, o problema voltava e a coitada mal conseguia andar. Usar sapato fechado, por conseguinte, era uma penitência maior do que ter que se ajoelhar nas missas de domingo.

Richard, a princípio nervoso em machucar a mãe, olhou com atenção as bolas vermelhas e inflamadas que haviam se transformado os dedos de Martha. Passados alguns minutos de análise, cortou um filete retilíneo em cada canto das unhas, subindo até próximo às cutículas, e depois extraiu tais partes de dentro das vísceras dos dedos em febre. O manejo resultou em sangue e pus.

Finados os gemidos angustiantes de Martha, a tensão e a dor passaram e ela pôde inclusive respirar melhor. Graças ao filho, a mãe conseguiu encontrar uma espécie de salvação.

A partir de então, a seção de pedicure entrou na lista de atividade regulares de Richard, e o que inicialmente era algo muito doloroso e que levava Martha às lágrimas, com a frequência de sessões, se transformou em um atendimento maravilhoso, pois ela aprendeu a apreciar as fisgadas nos dedos. Meio masoquista, o prazer dela se tornou tamanho, isso somado ao gratificante alívio de voltar a andar sem dor, que Martha aguardava ansiosamente o dia das sessões e meio que torcia para que o encravamento fosse bem profundo e complicado.

Ironicamente, a mãe de Richard morreu em função de uma infecção iniciada em um dos pés, quando ela foi cortar a unha de um dedinho e tirou sem querer um bife. Uma inflamação logo se instalou e foi se alastrando incontrolavelmente pelo corpo. Ao ser consultada por um médico, não havia muito o que se fazer, uma vez que não existiam remédios fortes o bastante para impedir o alastramento da infecção e sua cura.

As consultas de Richard não se limitaram a tratar das unhas encravadas de sua finada mãe. Aos dezesseis anos, em uma festa de família, ele presenciou o primo Calvin, de dez anos, se engasgar com um biscoito e algo dentro do futuro médico mudou. Após falhados os esforços de terceiros para que o biscoito fosse expelido, Richard entrou em um breve transe e pediu com frieza para que o parente fosse deitado.

Todos ficaram atônicos com a situação e Richard, se lembrando vividamente dos animais que tinha examinado, pegou uma faca sobre a mesa e fez uma improvisada traqueostomia no garoto, isto é, foi feito um corte na garganta de Calvin. Logo os pulmões do primo voltaram a respirar e ele se recuperou do tom azulado que havia ganhado.

Estando todos os presentes incrédulos, a mãe do garoto comemorou o salvamento, acariciando o filho, enquanto um tio saía correndo pela porta para chamar um médico. Calvin foi mantido deitado até que o doutor chegasse e, com uma tesoura pontuda e curvada, o médico retirou o biscoito e costurou o pescoço.

Ao ser perguntado sobre o que fizera, Richard não soube detalhar muito bem o que acontecera, e alegou que sua visão meio que havia se escurecido no momento do procedimento. Embora Calvin estivesse bem graças a Richard, o clima que tomou conta da casa, além de gratidão, foi o de surpresa pela façanha do adolescente.

Após o incidente com o sobrinho, Martin, o pai de Richard, um homem forte, alto, que tinha as mãos calejadas do trabalho na roça e pela dureza da vida, resolveu investir na educação formal do filho, e anos mais tarde decidiu custeá-lo durante o curso de medicina.

Martin, no entanto, não pôde ver Richard se formar, pois morreu de tifo dois anos antes da graduação, aos trinta e sete anos, uma idade relativamente jovem, todavia maior do que tempo médio de vida para a época.

...

Quanto ao curso em si, o episódio que primeiro impactou Richard enquanto estudante foi presenciar um lenhador gordo, que tinha uns dois metros de altura e roupas fedendo a suor, ter uma de suas pernas amputada.

O lenhador era paciente de Richard e havia se machucado quando um tronco caiu, se chocou com uma pedra e lançou estilhaços a sua volta, acertando certeiramente a parte acima de um dos joelhos do homem. O ferimento era pequeno, entretanto em um de seus retornos ao médico, ao ser tirada a bandagem que tapava o corte, a aparência infeccionada e o odor forte sinalizavam que a perna precisaria ser retirada.

A cirurgia aconteceu em uma ampla sala e, inicialmente, foi dado ao paciente doses de um *whisky* barato, a fim de entorpecê-lo. Não havia anestesia na época, e como era de praxe para aqueles casos, estudantes grandes e fortes cercaram o lenhador, naquele dia foram necessários cinco deles, e o seguraram para que dois médicos, um mais velho e experiente e um recém-formado, pudessem iniciar a cirurgia. Richard se posicionou somente como espectador.

O homem, ansioso e demonstrando pavor com o que viria, pediu mais um gole do *whisky* e, na hora que a primeira incisão foi feita circularmente e a uns dez centímetros acima da área infeccionada, ele puxou os estudantes, derrubando três deles e lutando para sair dali.

— Me soltem! Me soltem! Eu não quero que ranque minha perna! – exclamou, desesperado.

— Segurem ele! – berrou o médico mais velho aos alunos que se levantavam do chão.

Dado o tamanho do lenhador, a bebida alcoólica não fez o efeito desejado, e ele, mais lúcido que nunca, continuou a brigar, gritar e a se debater com a amputação. O bisturi passou pela pele, gordura, deu uma enroscada em um tendão e chegou ao osso.

Naquela altura, Richard ficou na beira de desfalecer com a cena, e parecia sentir os cortes em sua perna esquerda, tal como o paciente.

Era comum em casos como aquele que o paciente desmaiasse de dor, porém o lenhador permanecia acordado e aos berros.

O paciente deu um soco em um dos estudantes, o qual caiu desacordado, e Richard rapidamente tomou seu lugar e teve que se apoiar na maca para não escorregar no sangue que desaguava no chão.

— Pegue a safena! – ordenou o médico experiente, enquanto o segundo tentava pinçar uma veia.

— Qual delas? A magna ou a parva? – gritou de volta, se abaixando e tentando limpar o interior da perna com um pano, com o propósito de achar a veia.

— As duas, porra!

As veias foram pinçadas e, ao serem amarradas, o osso foi cortado com uma serra. Somente naquela hora, o lenhador desmaiou.

Por fim, a dupla, embora tenha tido dificuldades para concluir o procedimento, fez um bom trabalho, o que incluía deixar pele suficiente para que o coto ficasse apresentável e conforme a literatura médica.

...

Ao terminar a faculdade, Richard se mudou para uma das maiores cidades do sul do país, se casou e teve dois filhos chamados Raphael e Bruno.

— Doutor Richard – falou uma voz de dentro do necrotério – o corpo chegou.

Quem lhe chamara foi Montgomery Holmes, um negro de vinte e três anos, alto como o doutor e que fora alforriado. Holmes era assistente do doutor e informalmente fazia parte de sua família.

Órfão, sem ter para onde ir e roubando comidas de mercearias, Holmes surgiu na vida do doutor, quando Richard o encontrou com um profundo ferimento na perna e deixado para morrer.

Os filhos do doutor nem tinham nascido naquela época.

Comovido com o choro do garoto, o doutor o acolheu em sua casa, lhe deu o que comer e tratou de seu ferimento. Holmes confidenciou que sua família havia sido morta em uma revolta de escravos em uma fazenda de algodão, e que ele conseguira fugir se escondendo na parte de baixo do assoalho de uma carroça. No dia da revolta, três negros haviam perdido a vida.

Richard levou o caso do jovem a um juiz amigo da família e Holmes passou a ser propriedade do doutor. Ao completar dezoito anos, Holmes ganhou a liberdade e, para alegria de Richard, ele resolveu ficar na família.

O assistente era adorado pelo Bruno e pelo Raphael, e ganhou uma moradia no fundo do quintal da casa do doutor em comemoração a sua libertação. Holmes era muito hábil para dar pontos e suturas, e sua força era imprescindível no atendimento de alguns casos.

...

O corpo que fora levado ao necrotério era de Geoffrey, um senhor, grande amigo de Richard, e de quem o doutor acompanhou o sofrimento pelos últimos dias.

Geoffrey ajudou muito Richard e a esposa quando eles se mudaram para a cidade. Os dois chegaram a morar com ele por algumas semanas até conseguirem uma residência em definitivo. Alto, com a pele bastante clara e com cinquenta e nove anos, o senhor havia se queixado de dores de barriga, náusea e prisão de ventre. Na primeira consulta, o doutor verificou que o paciente apresentava uma febre baixa.

Geoffrey foi medicado, porém no dia seguinte, ao acordar, a febre e a dor se intensificaram e o enfermo mal conseguia se levantar da cama. Vinte e quatro horas depois, a dor se tornou mais forte, a vibração no corpo, causada por tarefas simples como andar ou tossir, provocou dores excruciantes, e a barriga inchou. Naquele dia, Geoffrey perdeu a consciência e foi a óbito ao alvorecer.

Antes da autópsia, vendo o corpo nu do amigo valoroso sobre a mesa, Richard inicialmente sentiu pena do senhor, principalmente pelo sofrimento que passou antes de morrer.

Em seguida, ele se consolou, colocou os sentimentos de lado e partiu ao serviço.

Antes de fechar o tronco do cadáver, outro médico entrou na sala querendo saber a causa da morte.

— Os intestinos se encontravam totalmente tomados pela inflamação e pelo pus.

— Entendo. Essas infeções estão cada vez mais frequentes – alegou Jerome, um senhor de cinquenta e cinco anos, cabelos brancos, olhos verdes, rosto marcado por profundas marcas de expressão e tido como o médico mais experiente da região. – Pobre Geoffrey. Eu gostava muito dele. Que descanse em paz.

— Amém.

Não havia na medicina nenhum registro formal de como diagnosticar o início do processo inflamatório dos intestinos, nem um tratamento que fosse melhor do que Richard fornecera.

...

— Bom dia, doutor Richard. – cumprimentou, na saída do necrotério, um agente do xerife de um metro e sessenta, branco.

— Bom dia, Sr. Parker. Acredito que nosso encontro não tenha sido acidental – supôs, carregando a maleta que sempre levava consigo e que continha instrumentos médicos, remédios e éter.

— Não, senhor. O xerife George o está chamando.

— Cometi algum crime ou algo do gênero? – perguntou com bom humor.

— Não, doutor. Precisamos que venha ver um de nossos presos.

A delegacia era pequena e combinava com o restante das casas e lojas de no máximo dois andares, de madeira e empoeirada pelo movimento nas ruas de chão batido.

— Olá, xerife – disse o doutor, andando pelo assoalho de taboas corridas. – A que lhe devo este ilustre convite?

George tinha quarenta anos, cabelos grisalhos e pele queimada de sol. Ele se levantou da cadeira e deu um aperto de mãos no doutor, enquanto o agente voltava para a rua.

— Doutor Richard, que bom te ver!

— Com a correria do dia a dia, mal temos disponibilidade para nos encontrarmos.

— Pois é. E como está sua esposa?

— Está ótima, graças a Deus. E a sua, como está?

— Ótima, graças a Deus e a você.

— Não fala isso! Pode se restringir a agradecer a Deus somente – falou, dando um sorriso.

— Está sendo modesto, doutor. Nenhum outro médico tinha conseguido me ajudar até o senhor fazer um de seus milagres – comentou, se referindo a uma cirurgia conduzida por Richard na esposa de George.

Havia cinco médicos em um raio de duzentos quilômetros de onde se situavam, e eles se revezavam nos atendimentos. Richard era o que tinha o maior conhecimento em anestesia, e por isso com frequência era chamado pelos colegas doutores para auxiliar em casos cirúrgicos mais complexos.

A esposa do xerife sofria de uma tendinite muito forte no pulso direito e, além de causar muita dor, limitava a realização de tarefas simples, como lavar a louça ou esticar roupas no varal. Ela e o marido procuraram todos os médicos da região, contudo, somente Richard foi capaz de ajudá-la.

Na ocasião, ele entrou em um estado de transe semelhante ao que entrara quando o primo se engasgou, e pôde entender que o motivo da dor era um cisto, gerando atrito no tendão e causando inflamação no local. Um pequeno corte foi feito no pulso, expondo a área afetada e, com uma pinça, foi retirado o pequenino cisto da região do carpo. Com a pequena cirurgia, a dor se foi para sempre.

No decorrer do curso de medicina, Richard conseguiu dominar o fenômeno de transe e soube canalizá-lo para a cura de seus pacientes. Ele continuava sem entender o porquê ou como tinha aquela forte intuição, mas o fato é que ele se transformara em um excelente diagnosticador de doenças e triunfava frequentemente onde outros não tinham o que fazer. Ao ser questionado, Richard simplesmente atribuía os milagres aos anos de anatomia e dissecação de animais.

— E em que posso ajudá-lo, xerife?
— Gostaria que visse um de nossos internos.
— Ele está na masmorra?
— Sim.

Masmorra era o apelido de uma cela escura, muito úmida e cheia de insetos. Normalmente, eram levados para lá negros desobedientes e que tinham cometido algum crime. O mais comum era que os negros infratores fossem mortos de imediato quando flagrados infringindo a lei, porém alguns deles, principalmente os libertos e alforriados, eram trazidos para a delegacia.

— Faz anos que venho ver presos nesta cela, e todos, sem exceção, ou morreram aqui ou enlouqueceram – alegou Richard.

— E não é este o objetivo? Ninguém que vai para a masmorra volta para casa. A estadia dos que são encaminhados para cá é final. Você sabe quem está por trás destas ordens, não sabe?

— Claro. O juiz Raymond.

— Exato. Se o processo tivesse caído nas mãos do juiz Bishop, talvez o preso tivesse uma chance de ao menos ser julgado.

Os dois entraram na cela, um lugar escuro, sem janelas e que exalava o fedor de excrementos humanos. Em um canto sentado, acuado e pelado, se encontrava o prisioneiro, um negro magro e desnutrido. O preso balançava o corpo para frente e para trás, tinha os olhos revirados para cima, apresentava hematomas em diversas partes do corpo, fruto do espancamento que levara antes de ser direcionado para o local, e balbuciava palavras sem nexo.

— Até que ele está bem – escarneceu o doutor, vendo algumas baratas fugindo da luz e correndo para o canto mal iluminado onde estava o negro. – O último que vim ver ficava batendo a cabeça na parede sem parar.

Richard se aproximou do prisioneiro com cautela, para não assustar o homem, e antevendo um possível ataque, sendo seguido de perto por George com a pistola empunhada em uma mão e uma lamparina na outra.

O doutor se abaixou para examiná-lo e notou que um braço dele estava quebrado em duas partes e que, além das cicatrizes de chicotadas que tinha nas costas, outros cortes indicavam que ele fora severamente castigado. Seu rosto apresentava uma série de escoriações e sangues coagulados se prendiam a várias partes do corpo.

— Chegue a luz mais perto, por favor – pediu Richard.

O xerife aproximou a luz, e o doutor, olhando para as pupilas no negro, viu que somente uma pupila se contraiu.

— É. Ele não tem mais jeito – garantiu com pena do pobre homem.

Ao dar seu parecer, o negro gritou e pulou sobre o médico. Richard caiu para trás com o preso sobre ele e George se assustou, deixando a arma quase cair.

— Não atire! – gritou Richard, vendo que o homem achava-se fora de si, mas imediatamente voltara ao estado vegetativo de antes, com o braço quebrado pendendo contorcido do tronco.

No entanto, o xerife, por impulso, ao segurar o revólver firmemente, atirou na cabeça do prisioneiro, fazendo com que o sangue esguichasse sobre o médico.

— Ele não ia fazer nada! – falou o doutor, tirando o corpo de cima dele e se levantando. – Ele era inofensivo – afirmou, limpando seu rosto com um lenço.

— Nunca se sabe, doutor! Ele seria morto em breve, mesmo. Simplesmente, abreviei o sofrimento dele.

Richard se abaixou novamente, fechou os olhos do morto e, em sua testa, fez o sinal da cruz.

— Em nome do pai, do filho e do espírito santo. Amém!

— Doutor, sei que o senhor é abolicionista, mas devo alertá-lo que estamos em uma época e em um local do país em que tais princípios e fundamentos podem não só serem questionados, como podem lhe causar problemas.

— Somos todos filhos de Deus, meu caro. Para Deus e para Jesus, não existe distinção de cor – explicou, se levantando.

...

Na manhã seguinte, Richard, que no primeiro domingo de cada mês falava à igreja no lugar do reverendo, foi cumprir sua evangelização. Como de costume, na igreja não cabia mais nenhuma pessoa, e a missa contava com a presença de muitos ricos latifundiários e de autoridades como o xerife e o juiz Raymond, um homem de quarenta e cinco anos, expressão inescrutável, branco, loiro, com olhos verdes, atlético e que tinha uma cicatriz em formato de "v" em uma das bochechas.

— Evangelho de Mateus, capítulo treze, versículos de três a nove – proferiu, chegando ao fim do sermão. – "Certo homem saiu para semear. Enquanto semeava, uma parte das sementes caiu à beira do caminho e os pássaros vieram e as comeram. Outra parte caiu no meio de pedras, onde havia pouca terra. Essas sementes brotaram depressa, pois a terra não era funda, mas, quando o sol apareceu, elas secaram, pois não tinham raízes. Outra parte das sementes caiu no meio de espinhos, os quais cresceram e as sufocaram. Uma outra parte ainda caiu em terra boa e deu frutos, produzindo 30, 60 e até mesmo 100 vezes mais do que tinha sido plantado. Quem pode ouvir, ouça" – enfatizou. – Sabem... – pregou o doutor, andando pelo altar, com uma Bíblia desgastada em uma mão – Ontem fui ver um prisioneiro que, por fim, faleceu na delegacia. Ao encontrá-lo vivo na cela, notei que sua pobre alma se encontrava perdida, porque claramente o preso não tinha Jesus no coração. Ele não era um solo fértil e sua vida era composta pelos espinhos que sufocaram a sua fé. Jesus, somente Jesus, é capaz de nos sustentar nos momentos de crise!

— Amém! – pronunciaram alguns fiéis.

— Evangelho do apóstolo João, capítulo quatorze, versículo seis. "Eu sou o caminho, e a verdade, e a vida; ninguém vem ao Pai, senão por Mim". Em função do pecado original, aquele que nos expulsou do paraíso, todos nós ficamos separados de Deus, distante de sua presença. Sem Deus, nos tornamos incompletos e passamos a vida buscando um meio para alcançarmos a felicidade. No fundo, procuramos um caminho de volta a Deus!

— Amém! – disseram muitos dos presentes, alguns levantando as mãos.

Jesus é o caminho para o Pai. Ninguém vai ao Pai senão por Ele. Nada nem ninguém neste mundo consegue preencher o vazio deixado pela falta de Deus, e nem as boas ações que fazemos podem preencher o abismo que existe entre nós e o divino. Somente Jesus consegue fazer a ligação! – afirmou, aumentando o tom da voz.

— Amém!

E somente a fé em Jesus nos leva até o Criador! – exaltou o doutor, e toda a congregação se levantou batendo palmas e dizendo amém. – Reforço, por fim, que Jesus nos ama, a todos, e, no dia de nosso julgamento, a cor da pele não terá importância para Deus.

Nem todos gostaram da última frase dita por Richard, pois ela era uma apologia direta e sem censura à escravização dos negros. A sociedade em questão era extremamente escravagista e a comercialização de negros era algo rotineiro e normal. No norte do país, existiam correntes de pensadores que defendiam a abolição da escravatura, porém, no Sul, a economia se valia em muito desse tipo de mão de obra, e o fim da escravidão era algo inimaginável.

Naquela região, a minoria que compartilhava o desejo de liberdade para os escravos era censurada e não raramente hostilizada. Com relação ao doutor, entretanto, sua erudição e conhecimentos bíblicos, o fato de ser apadrinhado por autoridades como as ali presentes, em função dos serviços médicos prestados, em especial às curas extraordinárias que produzia, lhe dava certa imunidade e liberdade para falar o que pensava.

Ao fim do culto, Richard, sua esposa e os filhos foram se despedir do reverendo Bridges, um homem de meia idade, solteiro, com o rosto quadrado e cabelos curtos, e antes de irem embora o casal Thompson se aproximou para conversarem.

— Bom dia! – cumprimentou Samuel, um homem de trinta anos, moreno, com uma feição bem agradável e feliz.

— Bom dia! – disse a esposa Bárbara, uma loira de vinte e sete anos, com cabelos que chegavam ao quadril, pele bem clara e olhos azuis.

— Desculpe pela interrupção – falou Samuel.

— Não há o que se desculpar. Estávamos de saída – esclareceu Richard.

— Reverendo – Bárbara aproveitou a deixa – em mais um mês no máximo teremos leite para inicializar a produção de queijo – afirmou animada.

— Que ótimo! – comentou Bridges. – Com os Thompsons, faremos uma pequena fábrica de queijos para atender os necessitados – explicou para Richard e sua esposa.

— Isso é uma ação muito nobre – afirmou Brianna, enquanto os filhos, inquietos, iam para fora da igreja. – O que está faltando para começarem, Bárbara?

— Nossas cabras estão crescendo e algumas vão parir neste mês. Aí iniciaremos. Este é um projeto que estamos planejando há algum tempo, não é, reverendo Bridges?

— Justo. E se Deus quiser, conseguiremos colocá-lo de pé.

— Temos alguns pontos para resolver, como a definição sobre as entregas, mas estamos confiantes que dará certo – comentou Samuel.

— Como meu marido trabalha o dia todo e acho perigoso sair sozinha, temos que ver quem fará as entregas – esclareceu Bárbara.

— Se quiserem, eu posso acompanhá-la – se candidatou Brianna.

— É melhor que um homem a acompanhe. Duas mulheres andando sozinhas com uma porção de queijos não é muito apropriado. Pode deixar que eu vou – propôs incisivamente o reverendo.

...

De volta à casa, Richard e sua família almoçaram costela de boi assada, batatas e feijão. O doutor se sentia esplêndido, a comida cheirava bem e tinha um gosto maravilhoso. Era comum que ele se sentisse tão satisfeito após falar no culto. Tais dias lhe traziam muita paz e uma tremenda sensação de dever cumprido.

Se ele não fosse médico e tivesse que escolher outra profissão, se tornar reverendo era algo que se comunicava diretamente com seu ser.

No final da noite, ele e os filhos saíram para caçar e voltaram com dois coelhos, os quais viraram o jantar. À noite, lendo um livro diante da lareira de sua casa, um sobrado bonito e espaçoso, localizado no centro da cidade, uma pessoa bateu à porta gritando pelo médico. Era tarde, todos da casa estavam dormindo e ele se apressou em atender o escandaloso visitante.

— Doutor Richard, venha rápido! É a filha do juiz Raymond – avisou aflito um jovem escravo negro. – O juiz te chama com urgência.

— Pegarei minhas coisas – disse de pronto. – Entre, entre – pediu ao mensageiro, e ofereceu um assento para que se sentasse. – Espere um pouco. Antes de se sentar, vá até a casa que fica no fundo desta, bata na porta e diga que eu pedi ao Holmes para se aprontar, por favor. Subirei para colocar uma roupa e desço em um minuto.

Rapidamente Richard e Holmes se prepararam. Não era incomum tais pedidos de emergência e seus corpos funcionavam de modo automático para se vestirem no escuro e pegarem suas tralhas.

— Te falaram o que ela tem? – indagou o doutor ao saírem de casa.

— Não, senhor. Só pude ouvir os gritos de dor da Sinhá.

Os três homens chegaram à fazenda onde o juiz morava, mais de uma hora depois que o jovem saíra. O juiz Raymond esperava o trio na porta.

— Por que demoraram tanto? – exclamou, dando um forte tapa na cara no escravo.

— Juiz Raymond, viemos o mais rápido possível! – esclareceu Richard.

— E quem é este? – perguntou com rispidez o juiz, apontando para Holmes.

— O Sr. Holmes trabalha comigo. Ele é meu assistente – esclarece Richard, e ao chamá-lo de "senhor", ficava claro que se tratava de um negro liberto. – Em que podemos ajudar?

— Vamos subir! – sinalizou para entrarem, não gostando da presença do assistente entre eles.

A casa do juiz era imensa e, a cem metros de sua casa, havia uma grande plantação encoberta pela escuridão da noite.

O escravo voltou para a senzala, sentindo o rosto ardendo por causa do tapa, e os três foram ao quarto da menina. Vivian era loira dos olhos azuis, magrinha e com corpo de criança, aos seus onze anos de idade. Ela gritava de dor, segurando a cabeça com as duas mãos e sendo acompanhada pela esposa do juiz e duas escravas que trabalhavam na faxina da casa. Caroline, a esposa, como a filha, tinha os cabelos louros e era muito bonita. Ela colocara um pano molhado sobre a testa da criança e com um terço rezava para que Deus curasse sua pequena.

Richard deixou sua maleta no chão e foi olhar a menina de perto. As escravas olharam para o Sr. Holmes sabendo que ele não era escravo, em função das roupas que usava, uma camisa e colete, e Caroline deu alguns passos para trás a fim de abrir espaço para o médico. Ela sabia da fama do doutor Richard, mas nunca tinha o visto em atendimento.

O doutor examinou a cabeça da menina, pediu alguns instrumentos para Montgomery e checou os ouvidos, boca e nariz de Vivian. Havia muito catarro no interior do nariz e o diagnóstico óbvio seria sinusite. Todavia, Richard endireitou a postura e franziu os olhos pensativo. A menina encarou o doutor e se acalmou na esperança de que ele pudesse auxiliá-la.

O tratamento convencional para a enfermidade seria fornecer um xarope e um remédio à base de ervas, que tinha um efeito expectorante e que estimularia a criança a eliminar o catarro, atenuando a pressão e a dor na cabeça.

Ele verificou sua maleta pensativo, tendendo para indicar a medicação padrão, contudo sentiu um frio atrás da cabeça e o corpo dele formigou por inteiro. Ele sabia o que aconteceria. Seu dom estava sendo ativado.

O doutor se entregou à sensação de moleza que apareceu e sua coluna se curvou um pouco. Em seguida, outra vez chegando perto de Vivian, ele vagarosamente pressionou a testa dela com a parte inferior da palma da mão e retirou rapidamente. O doutor refez o procedimento e, na terceira vez, ele se manifestou.

— Ela tem um coágulo detrás dos olhos e no fundo do nariz – diagnosticou pausadamente, olhando para os pais dela. – Precisaremos de um pano bem fino e de uma garrafa de *whisky*.

— Pode ser este pano, doutor? – questionou Holmes, pegando uma atadura de dentro da maleta.

O interior da maleta, embora estivesse muito organizada, continha instrumentos manchados de atendimentos anteriores e não muito bem higienizados. A higiene não era tida como algo muito importante por grande parte daquele século e o conhecimento sobre contaminação e infecções transmissíveis eram embrionários.

— Não. Tem que ser mais fino que isso. Vocês têm seda?

— Temos uns lenços no meu quarto – informou Caroline. – Vá pegar, e também um *whisky*! – disse a uma escrava.

Richard pegou o lenço e o molhou com a bebida, a fim de esterilizá-lo. Ele pegou uma tesoura cumprida de sua maleta, enrolou a ponta dela com a seda e se curvou para realizar o procedimento.

— Isto doerá – alertou à menina.

— O que fará com essa tesoura? – perguntou o juiz, achando estranha a situação.

O doutor nada respondeu e esticou o braço para Holmes, fazendo um sinal de mão.

O assistente, calejado com a comunicação por sinais com o doutor, entregou uma atadura a Richard e se virou para manufaturar o outro instrumento que seria utilizado.

Richard, um pouco em transe meio consciente, segurou a cabeça da menina pela parte de cima, e com a outra mão, enfiou a tesoura três centímetros em uma das narinas de Vivian. Os pais delas gelaram e sentiram as pernas amolecerem. Eles não tinham ideia de que a cavidade do nariz era tão profunda e pensaram que ele mataria sua querida filha.

O doutor girou a tesoura, a introduzindo mais um centímetro, causando a ruptura do coágulo, e soltando grande quantidade de sangue pelo nariz.

Caroline embranqueceu, ficou praticamente transparente e precisou se sentar ao ver o sangue. Parecia que o sangue era do cérebro, e de sua filha.

Vivian, bastante assustada, tossiu se engasgando com o sangue que descia por sua garganta, e Richard, tornando a esticar o braço, recebeu de Holmes dois palitinhos envoltos em suas pontas por algodão.

O médico retirou a tesoura, pegou os dois palitos e os introduziu um em cada narina.

— Respire fundo pelo nariz – pediu à criança.

— Eu não posso respirar com essas coisas no meu nariz – alegou, fanha e chorando.

— Pode sim. Confie em mim – falou, com o olhar sincero.

A criança fechou os olhos e, com toda força, inspirou os palitos, se engasgando ainda mais.

Em meio à tosse, o juiz não se aguentou, e foi para perto da filha.

— Tira isso agora do nariz dela ou eu mando te prender! – ameaçou.

— Só mais pouco – pediu o doutor.

Richard então consentiu com a ordem e tirou os palitos, se afastando na cama.

— Minha filha, você está bem? – questionou Raymond, abraçando Vivian no colo.

— Pai! – reclamou a criança.

— Vivian! – bravejou a mãe, se levantando e puxando a menina do colo do pai. – Fala comigo, minha filha!

— Mãe! – tornou a reclamar.

— O que foi, Vivian? Fala! – clamou o pai.

— Me solta! – falou ela, se remexendo nos braços da mãe e sendo colocada no chão. – Estou ótima! A dor de cabeça sumiu!

— O quê? – questionou o juiz, incrédulo.

— Estou bem, papai – disse, respirando profundamente e com a gola do pijama manchada de sangue. – Obrigada, doutor!

Richard levou alguns segundos para se recuperar, e simplesmente sorriu ao lado do assistente. Seu trabalho havia sido concluído, para o espanto do juiz e sua esposa.

O ESTRANGEIRO

O atendimento à filha do juiz repercutiu por toda a redondeza, chegando até as cidades próximas. Para o médico, porém, foi mais um dia de trabalho e deu graças por ter podido tratar de mais um paciente.

Como forma de esfriar a cabeça e ter um tempo de diversão, a família do doutor organizou uma viagem a Washington, cujo período na estrada seriam de dois a três dias, dependendo das chuvas.

Na noite que antecedeu a partida, Richard foi chamado para atender um paciente peculiar cujo sofrimento era de partir o coração. Frank Goldman, tabelião, pai de uma filha, trinta anos, branco, cabelo preto anelado, um metro e oitenta, nascera com uma atrofia na perna esquerda e sofria de dores crônicas nas articulações do joelho defeituoso. Ele era capaz de andar sem muleta, contudo mancava bastante.

Desde criança, ele aprendera a conviver com as dores, porém, a partir de seus vinte e oito anos, de duas a três vezes por ano, sem motivo aparente, o quadro se tornava mais agudo e a única medicação que fazia efeito naquelas crises era um coquetel desenvolvido por Richard e o farmacêutico local, que continha folhas que produziam efeitos analgésicos, anti-inflamatórios e levemente psicoativos.

Normalmente, ele tomava coquetel por três dias e as dores se amenizavam.

Como se não fosse suficiente, o pobre homem apresentava uma forte fobia por aves em geral, a qual coube ao Richard fazer o papel de psicólogo para poder tratá-la.

Logo que o coquetel era administrado, o paciente entrava em um estado de consciência alterado, como se estivesse levemente drogado, e o doutor, a princípio sem querer, descobriu que naquela condição, Frank se tornava altamente hipnotizável e suscetível a reviver memórias do passado.

Iniciaram-se, então, algumas sessões de regressão que o estavam ajudando a superar seus medos irracionais e, principalmente, a fobia.

Há cerca de seis meses, antes daquela consulta, o doutor alcançou um ponto crucial no tratamento de Frank, no qual pôde ser descoberta a origem do medo de aves. A memória jazia escondida em seu subconsciente e, descortinada, descrevia um dia em que ele tinha quatro anos e que, por diversão, levava do celeiro para a cozinha da residência um pequeno balde com grãos de milho.

As árvores adjacentes ao seu trajeto se encontravam repletas de pássaros e, ao olhar verticalmente para cima para ver uma ave que o observava, ele se desequilibrou para trás, tendo os grãos caído sobre ele. Foi então que a revoada de pássaros partiu para o ataque.

Os animais certamente não queriam machucar a criança, mas sim comer o milho, porém a cena foi chocante, com ele sumindo sob as aves por um minuto de puro desespero. Embora ele não tivesse se ferido, ao se levantar aos prantos, o trauma se manteve vivo e latente.

O paciente de Richard, em meio à aflição da memória, foi aconselhado pelo doutor a se acalmar. Quando despertou da hipnose, seu olhar demonstrava a epifania do descobrimento.

Naquele momento se encontrava na casa Samantha, a esposa de Frank, uma mulher baixa, magrinha e apaixonada pelo marido, que participava como ouvinte das sessões e que fazia questão de motivar e estimular o marido nas tarefas que eram passadas por Richard.

A revelação do trauma normalmente é a primeira etapa para a cura, isto porque, ao compreender o fato gerador, é possível que se crie um apoio, uma base de sustentação para enfrentar o medo.

As sessões de alívio das dores de joelho de Frank passaram então a incluir conjuntamente o tratamento da fobia, entretanto, como a psicologia não era o forte de Richard, nem havia um alienista nas redondezas, o processo de cura caminhava a passos lentos.

...

O doutor era um pai muito presente e fazia questão de participar ativamente da vida dos filhos. Bruno, o mais novo, tinha seis anos e possuía o cabelo louro e liso como o da mãe. Raphael, com sete anos, havia puxado a feição do pai e tinha os cabelos pretos.

A esposa do doutor, Brianna, possuía as madeixas louras e encaracoladas nas pontas, tinha um metro e sessenta, olhos azuis e a personalidade forte. Era daquelas que tinha rigidamente o seu ponto de vista e argumentava para mantê-lo, embora aceitasse outras verdades se a lógica fizesse sentido.

Partindo em viagem, eles encabrestaram dois cavalos e tomaram a charrete bem cedinho com Holmes e o doutor planejando revezarem na condução do veículo. O sol amanhecia quando o veículo saiu da cidade, tendo os raios de sol vindos de um morro distante, iluminando as grandes plantações.

Nem bem amanheceu e Richard, que escolhera ser o motorista até alcançarem terras mais ao norte, avistou uma fila parada de escravos lateralmente à estrada. À medida que foi se aproximando, foi possível notar que todos possuíam correntes nos tornozelos, seus corpos eram cobertos de cicatrizes e lacerações de açoites e que, maltrapilhos, usavam somente shorts rasgados.

A fila era composta por uns trinta homens. O doutor diminuiu a velocidade ao ir passando por ela, na hora que uma movimentação tristemente corriqueira aconteceu na dianteira: uma corda foi estendida sobre um tronco e repentinamente um escravo foi levantado pelo pescoço.

Richard parou a charrete, e uma das três pessoas brancas que conduziam o enforcamento retirou uma faca da cintura, e cortou fora as partes íntimas do negro ainda com vida, produzindo um grito engasgado. Brianna abraçou os filhos para que não vissem tal atrocidade, e o pênis e o escroto do escravo foram jogados para dois cães enormes que lutaram pelo petisco.

Outro homem branco sinalizou para que o doutor passasse, e ele retomou o movimento devagar. Holmes, cabisbaixo, com rabo de olhos encarou seus irmãos de cor, sabendo que não podia fazer nada por eles. Brianna, apertando os filhos contra seu corpo para que não presenciassem o corpo do escravo, reparou como os negros tinham marcas de torturas, frutos de anos dos mais variados tipos de açoites.

— Deixe que eles vejam – sugeriu à Brianna um dos enforcadores, se referindo às crianças. – Eles precisam entender como funciona a vida – alegou, sorrindo e se divertindo com os outros.

Richard passou pela fila em silêncio e fechou os olhos rapidamente, pedindo a Deus que abençoasse o falecido e tivesse piedade com os brancos torturadores, pois sabia que eram fantoches nas mãos dos anjos das trevas.

A viagem seguiu sem graça, até que Brianna tirasse de uma bolsinha de couro uma porção de soldadinhos de chumbos, metade com uniformes pintados de vermelho e os demais, de azul.

— Eu serei a Inglaterra – disse Bruno, de imediato.

— Não! Você toda vez é a Inglaterra. É minha vez de ser – choramingou Raphael.

— Não briguem, garotos! Brinquem um pouco e depois vocês revezam – falou o pai, tirando umas folhas de dentro de sua maleta.

— O que é isso, papai? – questionou o caçula.

— Esta é uma cópia em seu discurso de Peoria, onde Abraham Lincoln declarou oposição à escravidão.

— Papai, na escola me falaram que nós somos parte de uma minoria republicana na cidade – alegou o filho mais velho, e Holmes achou engraçado.

— É verdade, filho. Os democratas são maioria, pelo menos lá.

— Não sei para que você fica lendo essas coisas – contestou a esposa. – O Abraham Lincoln nem ganhou para senador, perdendo para Lyman Trumbull. A situação dos negros nunca mudará. Não, com metade do país explorando a força de trabalho barata e inescrupulosa dos escravos.

— Nunca diga nunca, meu bem. Pressinto que a maré irá se voltar a nosso favor em breve.

— Duvido.

...

O restante da viagem aconteceu sem percalços e o grupo chegou ao destino no final de uma tarde, algumas horas antes do anoitecer.

O local onde se hospedariam era no lar da melhor amiga de Brianna, Kate. A casa era grande, com cinco quartos; com exceção do assistente, os demais repartiriam um quarto. Kate possuía a estatura mediana, os cabelos pretos, a boca carnuda e o nariz pontudo. Richard e Holmes, depois de desembarcarem onde ficariam hospedados, se dirigiram ao hospital a fim de visitar antigos amigos e algumas farmácias, com a finalidade de se abastecerem de suprimentos e medicamentos que eram mais fáceis de serem achados na capital.

Era evidente a alegria dos dois de andarem por aquelas ruas.

Em Washington, a população de negros livres era substancialmente grande e era comum que frequentassem os bares, restaurantes e estabelecimentos comerciais, diferentemente do que acontecia ao sul dos EUA.

Após se despedir do marido, Brianna acompanhou Kate até o quintal, onde se sentaram em uma varanda. Bruno e Raphael foram brincar de escalar uma árvore grande do quintal, na qual era possível subir até seu cume, e em que havia dois balanços amarrados em um dos galhos.

A anfitriã tomou nos braços sua rosada bebê de nove meses e lhe deu de mamar na teta esquerda, sendo acompanhada por uma empregada negra e assalariada.

— Pronto, pronto, minha filha – disse, cobrindo a neném com um lenço.

Findado o mamar, Kate entregou a neném adormecida para a empregada, para que arrotasse e fosse colocada no berço.

— Ela está uma gracinha – comentou Brianna. – Está gordinha e o nariz dela é idêntico ao seu.

— Todo mundo fala isso – falou contente.

— A que hora o David chega do trabalho? – questionou, falando do marido de Kate.

— Ele deve estar chegando. Talvez em mais uma hora. O escritório de advocacia dele está uma loucura, principalmente porque ele atende muitos políticos.

— Imagino.

— Mudando de assunto, minha amiga, estou tão cansada. Não imaginava que ter filho seria tão cansativo.

— Não é fácil – observou, tendo o chá servido pela empregada. – Obrigada! – agradeceu Brianna.

— Não sei como você teve dois. Se com um já estou ficando doida, imagina com dois.

— Tentamos ter mais um ou dois, mas simplesmente não aconteceu. Você está falando isso, mas sei que daqui a pouco estes cômodos estarão cheios de crianças correndo.

— Acho pouco provável. Foi muito difícil de ter Lisa e você sabe disso. Como você, perdi muitas gestações antes dela nascer.

— Eu perdi três, antes do Raphael. E eu levava uma eternidade para engravidar novamente. Anos. É um milagre eu ter tido dois filhos.

— David obviamente quer ter um filho homem, mas sinceramente não sei se conseguiremos ter mais filhos. Mas por mim, fico só com uma. Estou ficando esgotada o tempo todo. Não estou aguentando mais.

— E olha que você tem ajuda.

— Mas se não pudesse contratar uma ajudante, bastava conseguir uma escrava para me auxiliar – supôs brincando, mas Brianna não achou graça nenhuma, pois não concordava com a escravidão. – E pensar que tem mulher com quatro, cinco, seis filhos e que cuida de todos sozinha – desconversou para disfarçar a má colocação que fizera.

— Exato. Mas acho, pelo pouco que te conheço – satirizou –, que seu problema não é a Lisa.

— Não é?

— Não. Como está sua irmã?

— Está ótima. Continua com aquele gênio difícil e o marido dela só não desistiu do casamento porque eu fico aconselhando-a constantemente. Você acredita que um dia destes ele ficou em vias de bater nela?

— E sua mãe, o que fala para ela?

— Você conhece minha mãe. Ela raramente fala alguma coisa, até porque desde pequena a Katharine, minha ilustríssima irmã, só ouve a mim. Parece até que sou eu a mãe dela – alegou, dando um sorriso ingênuo.

— E seu pai e sua mãe, estão bem?

— Agora estão. Eles tiveram uma briga feia outro dia e ficaram sem se falar por duas semanas. Passados quinze dias em que eles nem se cumprimentavam, eu fui lá para dar uma mão. Quando entrei na casa de meu pai, ele me deu um abraço e agradeceu por ter ido socorrê-los. Adorei o gesto e achei muito carinhoso. Por fim, conversando por horas com cada um, conseguimos chegar a um denominador comum e eles fizeram as pazes. Pode parecer que foi fácil, no entanto, foi demorado e estressante.

— E você achou carinhoso o gesto de seu pai?

— Achei – confirmou sorrindo. – Ele não é de demonstrar muita emoção, e o abraço foi bem caloroso.

— Não percebe o que está acontecendo?

— O quê? – indagou, sem entender.

Brianna se aprumou na poltrona para dar a aula.

— Vou te explicar, Kate. Comecemos com sua mãe: ela geralmente foi muito fechada e, desde que sua irmã era criança, ela terceirizou a criação da Katharine para você.

— Isto não é verdade! – contestou.

— Não é? Você é seis anos mais velha que ela. Quem é que cuidava da Kate bebê, a exemplo de trocar fralda e dar banho?

— Eu.

— Quem ensinou ela e ler?

— Eu.

— Por que sua mãe não ajudou sua irmã ao ver que se encontrava com problemas?

— Porque a Bárbara não a ouve. Somente a mim.

— Exatamente! Você, desde pequena, assumiu o cargo de mãe da sua irmã. Aposto que já emprestou dinheiro para ela, não emprestou?

— Sim, somente duas vezes – admitiu encabulada.

— E ela já pediu dinheiro para sua mãe?
— Não, nunca. Elas não falam sobre isso.
— Está vendo? – exclamou. – Lisa não é sua primeira filha. É a segunda! Sua mãe, como Pilatos, lavou as mãos para a Katharine e a entregou a você.

Kate estava estupefata com a revelação. Tudo fazia sentido.

— E não para por aí! – continuou Brianna, ficando um tanto indignada. – Você achou uma gracinha seu pai te dar um abraço?
— Achei.
— Não percebe que seus pais não tiveram a capacidade nem a maturidade de fazer as pazes por conta própria, e foi preciso que você fosse até lá para que reatassem o casamento? O abraço do seu pai não foi de carinho! Foi um "graças ao senhor a Kate chegou para resolver os problemas que nós não somos capazes de resolver sozinhos".

Kate se levantou com os olhos esbugalhados.

— Não me surpreende você estar tão cansada. Você está fazendo o papel da matriarca da sua família inteira. E quando alguém tem algum contratempo, basta te chamar para que a grande Kate resolva a questão!

Diante da súbita revelação, a anfitriã tornou a se sentar e encarou Brianna boquiaberta.

— Bom dia! – cumprimentou o marido de Kate, um homem simpático, baixo, com mechas brancas no cabelo e que usava um terno. – Consegui sair mais cedo hoje – informou contente. – O que foi? – perguntou, vendo o clima pesado do ambiente.

...

Nos dias que se passaram, com apoio de Brianna, Kate foi cobrar da mãe uma postura mais proativa e responsável quanto à família e tomou coragem para cortar o cordão umbilical que a unia à irmã.

Tanto Katherine quanto sua mãe acharam a atitude de Kate egoísta e não concordaram com suas alegações. Kate, contudo, manteve o pulso firme e avisou que dali para frente ela não seria dirigente daquela família. Seria simplesmente filha e irmã. Nada mais!

Richard aproveitou a oportunidade para fortalecer a *network* com outros profissionais e pôde brincar e sair com os filhos. Holmes conheceu uma violista, forte de caráter e independente, com a qual passou três noites, e Brianna se contentou em estar ao lado da amiga para lhe dar suporte naquele momento de ruptura com a antiga estrutura familiar.

No penúltimo dia em Washington, o doutor aproveitou para enviar uma carta a Lincoln em apoio à causa dele sobre a abolição da escravatura, pedindo que continuasse a luta e que não desistisse dela nunca, pois sabia que terminaria vitorioso. Mais tarde, ele e o assistente foram ao Capitólio com fins turísticos.

Na saída do capitólio, localizada em frente ao centro legislativo do país, uma banca ambulante, montada sobre uma charrete e com um grande cavalo na dianteira, chamou a atenção de Richard.

Na banca, estavam sendo vendidos pedaços de hieróglifos e papiros egípcios, estatuetas de buda em diversas posições, representações de deuses hindus e mais uma série de objetos.

O vendedor era um negro com uns trinta anos, visivelmente estrangeiro, a julgar pelo penteado em tranças na raiz do cabelo, colares de pequenas conchas e com dentes grandes que pareciam ser de leão, e pulseira de couro com penduricalhos.

— Se aproximem – pediu o vendedor – tudo é oferecido por um bom preço – informou com um sotaque arrastado.

— Budista, hinduísta, egípcio... – observou o doutor.

— E islamista – completou o vendedor.

— Você não é daqui, certo?

— Não. Sou de outro país.

— Não tem nada cristão? – questionou com certo desdém.

— Infelizmente, não – esclareceu de bom humor.

— Então, tudo não passa de tolice.

— Se me permite perguntar, não acredita que os que creem nas religiões aqui representadas não são dignos e merecedores da mesma salvação cristã?

— É impensável pensar em um mundo sem Jesus Cristo. "Ninguém vai ao Pai senão por mim", disse Ele em João, capítulo quatorze, versículo seis. Portanto, não. Não acredito que aqueles que não creem em Jesus serão salvos.

— Entendo. Isto significa que talvez três quartos do mundo estão perdidos e nasceram somente para sofrer.

— Sim. Hoje o mundo inteiro pode ter acesso ao cristianismo. Se as pessoas não querem se converter, esta é uma escolha deles – alegou com presunção.

— Senhor, seguramente o cristianismo não chegou a toda parte do mundo e, se assumimos que sua colocação seja correta, isto colocaria toda a humanidade, que nem sequer ouviu falar em Jesus, os que somente ficaram sabendo superficialmente de sua existência, bem como os que vieram antes dele, automaticamente condenados.

O doutor não respondeu, mas deu a entender que aquela lógica estava correta.

— Significaria além disso – prosseguiu o vendedor – se existisse, hipoteticamente, uma mulher negra, de uma tribo africana isolada, a qual dedicou sua vida para o bem de sua tribo, acolhendo os órfãos e dando alimento aos que precisavam, independente de tudo isso, o destino desta mulher seria o inferno pelo simples motivo de não crer em Jesus?

— Sim – confirmou fria e intransigentemente.

— Doutor, não acredito que meus irmãos africanos não cristãos estejam automaticamente condenados – se posicionou Holmes, sendo que praticamente sempre evitava entrar em discussões de cunho político e religioso. – Para mim, o bem e o amor são as únicas moedas que têm real valia.

Richard não sabia o que dizer. Ele não ficou com raiva do assistente ou algo do gênero. Ao olhar para os olhos do Holmes, na verdade, identificou somente humildade e sinceridade.

— Senhor – continuou o estrangeiro – particularmente, eu acredito que Deus é um só e que todos somos filhos dele. Concordo com meu amigo de cor que o amor, ele sim, é o divisor de águas entre as pessoas, independentemente de qual nome chamem o Profeta que decidiram seguir. E se no cristianismo temos atos prodigiosos e os conhecidos milagres, saiba que tais fatos são encontrados em todas as religiões do mundo. Tomemos o senhor, por exemplo.

— O que tem eu?

— O senhor acredita que é o único que tem o dom da cura no mundo?

O doutor quase teve um choque anafilático com tal indagação.

— Como eu disse, o mundo é repleto de prodígios e já vi em outros países e cidades o que senhor faz.

— De que forma você sabe o que faço?

O vendedor sorriu, sem parecer arrogante.

— Eu não só sei o que o senhor faz, como sei o porquê que o senhor tem uma dádiva enquanto outros não a tem.

Holmes, produzindo um barulho ao respirar em função de seu nervosismo, encarou o rosto suando frio do doutor, e não foi capaz de dizer uma palavra sequer. Ele, mais que ninguém, ou melhor, ele e supostamente o estrangeiro, eram os únicos que sabiam do dom do doutor. Mesmo Brianna não tinha conhecimento de suas habilidades e acreditava que o que se dizia sobre Richard era devido ao fato dele ser um ótimo médico.

— Senhor – espero não o ter desrespeitado – alegou o vendedor, fechando a banca. Tenho que ir, e mais uma vez peço desculpas se de alguma forma o ofendi. Mas saiba que minha intenção não foi de jeito algum maldizer o cristianismo, mas sim exaltá-lo, como, para mim, devem ser exaltadas as demais crenças.

Richard, ainda anestesiado com a alegação sobre seu dom e envergonhado por não saber a origem de suas habilidades, abaixou a cabeça e perguntou:

— Por que eu tenho, o que eu tenho?

— Infelizmente, eu não tenho autorização para dizer – alegou o estrangeiro, tomando as rédeas – Mas sinto que muito em breve a verdade lhe será dita. Não se martirize. Eu também tenho algo parecido com seu talento, todavia o meu não está relacionado com a saúde.

— O que dizer com não tem autorização?

— Sinto muito, senhor – disse, se despedindo o tal homem.

...

A viagem para Washington tinha o propósito de ser relaxante e descontraída, no entanto, depois daquele encontro, tendo como pano de fundo o capitólio, Richard se embrenhou por dois dias em bibliotecas e reuniões com outros médicos, tentando achar fundamentos e casos de indivíduos com aptidões especiais e supranaturais; contudo os resultados, reiteradamente, terminaram em tópicos como bruxaria.

Holmes, não podendo colaborar com o amigo, a pedido do doutor, se afastou e optou por voltar a encontrar sua companheira violinista.

Richard se encontrava beirando o desespero, ao se recordar do estrangeiro e de como ele, sendo um não cristão, um pecador, um condenado por não crer em Jesus, podia ter um dom oculto e inexplicável como o dele, e de sobra ter descoberto o que praticamente somente Richard sabia.

O doutor chegou a pensar que o uso de suas habilidades poderia representar uma afronta a Deus, uma vez que ao menos teoricamente era compartilhada por adeptos de outras religiões, entretanto se confortou por ter certeza de que era um cristão convicto e dedicado.

A família deixou a capital sem que o médico tenha conseguido respostas. A consternação de Richard era visível e suas noites mal-dormidas pela busca sem desfechos contundentes resultou em uma condução irregular da charrete, assim como conversações monossilábicas, preenchidas de não, sim, talvez e depende.

Brianna e as crianças estranharam a súbita mudança de comportamento do médico, porém, não conseguindo extrair dele o motivo da introversão, deram o espaço que o pai/marido parecia pedir.

O ápice do tribulado caminho para casa ocorreu quando todos os passageiros pegaram no sono, sendo acariciados pela brisa do dia parcialmente encoberto. Richard, mal sendo capaz de manter a cabeça erguida, tendo-a constantemente sendo vencida pela gravidade e reerguida pelo pescoço, fechou os olhos por um segundo e não viu o veículo beirar no limite da estrada e subir em um montinho traiçoeiro.

Com a subida, a charrete deu pequeno salto, que acordou todo mundo até o fim da viagem. O solavanco fez com que Bruno fosse jogado sobre Raphael, Brianna bateu a cabeça no encosto, Holmes ficou perto de ser arremessado ao chão e Richard ficou com torcicolo.

De volta ao lar, carregando o peso da inconformidade sobre a conversa com o vendedor, sem pregar os olhos direito durante as noites e sendo castigado pela dor no pescoço e nos trapézios que insistia em não ir embora, Richard pensou em uma das únicas coisas que podiam ajudá-lo a se reequilibrar: ir para o campo e tratar de ovelhas.

Um bancário da cidade chamado Gael Murphy possuía, com seu irmão, uma fazenda localizada a duas horas da cidade. O doutor se ofereceu encarecidamente para acompanhá-los na temporada que se iniciaria e foi de bom grado aceito.

Eles tomaram café e saíram. O almoço e o jantar foram servidos na fazenda, e todos se recolheram cedo para cama, pois os trabalhos se iniciariam bem de manhãzinha.

Ao acordarem, um café da manhã reforçado foi tomado. Richard, o bancário e seu irmão saíram para buscar os animais, sendo acompanhados por dois cães pastores bem treinados. O bancário tinha trinta e nove anos, era barbudo e parecia ser mais fraco do que os outros, mas pelo contrário, era quem abria o expediente e era um dos últimos a abandonar o posto. Ronan, o irmão, era um senhor de cinquenta anos, forte como um touro e que usava um grande bigode para esconder os lábios cerrados.

O pasto mantinha-se levemente umedecido devido a uma neblina que o cobria como um tapete, e o trajeto se desenhava inclinado, subindo o morro de baixo declive.

Richard notou um rio caudaloso que passava no vale entre dois terrenos elevados e se lembrou de Frank Goldman e sua fobia por pássaros. Um arrepio, porém, lhe recordou de sua própria fobia. Aos nove anos, ele se virava muito bem na água, nadava contra correntezas e dava profundos mergulhos. No entanto, brincando em uma rasura com um amigo, o colega subiu em seus ombros, o forçando para baixo d'água por alguns segundos sob a água. Ele saiu correndo do rio e chorando, não porque se afogara, mas porque um medo terrível brotou inexplicavelmente dentro dele.

Vendo a cor azul-esverdeada do rio e como ele fazia uma curva no lado do curral, ele sentiu um arrepio e aversão à sensação de nadar. A partir do evento aos nove anos, Richard só entrava em lagos e rios em situações imprescindíveis; praticamente nunca.

Vencido o morro, Gael, a despeito de seu bom físico e com seu habitual cigarro na boca, sentiu uma anormal falta de ar, surgida com uma sequência de tosses secas. Ele rapidamente se recuperou e descartou o cigarro sem saber que o tal vício, mantido compulsivamente desde a adolescência, vinha lhe causando problemas de saúde.

A primeira ovelha foi avistada em uma clareira, e os cachorros imediatamente flanquearam o bicho, o direcionando para perto de outros mais adiante. O processo foi se repetindo, contando com o intermédio do doutor, e o rebanho foi ganhando corpo.

Como o terreno era acidentado, Richard, enquanto dava gritos de comando às ovelhas, sentiu as panturrilhas queimando em uma sensação nostálgica que o fez lembrar do falecido pai. A transpiração que descia de sua testa, a qual ele passava a mão para evitar que caísse nos olhos, parecia simbolizar a expurgação de toda dúvida e insegurança gerada em Washington.

Ao fim da tarefa de agrupar os animais, o médico externou sua felicidade por meio de um uivo a plenos pulmões.

O rebanho de criaturas peludas foi levado para um curral, onde filhotes machos foram separados e castrados. Naquela tarefa, as práticas médicas de Richard, somadas aos anos de experiência de sua infância, lhe deram uma vantagem quando comparado com o desempenho de Gael. Os testículos extraídos eram colocados em tigelas e, ao final, a vitória do doutor pôde ser contabilizada pelo número de bagos.

A próxima parte do manejo era a de tosquiar as ovelhas. Se na tarefa de castração Richard se destacara, no tosquiar ele perdeu de lavada. Seus principais oponentes, o banqueiro e seu irmão, moviam as tesouras com excelência e destreza e retiraram as lãs gerando ao fim de cada animal uma compacta peça.

Cansados, doloridos e com muitos músculos sensíveis até ao toque, todos tomaram banhos satisfeitos e radiantes pelos trabalhos realizados. O jantar comunitário obviamente teve, além de outros pratos, testículos cortados em cubos e fritos com legumes. A rodada de cerveja foi novamente iniciada. Gael, como habitual, era o primeiro a puxar os trabalhos e o último a parar.

Seu gosto por cervejas tinha ultrapassado a normalidade e, ao contrário da maioria dos homens dali, os quais bebiam ocasionalmente, o banqueiro não passava um dia sequer sem molhar o bico.

A atividade de tosquiamento se repetiu por mais alguns dias, entretanto o doutor retornou para sua residência na terceira tarde, pois tinha que cumprir sua agenda médica.

Richard voltara a ser o médico de sempre.

...

Ele retomou a rotina de atendimentos e, em certa ocasião, foi tratar de uma dor de garganta do filho de um grande produtor rural, enquanto Holmes ficou na cidade para dar uns pontos no queixo de uma menina. Finalizada a consulta e receitados os remédios, uma escrava de dezoito anos, com roupas brancas e ensanguentadas, pôde ser vista ao longe, indo cambaleante rumo à senzala.

O chefe da casa, Paulo Miller, um jovem de vinte e seis anos, gentil e da altura de Richard, saiu correndo em direção à escrava, sendo seguido pelo doutor e por outros dois escravos. Ao alcançá-la, ela foi às pressas colocada na senzala, um lugar grande, arejado e como Richard jamais vira, devido à limpeza e organização, na qual quinze residentes, homens e mulheres, improvisaram uma maca para que a mulher recebesse os tratamentos médicos.

Richard identificou um grande corte em uma das coxas da moça e confirmou o mal prognóstico, encarando Paulo, enquanto a negra desmaiava devido à perda de sangue.

— O corte é bastante profundo... – avisou, balançando a cabeça negativamente.

— Sophia! Onde está Sophia? – exclamou a esposa de Paulo, Maria, parecendo ser maior do que seus um metro e sessenta, com o cabelo liso voando pelos ares devido à velocidade que entrou no lugar e os olhos castanhos escaneando os braços das pessoas.

— O que tem ela? – indagou Paulo, preocupado.

— Petúnia estava com ela! – informou, aflita, apontando para a escrava.

Sophia era uma bebê de um ano.

— Onde ela está? – gritou Paulo, balançando a mulher desacordada pelos ombros.

— Não faça isso, Paulo! – brigou Richard, pois ele poderia matá-la. – Ela está morrendo e há muito pouco o que eu posso fazer – sentenciou o médico.

— Use suas habilidades! Você pode salvá-la! – pediu Paulo.

— O máximo que eu conseguiria seria prorrogar a vida dela por alguns minutos, mas é pouco provável que ela acorde – avisou.

— Minha filha! Eu quero minha filha! – se desesperou Maria.

— *O espírito dela se foi* – disse um senhor em uma língua estranha.

— Ele está dizendo que é tarde demais – traduziu outro escravo, que tinha uns trinta anos.

— Meu Deus! – se desesperou Paulo. – Onde está nossa filha? – berrou.

— *Podemos tentar trazer o espírito dela de volta. Mas seria só por poucos instantes* – comentou o velho.

— Talvez nós possamos trazer ela à vida, mas ela ficaria conosco por pouco tempo.

— Faça isso! Por favor! – suplicou Maria chorando. – Eu faço o que quiserem!

Os escravos da família eram diferentes dos demais da região. Enquanto os outros eram a terceira, quarta, quinta geração de negros trazidos ao país, isto é, quem fora contrabandeado da África haviam sido os avós, bisavós e tataravós dos negros, os escravos de Paulo eram a primeira geração.

Embora a importação de negros fora proibida nos anos de 1808, no governo do Presidente Thomas Jefferson, uma quantidade considerável de escravos continuou entrando ilegalmente nos EUA pela Flórida.

Os negros ali presentes eram de uma mesma tribo, haviam sido adquiridos pelo pai de Paulo décadas antes daquela data. Com o falecimento dele, Paulo herdou todas as suas propriedades. O então chefe da casa acolheu os escravos e, como não lhe agradava a ideia de tê-los como bens, mas sim como seres humanos, os tratava como se fossem empregados em sua fazenda. Eles eram bem alimentados, não sofriam castigos físicos ou eram açoitados, e a senzala era muito bem organizada.

Os homens e mulheres tinham a pele bem escura, praticamente preta, possuíam as escleras dos olhos, as partes brancas, em tons amarelados, possuíam lábios volumosos e os mais velhos praticamente só falavam suas línguas nativas.

O senhor que alegou poder trazer o espírito da jovem era uma espécie de xamã.

Dada a autorização para que o xamã realizasse seu ritual, um círculo de cadeiras foi organizado ao redor de Petúnia e do doutor, e as mulheres se sentaram nelas. Os homens se posicionaram um metro atrás das cadeiras e as crianças negras foram postas em um canto, afastados da cerimônia. Todos foram passando um pote onde um copo d'água e um pó branco foram misturados, e os escravos fizeram desenhos nos rostos, peito e barriga, usando os dedos.

Richard retirou uma mangueirinha de sua maleta, fez um corte na perna de Petúnia, e improvisou uma ponte de safena ligando os vasos rompidos. Daquela vez seu dom não se manifestou e ele usou seus conhecimentos médicos para mantê-la viva.

Feito o procedimento, ele sentiu uma dorzinha vinda da lateral da costela esquerda e, ao passar a mão, notou a existência de um calombo na área, do tamanho de um feijão.

— Devo ter batido sem ver em algum lugar e agora, com o esforço, a pancada deu uma inchada – ele pensou.

Foi o senhor quem começou o rito, cantando sozinho uma frase de chamamento.

— *Ôiááááá, ôô Bandôôôôô.*

Todos repetiram o chamamento e, em seguida, os homens batucaram tambores e as mulheres, lentamente, e de olhos fechados, iniciaram um movimento de ir para trás e para frente com o tronco.

Bandô era o Deus da Morte na cultura deles.

A canção foi se intensificando e os olhos de muitas mulheres foram para trás de suas órbitas. O xamã passou para detrás das cadeiras e, diante dos homens, foi andando e repetindo o mantra, mantendo os olhos fechados.

O doutor fez o que podia para não perder a paciente. O pulso de Petúnia encontrava-se fraco, quase imperceptível.

O culto durou mais um minuto e, quando alcançou o volume máximo, o xamã deu um grito e todos se calaram.

— *Ela chegou!*

Dito aquilo, a jovem arregalou os olhos, deu um grito ensurdecedor e, em seguida, pareceu desfalecer, mexendo levemente a boca. O senhor se ajoelhou e colocou uma de suas orelhas perto de sua boca. Maria, muito abalada, apertou um braço de Paulo, e ele olhou fixamente para o xamã, torcendo para que Petúnia pudesse ajudá-los.

Ela sussurrou por uns vinte segundos, deu um prolongado suspiro e morreu.

O senhor se aproximou do homem que fora o tradutor de outrora, e lhe falou baixinho o que ouvira.

— Sabemos onde o bebê está! – anunciou sorrindo, e saiu correndo sendo seguido pelos pais, Richard e mais três escravos.

Eles correram por uma plantação cujas plantas batiam na altura dos joelhos. Seus destinos era uma mata fechada, situada a uns cem metros da senzala.

Petúnia estava passeando com Sophia e mostrando as galinhas no galinheiro, quando um grande javali, com presas cumpridas e afiadas, e com uma perna muito machucada, a encurralou. Ela gritou, no entanto, ninguém a ouviu. O animal encontrava-se enfurecido e avançou rumo à escrava. Ela correu com Sophia no colo e, graças ao ferimento do bicho, Petúnia conseguiu correr dele até que entrasse na mata, perto de uma árvore com flores amarelas. Um pouco encoberta pelas árvores e após deixar Sophia ao lado de um tronco caído, ela, temendo pela vida da criança, tirou uma faca da cintura, encarou o javali e a fincou no pescoço do animal, enquanto ele dava um bote na perna da moça. Ela voou no ar girando e caiu no chão. Ferida e muito desnorteada, não conseguindo ver a bebê, Petúnia voltou para pedir ajuda.

— Aqui está ela – avisou o escravo que seguia na dianteira, passando pelo corpo sem vida do javali.

Sophia se encontrava levemente suja e se divertia com duas borboletas que faziam voos rasantes sobre ela.

— Milha filha! – falou Paulo, pegando a criança no colo, sendo abraçado por sua esposa.

O enterro e funeral de Petúnia foi realizado depois do encontro da bebê.

Ela foi enterrada próximo a um jardim e Richard se ofereceu para fazer o sermão. Todos da família e todos os trabalhadores e escravos participaram da cerimônia.

Finalizado o pronunciamento do doutor, o senhor que conduzira a sessão mediúnica com os escravos pediu para falar.

Ele fez o que pareceu ser uma oração, na língua dos escravos, gesticulando bastante, apontando as mãos para o céu várias vezes, e comoveu a todos, independentemente do não entendimento de suas palavras por muitos dos participantes.

Paula e Maria se emocionaram bastante em um misto de felicidade pela vida da filha e gratidão à heroína morta. Richard não sabia o que pensar sobre o que presenciara. Vendo o senhor falar, ele sentiu uma grandeza que não entendia naquele homem e seu corpo todo se arrepiou.

...

O doutor chegou em casa exausto após os eventos na casa de Paulo, se sentou em uma poltrona e esticou as pernas sobre uma mesinha.

Como foi possível que aquele senhor operasse o ritual? Como ele pôde fazer a invocação, demonstrando tal poder? Seria bruxaria o que testemunhara? Porém, poderia tal magia ser usada para o bem, como foi o acontecido?

Ele fechou os olhos em meio a seus questionamentos e, ao recostar a cabeça no encosto, alguém bateu em uma das portas de entrada.

A residência do doutor tinha um ambulatório e consultório que dava passagem para a rua e que era usado para atender pacientes.

As batidas vinham da porta daquele cômodo.

Richard se levantou preguiçoso e desacreditado com a possibilidade de ter que atender alguém. Ao abrir a porta, contudo, a preguiça sumiu e deu lugar ao espanto.

— Boa noite! – cumprimentou o estrangeiro que Richard conhecera em Washington.

CONDENADO

Boa noite! – respondeu o doutor ao vendedor, percebendo a banca itinerante estacionada do outro lado da rua.
— É você! – afirmou o estrangeiro, sorrindo.
— Como você me achou? – questionou Richard, desconfortável e intrigado.
— Bom, eu não acredito em coincidências, e esta realmente não é uma delas – falou, mantendo o bom humor e coçando a cabeça. – Eu procuro um médico e me indicaram a sua casa. Eu sofri um pequeno acidente e acho que preciso levar uns pontos – esclareceu, levantando um pano e mostrando um corte extenso no antebraço. – Você é médico?
— Sim, sou – confirmou, desconfiando com o encontro.
— E aí? Posso entrar? Eu tenho dinheiro e posso pagar.
— Desculpe. Entre, por favor.
— Obrigado! Com licença.
— Qual o valor do atendimento? – questionou, indo em direção a uma cadeira e olhando a sua volta.

O local possuía uma maca, uma mesa e três cadeiras do tipo de escritório, uma estante cheia de livros, medicamentos e ervas variadas.
— Ficará em 3 dólares – informou, ao se sentar e gesticulando para que o vendedor se sentasse. – Um e cinquenta da consulta,

cinquenta centavos das bandagens e um dos medicamentos anti-inflamatórios que te entregarei.

— Certo – concordou tirando o dinheiro de um bolso e pagando adiantando. – Permita me apresentar. Meu nome é Khalil Ibrahim Radesh.

— Me chamo Richard Lemmon... como sabia sobre minhas habilidades? – perguntou, sem delongas, se lembrando da frustração que sentira depois do primeiro encontro deles em Washington, e retirando os instrumentos de sua maleta.

— Muito prazer. Sinto muito, pois realmente não estou autorizado a lhe dizer, porém posso fazer um comentário? – interpelou despretensiosamente.

— Fique à vontade.

— Já rodei o mundo e conheci muitas pessoas como você.

— Como assim?

— Fundamentalistas religiosos, no bom sentido do termo. São pessoas com uma estrita adesão a um conjunto específico de doutrinas teológicas tipicamente em reação à religião. Na prática, isso significa a crença exclusiva em uma religião e a certeza de que somente por meio de suas escrituras sagradas e de seu Profeta o homem conseguirá a salvação.

Richard não contestou, pois se identificou com tais definições.

— E sabe o que eu descobri em minhas andanças?

— O quê? – indagou, mantendo a cara seríssima, passando um fio pelo buraco da agulha que seria usada para dar os pontos.

— Cristãos, islamistas, budistas, hinduístas, judeus. Todos têm seus fundamentalistas e participei de conversas como a que tivemos em Washington, nos cinco idiomas que eu falo e com religiosos diversos. Veja, não acho nenhuma religião melhor do que outra e, para mim, o melhor dos homens é aquele que ajuda o próximo. Particularmente, inclusive, gosto muito de Jesus e para mim ele foi um dos maiores, se não o maior de todos os Profetas.

Richard balançou a cabeça assentindo e estranhando tal revelação.

— Posso te fazer uma pergunta? – questionou o paciente e o doutor parou por um instante, estando com tudo pronto para o atendimento.

— Pode falar.

— Sabe quem eram os Três Reis Magos da Bíblia?

— Eram pessoas, profetas que viram e pressentiram a chegada de Jesus.

— Sim, mas de onde vieram, como foi que viram, como você disse, que Jesus viria? A que religião eles pertenciam?

— Estas são perguntas que não tenho resposta.

— Os Três Reis Magos eram mitraístas, uma religião que possui sacerdotes astrônomos e que cultuavam o Deus Mitra. Consequentemente, não eram cristãos. E se não eram cristãos, de acordo com sua colocação anterior, não seriam dignos de serem salvos. Nem eles, nem os profetas como Samuel, Elias, Davi, Salomão, Abraão ou seus filhos Isaque e Ismael.

Richard ia contestar a fala do estrangeiro, defendendo o Velho Testamento, mas desistiu por se recordar que disse que crer em Jesus era o único caminho.

— Contudo, – continuou Khalil –, se você disser que se os profetas hebreus do antigo testamento por algum motivo também foram aceitos por Deus, mesmo sem terem conhecido Jesus, isto abriria um vasto leque de possibilidades, porque existem profetas em todas as religiões e não só no antigo testamento.

Richard percebeu aonde Khalil queria chegar, mas ele não era capaz de conceber uma vida sem Cristo. Ele ia contra-argumentar, se referindo à santidade dos profetas bíblicos que viveram antes de Cristo, todavia a lembrança do Xamã e o que se sucedeu com a bebê lhe trouxeram à mente quanto aos mistérios da vida e da morte.

— Doutor, me desculpe por falar demais – falou sorrindo.

— Problema nenhum. Pode não parecer, mas estou gostando muito de nossa conversa.

— Doutor Richard, eu venho de uma comunidade que possui indivíduos espalhados por todo o mundo e que busca o conhecimento. Tal qual os islamistas, os cientistas da antiguidade, os imperadores Genghis Khan e Alexandre, o Grande, o meu povo aceita todas as religiões e tem o foco no saber. Diferentemente da sociedade ocidental que conta o tempo em séculos, mas nós contamos em milênios, doutor.

— E qual a sua missão no novo continente?

— Sou por ofício, o que vocês chamariam de um farmacêutico. Meu intuito na América é aprender mais sobre as técnicas de anestesia. Estou na cidade, inclusive, porque me disseram que eu encontraria aqui um especialista.

— Está falando com ele – admitiu, levantando o queixo e realmente apreciando o papo com aquele estranho.

— Fico feliz, pois então o destino me sorri.

— E por falar em anestesia, você quer uma dose para receber os pontos? – indagou, levantando a agulha.

— Não será preciso. Eu aguento. E me permite, porém, que, enquanto você realiza o procedimento, eu escreva alguma coisa?

— Sem problema nenhum.

— O senhor teria um papel em branco e algo para eu escrever?

— Tenho sim.

Richard deu um papel amarelado para Khalil, deixou um vidrinho com tinta sobre a mesa, junto a uma pena de escrever.

Khalil repuxou o braço na primeira agulhada, mas em seguida se manteve parado para a costura. Antes de iniciar a escrita, ele respirou fundo, abaixou as pálpebras e, com os olhos praticamente fechados, se pôs a escrever.

Dando os pontos, o cansaço de outrora voltou a castigar o corpo do doutor, porém sua cabeça se acendia como pólvora em chamas em função das alegações ora proferidas por Khalil. Seu rosto expressava um tímido, mas relevante sorriso de canto da boca.

Sim, ele era um fundamentalista; porém, antes de tudo, era pesquisador e cientista. Pela primeira vez na vida dele, alguém de outra religião lhe falava com tanta eloquência e instrução, e a linha de raciocínio e lógica ora apresentados formaram um elixir revigorantes para sua sede de aprendizado.

Para Richard, a fé não era algo simplesmente dogmático, embora em Washington tal posicionamento possa ter parecido o contrário. Ele classificava a fé como algo raciocinado, além de ser uma crença em um Deus presente, mas invisível.

— Pronto. Acabei – anunciou o fim da sutura. – Te passarei uma pomada para acelerar a cicatrização e reduzir as chances de infecções.

— Entendido. Ficou ótimo meu remendo – brincou.

— Devo confessar que, por mais improvável que eu pudesse imaginar, comigo inexplicavelmente tendo ficado praticamente calado, só ouvindo, foi de muito bom agrado escutar seus argumentos. Com certeza, me garantirá horas e horas de reflexão – alegou, e pela primeira vez diante de Khalil, amenizou as rugas entre as sobrancelhas.

— Fico extremamente grato por ter gostado. Gostaria de te dar um presente. É uma mensagem.

— Obrigado. Posso lê-la?

— Faço questão.

"*Eu sei o quanto você busca a Verdade e quanto sua paixão pelo estudo e pelo conhecimento o faz mover montanhas. Eu sei o quão apaixonado você é pela medicina e compreendo o tamanho de sua satisfação e felicidade que sentiu ao tratar de alguém que confia em ti a sua própria vida ou de seus entes queridos. Ajudar o próximo é o maior dos bálsamos e o mais nobre ato que uma pessoa pode realizar, pois, no final, tudo que se dá um dia volta, em um ciclo infinito de eterno retorno. Amar a Deus sobre todas as coisas e ao próximo como a ti mesmo. Aí estão contidos os principais mandamentos de todos os profetas. Richard, sua trajetória até aqui foi árdua e, desde a perda de sua mãe, cujos pés e o coração tão bem você tratava, até a morte de seu pai, seu herói que dedicou a vida para que seu filho ingressasse na faculdade, você vem vencendo com honra as batalhas que lhe são destinadas. Saiba que, embora medos às vezes irracionais surjam, eles não tiram o brilho daquele garoto que brincava de dissecar animais mortos e que hoje é um exemplar profissional da saúde".*

Richard ficou mudo ao finalizar a leitura e enxugou rapidamente os olhos para evitar que as lágrimas caíssem em seu rosto.

— Espero que tenha gostado – falou Khalil, se levantando e caminhando rumo à porta.

— Como você fez isto? – questionou o doutor, devido à mensagem conter informações tão pessoais dele.

— Eu te disse que tinha um dom, não disse? – alegou alegre, abrindo a porta e saindo do ambulatório.

— Espere um pouco. Peço que me conte mais – pediu, permanecendo sem acreditar no que lera.

— Calma, meu amigo! Muito em breve nos encontraremos de novo e teremos muitas oportunidades para conversar. Lembre-se de que preciso aprender tudo o que se pode sobre anestesias – afirmou, se despedindo.

Richard fechou a porta, releu a mensagem incrédulo e de novo teve que se contentar por não ter tido as explicações que gostaria.

...

Richard voltou à casa de Paulo na manhã seguinte para verificar como o filho dele se encontrava, principalmente a bebê.

Sophia havia dormido excelentemente bem à noite, e tirando a falta de Petúnia, ela se encontrava ótima. O filho de Paulo, um menino gordinho e atentado, desfrutava a melhora de sua dor de garganta, brincando no chão e sendo acompanhado por outra escrava que fazia o papel de babá.

Findada a consulta, Paulo e o doutor se sentaram para conversar na varanda, próximo de onde o filho dele brincava.

— Até agora estou um tanto extasiado pelos acontecimentos de ontem – confessou Paulo.

— Foi algo incrível o que aconteceu. Graças a Deus, sua filha está bem.

— Eu quero comer um doce – falou Nicholas, o filho, para a babá.

— Sr. Nicholas, está chegando a hora do almoço. Não coma, senão não almoçará direito – sugeriu a escrava, Margarida.

— Pai, eu quero o doce agora – choramingou.

— Tudo bem, meu filho. Pode pegar para ele – disse à escrava.

— Obrigado, pai. E hoje eu ganho o presente, não ganho?

— Ganha.

— Você deu algum tipo de recompensa a seus escravos pela ajuda? – indagou o doutor, acompanhando a conversa paralela de rabo de olho.

— Prometi fazer um grande banquete no jantar de hoje, e montar cama para todos.

— Que bom! Independentemente das camas, devo dizer que sua senzala é um exemplo para os outros – alegou, quando Nicholas ganhou o doce.

— Melhor ainda se eles fossem libertados, não seria? – brincou, atiçando Richard.

— Tudo a seu tempo. Mais cedo ou tarde, a escravidão terminará – afirmou o doutor, sorrindo.

— Quero mais um doce – pediu o garoto.

A escrava nem respondeu ao pedido, esperando Paulo se manifestar.

— Pode pegar mais um para ele.

Margarida foi novamente à cozinha e os dois homens ficaram em silêncio até que ela voltasse com o doce. Richard olhou para o garoto, devorando a guloseima, e não se contendo, entrou na questão da educação da criança.

— Paulo, você normalmente é assim tão bonzinho com seu filho?

— Não. Só de vez em quando – falou, virando o rosto.

— Certeza? – questionou olhando para a escrava, enquanto ela desviava o olhar.

— Talvez um pouco mais do que deveria – confidenciou o pai.

— Qual a frequência com que ele faz isso? – indagou o doutor à escrava em tom de brincadeira, contudo ela não respondeu.

— Pode falar – confirmou Paulo, achando graça, mas ela tornou a recusar uma resposta para não incriminar o patrão. Embora ele fosse uma boa pessoa, ela temia alguma retaliação futura.

— Está óbvio para mim que você sempre o trata dessa forma, não estou correto? – questionou Richard.

Paulo consentiu com a cabeça.

— Bom, me permita te dizer uma coisa, e saiba que o que falarei é um e somente um aconselhamento.

— Sinta-se à vontade – pediu Paulo.

— Meu amigo, mimar a criança pode parecer um sinal de carinho e afeto, porém o que você está fazendo é uma forma direta de aleijar o seu filho.

— Aleijar? – questionou, surpreso.

— Sim, aleijar. Não fisicamente falando, mas emocionalmente – insinuou.

— Não estou entendendo, doutor.

— Vou explicar. A infância é um período de aprendizagem não só intelectual, como emocional e psíquica. Se por um acaso privamos nossos filhos de disciplina, de seguir regras, obedecer a ordens, é muito provável que eles chegarão à fase adulta achando que o mundo vai tratá-los como estavam acostumados em casa, e daí se estabelece um hiato.

— O mundo jamais vai tratá-los dessa forma.

— Exato. Como um vaqueiro tem que treinar para ficar bom, as crianças precisam praticar a convivência com as adversidades para que saibam se portar na hora em que elas surgirem. O que alguém que não ouviu "não" em casa na infância fará quando estiver adulto e for contrariado?

— Dará um tiro na pessoa – falou satirizando.

— Isto é muito sério, Paulo. Você não é, em primeiro lugar, amigo do seu filho.

— Não sou?

— Não. Você é pai e, depois, amigo. O pai e a mãe são aqueles que dão direcionamento, que servem de exemplo e que promovem a educação. A babá, a professora e a escola devem apenas reforçar a boa conduta que vem do lar da criança, não o contrário. Não dá para terceirizar a educação dos nossos filhos.

— A escola não é quem fornece a educação?

— Não. A escola fornece ensino, conhecimento. A educação é dada em casa. Ai de um filho meu se eu receber reclamação dele da escola!

— Devo, portanto, ser um pai ultrarrigoroso, ditador, autoritário? É isto que está dizendo?

— Existe uma linha, às vezes tênue, entre cobrar determinado posicionamento do filho e o autoritarismo. Equilíbrio é a palavra de ordem. Cobrança excessiva, apostar tudo no filho, exigir a perfeição, pressionar indefinidamente as crianças para alcançar um resultado qualquer podem ser traumáticos para a criança caso ela não consiga atender às expectativas, e muitas, nessa conjuntura, chegam a tirar a vida pelo desapontamento e por não se acharem boas o suficiente para viver.

Naquela hora, Kate chegou à varanda com um embrulho nas mãos.

— Toma seu presente, filho – informou a mãe, feliz, dando um carrinho de madeira nobre ao primogênito.

— Eba! Até que enfim! – se felicitou.

— Ele não parava de me pedir o presente – alegou a mãe, satisfeita com a alegria do filho. – Este é um dos presentes do aniversário dele.

— Ah, é aniversário dele hoje? – perguntou Richard.

— Não, o aniversário dele é daqui a um mês – esclareceu a mãe, vendo um olhar de reprovação do pai, prevendo que o doutor utilizaria mais esse caso como exemplo.

— O que foi? – indagou ela, estranhando a cara dos dois.

— Fizemos errado, não fizemos? – questionou Paulo.

— Esperar a data certa para dar presente é uma forma para que os filhos aprendam a controlar a ansiedade. Ansiedade essa que está presente em tantos de nossos conhecidos, não é mesmo? – indagou, tocando na bochecha, em referência ao juiz Raymond e sua cicatriz.

— E como!

— Provavelmente, dada a boa situação financeira dessas pessoas, elas tenham sido extremamente mimadas na infância, e trouxeram para a vida adulta a birra, a impaciência e a pouquíssima tolerância a quem discorda e diverge dos seus desejos e opiniões.

— Pai, eu não quero almoçar hoje – avisou o filho.

— Será por quê? – questionou Richard, satirizando.

...

Transcorridos alguns dias sem que Khalil reaparecesse, no Dia da Independência foi organizado uma grande festa às margens do rio que passava adjacentemente à cidade. Além de comemorar formalmente a referida representatividade da data, teve como plano de fundo político e econômico a conquista de áreas do continente a oeste, formando grandes Estados como Texas e Novo México. Os recém-fundados Estados possuíam não só vocação para trabalhos forçados, como suas subsistências eram baseadas na escravidão, o que dava ao sul do país um sólido bloco legislativo e executivo para defender e apoiar as leis e práticas escravagistas.

A festividade contou com várias apresentações, bandas, bandeirolas, e foi um dia muito animado. À noitezinha, o doutor e sua família se sentaram com outras pessoas para apreciar os fogos de artifício.

Richard brincou com os filhos e contou histórias da guerra da Independência, incluindo o apoio francês, o primeiro presidente, George Washington, de como as leis e impostos cobrados pela Inglaterra conduziram ambos os países a uma guerra. Falou também da promulgação de uma nova constituinte e sobre os *Pais Fundadores* dos Estados Unidos.

— "*Consideramos essas verdades autoevidentes, que todos os homens são criados iguais, que são dotados pelo seu Criador de certos direitos inalienáveis, entre os quais à vida, à liberdade e à busca da felicidade.*" – recitou da Constituição.

— Se todos os homens são criados iguais, desse modo os negros não podem ser tratados de forma diferente dos brancos! – concluiu Raphael.

— Este é meu garoto! – elogiou o doutor, sendo olhados com reprovação por famílias à volta deles, por não concordarem com a criança e com a atitude do pai. – Agora venha cá, seu sabidão!

Richard puxou o filho para seu colo e iniciou uma maratona de cosquinhas. Ele sabia que Raphael sentia muitas cócegas nas axilas e agiu impiedosamente.

— Para, papai! Eu vou fazer xixi na calça! – disse, morrendo de rir.

— Agora é sua vez – disse, pegando e puxando Bruno para a brincadeira.

A risada do Bruno foi muito alta e Brianna teve que intervir para que parasse, pois estavam passando vergonha entre o povo.

Todos se recompuseram, as crianças pegaram bonequinhos de pano e palha para brincar e Brianna mudou o rumo da conversa.

— Veja só a Roxane – indicou furtivamente, dando um cutucão com o cotovelo no marido.

Roxane era uma mulher baixa, de um metro e cinquenta, tinha cabelos cumpridos e era levemente acima do peso. Ela visivelmente estava sendo assediada por um homem barbudo.

— Acho que perdeu uns vinte quilos – analisou Brianna.

— Não exagera.

— Não estou exagerando. Veja como ela está magra.

— Pode ser... O que será que a motivou a emagrecer?

— A motivação dela foi a morte do marido!

— Brianna! – censurou Richard.

— Estou falando sério! O Victor era um bêbado, mulherengo. A Roxane, coitada, era tão gorda que não conseguia fazer quase nada em casa. Uma vez, eu fui lá e a situação do lugar era deplorável. Ela me disse que tentara emagrecer de todas as formas, mas não conseguia. E por causa do excesso de peso, seus pés, joelhos e a coluna doíam muito ao limpar e organizar a casa.

— O Victor realmente bebia mais do que devia, corria atrás dos rabos de saia, e me lembro dele falar que odiava mulheres gordas.

— Pois é! E por isso, por ele não gostar de gordas, Roxane inconscientemente comia descontroladamente para se vingar do marido. Não eram as dietas que eram falhas. Era ela, que se autossabotava com o objetivo de que Victor tivesse o tipo de mulher que ele detestava.

— Você não tem jeito, Brianna – recriminou o doutor.

— Não estou dizendo nada de errado e nenhuma mentira. Pelo contrário. Só falo a verdade, e é por isto que, quando alguém vem falar comigo, sabe que eu direi o que precisa ser dito e não ficarei passando a mão na cabeça para aliviar o caso – esclareceu orgulhosa. – Veja só a Roxane – insistiu. – O corpo do falecido nem esfriou e agora ela está toda saidinha, magra e cheia de pretendentes.

...

Finalizados os comentários sobre a viúva, uma amiga de Brianna puxou conversa com ela, Richard se levantou e foi para perto do rio em companhia de Desmond, com seus cento e trinta quilos, camisa xadrez por baixo de um macacão e bota.

Eles deram boas risadas se lembrando de Victor e de como ele cantava desastrosamente as candidatas a amantes, além de comumente ter aquele bafo etílico, mesmo pelas manhãs.

O local onde pararam para papear se encontrava escuro, isolado e sendo pouco iluminado pelos lampiões. Após alguns minutos, Desmond, um tanto tonto de cerveja, falou que iria mijar e pediu que o doutor o esperasse.

Desmond se posicionou atrás de um arbusto, a uns trintas metros de onde Richard se encontrava, para que não pudesse ser visto pelas mulheres e crianças, e o doutor ouviu uma foz infantil se aproximando.

— Papai. – disse a voz que parecia ser de uma criança com uns dois anos de vida.

O doutor apertou os olhos para tentar ver a criança, porém a penumbra o camuflava. De repente, ela pôde ser vista na beirada do rio e caiu nele.

O local da queda era um barranco pequeno, uns cinquenta centímetros acima da água, Richard correu para fazer o salvamento. No entanto, ao se posicionar na margem, entendendo que teria que pular na água, ele paralisou.

A fobia o travou por completo. Seu ímpeto e sua vontade eram de pular e tirar o garoto da água, no entanto, seu corpo se encharcou de suor, seu coração disparou, a saliva de sua boca sumiu e os pulmões pareciam que iam parar. A criança, que batia os braços apavorada, olhou para o doutor suplicando ajuda, contudo, os músculos de Richard simplesmente não respondiam.

Para sorte do garoto, Desmond pulou na água a tempo e o pegou antes que se afogasse. Ele, ao pegar seu filho no colo, ficou de pé, uma vez que a profundidade da água não dava um metro, e se enfureceu com o médico.

— O que há de errado com você? – exclamou.

Richard não respondeu. Ele estava pálido, seu coração continuava acelerado, suas pupilas haviam se dilatado e ele respirava com dificuldade.

O doutor pegou a criança no colo do pai para retirá-la da água e, ao dar uma mão para que Desmond subisse, seu rosto e sua consciência queimavam de vergonha e desapontamento.

Como ele, um médico que salva-vidas, pôde ser vencido por um medo tão ilógico e sem razão de existir?

— Eu sinto muitíssimo! – disse, abaixando a cabeça, constrangido, e voltando para perto de sua família.

Richard tentara identificar a raiz do problema por diversas vezes. Apesar de ter tentado fazer uma regressão com a ajuda de Holmes, nunca conseguiu desvendar o porquê da fobia.

Ironicamente, ele colaborava com seus pacientes, em especial com Frank, entretanto vinha falhando na tentativa de se autocurar.

O doutor se sentou ao lado de Brianna sem falar nada sobre o incidente com a criança.

...

Ao fim de um encontro casual de Richard com o xerife em um bar, eles saíram do estabelecimento conversando o que pensavam ser os últimos assuntos do fim de tarde antes de se despedirem.

— Ouvi falar sobre o que aconteceu na casa do juiz Raymond sobre o tratamento da filha dele – disse George.

— O caso dela era sério e a encontrei com muito sofrimento. Graças a Deus deu tudo certo.

— Vocês se tornaram melhores amigos, então? – alfinetou.

— Convivemos bem, mas daí a sermos íntimos é uma longa distância. Temos nossas diferenças e, como sabe, discordo totalmente da opinião dele sobre os escravos.

— Como sabe, em partes também concordo com o juiz. Os negros são essenciais para nossa economia e, para ser sincero, não os vejo como "iguais" aos brancos. Deus nos fez diferentes por um motivo e não vejo mal em aproveitarmos a mão de obra deles.

— O justo seria oferecer a eles trabalho e pagar pelo serviço prestado. Não os prender à força.

— Bom, por falar em escravos, estou com um caso inédito em várias maneiras na masmorra. Tenho, inclusive, que voltar rápido para a delegacia.

— O preso até hoje não enlouqueceu? – brincou.

— Não, e faz uma semana que ele é meu inquilino.

— Isto tudo e ele continua são? – brincou, pois normalmente os presos daquela cela já chegavam praticamente mortos.

— Nunca tive alguém que ficasse por tão longo período, ainda mais se mantendo aparentemente normal. E olha que ele chegou muito judiado e como veio ao mundo: nu. Ele foi espancado e, por um triz, não sei como, não morreu, e agora está comigo. Pena que não durará muito.

— Por que diz isso? Está chegando a data do julgamento?

— O julgamento já ocorreu e hoje, daqui a pouco, será concretizada a sentença. O caso está sendo tratado de forma um tanto sigilosa, informal e atípica, o Juiz Raymond pela primeira vez comparecerá ao local a fim de ver com os próprios olhos o fim daquele homem.

— Você estava certo quando disse que era uma situação inédita – concordou Richard.

— Pois é. Não sei o que aquela pessoa fez para que o juiz ficasse tão bravo com ele. Deixe-me ir. Raymond não demorará para chegar.

— Até mais. Que Jesus abençoe a alma do pobre homem.

— Acho que Jesus não é quem ele está procurando agora – falou, parando de andar e olhando para trás. – Embora o juiz tenha afirmado que o preso é um escravo da fazenda dele, posso apostar que ele é de fora do país, do continente africano ou de algum outro lugar.

Richard sentiu um frio na barriga com tal alegação.

— Você sabe o nome dele? – questionou, aflito.

— Não sei ao certo. É um nome incomum. Alguma coisa como Radesh, eu acho.

O doutor gelou. Ele foi até George e, pegando com força na manga da blusa dele, tornou a perguntar.

— O nome dele é Khalil Radesh?

— Isto! Khalil!

— Meu Deus! Precisamos ir para a delegacia agora! – exclamou. Você o conhece? – questionou o xerife, surpreso com a reação do doutor.

— Sim! Ele não é escravo! Realmente é estrangeiro!

...

Os primeiros ventos frios que indicavam a aproximação do inverno envolveram Richard durante a corrida. Ele entrou na delegacia e foi direto para a masmorra, carregando uma lamparina a gás. George pediu a um agente que abrisse a grade, e lá se encontrava Khalil, sentado em posição de meditação, usando somente um short e um colar, no canto onde Richard encontrara o outro preso.

As tranças do estrangeiro haviam sido cortadas e seu cabelo se encontrava irregularmente raspado. Sinais das feridas de espancamento se espalhavam em seu corpo e ele havia perdido muitos quilos. Seus olhos saltavam de suas órbitas e os ossos da clavícula e dos ombros se destacavam em meio à magreza.

— Khalil... – resmungou o doutor, expressando pesar pela situação do estrangeiro e dando petelecos para tirar duas baratas que passeavam sobre as pernas do preso.

— Doutor Richard. Que bom revê-lo – cumprimentou, tentando se levantar e ficando perto de cair no chão em função da fraqueza.

— Não se esforce. Fique sentado – aconselhou, o amparando e ajudando a se sentar. – O que aconteceu, Khalil? Como veio parar aqui?

— Bom, meu amigo, de certa forma foi minha culpa – falou, dando um sorriso marcado pela exaustão. – No dia seguinte da visita que te fiz, eu parei em uma praça para vender meus produtos, quando recebi a visita de um homem branco, com uma cicatriz no rosto, e que debochava de mim. Eu não sabia quem ele era, mas me veio a intuição de lhe entregar uma mensagem, como a que te entreguei, por isso pedi que esperasse um pouco.

— O que dizia a mensagem?

— Pode lê-la você mesmo – falou, pegando ao seu lado um pedação de papel amassado e sujo. – Fui trazido para cá, sem roupas, bastante machucado e me obrigaram a mantê-lo dentro da boca. – Eles iam me matar, contudo, o juiz Raymond sugeriu que me trouxessem para a masmorra. Esse é um estranho nome para uma cela, não acha? – indagou, rindo e fazendo uma careta de dor.

— O Raymond estava lá também?

— O homem com a cicatriz era ele.

Richard empalideceu com a informação.

— Eu entreguei a mensagem ao Raymond ao vê-lo sozinho e, no ato, o adverti, pois o conteúdo era particular e íntimo. Porém, antes de lê-la, três amigos dele chegaram, fazendeiros e escravistas, pelo que pude ver devido ao repúdio e às suas observações pejorativas sobre o fato de eu ser negro. O juiz entregou a mensagem a eles, sem ler e caçoando da minha aparência, dos meus colares, brincos e cabelo. Os três leram juntos, com a pessoa do centro segurando a mensagem. O tom era de brincadeira no começo da leitura, porém logo eles ficaram bastante sérios e continuaram a ler, olhando preocupados uns para os outros.

"Raymond Madison, os negros são seres humanos como quaisquer outros e merecem nosso respeito e consideração. Todos são iguais perante as leis divinas e o fato de você contrariar esta máxima, ao tratar desigualmente aqueles que por natureza são seus semelhantes, acarreta para ti um enorme fardo a ser carregado, e uma dívida sem tamanho, a qual terá que pagar segundo a lei de ação e reação. Mude sua atitude, Raymond, e defenda os mais frágeis elos da sociedade, e assim ganhará o mérito e o reconhecimento que o conduzirão para o perdão de seus pecados. Jesus disse por meio de uma parábola: 'Em verdade vos digo que

quando o fizestes a um destes meus pequeninos irmãos, a mim o fizestes'. Ele se referia à caridade, Raymond.

Sei, contudo, que carregas um fardo silencioso que continua maculando seu ser e te impulsionando contra aqueles que julga estarem relacionados a seu ofensor. Eu me refiro ao seu tio, defensor da abolição da escravatura, que abusou sexualmente de você por meses na sua infância e que te deu essa cicatriz, por você um dia revidar os maus-tratos dele. Saiba que o golpe com cinto que ele desferiu em você no rosto é semelhante ao que ele recebe constantemente no purgatório, onde se encontra atualmente."

O juiz nunca tinha falado do abuso com ninguém e inventara uma história para justificar a cicatriz. Ao ler o segundo parágrafo, ele momentaneamente se esqueceu de tudo a sua volta e experienciou todo o trauma ora sofrido. Em meio às lágrimas de tal lembrança, ele refez a postura e mandou que prendessem Khalil.

— Depois que ele leu a mensagem, eu fui levado para os arredores da cidade, onde me encheram de socos e pontapés, colocaram uma corda ao redor de meu pescoço e me chicotearam. Na hora que eu não podia mais sustentar meu corpo e seria enforcado, a corda foi cortada, eu fui despido e me trouxeram.

— Khalil, você não cometeu nenhum crime e, portanto, seu lugar não é aqui! – assegurou com urgência. – Temos que te tirar daqui. Eu buscarei outro juiz o quanto antes!

— Receio que não haja tempo, meu camarada. Agradeço sua intenção, entretanto, pelo que me disseram, ninguém sai vivo da masmorra – alegou, calmamente.

— Mas não podemos deixar isto acontecer com você! Não é justo! – protestou.

— Doutor, sabe o que todas as religiões e pensamentos filosóficos têm em comum?

— O quê?

— Este mundo em que vivemos é uma representação de mundos mais perfeitos.

— Khalil, não é hora de sermos teóricos e buscar explicações esotéricas para o que estamos enfrentando! – se irritou. – O seu caso é gravíssimo e, se não pudermos te tirar daqui, o pior pode acontecer, não percebe?

— Sei disso, e no íntimo você igualmente sabe que hoje será meu último dia de vida.

Richard sentiu um nó na garganta e seus olhos se encheram d'água devido ao que ouvira. De fato, sabia que provavelmente não haveria escapatória para o estrangeiro.

— Só te pegarão passando por cima do meu cadáver! – exclamou, tentando não se dar por vencido.

— Não tem problema, doutor – consolou o homem, que se encontrava no corredor da morte. – Não somos um corpo que possui uma alma. Somos uma alma habitando momentaneamente um corpo. Sabe qual é uma das principais mensagens que todas as religiões do mundo têm em comum.

— Qual?

— Na casa do meu pai há muitas moradas, e meu reino não é deste...

— Mundo – completou Richard.

— Essa é a mais inexorável verdade. A morte, não o fim. É o meio de alcançarmos o Mundo das Ideias de Platão, o Uno de Plotino, o Paraíso cristão ou as colônias espirituais das doutrinas reencarnacionistas – alegou, demonstrando muita paz.

O doutor nunca tinha visto alguém tão calmo em uma situação tão decisiva, a ponto de bater nele uma ponta de inveja pelo tamanho da sua fé.

— Não se espante com o que estou falando, doutor. Na minha comunidade, somos ensinados sobre vida e morte desde o berço. Desde crianças, acompanhamos funerais e nada nos é escondido.

Gostaria que você pudesse um dia visitá-la.

— E como faço para encontrá-la?

— Você não a encontra. A única forma de entrar é se for conduzido até lá.

— Conduzido por quem?

— Por um cidadão que viaja com você ou que identifica nos seus pertences o brasão, símbolo do nosso povo. Você iria adorar nossa cidade. Seria diferente de tudo o que já viu – garantiu, olhando para cima e se lembrando de caminhar nas ruas de seu lar. – Na minha cidade, você encontraria as respostas que tanto busca quanto ao seu dom, bem como sobre sua fobia – revelou, para perplexidade do doutor, ao ouvir também a palavra "fobia", pois como ele saberia daquilo? – Se espantaria, inclusive, com a tecnologia que possuímos, a exemplo de, como posso dizer... não existe uma tradução em sua língua para isso... bom, a exemplo de transferir a consciência de pessoas mortas para outro corpo.

— O quê? – se surpreendeu Richard.

Khalil riu.

— É isso mesmo que você ouviu.

— Transferir a consciência de pessoas? – inqueriu, não podendo acreditar.

— O que está acontecendo aqui? – questionou o juiz, entrando na cela acompanhado pelo xerife e por três agentes, iluminando a cela com seus lampiões.

ATO

2

Meu nome era Bianca e o local de meu nascimento foram os arredores da Crotona, na Itália.

Eu pertencia a uma família muito pobre, meu pai trabalhava como operário em uma pequena indústria e minha mãe lavava roupas para fora.

Durante minha infância, passamos muitas necessidades financeiras e havia dias que mal tínhamos o que comer. Morávamos em um local bastante simples e pequeno, e dormíamos amontoados em um único cômodo.

Meus dez anos foram marcados pela morte de meu pai em um acidente de trabalho na indústria, o qual o senhor dono da empresa disse que a culpa havia sido do meu pai e que não ajudaria nossa família com nada, muito menos com o enterro.

O que o senhor convenientemente ocultou das autoridades que vistoriaram a indústria foi a forma de trabalho desumana com que eram tratados os empregados, e o risco de morte que eles corriam diariamente.

Minha mãe faleceu anos depois e, aos treze anos, fui vendida para um homem de quarenta anos, chamado Francesco.

Inicialmente me revoltei com meu destino, me martirizando em pensamento pelo que os deuses tinham me ocasionado, porém em meio aos serviços domésticos que eu prestava em conjunto com uma empregada, entendi finalmente que Francesco não tinha me comprado para ser sua escrava, mas sim para que eu fosse libertada.

A primeira e mais importante forma de libertação que ele me concedeu foi a de me ensinar a ler.

Ele tinha uma pequena, mas aconchegante, biblioteca e passávamos horas por dia lá, dividindo as leituras entre o meu aprendizado e o desbravamento da literatura e dos filósofos.

Francesco nunca tinha se casado nem tido filho, e senti um acolhimento paterno que me lembrava o do meu pai. Ele sempre foi muito respeitoso comigo e me incentivava a pensar por conta própria e ter minhas ideias e convicções.

Ele era um comerciante de especiarias, negociava grandes volumes delas junto aos importadores e as vendia em Crotona e em cidades próximas.

Nossa afeição se tornava maior a cada dia e ele passou a me apresentar aos outros como sendo sua sobrinha. Francesco me levava em algumas viagens e me ensinou sobre seus negócios.

Ele regularmente me instigava com perguntas difíceis de serem respondidas, sobre o papel do homem no mundo, de onde viemos, para onde vamos e o que torna uma pessoa melhor do que outra.

Constantemente estávamos analisando os indivíduos ao nosso redor, e discutíamos as atitudes e comportamento deles, a fim de que reconhecêssemos aquilo que podia ser melhorado em nós mesmos.

— Ter consciência de que está errando. Este é o primeiro passo para evoluir – era o que ele reiteradamente dizia.

Com dezesseis anos, meu corpo finalizou a minha transformação em uma mulher adulta e eu ingressei formalmente na empresa de Francesco como sua funcionária e encarregada.

Foi lá que eu primeiramente notei que a cada sete dias meu "tio", como eu passei a chamá-lo, frequentava por dois dias um local que mais tarde descobri ser uma escola.

Minha descoberta não foi casual, mas sim arquitetada por Francesco, pois seu plano era me matricular na escola, o que acabou acontecendo. Para entrar, era preciso passar por uma prova oral conduzida pelo diretor e principal professor. Ele era um filósofo e matemático chamado Pitágoras.

Fui aprovada e me tornei a única mulher entre os alunos. Meus colegas eram em geral aristocratas, políticos e grandes empresários.

Na primeira aula, tive que fazer um juramento, prometendo guardar sigilo sobre o que seria dito nas aulas, porque a escola era vista com suspeição pelo povo comum e algumas autoridades.

A partir de então, iniciaram-se minhas aulas formais de matemáticas, astronomia, política, filosofia e religião. Fiquei muito contente por conhecer muitos dos temas abordados, pois meu tio havia me iniciado neles.

Nunca fiquei tão feliz e realizada quanto naquele período.

Na escola, conheci o filho do governador, seu nome era Lorenzo, e nos casamos dentro de poucos meses. No dia do meu casamento, eu chorei muito, tanto em função de minha união quanto porque eu deixaria a casa de Francesco.

Tive três filhos, uma menina e dois meninos, e com frequência eu me pegava surpresa e muito agradecida pelos rumos que minha vida tomara, apesar de ter tido uma infância tão pobre e sofrida.

Lorenzo e eu éramos frequentadores assíduos da escola e, em determinado momento, percebemos que havia uma crescente insatisfação da população com relação a ela, embora o conteúdo ensinado tivesse como foco a fraternidade universal, a inteligência divina expressada pelos números e pelo universo, e a política como chave para que a sociedade avance, cresça e se desenvolva.

O descontentamento do povo se deveu talvez pelo fato de que tal conteúdo fosse sigiloso e, em função da maioria dos candidatos a aluno não serem aceitos por Pitágoras, pois ele julgava que não estavam prontos para ouvir as verdades que seriam ditas.

As hostilidades e calúnias sobre a escola foram se tornando cada vez mais públicas e saíram de grupos fechados e anônimos para contaminar a cidade em geral.

Em um dia, Lorenzo e eu íamos para a escola e tivemos que abortar a entrada porque pessoas estavam jogando ovos e vegetais nas paredes, bem como xingando e fazendo falsas acusações.

As aulas foram suspensas por quinze dias, até o clima se acalmar, graças, em grande parte, pela presença de seguranças rondando o local, a pedido do governador e de outros membros.

Após a reabertura, pareceu que tudo tinha voltado ao normal e frequentamos por cerca de dez vezes a escola, sem que víssemos qualquer incidente, aglomeração hostil ou coisa do tipo.

Porém tudo mudou de repente, quando, sem aviso, a escola foi incendiada por uma multidão que cercou o lugar.

Pessoas foram retiradas de dentro às pressas e, por sorte, ninguém se feriu.

Pitágoras foi escoltado para um lugar seguro e, por fim, preferiu sair da cidade. Ele se exilou em Metaponto, ao norte, na Lucânia.

Nós, os membros, sentimos é claro muita falta das aulas e dos ensinamentos. No entanto, para mim, o pior era saber que uma maioria de pessoas não teria acesso àquele conhecimento tão belo e transformador, e que, no final, os grandes prejudicados seriam as populações da cidade, do país e até do mundo, caso o conhecimento se perdesse.

O conhecer-se a ti mesmo propiciado pela filosofia não só literalmente salva vidas, como conduz o indivíduo e a sociedade rumo à evolução.

Morri velhinha, feliz e muito grata pela vida que tive, e aos olhos de meus filhos minha história parecia um conto de fadas.

LUTO DUPLO

— Doutor Richard! Que inusitado te encontrar aqui nesta sala – comentou sorrindo o juiz.
— Juiz Raymond, este homem não cometeu nenhum crime e deve ser solto imediatamente! – retrucou se levantando.
— Penso diferente, doutor. Ele é culpado e está sendo tratado como tal.
— E quais são as acusações?
— Sustentar opiniões contrárias à fé cristã; sustentar opiniões contrárias a Jesus como Cristo; envolvimento com magia e adivinhação; charlatanismo, vigarice, trapaça. bruxaria e feitiçaria; e desacato e ofensa a um juiz.
— Bruxaria e feitiçaria? Nós não estamos na Idade Média! Isto não é um julgamento comum! É uma inquisição! Você não tem o direito de condenar uma pessoa fora do rito judicial padrão.
— É aí que você se engana. Eu sou a lei e esse criolo pagará pelo que fez comigo! – ameaçou o juiz, intransigentemente.
— Isto é uma tolice – disse Richard, se aproximando de Raymond. – Este homem é estrangeiro e eu sei disso. Ele não pode ser condenado sem passar ao menos por um julgamento formal!
— Prendam o doutor Richard – falou friamente o juiz, no entanto os agentes hesitaram em cumprir a ordem. – Prendam ele! Agora! – gritou.

Dois dos agentes cercaram o doutor e, em um golpe rápido, o imobilizaram, com seus braços sendo mantidos atrás das costas.

— Me soltem! Me soltem! – exclamou. – Vocês não podem me prender! Eu denunciarei vocês! – ameaçou, se debatendo.

— Doutor, somente pelo fato de você ter ajudado a minha filha, eu vou ser cortês com você – explicou serrando os dentes e franzindo os olhos. – Tragam o preso, tranquem Richard nesta cela e só o liberem depois que a sentença tiver sido cumprida.

— Me larguem! – ordenou revoltado, tentando se soltar dos braços dos dois agentes. – Isto é um absurdo! Ele é um homem livre e de outro país!

O terceiro agente foi até o preso e Khalil foi algemado com os braços para frente. Ele foi colocado de pé e, ao dar os primeiros passos, Richard se soltou e, ao tentar avançar contra o juiz, foi pego por trás pelo pescoço. Ele só se quietou e cessou a briga quando o estrangeiro, andando cambaleante, parou diante dele com um olhar pacífico e sereno.

— Está tudo bem... Muito obrigado pelo que está fazendo por mim – agradeceu Khalil, tomando as mãos do doutor nas suas. – Para sermos livres, só há um caminho: o desprezo das coisas que não dependem de nós. Estas são palavras do filósofo Epiteto, que passou parte da vida como escravo.

Richard ficou paralisado e somente uma lágrima solitária pôde simbolizar o quão arrasado ele se encontrava. Prevendo o enforcamento, começou a perder os sentidos e sua visão ficou turva, nublada, porém antes de desmaiar, Khalil se despediu e foi retirado da cela.

— Fique com Deus, meu amigo! E espero que encontre a cidade dos sonhos.

O doutor caiu de joelhos no chão, respirando forte, completamente zonzo.

O estrangeiro foi levado e a cela foi trancada com Richard em seu interior.

Na saída, o xerife sentiu culpa em ver o doutor enjaulado, e pediu para que o juiz reconsiderasse o caso e livrasse seu amigo.

— Eu deveria prendê-lo formalmente, por desacato e obstrução de justiça – ameaçou Raymond. – Finalizada a execução, eu penso melhor no caso dele.

Khalil foi conduzido para trás da delegacia, uma área sem construções e com uma grande árvore. Uma corda fora colocada sobre um dos troncos e o estrangeiro foi posto sobre uma banqueta, em que a corda lhe foi passada em volta do pescoço.

— Khalil Ibraim Radesh, te condeno à morte por enforcamento pelas acusações ora proferidas – pronunciou o juiz, com sangue nos olhos por ter se sentido enganado e insultado pelo estrangeiro, a ponto de chorar e se humilhar perante o desgraçado.

Ele deu um sinal para George e ele levou uma pequena cruz até próximo ao rosto do condenado.

— Beije esta cruz e talvez seu Deus ouça seus gritos sufocados.

Khalil a beijou de pronto para estranhamento do juiz e pronunciou suas últimas palavras.

— Beijo esta cruz, não em subordinação e crença exclusiva em Jesus, mas em todos os profetas e no que Deus nos enviou para este plano material. *Pai, obrigado pela dádiva da vida e peço que me acolha em sua morada* – disse ele, em sua língua natal, olhando para céu.

Na hora da execução, um agente ia concretizar a sentença, contudo o juiz pediu que o xerife a fizesse.

George chutou a banqueta e Khalil foi morto naquela hora, para deleite do juiz, que presenciou a agonia do estrangeiro salivando, e excitado, comemorou calado a cena de morte.

Tudo ficou em silêncio em seguida e o único som que se surgiu foi o cantar dos pássaros empoleirados na árvore.

O corpo de Khalil não foi imediatamente tirado da corda; ao contrário disso, foi deixado por ordem do juiz para que servisse de exemplo. O cadáver somente deveria ser retirado e enterrado como indigente, na manhã do dia seguinte.

Richard percebeu a calmaria de fora da cela e concluiu que o pior havia acontecido. Uma grande revolta se ascendeu em seu peito, entretanto, ao resolver orar pela alma de Khalil, ele se acalmou. O médico inspirou e expirou profundamente e, foi somente ao assumir o controle de suas emoções, que ele notou que segurava o colar do vendedor em uma de suas mãos. O colar havia sido dado a ele por Khalil, quando da última vez que conversaram, sem que percebesse devido ao seu estado psíquico e em função do agente que o enforcava.

Richard analisou abismado o pingente com seu desenho em forma de escudo e, verificando que o objeto parecia se abrir, torceu a parte inferior para um lado e a superior para o outro, e uma pequena câmara foi revelada. Dentro, havia somente um pequeno pedaço de tecido dobrado. Ao abri-lo com cuidado, ele leu: "Lago Startsapuk Tso".

O tecido era parte do short de Khalil e o texto havia sido escrito por ele com um pedaço de giz que havia ficado onde estava sentado. O vendedor escreveu o nome do lago e guardou o tecido no pingente, enquanto o doutor falava com o juiz. Foi então que ele entendeu as últimas palavras de Khalil: "Espero que encontre a cidade dos sonhos".

...

Ao ser liberado da prisão, Richard viu o corpo de Khalil pendurado, sentiu-se profundamente consternado, mas não viu sentido em desobedecer à ordem que lhe fora dada de não retirar o cadáver de lá. Ele voltou para casa cabisbaixo e seu desânimo e sentimento de injustiça, que duraram alguns dias, só foram abafados pela enorme curiosidade em saber mais informações sobre o lago.

Ele pesquisou em toda literatura disponível na cidade, porém não encontrou coisa alguma. Inconformado, ele enviou uma correspondência para um amigo bibliotecário de Washington, perguntando sobre o Startsapuk Tso.

A resposta à correspondência demoraria semanas, talvez meses, e a espera de Richard foi marcada inicialmente por uma gripe muito forte. Ele vinha apresentando uma tosse seca desde o episódio com Khalil, e foi levado à cama, com febre, tossindo e com o peito cheio, por dez dias. No auge da doença, ele ponderou sobre a possibilidade de o quadro piorar e ele morrer de pneumonia.

O tratamento medicamentoso era composto por um xarope manipulado pelo farmacêutico local, e turpentina, um líquido obtido pela destilação de resina de plantas coníferas, o qual era colocado em uma bacia com água fervente. O paciente, no caso, o doutor, tinha que curvar o tronco sobre a bacia e cobrir a parte de trás cabeça com um pano ou toalha de forma a formar uma espécie de pequena barraca. O propósito era que o vapor fosse inalado com a turpentina, combatendo a inflamação e auxiliando a eliminação de secreções do trato respiratório.

Ademais, era recomendado repouso, a ingestão de muitos líquidos, canjica e misturas de açafrão, limão, mel e gengibre.

Richard se curou totalmente e se esforçou em fazer o maior número de atendimentos possível, porque em breve toda a paisagem estaria congelada e o deslocamento se tornaria moroso, perigoso e às vezes impossível.

...

Um dos atendimentos foi direcionado ao Frank. Durante a busca pelo Startsapuk Tso, ele encontrou um livro que propunha uma nova abordagem para casos de fobia.

Diante do livro, o doutor se permitiu rapidamente interromper a procura pelo lago, tanto pela possibilidade de beneficiar seu paciente Frank, quanto a si mesmo. O livro era fino e o doutor o leu em dois dias. Nada descrito representava uma grande novidade, porém os passos sugeridos para que fossem aplicados junto ao paciente eram simples, objetivos e faziam sentido sob o olhar terapêutico.

Um inconveniente, contudo, que era de se esperar em casos de tratamento psicológico, era que o procedimento deveria ser aplicado constante e regularmente para que produzisse efeito. De acordo com os dois autores, os exercícios eram acumulativos, isto é, quanto mais fossem praticados, mais o cérebro iria se habituar com o condicionamento e, assim, poderia vencer a fobia.

Richard contou sobre tal descoberta à esposa e lamentou por não ter tempo para executá-la propriamente, pois sabia que as demandas de trabalho nos meses de inverno e primavera normalmente eram muito altas.

Brianna, por conseguinte, se candidatou para o posto de instrutora e de fazer as vezes do marido. A princípio, Richard não gostou da ideia, contudo, com jeitinho, persistência e estratégia, explorando os pontos vulneráveis do marido que tão bem conhecia, ela recebeu autorização.

Na primeira consulta, quando foi apresentada a técnica, foram Brianna, Richard e Holmes ao encontro com Frank. Brianna estava tão ansiosa em ajudar, que leu o livro várias vezes, rabiscando, fazendo anotações em todos os espaços vazios e marcando as páginas mais importantes com papeizinhos ordenados escalonadamente e em perfeita ordem estética.

Um dos motivos que fez Richard concordar com a atuação da esposa foi o fato de saber que toda mãe é em parte médica em função da criação de seus filhos, e Brianna, em especial, além da curiosidade que tinha pelos atendimentos e procedimentos médicos que o marido realizava com seus pacientes, sempre perguntava o porquê das coisas e queria entender o funcionamento do corpo humano. Além disso, ela era praticamente uma psicóloga formada pela prática.

Brianna constantemente recebia visitas ou era convidada para tomar café por muitas mulheres que queriam que ela ouvisse seus problemas e lhes desse um aconselhamento ou sugestão para revolver ou tornar mais aceitáveis suas queixas, normalmente de cunho pessoal, matrimonial ou familiar.

...

O inverno chegou com todo seu esplendor, cobrindo toda a paisagem de branco com sua neve e trazendo, como de costume, ondas de doenças. Aquele era um dos períodos em que os serviços médicos eram mais requisitados. Richard e Holmes ficavam semanas fora de casa atendendo às residências remotamente espaçadas.

Mesmo com o time de outros médicos que atendiam na região, muitas residências acabavam ficando isoladas e os necessitados tinham que, literalmente, rezar para que suas doenças não os levassem a óbito.

O doutor e seu assistente mal conversavam durante os trajetos, dado o cansaço, as exigências físicas e mentais para realizar os atendimentos. No caminhar, pequenas nuvens se formavam e desapareciam defronte dos narizes deles e dos cavalos.

Longe de seus lares, os dois normalmente eram acolhidos nas casas dos pacientes ou em celeiros para que passassem a noite. Dormir ao relento era algo a ser evitado, porém vez ou outra os dois ficavam presos na estrada ao anoitecer.

O retorno às suas respectivas casas era algo celebrado tímida, mas profundamente. Após um banho com água esquentada na chaleira, ambos dormiam mais de doze horas seguidas.

Os meses se passaram lentamente, com o trabalho tomando conta reiteradamente da consciência do doutor. O lago de outrora agora era uma lembrança não tão vívida, e o fato de não ter recebido nenhuma informação do amigo bibliotecário corroborava para que Richard mantivesse o foco na família e em seus pacientes.

Com o fim do inverno, em março, o calor da primavera derreteu as geleiras e um novo desafio se apresentou como de praxe, no que se refere a tomar as estradas: a lama. Visitar as casas do interior significava enfrentar enormes atoleiros, que chegavam em algumas partes a atingir os joelhos de uma pessoa andando.

Para os cavalos, o esforço de se equilibrar e transpor os trechos enlameados era consideravelmente grande, por isso Richard normalmente andava com um cavalo a mais, para que ele e Holmes revezassem as montarias.

A primavera era uma estação do ano em que muitas doenças salpicavam feito formigas sobre o doce. Algumas enfermidades ocorriam em função da umidade e o mofo acumulado nas casas, outras de insetos que se proliferavam exponencialmente ou do simples retorno dos trabalhadores ao campo e a seus ofícios, o que costumava gerar acidentes dos mais variados tipos.

Naquele ano, duas doenças se destacaram dentre as demais. Uma foi o sarampo e a outra, a escarlatina. Tanto uma quanto a outra eram altamente contagiosas e, geralmente, se um integrante de uma família ficasse doente, todos os outros ficavam também.

Os sintomas do sarampo geralmente incluíam febre, podendo chegar a temperaturas superiores a 40ºC, tosse, corrimento nasal e olhos inflamados. Em dois ou três dias, dos sintomas iniciais, formavam-se no interior da boca pequenos pontos brancos. Entre três e cinco dias, manchas vermelhas geralmente surgiam na face e daí se espalhavam para o resto do corpo. Em cerca de 30% dos casos, ocorriam complicações, as quais podiam incluir, entre outras, diarreia, cegueira, inflamação do cérebro e pneumonia.

Pacientes com sarampo deviam descansar, beber bastante água e sucos, ter uma alimentação saudável, limpar os olhos com água morna e evitar coçar as manchas para não deixar feridas e cicatrizes. Muitas crianças precisavam ser amarradas para que não coçassem as manchas. Richard e Homes faziam uma mistura de água e farinha de trigo para cobrir as partes mais afetadas dos corpos dos pacientes e, assim, diminuir a coceira. Na falta da farinha ou da abundância de repolhos, eles usavam as folhas de couves e alface e tapavam as manchas.

Com relação à escarlatina, os sintomas eram palidez seguida de descamação, vermelhidão na pele e na língua, pequenos pontos vermelhos no fundo do céu da boca, febre, dores de garganta e disfagia, a dificuldade em deglutir alimentos. Algumas complicações da doença poderiam ser otites, meningites e sinusites. Em casos mais graves, poderia desencadear febre reumática e glomerulonefrite, inflamação nos rins.

Bochechas rosadas também eram um sintoma típico da escarlatina e, em alguns casos, assim como no sarampo e na meningite, o paciente podia ser acometido de uma surdez temporária ou permanente, dependendo do tamanho das infecções e da extensão dos danos ao aparelho auditivo.

O doutor e seu assistente, graças a Deus, não pegaram escarlatina e nem sarampo, sendo que, com relação a essa última, ambos já haviam a contraído em suas infâncias.

Quando a curva de doentes se encontrava enfim descendente, após quase dois meses de batalha, Richard pôde relaxar e resolveu celebrar um dia sem atendimento indo ao bar. Ele tomou cerveja, reencontrou amigos, riu, comeu e se divertiu à beça. Antes de ir embora, eis que o xerife adentrou o recinto e se sentou ao lado dele em uma das banquetas do balcão.

— Como está, meu amigo? – indagou George, pedindo uma cerveja.

— Cansado, mas me recuperando – respondeu respirando fundo, agradecendo aos céus pela recente calmaria.

— Pelo que soube, tivemos duas epidemias nesta temporada.

— Duas! Duas! Há muitos anos não tínhamos duas! – confirmou, demonstrando o efeito do álcool.

— Percebo que perdeu uns quilinhos.

— Devo ter perdido uns cinco.

— Mas também você é o médico mais requisitado da cidade. Imagino o quanto teve que se deslocar para atender os pacientes.

— Temos sorte de termos médicos competentes por aqui. A quantidade de doentes foi enorme e todos fizemos nossos papéis, na medida do possível.

— Richard...

— Sim.

— Mais uma vez peço perdão pelo que aconteceu na delegacia com o Khalil.

— Não se preocupe com isso, meu caro. Não há nada o que perdoar – disse, dando três tapinhas no ombro de George. – "Águas debaixo da ponte". O que aconteceu é passado, não temos como mudar nada e nos resta seguirmos em frente. E você, o que conta de novo?

— Tirando o usual, pequenos roubos, uma morte aqui outra acolá, um marido que espanca a esposa – exemplificou; depois, baixou a voz e se aproximou do doutor. – Estou contribuindo com um delegado federal na investigação de um grupo que está roubando trens de passageiros desde o meio-oeste e se aproximando daqui – sussurrou.

— Que interessante!

— Acreditamos que o grupo é formado por três ou quatro homens. Em dois dias, estamos programando uma emboscada para prendê-los. Isso é totalmente sigiloso – reforçou.

— Minha boca é um túmulo.

— O delegado já está na cidade; chegou hoje à tarde. Amanhã definiremos os detalhes da operação.

O xerife mal finalizou a fala e dois homens iniciaram uma briga, daquelas de derrubar mesas e cadeiras a sua volta. Quem havia começado o tumulto era um homem que usava chapéu, alto e louro, de um tom próximo ao branco e com os cabelos chegando aos ombros. O outro era gordo, barbudo e usava um suspensório para segurar a calça. O gordo foi o primeiro a levar um soco e o alto mostrou-se bastante ágil para desviar dos golpes que queriam dar nele.

Quando o alto desferiu o segundo golpe, quebrando o nariz do adversário e liberando muito sangue, o gordo tentou esmurrá-lo de volta, mas o golpe saiu pela culatra e acertou George que, por sua vez, derrubou a cerveja em cima do doutor. No impacto, sua insígnia em formato de uma estrela de seis pontas caiu no chão e Richard a pegou.

George, nervoso por ter levado o soco e depois uma cotovelada, avançou sobre o louro e o segurou pelas costas.

— Acabou! Podem parar! – esbravejou. – E você para fora daqui! – disse para o homem que segurava.

Richard, que tentava se limpar pelo menos um pouco, olhou de relance o homem sendo enxotado para fora bar, e pensou que jamais vira tal sujeito na cidade, embora não tenha visto seu rosto com clareza em meio à confusão.

Realizada a expulsão, o xerife voltou apressado para dentro do bar, levando na mão o dinheiro para pagar a conta. Ele pegou a insígnia de volta e caminhou às pressas rumo à saída.

— Está tudo bem, George? – perguntou o doutor, estranhando a situação.

— Sim, está tudo certo – respondeu por cima dos ombros.

O doutor tomou mais uma cerveja e foi para casa.

...

Era noite e Richard tomou um longo banho, fez amor com a esposa e foi dormir. Ele teve um sono tranquilo e reparador, contudo, pouco antes do sol nascer, foi acordado com o bater à porta de sua casa.

— Doutor, precisamos que venha ao necrotério. Tivemos um assassinato e o senhor é o único médico disponível na cidade – informou um jovem negro.

— Sabe quem é o falecido?

— Não, senhor.

Richard se aprontou sonolento e saiu deixando a esposa e os filhos dormindo. Na chegada ao necrotério, reparou que dois agentes da polícia haviam saído do local e preferiu não ir ao encontro deles, mas sim terminar logo seu trabalho no cadáver.

— Eles devem ter matado algum criminoso – pensou.

Dentro do necrotério, lhe informaram onde o corpo fora achado e as condições.

Richard viu de relance o corpo esticado na maca enquanto lhe diziam que nenhum suspeito havia sido preso e que não havia sido encontrada nenhuma arma no local do crime. Ele agradeceu as informações e se dirigiu ao trabalho.

— George... não é possível – lamentou Richard, vendo que o corpo era do xerife. – Meu Deus, o que foi que aconteceu? – perguntou retoricamente. – Droga!

Ele se aproximou do corpo do amigo, fechou seus olhos e, em silêncio, orou para que Jesus lhe acolhesse em seus braços.

Richard ponderou por um momento sobre fazer a autópsia do amigo ou esperar que outro médico a fizesse, entretanto, uma súbita responsabilidade sobre fazer o melhor trabalho que lhe cabia pesou sobre sua dúvida.

Ele trabalhou com calma, retirando e pesando cada órgão, analisando as cicatrizes antigas e as novas e determinando de acordo com o que o corpo podia lhe contar, o que sucedera com o xerife e o que lhe causou a morte.

...

Vítima: George Madison. Ocupação: Xerife. Idade: 40 anos. Altura: 1,80 metro. Peso: aproximadamente 90 quilos.

Circunstâncias: o corpo da vítima foi descoberto sem vida em uma rua ao lado da hospedaria Silver.

Havia uma lesão perfuro-incisa, no sexto espaço intercostal esquerdo, anteriormente, a 10 centímetros do esterno.

A lesão tinha 2,80 centímetros de largura e 7,00 centímetros de profundidade, e foi produzida por um instrumento perfurocortante, com gume duplo, pois apresentava duas caldas e, provavelmente, uma lâmina pequena e afiada, como numa adaga ou punhal.

A lâmina perfurou a pleura e o pulmão, produzindo um hemotórax médio, contudo não sendo fatal.

As costelas 6 e 7 foram fraturadas, o que sugere que houve luta corporal entre George e seu atracador, devido à energia necessária para produzir tais lesões, associada à equimose promovida pela guarda da adaga.

As equimoses e escoriações no pescoço indicam que a vítima foi estrangulada. Há várias equimoses na musculatura adjacente da região, inclusive com lesão vascular na carótida e fratura do osso hioide, indicando que fora aplicada muita força nessa ação, sendo provavelmente um homem o autor.

Na parte posterior do pescoço (região cervical), existem equimoses sugestivas de serem de sete dedos, o que sugere que o estrangulador não possuía o dedo mínimo da mão direita.

A vítima encontrava-se com a perna esquerda fraturada na região da tíbia, no entanto não há lesão externa que possa indicar a origem da fratura. Especula-se que fora causada pela compressão de um objeto pesado.

Havia alguns fios de cabelo de vinte centímetros em média nas mãos e sobre a vítima, além de pele sob as unhas. Os fios eram amarelos claro e pertenciam a outrem. Admissível a hipótese que eram do atracador. O motivo da morte foi asfixia indireta, uma vez que houve estrangulamento, além de presença de petéquias nos pulmões e olhos.

As roupas da vítima apresentam o orifício causado pela facada e a insígnia encontra-se levemente amassada e com uma pequena esfera faltando de uma das pontas da estrela.

Não foi encontrado nada de excepcional nos órgãos não mencionados. Peso do coração, 345 gramas; cérebro, 1,48 quilo; fígado, 1,51 quilo; baço, 172 gramas. Conclusão: homicídio por estrangulamento (assinado) Dr. Richard Lemmon, médico-legista.

...

A autópsia despertou o lado investigativo do doutor, e ele saiu do hospital muito curioso com o que devia ter acontecido com o xerife, especialmente intrigado com o acontecera com a insígnia. Ele tinha certeza de que ela estava totalmente íntegra quando a pegou no chão do bar horas antes.

— O assassinato tem algo a ver com a forma apressada com que o George saiu do bar – refletiu.

Richard se dirigiu à delegacia e, ao entrar, foi levado para o encontro do delegado.

— Sente-se, por favor. Pode me chamar de Johnson – disse o delegado, um senhor com cabelos brancos, a pele enrugada e corpo esguio.

Richard se apresentou e entregou a autópsia. Johnson a leu lentamente e em silêncio.

— Muito bem, doutor. Obrigado pelo relatório.

— Delegado, ontem à noite eu estava com o xerife no Bar Central, pouco antes dele ser morto.

— Algum ponto fora da normalidade que se destacou em seu encontro com ele?

— A princípio não, no entanto, houve uma briga entre dois homens no bar e George escoltou um deles para fora do estabelecimento. Ele ficou na rua alguns minutos e voltou estranho, com pressa de sair novamente. George pegou sua insígnia comigo, pois ela havia caído durante a briga e saiu.

— E o senhor acredita que o tal homem possa ser o assassino?

— É uma hipótese. Como descrevi na autópsia, encontrei fios de cabelo louros nas roupas e mãos do xerife. Aparentemente são da mesma cor do tal sujeito. Infelizmente, não consegui olhar muito bem para o rosto dele a ponto de poder identificá-lo.

— Isto o senhor não precisa se preocupar mais.

— Por quê?

— Pegamos o criminoso.

— Pegaram?

— Sim. Ele foi surpreendido no local do crime, debruçado sobre o corpo. Ele portava esta faca – o delegado abriu uma gaveta e pegou uma pequena faca – e apresentava muitos sinais de embriaguez.

— Ele é louro?

— Sim. Venha, te mostrarei o canalha.

Eles foram até uma das celas e Richard reconheceu de cara a pessoa.

— Este é o Harold – informou o doutor.

— Conhece o sujeito?

— Ele é um bêbado da cidade.

— Eu não fiz nada! – gritou Harold. – Pela milésima vez: eu vi o corpo do xerife e fui ver se ele estava bem. Foi só isso!

— Calado, seu merda! Se disser mais uma palavra, eu entro aí e quebro seus dentes.

— Delegado – disse Richard.

— Sim.

— Não acho que ele seja o assassino.

— Por que está dizendo isso?

— Primeiro, a faca que me mostrou não bate com a que deve ter sido usada para esfaquear o xerife. Para fazer aquele ferimento, a faca deveria ser mais curta, um pouco mais larga e ter corte nos dois lados da faca.

— Não fui eu! Eu juro! – implorou Harold.

— Calado, eu disse! – esbravejou o delegado.

— Johnson, mais um ponto é que os fios de cabelo que encontrei são mais claros do que os do Harold, além de serem maiores. Ainda, mesmo que ele tenha de fato esfaqueado e enforcado o xerife, isso não explicaria a perna quebrada.

— Pedirei que um dos agentes faça uma investigação, tendo em posse sua autópsia. Até concluirmos a investigação, você fica quietinho aqui, ouviu! – avisou ao preso.

— Johnson, tenho mais uma suspeita.

— Pode dizer.

— Poderíamos conversar em sua sala?

— Claro.

De volta à sala, o doutor continuou contando sua teoria.

— Acredito que o assassino pode ser um dos assaltantes de trem.

— Como sabe deste caso?

— George me confidenciou, antes de sair do bar.

— Bom, pode ser. Mas para termos certeza, vamos ter que pegar eles primeiro. Você disse que não conseguiu ver o rosto dele, certo?

— Certo. Foi tudo muito rápido e, quando George imobilizou o sujeito, ele ficou de costas para mim.

— Muito bem, doutor. Seguiremos com a investigação e te procuraremos caso precisemos de alguma ajuda.

Eles se despediram e Richard tomou o caminho de casa a pé. Era hora do almoço e seu estômago rugia de fome. Contudo, ele não conseguia tirar o caso da cabeça e ficou repassando um a um os pontos levantados na autópsia.

Com tais pontos, perdido em pensamentos, veio à mente do doutor a fala de Khalil sobre a transferência de consciência de uma pessoa.

— Será que isso era verdade? – refletiu – Como isso seria possível? Na cidade misteriosa dele, haveria algum equipamento que seria conectado ao morto ou moribundo e transferiria a consciência dele para outra pessoa? Isso tudo parece história para boi dormir ou relatos de uma verdadeira bruxaria.

Em seguida, Richard se lembrou de uma parábola que ele gostava muito e que sabia de cor.

— Evangelho de Lucas, capítulo 16, versículos 19 a 31 – pronunciou baixinho.

"Havia um homem rico que se vestia de púrpura e linho fino, e todos os dias se banqueteava esplendidamente. Havia também um mendigo chamado Lázaro, que jazia a sua porta, coberto de chagas. Desejava ele saciar-se das migalhas que caíam da mesa do rico, mas ninguém lhes dava. E até os cães vinham lamber-lhe as úlceras. Aconteceu que morreu o mendigo e foi levado pelos anjos ao seio de Abraão. Morreu também o rico e foi sepultado. No inferno, estando em tormentos, levantou seus olhos e viu ao longe Abraão e Lázaro em seu seio. Então, clamando, disse: 'Pai Abraão, tem piedade de mim e manda que Lázaro molhe na água a ponta de seu dedo para me refrescar a língua, porque estou atormentado nesta chama'.

Abraão, porém, respondeu: 'Filho, lembra-te de que recebeste teus bens durante a vida, do mesmo modo que Lázaro recebeu males; agora, porém, aqui ele está consolado e tu estás em tormentos. Além disso, há entre nós e vós um grande abismo, de tal forma que os que querem passar daqui para junto de vós não podem, nem os de lá passar para nós'. Ele replicou: 'Pai, eu te suplico, envia então Lázaro até a casa de meu pai, onde tenho cinco irmãos, a fim de lhes atestar estas coisas, para que não venham eles também a este lugar de tormento'. Abraão, porém, respondeu: 'Eles têm Moisés e os Profetas; que os ouçam'. E ele insistiu: 'Não, pai Abraão, mas se alguém dentre os mortos for procurá-los. Eles se arrependerão'. Respondeu-lhe Abraão: 'Se não ouvem a Moisés nem aos Profetas, mesmo que se levante alguém dentre os mortos, não se convencerão'".

A morte representa a sentença final, o cumprimento da justiça Divina.

— A morte é a sentença final – tornou a pensar – e ela representa a última instância do dito "a justiça tarda, mas não falha". Se for verdade que na cidade de Khalil seria possível evitar com que as pessoas morressem por meio da transferência de suas consciências para outros corpos, isto não seria um afronte à justiça da morte? Onde fica esta cidade? Como chegar lá?

Richard ficou tão entretido em seus questionamentos que, quando deu por si, chegara à referida hospedaria Silver. Ele sorriu e ficou desconcertado por inconscientemente ter ido lá, porém, uma vez que se encontrava próximo ao local do crime, por que não olhar um pouco em volta?

...

O doutor entrou na estreita ruazinha, identificou sinais de sangue e assumiu que era o local onde o corpo jazia após o crime. Ele ficou ali mentalizando e analisando as possibilidades por alguns instantes, e uma peça do quebra-cabeça que não se encaixava de jeito nenhum: a perna quebrada.

— Como foi que ele quebrou a perna? – falou baixinho.

Uma opção era que Harold ou outra pessoa tivesse passado com um cavalo sobre o corpo e o cavalo tivesse pisado na perna. Porém, esta opção foi descartada, pois não havia nenhum hematoma na perna de um pisoteio.

— Na verdade, não havia nenhuma marca externa – concluiu. – Portanto, o que causou a quebra do osso?

Richard pôs as mãos por trás da cabeça, respirou profundamente e olhou para o céu, na esperança de que a resposta lhe surgisse.

Nenhuma resposta apareceu, porém algo novo chamou sua atenção: havia uma janela lateral da hospedaria, que dava para o que provavelmente era um quarto, no segundo andar. A janela era um pouco distante de onde o corpo havia sido encontrado, mas ter caído de uma altura grande era uma hipótese bastante plausível.

O doutor foi andando devagar para debaixo da janela, conjecturando que talvez o crime não tivesse nada a ver com a janela, mas sim que o xerife estivera sobre seu cavalo passando pela ruazinha na hora do ataque, e quebrou a perna na queda.

Ao passar o pé no chão de terra batida, pôde ser notado que algo se encontrava encoberto.

Richard se agachou, espalhou a terra com a mão e viu que um líquido escuro e viscoso se encontrava sob a terra. Ele encostou os dedos indicador e médio no líquido e os friccionou contra o polegar.

— Sangue.

Ele entrou na hospedaria e perguntou ao dono, um homem de meia-idade, careca e que tinha um grande bigode, se vira o xerife na noite anterior.

— Não, senhor. O xerife não passou por aqui ontem – declarou Chester, o dono.

— Tem certeza?

— Sim, senhor. Posso te garantir que não se hospedou com a gente ou que visitou alguém. Fiquei muito surpreso e em choque por ver o Harold em cima dele daquele jeito. Fui eu quem segurou aquele bêbado desprezível e pedi que chamassem os outros agentes.

— Mas você o viu matando o xerife?

— Ver, eu não vi. Quando me aproximei, o xerife já jazia morto.

— Ele não respirava?

— Não. Estava totalmente morto.

— Não acha estranho que Harold tivesse matado ele e ficado algum tempo em cima do corpo? Por que ele não saiu correndo depois de ter matado o xerife?

— Talvez ele estivesse vasculhando os bolsos dele para pegar alguma coisa.

— Pode ser. Você alguma vez ouviu falar do Harold fazer mal a alguém?

— Não, senhor. O problema dele é a bebida. Nunca ouvi outras queixas sobre ele.

— Ontem aconteceu algo de anormal aqui, alguma coisa fora de costume?

— Não. Nada fora do normal.

— Você esteve no hotel a noite toda?

— Sim. E meu quarto é aquele ali – disse apontando para uma porta lateral à recepção.

— Sua janela dá para a ruazinha daquele lado?

— Sim.

— E não ouviu nada?

— Da rua, não.

— Ouviu de outro lugar?

— Bom, agora que está dizendo isso, um hóspede de um quarto do segundo andar disse ter tropeçado ontem e fez um barulho bem alto. Eu fui ver se estava tudo bem, cheguei até a olhar dentro do quarto, mas nada demais havia acontecido.

— O seu hóspede está aqui? – indagou, sentindo o coração acelerar.

— Não. Saiu ontem à noite.

— Se lembra como ele era?

— Claro. Era alto, branco e louro.

— O cabelo dele era comprido?

— Sim. Na altura dos ombros.

Richard sentiu a boca secar pela falta de saliva e as pontas de seus dedos formigaram com a ferrenha pulsação de sua corrente sanguínea. Ele falou para o dono da hospedaria que se encontrara com o xerife na noite anterior, explicou sobre a autópsia e suas dúvidas com relação ao assassino.

— Podemos subir ao quarto onde o tal homem ficou?

— Podemos sim. Está desocupado.

O doutor entrou no quarto e foi direto para a janela. Era a mesma janela virada para a ruazinha.

— Não sei se o senhor encontrará alguma coisa aqui. Minha esposa limpou este quarto hoje cedo.

Richard se abaixou para tentar achar um fio de cabelo.

— Eu encontrei alguns fios de cabelo louros junto ao corpo e gostaria de encontrar algum para que pudesse compará-los.

O dono da hospedaria se agachou, fazendo um som de dor ao se abaixar e passou a procurar pelo bendito fio.

— Não estou vendo nada – informou Richard, engatinhando pelo quarto.

— Minha esposa é muito cuidadosa quanto à limpeza. Teremos sorte se acharmos algum fio.

Richard rodeou o quarto de quatro, tal qual um curioso bebê que não sabe andar, no entanto não achou nada.

Seu companheiro ficou praticamente parado, olhando para os lados.

— Não achei nada – lamentou Richard, se levantando.

— Sinto muito. É uma pena que não tenhamos encontrado nada – disse Chester.

Ele então ficou de joelhos, apoiou uma mão sobre a cama e no momento que ia dar um impulso para se levantar, viu algo pequenino e reluzente detrás do criado. Chester esticou o braço fazendo som de dor devido ao alongamento forçado e pegou o objeto.

— Não é nada – assegurou, ao olhar o que era.

Chester se levantou com dificuldades e respirou pesadamente ao ficar de pé, como se há décadas não praticasse nenhum exercício ou se alongava.

— Sinto muito – falou passando a mão na testa, pois estava encharcada de suor.

— De todo jeito, obrigado pela ajuda – agradeceu Richard, saindo do quarto.

— De nada – disse saindo e trancando a porta.

— O que pegou detrás do criado? – questionou indo para a escada.

— Não sei ao certo. Parece uma pequena bolinha – alegou, mostrando o objeto no centro da palma de uma das mãos.

Richard, ao olhar a bolinha, deu um passo em falso e quase torceu o pé.

— É isso! – festejou e pediu que lhe desse a bolinha.

Ele andou praticamente correndo até o necrotério, entrou a passos largos, pegou a caixa onde se encontravam os pertences do xerife e retirou as roupas, peça por peça.

— Onde está a insígnia do xerife? – indagou a um funcionário.

— Está comigo, senhor! Me pediram para que eu a levasse para a delegacia no final do dia – informou, pegando a estrela de dentro do bolso da calça.

Richard pegou a estrela e constatou que a bolinha se encaixava perfeitamente com ela.

Em posse da estrela, ele foi à delegacia, se encontrou com o delegado e contou toda a história sobre a insígnia e a hospedaria.

— Meus parabéns, doutor! O senhor agiu como um verdadeiro detetive.

Grover – chamou um dos agentes.

— Sim, senhor.

— Pode liberar o prisioneiro, mas avise ele para que não saia da cidade sem nos avisar.

— Eu estou liberado, delegado? Gostaria de voltar para casa – falou Richard, se levantando.

— Espere um pouco, doutor. Sente-se, por favor.

Richard se sentou, meio desconfiado.

— O que o senhor sabe sobe a operação de amanhã?

— Nada. George não entrou em detalhes. Só disse que fariam uma emboscada.

— Não tem problema. Você descobrirá amanhã com a gente.

— O quê?

— Estou te convocando para ir – sorriu. – Você foi o único que viu o tal homem e seria bom ter um médico em nossa caravana.

O silêncio que se seguiu só foi cortado pelo som do estômago de Richard se contorcendo.

— Desculpe. É que até agora não almocei.

— Vá para casa, doutor, almoce e se apronte. Volte para cá a cavalo e sugiro que traga uma arma. Sairemos em três horas.

ESTÁ DECIDIDO

Uma delegação de sete homens seguiu a cavalo para uma cidade próxima, de onde um trem sairia na tarde seguinte para a cidade em que o doutor residia.

Havia informações de que o bando atacaria naquele trecho, porém com a morte do xerife não se sabia ao certo se ladrões dariam continuidade ao assalto. Como o plano já havia sido formado, e o delegado já tinha se mobilizado com três de seus agentes, Johnson decidiu continuar com a abordagem, mesmo tendo baixa chance de sucesso.

De acordo com o relato das vítimas, o grupo de três ou quatro criminosos alternavam entre se passarem por passageiros ou no meio da viagem subirem no trem em movimento. Em todas as ocasiões, eles renderam o maquinista, pararam o trem e fugiram a cavalo, o que caracterizava que um dos comparsas ficava com os animais enquanto os outros subiam, e depois alcançava a locomotiva.

Os sete homens chegaram à estação e se misturaram entre as pessoas sem falarem um com o outro. O delegado foi conversar com o maquinista e lhe contar o plano, e os outros iniciaram o embarque, ficando no final quatro homens espalhados no primeiro vagão de passageiros, incluindo o delegado e Richard, e dois viajariam espremidos com o foguista e o maquinista. O sétimo homem da caravana foi o único que não embarcou, pois retornou com os cavalos.

O trem era movido a lenha e havia um vagão cheio dela ligando a locomotiva aos demais vagões.

A viagem seguiu tranquila pela maior parte de trajeto. Quando eles achavam que nada aconteceria, o delegado, sentado no primeiro assento, viu dois homens se aproximando a cavalo, e se pareando ao lado do vagão de lenha.

Johnson se levantou, fingiu espreguiçar e deu um sinal com a cabeça para os dois agentes e o doutor, indicando que o bando chegara. Cada um deles tirou silenciosamente seus revólveres, todos ficaram de prontidão. A vizinha do delegado notou o que ele pegava, Johnson mostrou a ela sua insígnia e pediu que ficasse calada.

Um homem adentrou o vagão com o rosto tapado com um lenço e anunciou o assalto, empunhando dois revólveres. Houve muitos gritos e dois passageiros fizeram menção de se levantar, mas levaram coronhadas e ameaças violentas do assaltante.

— Esvaziem os bolsos e bolsas por gentileza – pediu o assaltante. – Isto tudo acabará rápido e irei embora em um piscar de olhos.

— Você não vai a lugar nenhum! – ameaçou o delegado, ficando de pé, sem mostrar sua arma. – Você está preso por assalto e formação de quadrilha.

— Você e quem mais me prenderá, velhote? – questionou, surpreso, por ele estar desarmado.

Johnson deu um assobio e os outros três homens se levantaram, apontando para o ladrão.

Richard estava pálido de medo e pisando em ovos.

O assaltante olhou para os lados, assustado, e o delegado empunhou sua pistola.

— Se renda. Você está cercado – propôs Johnson.

Uma enorme tensão se espalhou no ar. Os passageiros se encolheram em seus assentos, e não estava claro para ninguém qual seria o desfecho daquele impasse.

— Se renda! – insistiu, gritando o delegado.

O fora da lei começou a baixar as armas, entretanto, no meio do processo, ele as levantou atirando.

Os três agentes responderam à ameaça se abaixando detrás dos assentos e atirando.

No tiroteio, o criminoso foi atingido mortalmente e os tiros atingiram ainda o delegado e outros três passageiros. Uma bala atravessou o trapézio direito de Johnson, uma mulher levou um tiro de raspão no pescoço, um jovem foi atingido na perna e uma senhora faleceu na hora com uma bala na cabeça.

O som estridente das balas cessou e outros puderam ser ouvidos do lado de fora. O segundo ladrão foi morto pelos dois agentes que estavam com o maquinista.

Seguindo o plano, o trem foi parado simulando o assalto. Quando o terceiro integrante se aproximou, montado em um cavalo e trazendo outros dois, recebeu voz de prisão, reagiu atirando e morreu no local.

No trem, havia outro médico além de Richard, e eles se prontificaram para atender os feridos.

Exceto a senhora que veio a óbito, os demais casos não apresentavam nenhum risco de vida.

Johnson foi tratado por Richard sobre um degrau de um vagão e recebeu uma tipoia de pano para manter o braço e o ombro parados.

— Pronto, delegado. Peço que tente não mexer o tronco até chegarmos ao hospital. Você e o jovem baleado na perna precisarão ter os curativos trocados mais tarde.

— O jovem precisará ser operado?

— Graças a Deus, não. A bala que o atingiu atravessou primeiro o assento e, com isso, perdeu força. Nós fomos capazes de tirar a bala facilmente e ela não atingiu nenhuma veia ou artéria de grande importância.

— Onde colocamos este aqui, delegado? – indagou um dos agentes, que, com o segundo que ficou na fornalha, carregava o outro assaltante.

— Deita ele aqui, rapidinho. Aí está o assassino do xerife, doutor – afirmou Johnson apontando para o morto, que era alto e louro.

— Pode ser, porém...

— Porém o quê?

— Na autópsia, apontei que era provável que o assassino não tivesse um dedo da mão.

— Larga de bobagem. Este homem se parece com quem você viu no bar?

— Eu não pude olhar com exatidão, mas sim, se parece.

— E o cabelo dele não é da mesma cor que você falou?

— Não sei se é da mesma cor porque está muito sujo, mas definitivamente a cor é bem próxima.

— E como sabe que o assassino tinha um dedo a menos?

— Pelas marcas do estrangulamento.

— Mas o fato de não haver a marca de um dedo não garante que faltava o dedo. Pode ser que o assassino tivesse quebrado o dedo e tinha perdido a força nele por um acidente antigo.

— Talvez sim.

— Olha a mão deste infeliz para tirar a prova.

O doutor foi até o cadáver, articulou o dedo mínimo do morto e constatou sinais de uma lesão.

— Parece que ele sofreu algum trauma na mão, mas não dá para garantir que não tivesse força no dedinho.

— Está resolvido, então! Um trauma na mão para mim serve. Obrigado, doutor, pela ajuda. O caso do assassinato do xerife George está resolvido. Agora, levem o corpo para junto dos outros lá trás – falou Johnson aos agentes.

...

Após a morte de George, um novo xerife foi admitido, amigo do juiz Raymond. Ele era baixinho, barrigudo, tinhas grandes e grossas costeletas que desciam até o limite do rosto e era muito sarcástico. Ele, de cara, se destacou em sua atuação fazendo vista grossa para os abusos cometidos contra os negros e apoiando a disciplina e o controle daqueles indivíduos pela punição e pelo açoite.

Para Richard, além do enojamento pelo novo sistema de gestão criminal, outro impacto que ele teve foi uma pequena, mas sentida, redução de seus pacientes. O fato de ter Holmes como assistente fez com que muitas pessoas que ele atendia decidissem trocar de médico.

Em instante algum, Richard pensou na hipótese de substituir ou demitir o assistente. Em seu íntimo, sentia pena de os supostos amigos e pacientes de longa data escolherem posturas tão pequenas e sujas como são as do preconceito e do racismo.

...

Transcorridos oito meses ininterruptos de sessões conduzidas por Brianna, contando ocasionalmente com a presença de seu marido, Frank atingiu um estágio decisivo no tratamento.

Em um dia em que Richard saíra para tratar o braço quebrado de um jovem em uma fazenda, Brianna se dirigiu para a residência do tabelião esperando e torcendo para que aquele atendimento fosse tão satisfatório quanto esperava que seria.

Tal visita estava agendada desde a semana anterior e Richard havia se programado para acompanhar a esposa, no entanto o braço quebrado o impediu de ir. Como Frank era muito rigoroso em se tratando de horários, o casal achou melhor manter o atendimento somente com Brianna, em vez de remarcarem para outro dia. Ademais, existia muita expectativa para aquela sessão e seria desrespeitoso e de muito malgrado prorrogá-la em cima da hora.

O indicador que evidenciava a melhora da fobia do tabelião era medido literalmente em metros. Frank possuía um galinheiro construído relativamente longe do fundo de casa, devido a sua fobia, e cercado por uma tela para proteger as galinhas de possíveis predadores. No momento em que Frank iniciou o tratamento com Brianna, a sua principal tarefa era alimentar as galinhas.

Nos primeiros dias, o tabelião jogava a ração de longe, apesar das galinhas estarem cercadas. Parecia que, em vez de um galinheiro, existia um urso pardo adulto salivando a sua frente, Frank tremia de medo somente para alcançar uma distância viável para fazer os arremessos.

Com o passar das sessões, tal distância foi gradativamente diminuindo. Passados meses de evolução, chegara a hora de Frank jogar a ração encostado na parte externa da tela.

A esposa do doutor adentrou a casa, cumprimentou o tabelião, explicou sobre a ausência do marido, mas encontrou o paciente suando e apreensivo.

— Calma, Frank. Tenho certeza de que tudo dará certo hoje. E se não conseguirmos completar a tarefa, tentaremos novamente outro dia.

— Eu sei, Brianna. Mas é difícil não pensar no que vamos fazer – disse, de bom humor e apreensivo. – Olha, minha mão está transpirando tanto que o suor está pingando – falou, rindo de nervoso e levantando a mão esquerda para mostrar as gotas caindo.

Brianna tentou esconder, no entanto, ela também se encontrava bastante apreensiva e ansiosa para realizar o teste daquele dia.

Eles jogaram conversa fora por mais alguns minutos, a fim de tentarem relaxar e, em seguida, foram para o quintal. Durante aqueles oito meses, o máximo que Frank conseguira se aproximar era cerca de cinco metros do galinheiro. A esposa lhe fez um cafuné na parte detrás da cabeça como que para dar força e coragem ao marido.

— Você conseguirá, meu amor – incentivou ela.

— Ok. Estou pronto! Vamos começar! – se prontificou o tabelião, estando a quinze passos do galinheiro e se sentando em uma cadeira posta previamente no local.

— Ótimo, Frank! Agora relaxe o corpo e respire pausadamente por cinco vezes.

Ele iniciou a contagem e sua esposa se sentou em uma cadeira próxima, estando os dedos cruzados e pedindo a Deus para iluminar o marido.

Finalizada a contagem, Brianna tomou a palavra.

— Excelente. Agora, iniciaremos a contagem das cinco etapas do nosso procedimento. Em cada etapa, se concentre no que estou dizendo e no que você deverá reproduzir em sua mente. Apague qualquer outra coisa que vier ao seu pensamento.

Frank assentiu com a cabeça.

— Etapa um: feche os olhos e respire profundamente por dez vezes, contando de dez até um a cada expirada.

Essa etapa servia para que Frank esquecesse o mundo externo, se focasse em seu interior, endireitasse a postura na cadeira e conseguisse se focar no tempo presente.

Com a contagem decrescente, conforme os números iam decaindo, mais relaxado o tabelião se tornava. Frank se encontrava de tal forma condicionado a relaxar que, ao chegar a cinco, ele tinha que se esforçar para não perder a contagem. No número três, ele tinha que fortalecer os músculos do pescoço para que sua cabeça não caísse para baixo; no número um, tinha que lutar para que seus pensamentos não voassem pelo vale da imaginação.

— Etapa dois: identifique, visualize o medo e congele a imagem.

Frank mentalizou a figura de uma galinha, seu coração disparou e as palmas das mãos voltaram a suar.

Nas primeiras tentativas em realizar esse estágio, a consciência do tabelião estava tão dispersa e tão resistente a não enfrentar o medo, que logo a imagem do animal era substituída por algo menos assustador.

Transcorridos alguns meses, entretanto, ele finalmente conseguiu se entregar a essa etapa. Ao cumpri-la com dedicação e afinco, ele visualizou a galinha materializada na sua frente, ao alcance das mãos e sem ser apagada, seu medo foi tão grande que fez um pouco de xixi na calça e se levantou em pânico. Era como se a ave estivesse realmente diante dele.

Essa foi a fase mais difícil de ser vencida pois significava enfrentar o medo diretamente. Porém, como a prática leva à perfeição, naquele dia Frank obteve êxito em ficar cara a cara com a galinha até se iniciar a próxima fase.

— Etapa três: diminua a imagem mentalmente ao máximo possível até ela ficar do tamanho de um ponto e, em seguida, substitua o ponto por uma tela em branco.

O tabelião seguiu a instrução e foi encolhendo a galinha até transformá-la em um ponto final em uma folha em branco, como a que ele usava em seu trabalho. O processo de encolhimento foi seguido sincronizadamente pela diminuição da frequência cardíaca, respirações mais profundas, relaxamento, as mãos secarem.

A eliminação do ponto era representada pelo rasgar da folha de trabalho e a aparição de outra folha, novinha e sem rasuras.

— Etapa quatro: pense em uma imagem que te dá alegria – instruiu Brianna, vendo o paciente se acalmar e dar um pequeno sorriso.

A imagem que Frank escolhera instintivamente desde o primeiro dia de treinamento foi a da mãe, Cláudia, uma mulher de pulso forte, um metro e sessenta, ruiva e muita trabalhadeira. O tabelião amava a esposa e a filha, porém se tornara a pessoa que era graças a sua mãe, por isso a carregava no coração como um colar de valor inestimável.

Ele, desde pequeno, fora raquítico, andava desengonçado e com dificuldade, não tinha amigos. Era o caçula de seis filhos, regularmente era caçoado e não compartilhava da maioria das brincadeiras dos irmãos devido a suas limitações físicas. Cláudia poderia tê-lo deixado daquele jeito, se sentindo vitimizado e inferior aos outros, contudo ela era dura com Frank, mais do que era com seus irmãos, não no sentido da violência, mas no que se tangia a sua moral e autopercepção diante dos outros.

— Você não é pior do que ninguém, Frank! — ela dizia. — Preste atenção em suas responsabilidades e em suas tarefas. Não dê ouvidos ao que estão dizendo de você. Você será tão grande e vitorioso quanto seu esforço te guiar. Canalize sua concentração naquilo que gera resultado, e não importa o que os outros pensam a seu respeito!

Somente na adolescência, tendo os primeiros pelos apontando em seu bigode, ele pôde entender plenamente o que a mãe lhe dizia, e ignorar os fatores externos que não lhe acrescentavam nada.

Ele havia demonstrado, desde pequeno, aptidão para números e pela escrita. Enquanto os irmãos se focaram em trabalhos braçais, ele ingressou na loja da família cuidando do caixa e dos registros das movimentações de estoque.

Em um dia, com treze anos de idade, ele fechava o caixa, atividade aquela que requeria muita atenção, quando um grupo de jovens passou pela porta, o insultando com palavrões e imitando pejorativamente seu jeito de andar. Frank olhou consternado para fora, encarou Cláudia atrás de um balcão, e ela, mantendo o rosto sério, lhe disse:

— Você não tem que fechar o caixa? — perguntou, sem tirar seus olhos dos dele, dando a entender que ela igualmente ouvira e vira o que os jovens haviam feito. — Se não se concentrar, contará o dinheiro errado e terá que refazer o trabalho.

Frank fechou a cara, olhou para o dinheiro, separou as moedas e as notas por valor, contou o que haviam recebido, conferiu as vendas fiadas, registrou tudo em um caderno e terminou o serviço. Ele concluiu perfeitamente a tarefa e os insultos que ouvira não mais o incomodaram; Frank simplesmente deixou de se importar com eles e decidiu seguir os conselhos da mãe.

A partir daquele dia, ele se despontou nos estudos. Anos mais tarde, se tornou tabelião e o mais bem-sucedido profissionalmente da família, se casou e passou a viver uma vida muito feliz, com exceção de suas dores e sua fobia.

Cláudia infelizmente foi a óbito um mês depois do filho assumir o cargo que conquistara, e pôde ver seu filho realizando o sonho dele.

— Etapa cinco: amplie a imagem até onde puder e sinta o sentimento que ela passa.

A intenção era substituir e apagar o sentimento ruim, o medo de outrora, pela sensação de amor e realização.

No dia em que Frank inibiu os pensamentos ruins e se focou no fechamento do caixa, ele voltou para casa sendo acompanhado pela mãe, e ambos ficaram em silêncio por todo o trajeto.

Os dois chegaram à casa, Claudia abriu a porta e eles entraram, mas Frank ficou cabisbaixo parado próximo à porta. Sua mãe só se deu conta dele naquela posição antes de adentrar em outro cômodo.

— O que foi, Frank? Não está se sentido bem?

Ele não respondeu e algumas lágrimas caíram ao chão. Eram lágrimas de alegria. Ele levantou a cabeça e correu para dar um abraço na progenitora. Frank nada disse e sua mãe chorou, retribuindo o abraço. Claudia não queria ser tão dura com o filho, porém tinha para si que, para que Frank tivesse uma vida boa, ela não podia esmorecer; deveria mostrar o caminho ao filho assumindo o risco que ele a odiasse por isso.

— Obrigado – agradeceu Frank, ainda abraçado à mãe.

— Eu tenho muito orgulho de você, meu filho – falou a mãe, levantando o rosto de Frank com as duas mãos e dando um grande sorriso.

Aquela cena continha o sentimento ao qual o tabelião se prendia no quinto estágio. Um extremo sentimento de gratidão e felicidade.

— Agora, Frank, abra os olhos e alimente as galinhas – instruiu Brianna.

O tabelião levantou-se da cadeira, se agachou para pegar uma mãozada do milho que estava em um balde e andou devagar, repleto da emoção por evocar a imagem da mãe. Sua comoção era tão forte que, quando a fobia ameaçou aparecer, ela simplesmente era irrelevante e Frank encostou-se na tela para jogar o milho.

Ele se virou para olhar para a esposa e ela chorava de alegria. Brianna exibia igualmente muita felicidade e apertou o canto de um olho para evitar que uma lágrima caísse.

O tabelião fez menção de se emocionar, porém fez uma cara de surpresa e se dirigiu rapidamente para o interior da casa. As duas mulheres não entenderam o que se passava e Frank saiu segurando uma gaiola com um pássaro.

Coincidentemente à descoberta da fobia, meses antes, Samantha, a esposa do tabelião, encontrou no alpendre um filhote de pardal machucado. Com dó da pobre ave, ela a trouxe para casa e passou a tratá-la. No início, Frank se queixou bastante da presença do pardal, entretanto, como ele era um filhote e era mantido enjaulado, o tabelião se acostumou com o bicho, embora normalmente se mantivesse distante da gaiola.

Ao completar a tarefa com as galinhas, o tabelião aproveitou para se esbanjar. Ele abriu a gaiola, com muito receio e muita coragem, ofereceu o dedo indicador para que a ave subisse nele. Encantado pelo pardal com um pequeno salto ter aceitado a carona, Frank o tirou da jaula, reparou em seu bico, em suas penas amarronzadas e rajadas das asas e fez movimento para o alto com intuito dele ir embora para liberdade.

Já havia alguns dias que ele e sua esposa comentavam que era hora de libertar o pássaro. Não era justo mantê-lo engaiolado.

A pequenina ave voou alguns metros em um ângulo de noventa graus, contudo deu meia-volta e pediu mais uma vez pelo dedo do tabelião.

Frank, maravilhado, permitiu que o pardal pousasse e o levantou na altura de seus olhos. Em meio à troca de olhares dos dois, o pardal inclinou sua cabeça para baixo, como que reverenciando a bravura e determinação do tabelião ao enfrentar sua fobia.

Feito isso, a ave se foi e Frank caiu copiosamente no choro. Samantha lhe deu um abraço caloroso e ele sentiu que sua mãe também o abraçava naquela hora.

...

Ao ficar sabendo do enorme progresso de Frank com sua fobia, o doutor ficou alegre com o relato comovente de Brianna, no entanto, após ouvir a notícia, uma grande frustração se abateu sobre ele. Como Richard, um médico, o descobridor da técnica apresentada ao seu paciente, não era capaz de vencer o próprio medo?

Era final de tarde e ele saiu, avisando à esposa que daria uma volta para espairecer.

A rota tomada foi a do rio. Chegando ao seu destino, Richard se sentou em uma margem. Vendo as ondas tremularem calmamente, seu coração pesou de vergonha.

Como um cardiologista sedentário, um pneumologista que fuma, um nutricionista obeso, o doutor enfrentou a incoerência entre suas indicações aos pacientes e sua autoconduta.

Ele olhou para os lados e, confirmando que se encontrava sozinho, respirou fundo e tentou completar os cinco passos.

Contar de dez até zero, feito. Visualize o medo, pronto. Diminuir a imagem, reduzindo a tela branca, concluído. Ocasião de alegria, encontrado. Substituir o medo da água pelo amor e alegria, substituído.

Richard abriu os olhos, se levantou e iniciou um caminhar lento para frente. No fundo, na verdade nem tão fundo assim, ele sabia que sua recente tentativa de seguir os passos fora patética, mecânica e sem profundidade, e que o resultado seria previsivelmente o pavor.

Durante o inverno e a primavera, ele treinara os passos entre os intervalos dos atendimentos, tal como sobre os longos percursos a cavalo e, em algumas noites, antes de dormir. Contudo, em nenhum momento se conectou satisfatoriamente com o exercício e foi protelando tal conexão, se enganando como uma pessoa que promete entrar na dieta na "segunda-feira" próxima, entretanto tal segunda sempre é substituída pela da semana seguinte.

Richard dobrou as barras da calça e, descalço, colocou os pés na água tendo como cenário o horizonte avermelhado com o sol se pondo. O coração dele reagiu ao molhado e suave toque, acelerando um pouco, e seus pulmões fizeram o peito se expandir e retroagir com mais velocidade. Ele fechou os olhos buscando se concentrar na imagem dos filhos que visualizara em um dos passos da técnica, bem como no sentimento de amor que sentia por eles, contudo seu nariz passou a sonorizar involuntariamente a respiração. Sua garganta afunilou, tornando impossível o engolir da quase inexistente saliva, a pele ergueu os pelos em um massivo arrepio e a cabeça foi gerando um frio, um vácuo, como se o cérebro estivesse sofrendo um crescente e definitivo blecaute.

— Por favor... – suplicou a Jesus que o ataque retroagisse.

Richard buscou outra vez a imagem dos filhos, entretanto seus olhos captaram o vermelho do céu refletido sobre o rio, e a imagem de suas crias foram encolhendo. Os músculos de suas pernas perderam força, a bile despejou seu ácido no estômago e ele se contraiu com um enjoo causado pelo líquido ardente subindo pelo esôfago, chegando à faringe e à base da língua.

O doutor saiu do rio de costas, cambaleando, deixando para trás seus calçados e colocando as mãos sobre a cabeça em um esforço tremendo para não se deixar desmaiar.

— Socorro, socorro – repetiu, sendo acometido por uma escuridão que dominava sua visão e por um terrível temor da morte. – Socorro – repetiu, e se sentou.

Foram necessários alguns minutos para que a respiração desacelerasse e o coração se acalmasse. Passada a terrível sensação, o doutor, exausto e desapontado, indagou a Deus sobre suas dúvidas e pediu misericórdia.

— Por que, Jesus? Por que, meu Deus? Por que continuo tendo estas provas? E o mais importante: por que não sou capaz de suportá-las? Me ajude, por favor, ó, Pai!

A resposta veio a ele por meio de um forte fisgado em seu tronco, abaixo da axila esquerda. Ele fez uma careta devido à dor, colocou a mão direita sobre o local e notou a presença de um caroço que tinha um centímetro de diâmetro.

— O que é isso? – questionou, sentindo uma ardência ao apertar o caroço.

Ele levantou a camisa e pôde analisar melhor a região.

— Estranho – pensou. – É aquele mesmo calombo que eu tinha visto na sessão mediúnica com o xamã.

Richard baixou a camisa e se recordou das palavras de Khalil quando revelou saber sobre o medo inexplicado do doutor.

Ele pegou os sapatos e os calçou, estando daquela vez inconformado por não ter encontrado referências sobre o Startsapuk Tso.
— Como eu faço para ir àquela cidade?

...

À noite, Richard demorou para dormir. Ele rolou na cama por horas e somente no meio da madrugada adormeceu. No entanto, o sono não foi em nada sinônimo de relaxamento.

Ele sonhou inicialmente com sua entrada na senzala de Paulo Miller, o fazendeiro gentil com os escravos, no ápice de uma cerimônia semelhante à que Richard presenciara.

— *Óiááááá, óó Bandóóó* – cantavam os homens e mulheres negras, posicionados em círculo.

Richard entrou ressabiado no local e foi se aproximando do corpo no chão, o qual pôde ver primeiro os pés. Sem dúvida se tratava de um homem e o doutor continuou a passos lentos circundando os escravos.

Em seguida, ele viu o peito ensanguentado do paciente por uma fresta entre os homens e as cadeiras das mulheres, e notou que era possível chegar mais perto do paciente por uma entrada no círculo um pouco adiante.

Richard ajoelhou ao lado da cabeça do homem, abriu a maleta, pegou um estetoscópio e algumas ataduras. Ao olhar para o rosto do paciente, viu que o homem possuía o seu rosto. Não entendendo o que acontecia, ele olhou a sua volta e todos continuavam no transe da canção. Confuso e transtornado, ele contemplou de novo o rosto do homem deitado e, ao piscar os olhos, se viu deitado no lugar do clone, tendo ao lado um médico vedado com um pano, ajoelhado e portando um bisturi.

O estranho médico, sem enxergar, foi vagarosamente levando o bisturi até o peito de Richard e, ao tentar impedir que fosse cortado, ele notou que seus braços e pernas estavam sendo segurados por quatro negros entoando a canção.

Richard tentou gritar, mas nada saía de sua boca, tentou se soltar, contudo os negros eram muito fortes. Quando o bisturi tocou a pele acima do osso externo, ele fechou os olhos e uma estranha calmaria surgiu.

Ele continuava deitado, no entanto se viu submerso no fundo de um lago bem iluminado pelos raios de sol que adentravam nele. O doutor deu graças em ter se livrado do médico vedado, porém o instante de tranquilidade se foi rapidamente. Um pequeno cardume de peixes pequenos passou por ele, Richard se lembrou de sua fobia. Ao dar uma pequena respirada de pavor, a água entrou em seus pulmões causando a ardência e a dor de afogamento. Prendendo o pouco ar que lhe restava, ele tentou sair da água, contudo não conseguia se mexer.

Desesperado, sofrendo de pequenos soluços que indicavam seus últimos segundos de vida, ele se deparou com uma mão negra que entrou da superfície, pegou um de seus braços e o puxou para fora da água. O doutor respirou repetidas vezes e, ao se restabelecer, se admirou ao olhar para a pessoa que o tirara do lago. Era Khalil o seu salva-vidas.

Khalil sorriu e apontou para o horizonte. Richard não compreendendo o que o vendedor fazia ali, vislumbrou a cena de uma estrada curta e tortuosa que terminava em um portal de luz.

— Esta é a estrada que leva à minha cidade – alegou o vendedor.

Diante daquele cenário deslumbrante, o doutor fez menção em se dirigir ao portal, todavia uma voz pôde ser ouvida de trás dele.

— Eu sou o caminho, a verdade e a vida.

Richard se virou e lá estava Jesus, de braços abertos e sob uma cruz luminosa, tendo no peito seu coração circundado por espinhos.

Lágrimas escorreram dos olhos do doutor, tamanhos eram a energia e o amor que emanavam do verdadeiro Salvador. Richard tentou ir ao encontro de Jesus, mas seu braço ainda era segurado por Khalil. O doutor puxou seu braço, encarando raivoso o vendedor. Ao se soltar e se virar de volta para Cristo, ele sumira e fora substituído por um homem ruivo, desacordado, amarrado a uma cadeira e usando uma espécie de touca de metal sobre a cabeça.

Richard então se viu sentado, amarrado e com um aparato na cabeça que era ligado ao do ruivo por um cabo metálico. De repente, o som de um trovão foi ganhando força. À medida que o som aumentava, mais a touca sugava a cabeça do doutor e ele gritou de dor. Seu corpo passou a tremer e suas pálpebras tribular sem controle. A sensação era de que seu sangue, seu ser, sua alma eram sugados. Em meio aos gritos, ele desfaleceu.

Ainda sonhando, ele se viu de pé, auxiliando e guiando ovelhas para que entrassem em um celeiro. O dia estava ótimo, levemente ensolarado, uma brisa refrescante vinha de uma planície. Richard olhou os céus, limpou o suor da testa, ficou realizado e feliz com o trabalho daquela manhã.

Ele foi até a porta do celeiro onde havia um espelho pendurado. Ao olhar sua imagem, viu que habitava o corpo do ruivo de outrora. Ele gritou assustado e tentou tirar o rosto como se estivesse usando uma máscara, no entanto seu rosto era realmente aquele.

Richard acordou do sonho sem conseguir se levantar e suando muito. Ao abrir os olhos, lhe pareceu que a cama girava em alta velocidade a ponto de ele ter que segurar no colchão para não ser jogado de lá. Ele olhou para Brianna ao seu lado, dormindo pacificamente, e respirando profunda e pausadamente, foi se concentrando e a cama foi parando de girar.

Ele se sentou, contudo a vontade de voltar a dormir era muito grande e ele fechou os olhos, passando em velocidade rápida o que sonhara, como em um filme.

Senzala, lago, Khalil, Jesus, transferência da consciência, espelho. Ele tornou a abrir os olhos, se esforçando para voltar à realidade. Em seguida, foi o quarto que girou. Richard, nauseado, se curvou, colocou os cotovelos sobre as pernas e apoiou a cabeça nas mãos.

— Ahhhhh – gemeu em função da tontura.

— O que foi, Richard? – perguntou Brianna, colocando uma mão sobre um ombro do marido.

— Estou totalmente zonzo. Tive um sonho muito perturbador e acordei com tudo rodando. Pelo jeito estou com labirintite – supôs, tentando pensar racionalmente.

— Nossa, faz anos que você não tem uma.

— Pois é. Não sei o que aconteceu – disfarçou, pois se lembrou da conturbação que sentiu no dia anterior, no lago.

A labirinte durou três dias. Richard dormiu mal todo o tempo, no entanto nada comparado ao que sonhara.

Fragilizado, tentando ficar ao máximo parado para evitar a vertigem e repassando em um clico infinito o sonho com Khalil, o portal e se ver no corpo de outra pessoa, Richard por fim decidiu revelar seus segredos e contar tudo à Brianna.

Ela nunca soubera do dom do marido e acreditava que sua fama ocorrera por sua excelência médica. De vez em quando, alguém lhe falava sobre alguma cura excepcional que ele fizera, no entanto, ela nunca acreditou que fosse algo tão excepcional como do tipo que escutara. Nas rodas de amigos, quando possíveis curas milagrosas eram mencionadas, Richard desconversava e dizia que era a soma de muita experiência, estudo e sorte.

O doutor revelou a época em que tais habilidades se manifestaram, o que ele sentia durante o fenômeno e como, inexplicavelmente, Khalil sabia do dom. Ele abriu o jogo sobre todos os acontecimentos que envolveram o vendedor, bem como que, antes de sua morte, Khalil afirmara sem titubear sobre sua fobia de água.

— Ele me conhecia mais do que eu me conheço – lamentou, se emocionando.

Ela nunca vira o marido daquele jeito. Brianna sabia da fobia, no entanto desconhecia o quão profundo era o desapontamento e a frustração do marido com relação à doença. Brianna se comoveu em especial ao ouvir sobre o episódio no lago, com relação à criança que quase se afogou.

Richard informou o motivo de Khalil ter sido morto, revelou detalhes da mensagem que foi entregue ao juiz e mostrou o colar com a suposta localização da cidade.

O doutor sempre fora um homem sério, mas brincalhão com quem tinha intimidade. O diálogo entre ele e Brianna costumava ocorrer bem e com frequência, no entanto ele era mais reservado quando se tratava de seus sentimentos e angústias.

Brianna ouviu tudo atentamente e digeriu toda informação preocupada, mas feliz pelo marido ter compartilhado o que o afligia. Ela nunca vira Richard tão abatido e deprimido; por nenhum momento, duvidou do que ele falava.

Ela amava o marido e, sentindo pena por ele estar há meses sofrendo, o abraçou. Brianna perguntou sobre o lago, se ele identificara onde ficava aquela localidade e o doutor lhe disse seu calvário.

— O Startsapuk Tso não aparece em nenhum mapa e um amigo meu de Washington foi contatado para tentar procurá-lo, entretanto não recebi nenhuma resposta.

A VIAGEM

Na noite que se seguiu ao desabafo de Richard, ele tomou um remédio calmante e desmaiou de sono. Brianna, em contrapartida, rolou na cama por algumas horas e, em determinado ponto, frustrada por estar desperta, se sentou apoiando as costas na cabeceira. Seu marido dormia sereno, de lado, abraçando o travesseiro com um braço e apoiando a cabeça em outro. Uma luz fraca vinda da lua entrava pela janela, eliminando a escuridão total.

O martírio do marido não saía do seu pensamento. E o que pensar das habilidades de cura de Richard? Tão surpreendente quanto elas era o fato de Khalil, um estrangeiro desconhecido, saber sobre o dom.

Deus às vezes nos concede talentos para que auxiliemos a nós mesmos e as outras pessoas. Esses talentos podem vir na forma de se ter e conseguir dinheiro, habilidade da oratória, escrita e de ajudar os necessitados com um prato de comida ou com uma visita. No caso de Richard, era claro que o seu dom era um desses talentos; embora representasse uma prova muito grande, ele vinha fazendo o melhor uso possível dele.

— Richard não escondia o talento no chão – falou baixinho, e se lembrou da Parábola dos Talentos.

"E também será como um homem que, ao sair de viagem, chamou seus servos e confiou-lhes os seus bens. A um deu cinco talentos; a outro, dois; e a outro, um; a cada um de acordo com a sua capacidade.

Em seguida, partiu de viagem. O que havia recebido cinco talentos saiu imediatamente, aplicou-os e ganhou mais cinco. Também o que tinha dois talentos ganhou mais dois. Mas o que tinha recebido um talento saiu, cavou um buraco no chão e escondeu o dinheiro do seu senhor. Depois de muito tempo, o senhor daqueles servos voltou e acertou contas com eles. O que tinha recebido cinco talentos trouxe os outros cinco e disse: 'O senhor me confiou cinco talentos; veja, eu ganhei mais cinco'. O senhor respondeu: 'Muito bem, servo bom e fiel! Você foi fiel no pouco, eu o porei sobre o muito. Venha e participe da alegria do seu senhor!'. Veio também o que tinha recebido dois talentos e disse: 'O senhor me confiou dois talentos; veja, eu ganhei mais dois'. O senhor respondeu: 'Muito bem, servo bom e fiel! Você foi fiel no pouco, eu o porei sobre o muito. Venha e participe da alegria do seu senhor!'. Por fim, veio o que tinha recebido um talento e disse: 'Eu sabia que o senhor é um homem severo, que colhe onde não plantou e junta onde não semeou. Por isso, tive medo, saí e escondi o seu talento no chão. Veja, aqui está o que lhe pertence'. O senhor respondeu: 'Servo mau e negligente! Você sabia que eu colho onde não plantei e junto onde não semeei? Então, você devia ter confiado o meu dinheiro aos banqueiros, para que, quando eu voltasse, o recebesse de volta com juros. Tirem o talento dele e entreguem-no ao que tem dez. Pois a quem tem, mais será dado, e terá em grande quantidade. Mas a quem não tem, até o que tem lhe será tirado. E lancem fora o servo inútil, nas trevas, onde haverá choro e ranger de dentes'".

Ai daqueles que escondem, enterram seus talentos e só pensam egoisticamente, que são egocêntricos. A etimologia da palavra egocêntrico vem do latim e significa "eu no centro". Somente eu importo. Somente o meu bem-estar me interessa. Os outros não são importantes. Para que me sacrificar em função de outrem?

É por meio da ajuda ao próximo, da doação, do voluntariado, da caridade, é que podemos multiplicar nossos talentos e servir ao propósito divino.

...

Aquela reflexão aliviou Brianna e ela voltou a se deitar. Na hora em que finalmente pegou no sono, a palavra "sacrifício" foi sendo repetida em seu ouvido.

Alcançando a melhora da labirintite, o casal viajou à cidade de Norfolk para visitar uma tia de Brianna. O ano era 1855, o mês era junho; as crianças ficaram sob o cuidado de Holmes.

Ao chegarem à cidade, de súbito ficaram sabendo de uma doença misteriosa que se alastrava desenfreadamente. A recomendação que foi passada a todos era para que ficassem em casa.

Richard ficou inquieto para saber mais detalhes sobre tal enfermidade e, no segundo dia de sua estadia, pôde ver de perto o que a cidade estava enfrentando.

A pedido da tia Julianne, ele foi visitar os vizinhos dela, pois não havia nenhuma movimentação há dias, o que era um pouco estranho.

Ninguém atendeu às batidas na porta. O doutor notou que ela se encontrava destrancada. Ao entrar chamando pelos moradores e vasculhando cômodo por cômodo, se deparou com o casal morto no chão de um quarto e uma criança deitada em uma cama ao lado deles, viva, mas desacordada.

O doutor imediatamente se recordou de seus filhos e deu graças a Deus por não estarem lá.

Os pais exibiam icterícia, uma cor amarelada em seus corpos e no branco dos olhos. Ao lado de seus rostos havia um resto de líquido negro que ainda se prendia aos lábios dos falecidos.

Richard limpou a criança com toalhas molhadas, tentou fazer com que tomasse um pouco de água, contudo o pequeno doente vomitou um líquido preto e gosmento e Richard pôde entender que algo similar acontecera com o casal.

A febre do garoto era altíssima e, de tempos em tempos, o doutor trocou toalhas molhadas sobre o enfermo. Richard passou a tarde e as primeiras horas da noite prestando o atendimento e só voltou à casa da tia quando a criança faleceu.

Ao alvorecer, ele procurou por outros médicos e os relatos de outros casos graves eram semelhantes ao que ele havia encontrado na casa, com a adição de que alguns infectados deliravam e tinham alucinações. Nos doentes em que a doença não se agravava, os sintomas eram febre alta, calafrios, dor de cabeça, dor no corpo e náuseas. A mortalidade da enfermidade era incrivelmente elevada. Não se sabia o que a provocava e nem como tratar os infectados.

Richard, por dever, se candidatou para participar de uma autópsia, com a esperança de encontrar uma pista que pudesse ser útil para combater a doença.

Três médicos participaram do procedimento. Ao abrirem o cadáver de um homem adulto que falecera na véspera, os médicos foram surpreendidos pela aparência dos órgãos. Pareciam fervidos e existia uma massiva hemorragia interna. Ao retirarem o estômago, foi verificado que havia muito sangue em seu interior, o que explicava o vômito do líquido negro. Os doentes vomitavam o próprio sangue, fermentado pela doença.

A autópsia não forneceu nenhuma pista sobre o que causava a doença, como ela era transmitida ou o melhor tratamento. Portanto, só restava aos médicos tentar ajudar os enfermos da melhor forma que podiam.

Na cidade, não havia médicos suficientes para atender toda a população, por isso Richard saía todo dia nos primeiros raios de sol e somente voltava à noite.

Como os médicos não sabiam como eliminar tal patologia, eles limitavam-se a higienizar e hidratar os pacientes, pedir para que repousassem e fornecer algum alimento.

Dias se transformaram em semanas e o número de mortos subiu para a estratosfera.

A princípio, acreditava-se que a doença era contagiosa. Como a maior taxa de mortos ocorreu na área portuária, comunidades inteiras foram cercadas, foram proibidas a saída e a entrada de cidadãos. A estratégia não funcionou.

Mais tarde, expulsaram os moradores de zonas aparentemente mais contaminadas e puseram fogo nas casas com o intuito de eliminar o agente infeccioso. A ação não deu certo e o número de infectados não parava de subir.

No começo de julho, Richard voltou à residência da tia exausto e acabado, e para seu espanto, Brianna e Julianne apresentavam sintomas da doença. O quadro da tia piorou rapidamente e ela faleceu em três dias. Richard cuidou da esposa com toda dedicação, contudo não havia muito o que fazer, senão esperar e rezar. No quarto dia, a febre de Brianna cedeu e ela sobreviveu sem sequelas à praga.

O corpo da tia Julianne foi incinerado com dezenas, centenas de corpos que eram descobertos todos os dias.

Inicialmente, para alguns, a febre foi apelidada de Febre Irlandesa, pois perceberam uma alta taxa de infectados entre os homens e mulheres que proviam da Irlanda. Essa taxa ocorreu na verdade porque muitos irlandeses eram paupérrimos e tinham pouco acesso a moradias dignas. Em compensação, os negros eram os menos propensos a pegar a doença, talvez pelo fato dessa enfermidade ser comum na África e eles terem desenvolvidos uma resistência genética. Mais tarde, devido ao fato de a enfermidade causar falha das funções hepáticas e deixar amarelo os corpos e olhos dos infectados, a doença passou a ser conhecida como febre amarela.

Os EUA conheciam a febre amarela, no entanto, em ocasiões pontuais e com poucos casos de doentes. O que não se sabia na época era que a doença era transmitida por mosquitos e que ele chegara ao continente por meio de um navio que continha a bordo tais vetores contaminados. O navio em questão havia furado a quarentena ora estabelecida para ele, culminando no caos que foi visto.

No auge da doença, cerca de oitenta pessoas morriam por dia de febre amarela. Em Norflok, houve três mil mortos e, se fossem contabilizadas as comunidades adjacentes, incluindo Portsmouth, esse número chegaria a quatro mil. Um terço de toda a população desses locais.

— Sacrifício – balbuciou Brianna, vendo o marido dormir, quando a pandemia diminuiu e ficou sobre controle. Os olhos dela se umedeceram em pensar como existem pessoas, a exemplo de médicos e profissionais da saúde, que arriscam suas vidas em prol dos outros; que assumem os riscos de contaminação, de doença, de morte, para cumprirem seus deveres. – Isso, sim, é usar bem os talentos – concluiu ela.

...

De volta ao lar, um mês marcado por um Richard melancólico, triste e calado se arrastou. Brianna somente recebeu alguns olás, bons-dias, boas-noites e pouca coisa mais. Até com os filhos o doutor se tornara frio e não disposto a fazer muito.

Quando não estava fora em atendimento, ele ficava por horas a fio no consultório, constantemente sem nenhum paciente, pois evitava ter que pegar a estrada para fazer atendimentos. Ocasionalmente ele ia ao bar, porém não se portava como antes; conversava devagar e apresentava uma feição abatida e cansada.

À noite, ele dormia mal, se levantava constantemente durante a madrugada. Em trinta dias, perdeu uns cinco quilos e preferiu não falar mais na igreja no sermão de domingo, alegando fraqueza por causa de uma gripe.

O problema dele não eram as lembranças de Forfolk. Ao voltar para a antiga rotina, seus conflitos relacionados ao dom e à fobia refloresceram. Brianna ficou com medo e apreensão, por não saber por quanto tempo o marido ficaria daquele jeito. Ela tentou falar com ele algumas vezes, contudo ele se tornara evasivo e impaciente.

...

Em uma alvorada gelada, o doutor saiu para realizar um atendimento urgente. No final da tarde, a alguns quilômetros de distância de casa, foi informado de um jovem sofrendo de fortes dores de barriga.

Pela altura do sol, era possível constatar que, mesmo se voltasse para a cidade naquela hora, chegaria à noite, por conseguinte ele fez um desvio e decidiu ir até o paciente.

O sol se punha sobre a residência de médio porte, cercada por árvores e com um cavalo selado e amarrado a uma cerca próxima. O doutor soube de quem era o cavalo ao amarrar o seu e respirou fundo por não ter escolhido voltar para casa.

Ele bateu à porta, e eis que, como previsto, outro médico, o doutor Jerome, finalizava seu atendimento.

Não era incomum um médico topar com outro nos atendimentos da zona rural.

Richard foi convidado para entrar pela dona da casa, Kelen, uma mãe solteira, magra, com peitos volumosos, cabelo negro e com quarenta e dois anos. Ela se constrangeu com a situação, de ter dois médicos na sua casa, Richard lhe disse que não tinha problema.

— Boa noite, Doutor! – cumprimentou Jerome, com seus cabelos brancos de experiência, penteados e grudados na cabeça por um gel.

— Boa noite! Tudo certo com o paciente?

— Tudo. Não era nada demais – respondeu, guardando seus instrumentos médicos em uma maleta, enquanto John, o jovem de dezesseis anos, moreno de sol e esguio, continuava deitado em um sofá. – Ele está com falta de apetite, enjoo, febre, alteração intestinal e com uma dor localizada ao redor do umbigo, em um local não muito específico, e irradiando para perto da virilha. Dei para ele um xarope de minha autoria para ser tomado três vezes ao dia, e como eu havia dito, você precisa beber bastante água e repousar até a dor sumir por completo – reforçou ao paciente.

Richard sorriu concordando com a cabeça, entretanto sua visão se embaçou por um instante vendo o doente. Ele abaixou a cabeça, seu corpo deu uma amolecida e formigou dos pés à cabeça, e ele sentiu uma conhecida sensação. O dom.

O doutor então soube que a condição do paciente não era tão simples quanto parecia, porém por uma revolta interna, por se lembrar de Khalil e se frustrar por não saber a origem da habilidade, ele tentou se manter "normal".

— O que foi, Richard?! Ficou estranho de repente. Está tudo bem? – inqueriu Jerome.

— Estou bem. Acho que comi algo que não me fez muito bem. Estou com queimação no estômago – mentiu.

— Bem, se quiser posso te dar um pouco do meu xarope. Ele é muito bom.

— Pode deixar. Obrigado – agradeceu, quase não conseguindo falar, apertando as mãos e evitando, com muita raiva, que o dom fosse plenamente ativado.

— Bem, se não sou necessário aqui, voltarei para casa.

— Muito obrigada por tudo, doutor – agradeceu Kelen, dando-lhe o pagamento – Se quiser, pode dormir aqui. Já é noite e talvez seja melhor o senhor descansar. Eu tenho um quarto extra. Se quiser ficar também, doutor Richard, pode ficar à vontade.

Richard nada disse. Ele observou o garoto, viu ele sentindo muita dor ao mudar de posição no sofá e, finalmente, cedeu ao seu motim interno. Se não fizesse nada, John morreria em breve.

— Obrigado pelo convite – disse Jerome. – Estou acostumado a cavalgar à noite e isso não será um problema.

— Ok, doutor. Mais uma vez obrigada.

Jerome se dirigiu para a porta, no entanto Richard segurou em seu braço.

— Doutor, o jovem não sobreviverá à madrugada – alegou Richard, com os olhos semiabertos e a voz um pouco mais rouca.

— O quê? – exclamou Jerome, surpreso, Kelen ficou atônica.

— O caso dele é seríssimo. Ele não tem muito tempo.

— Isto não faz o menor sentido! Meu diagnóstico foi preciso! É diverticulite e meu xarope, com o repouso, serão suficientes.

— Jerome – disse Richard, penetrando os olhos do médico com seu olhar. – John tem a mesma doença de Geoffrey.

O experiente médico arregalou os olhos e se lembrou da autópsia e do relato de que os intestinos do falecido haviam sido tomados pela infecção e o pus.

— Como sabe disso? – questionou, abismado.

— Neste caso, eu simplesmente sei. E para salvá-lo, precisarei de sua ajuda. Precisamos operá-lo agora.

Jerome não acreditava no que ouvia e Kelen disparou a chorar, se desesperada.

O velho médico se recordou de ter ouvido falar das curas milagrosas relacionadas a Richard e ficou tendencioso a acreditar que ele pudesse estar falando a verdade.

— Qual é problema com o John? – questionou Jerome.

— O apêndice dele está inflamado e pode se romper a qualquer hora.

— Apêndice inflamado? Nunca ouvi falar numa coisa destas.

— Confie em mim, doutor. Eu não te pediria para me assessorar se não fosse uma emergência.

— Eu não posso tomar esta decisão. A Senhorita Kelen é quem tem que aprovar. Eu não me oponho em ajudar. Mas se ele morrer, eu não serei o responsável – afirmou, tentando se eximir da responsabilidade, porém no fundo acreditando em Richard.

— Pode operar – falou John com dificuldade. – Está doendo demais.

— Doutor – expressou Kelen, comovida e chorando. – O senhor é capaz de salvá-lo?

— Sim. Mas não podemos demorar – garantiu.

Um arrepio subiu pelo corpo de Kelen, com um calor de acolhimento.

— Podem fazer a cirurgia – concordou ela.

Richard retirou seus instrumentos da bolsa e pediu para Jerome pegar duas pinças. John foi sedado por meio de uma máscara de éter e foi pedido à Kelen que se retirasse do local.

— O que exatamente quer que eu faça, Richard? – questionou Jerome, receoso com o procedimento.

— Eu farei um corte do lado direito do abdômen. Precisarei que o senhor puxe as laterais do corte para que eu possa ter acesso à inflamação.

Richard pegou um bisturi e se posicionou para fazer o corte, no entanto Jerome se manifestou.

— Isto está errado. Não estou nem um pouco seguro com esta cirurgia.

Richard, porém, não respondeu e fez a primeira incisão. O velho médico se assustou e, meio desengonçado de nervosismo, se apressou para fazer o que lhe fora pedido.

O médico, em transe, cortou a subcutância e continuou as incisões, camada por camada, até alcançar a cavidade peritonial.

— Esta é a última camada – afirmou Richard para o aflito companheiro.

O peritônio foi aberto e, no seu interior, era possível ver o apêndice inflamado.

— Aqui está – confirmou Richard.

Jerome ficou incrédulo.

— O que é isso? – pensou. Ele era uma referência nos assuntos de anatomia humana e nunca tinha se deparado com um apêndice daquele jeito, grande, com pontos amarelados e parecendo que ia explodir. Normalmente, o apêndice se parecia com uma bolsinha do intestino grosso; não aquilo.

— No caso do Sr. Geoffrey, a apêndice dele se rompeu liberando o pus por todos os intestinos. Isto causou a inflamação que o matou – explicou Richard. – Pince esta artéria, por favor – pediu indicando o vaso sanguíneo.

Richard fez a retirada do apêndice, o colocou em um copo e seguiu com o processo de sutura.

Terminada a cirurgia, Richard demorou alguns minutos para voltar ao seu estado normal e Jerome foi chamar Kelen.

A mãe de John abraçou o filho com cuidado e enxugou os olhos utilizando um lenço.

— Muito obrigada, doutor! Obrigada por ter salvo meu filho!

— Não há de que, senhorita – respondeu Richard.

— Quanto eu te devo, doutor? Receio que não terei dinheiro para te pagar pelo que você fez. Quer dizer, pagar vocês dois, para ser justa.

— A senhorita não precisa me pagar nada – alegou Richard, se espreguiçando. Seu corpo se contraía em cansaço. – O importante é que seu filho ficará bem e sadio.

— Não precisa se preocupar comigo, senhorita Kelen. Eu fui um mero coadjuvante nesta cirurgia – falou, verificando maravilhado o apêndice.

— Se a senhorita não se importar e se o convite continuar de pé, gostaria de passar a noite aqui para monitorar o John. Além disso, não estou em condições para voltar agora – se convidou Richard.

— Fique, por favor. Fiquem os dois. Prepararei um quarto.

— Para mim não será preciso, senhorita – afirmou o velho médico. – Não costumo ficar no domicílio de pacientes e estou bem habituado com a volta para casa nas madrugadas.

— Tem certeza, doutor? – perguntou a anfitriã. – Estou sendo sincera. Não será nenhum problema para mim se decidir ficar.

— Muito obrigado pelo convite. Mas voltarei hoje – respondeu agradavelmente.

Na despedida, Jerome perguntou a Richard se podia ficar com o apêndice, o que foi concordado, e expressou o quão boquiaberto se mantinha por ter testemunhado tamanho feito.

Ele foi embora determinado em escrever um artigo e enviá-lo aos quatro cantos do mundo contendo o que presenciara, no entanto o senhor Jerome faleceu no caminho de casa, picado por uma cascavel quando desceu do cavalo para defecar.

As primeiras cirurgias de apendicectomia formalmente documentadas nos Estados Unidos somente foram realizadas décadas mais tarde.

...

Ao amanhecer, Richard instruiu John e sua mãe de que o jovem necessitava ficar de repouso por no mínimo quinze dias, tinha que beber muita água, comer frutas regularmente e dormir com a barriga para cima por ao menos uma semana.

O doutor regressou atormentado pela noite anterior, pois a recordação de Khalil não o abandonava. A inconformidade de não saber sobre si mesmo, sobre o dom e a fobia foi sua companheira por todo o trajeto. Ao entrar em casa, ele voltou a apresentar aquele estado de ânimo semimorto de outrora.

— Richard. Quem bom que voltou! – comemorou Brianna, muito feliz. – Teve algum problema nos atendimentos para ter que dormir fora?

— Tive que fazer uma cirurgia de emergência ontem à noite e isso me impediu de voltar – comentou ao se sentar, tirar as botas e com as palavras mal saindo de sua boca, tamanhos eram o desânimo e a fadiga emocional.

— Tenho uma surpresa – avisou a esposa, mantendo o sorriso no rosto. – Chegou para você –, mostrando uma carta para o marido. – Ela veio de Washington.

O doutor quase caiu da cadeira, por causa do susto e de excitação.

...

Na carta, Harold, o amigo, entre cumprimentos, informações de como foi difícil achar o lago e convites para que Richard se mudasse para a capital, descobriu que a localização do Startsapuk Tso era nos Himalaias.

Richard e Brianna conversaram por horas elencando os prós e contras da viagem e o doutor revelou sem querer, a princípio, o que acontecera na residência da senhorita Julianne. Ele tentou dissimular, sem sucesso, o que sentiu ao saber que John poderia morrer se não fosse operado e sua esposa o consolou. Ao final, Richard concluiu que não era possível viajar deixando a cidade sem mais um médico, situação aquela que se agravou com o falecimento de Jerome. Naquela noite, o doutor passou a noite em claro. Ele nem sequer se deitou para tentar dormir.

Mais um mês transcorreu, lento e pesado. Richard continuava dormindo supermal e suas olheiras se tornaram muito escuras. As longas horas no consultório continuaram acontecendo, daquela vez com o doutor tentando bolar uma forma de conseguir viajar sem que a cidade e os pacientes fossem tão impactados. Como um milagre, a luz no fim do túnel para amenizar sua agonia surgiu com a chegada de dois médicos à cidade.

Dois médicos se mudaram para lá, um da idade de Richard e outro mais novo, com vinte e oito anos.

A presença dos dois, contudo, não trouxe paz ao doutor. Pelo menos, não ainda.

Richard fez questão de conhecer os colegas de profissão e, para seu alívio, ambos pareciam ser razoavelmente bons e competentes. Com relação ao mais velho, Daniel Colmen, ficou claro que ele tinha um problema com bebida, mas tinha uma sólida experiência.

O mais jovem, Nicholas Moore, era filho de médico, se formou em uma renomada universidade e previa iniciar seus estudos formais, passou anos trabalhando como assistente do pai.

De volta à casa, o jantar que aconteceu depois da conversa de Richard com o segundo médico ocorreu silencioso com Brianna, sentada superereta, com o queixo levemente levantado e comendo um pedacinho de cada vez do pato com vegetais e do páo que fizera.

Ela sabia da mudança dos novos médicos e que o marido vinha os investigando. Ela, sozinha, com seus contatos, também tinha descoberto que pareciam competentes. Portanto, era uma questão de tempo até Richard puxar o assunto tabu, e ela tinha certeza de que seria naquela noite.

Os filhos do casal comeram rapidamente e deixaram a mesa. Richard, encabulado, comendo devagar para ganhar mais alguns minutos, de olhos vidrados no prato, pensava num jeito de falar sobre o inevitável com a fera ao seu lado. Ele caminhara lentamente pelo lar após a conversa que tivera com Nicholas, não em plena comemoração pelo perfil do homem que conhecera, mas preocupado em como abordar o assunto com a esposa. Infelizmente, independentemente do quão moroso fora o andar, nenhuma estratégia viável lhe ocorreu.

— Vai ficar aí calado? – indagou Brianna.

Richard não disse nada. Era mais fácil encarar um touro raivoso de frente do que a esposa, dependendo do humor dela.

— Estou esperando – insistiu a esposa.

— Brianna, é que... bem... como você sabe dois médicos se mudaram para cá... e...

— Richard, eu acho que é hora de você fazer essa bendita viagem. Eu andei pensando, podíamos vender a herança que a tia Julianne me deixou, a casa dela e a loja; dessa forma, você terá dinheiro para as despesas.

— Brianna...

— Não terminei. A melhor forma de saber detalhes sobre a viagem, como chegar ao Himalaia, onde dormir, quanto tempo demorará e tudo mais, é ir até Washington e falar com seu amigo. Outra coisa: Holmes irá com você. Você passará por muitos países, Deus sabe lá onde terão que ficar, quem conhecerão e que perigos possam existir. Estas são minhas condições.

— Brianna... – gaguejou sem saber o que dizer.

A digníssima do doutor naturalmente foi assolada pela insegurança e pelo medo de uma viagem para um lugar tão misterioso, oculto e distante. Contudo, mais do que sofrer devido a suas preocupações, ela queria que o marido voltasse a ser como era; uma pessoa animada e de bem com a vida, não o sujeito depressivo e melancólico com quem vinha convivendo recentemente.

Ela estava convencida do quão importante seria para o marido ao menos procurar pela tal cidade e se, na pior, mas muito provável hipótese, ele não a encontrasse, poderia tirar da cabeça suas dúvidas e ansiedades e ter a consciência tranquila de que fez todo o possível para obter suas respostas.

— Richard, nem sempre Deus permite que saibamos os porquês de nossas vidas. O mistério faz parte da natureza humana e, embora seja comum que não possamos desvendá-lo, temos que aprender a aceitá-lo e sermos felizes.

...

Richard se encantou e ficou muito grato pela postura de Brianna, e aceitou seus termos sem muitas dificuldades ou objeções. Em seu egoísmo, ele mal tinha se dado conta do desafio que vinha representando para toda a família e compreendeu que suas aflições eram em muitas partes absorvidas pela esposa.

Ele conversou com Holmes e explicou sobre a peregrinação, informou que poderia ser perigosa e que eram remotas as chances de sucesso e de encontrarem a cidade. Ao questioná-lo se gostaria de ir, o assistente ficou de pé em total excitação. Viajar o mundo era algo que ele por toda vida sonhara em fazer, mas até aquele convite pensava que nunca se realizaria.

Richard passou uma semana em Washington e gerou um itinerário completo da jornada, bem como projetou a previsão de gastos e o período que ficaria fora. Harold e o doutor estimaram que a viagem demoraria algo em torno de cento e cinquenta dias; talvez cento e oitenta.

Ao retornar da capital do país, o doutor foi pego por um acúmulo de serviço e sua esposa se candidatou para ir a Norfolk vender os imóveis.

Felizmente, a casa da tia Julianne tinha uma ótima localização, fora bem construída e apresentava ótimas condições. Com uma ótima estratégia e negociação junto aos inquilinos da residência que a haviam alugado, ela os convenceu a comprá-la. A loja, entretanto, não pôde ser vendida de pronto. Entretanto, o dinheiro da venda foi mais que suficiente para cobrir as despesas previstas.

Richard escolheu o médico mais novo, Nicholas Moore, para assumir seus pacientes fixos e, a pedido de Richard, os dois visitaram cada um deles.

Nicholas foi apresentado. Um breve, mas detalhado histórico de cada paciente foi relatado em conjunto com as respectivas medicações usadas e tratamentos. Adicionalmente, foi contada à clientela de Richard uma justificativa inventada sobre a necessidade dele se ausentar da cidade. A mesma justificativa havia sido dada ao Nicholas, previamente.

...

Antes de viajar, Richard levou seus filhos para caçar. Eles levaram mochilas com mantimentos e se programaram para ficar alguns dias fora. Apesar de que o alimento fosse importante, o principal motivo do passeio foi o de partilhar um tempo somente com os filhos, interagindo com eles e conversando.

A meta era encontrar um veado jovem para levarem de volta para casa. Eles armaram acampamento em uma clareira e montaram uma barraca a ser utilizada pelos três. Ambos os filhos sabiam atirar e, sob a orientação do pai, garantiram o almoço e o jantar do primeiro dia. O cardápio: coelhos assados com batatas cozidas que haviam sido levadas.

No segundo dia, eles encontraram o rastro de um veado, porém nada do bicho ser encontrado.

Richard se divertia muito com os filhos, fazias brincadeiras, brincavam de jogos e propunha pequenos desafios a eles, como, por exemplo, subir em árvores, atirar em um alvo distante, fazer o jantar.

Raphael e Bruno se divertiram muito durante aquela saída e o doutor aproveitou para se desculpar pelo modo com que vinha agindo nos últimos meses. Ele informou que os atendimentos médicos haviam aumentado muito e que por isso ele ficara sobrecarregado. Quanto à viagem, ele contou em partes o que sucedera com John e sua cirurgia, e explicou, melhor dizendo, mentiu, que viajaria para a Europa a fim de fazer uma especialização em novas formas de cirurgia e de tratamentos médicos. Aquela história foi também dita ao doutor Nicholas e aos pacientes ora visitados.

No terceiro dia de caça, eles encontram um veado um pouco maior do que Richard planejara e Bruno, o mais novo e que tinha uma excepcional pontaria, foi quem deu o tiro certeiro.

Enquanto o pai sangrava o animal e Bruno cavava um buraco para que as vísceras fossem enterradas, Raphael, um excelente navegador e leitor de mapas, foi perspicazmente buscar um cavalo com intuito de arrastar o bicho para o acampamento, pois o veado era muito pesado para que os três o levassem sozinhos.

Na clareira, o veado foi pendurado de cabeça para baixo e esfolado. Richard instruiu os filhos em como fazer os cortes para retirar cada peça e, juntos, eles as salgaram.

Os três retornaram ao lar muito felizes, satisfeitos e com a união entres eles fortalecida. O veado serviria de alimento por meses para a família enquanto Richard estivesse fora.

...

Na véspera da viagem aos Himalaias, Brianna ajudou o marido com os preparativos e a mala; se comoveu ao colocar a bagagem pronta sobre a cama. O doutor a abraçou carinhosamente e os dois fizeram amor apaixonadamente.

Ambos dormiram muito bem a despeito da partida futura.

Richard e Holmes saíram antes do amanhecer, depois que se despediram da esposa do doutor e das crianças, que insistiram para serem acordadas.

O médico e seu assistente foram até Nova York e de lá embarcaram em um navio com destino à África.

À noite, no barco, Richard olhou para o céu estrelado com incontáveis estrelas e contemplou o espetáculo asfixiante de um arco da Via Láctea, como se o arco estivesse pertinho da Terra, a um salto espacial de distância.

— Startsapuk Tso, espero que você seja tão lindo quanto este ínfimo e extraordinário pedaço do universo.

O DILÚVIO

No plano de viagem, Richard e Holmes passariam pelos mares Atlântico e Índico, e as paradas seriam em Freetown, em Serra Leoa, Cidade do Cabo, porto de Moçambique e, finalmente, Bombaim, na Índia, após aproximadamente cinquenta dias de viagem.

No decurso do trajeto até Freetown, Richard se manteve mais reservado e interagindo pouco com os demais passageiros, enquanto seu assistente rapidamente se tornou muito popular, não tendo vergonha de falar com americanos e estrangeiros, e inclusive foi convidado para festinhas no navio.

Para Holmes, o clima cosmopolita da embarcação o lembrava de cidades mais liberais dos Estados Unidos, como Washington e Nova York, e ele adorou. Seu único inconveniente foi que ficou enjoado pouco antes de chegar à África e, apesar de Richard ter oferecido um remédio, ele preferiu aguardar o navio ancorar. A tontura, contudo, foi ficando mais forte e ele só melhorou na hora em que ele colocou os pés em terra firme.

Passadas duas noites em Freetown, eles embarcaram em um outro navio que os levaria ao extremo-sul do continente.

Tristemente, no meio do caminho, a tontura de Holmes voltou e virou um problema, obrigando-o a se render à medicação. O remédio ajudou, porém, não eliminou totalmente os enjoos, mas isso não o impediu de continuar e fomentar sua vida social a bordo.

Na Cidade do Cabo, eles completaram vinte e cinco dias de viagem e pegaram o terceiro e último navio da jornada até a Índia.

A cabine deles era de classe econômica e continha um beliche e uma mesinha com cadeira. Era simples, entretanto suficiente, para suprir as necessidades dos dois.

Seus principais *hobbies* ao longo da viagem eram ler e jogar um pequeno xadrez que o doutor levara e pelo qual, na maioria das partidas, vencia o assistente. De vez em quando, surgia um passageiro querendo jogar e eles revezavam no tabuleiro.

A última escala que fizeram foi em Moçambique, objetivando o abastecimento da embarcação.

Ao atracarem, médico e assistente se limitavam a ficar nas áreas portuárias, não entrando muito nos continentes. Richard não tinha muito interesse em conhecer tais localidades e Holmes preferia ficar descansando para se recuperar dos períodos de tontura no mar.

Eles embarcaram em Bombaim, pegaram seus pertences e se prepararam para transcorrer um longínquo trecho Índia adentro. A parte dos Himalaias, onde se localizava o lago, era situado no extremo-norte do país indiano. Os aventureiros pegariam trechos a cavalo e uma série de trens a fim de cruzar o país rumo a Nova Delhi. A viagem até a capital levaria duas semanas.

Para Richard, os trens eram desconfortáveis para dormir, por isso, enquanto ele estava dentro de um vagão, não era capaz de descansar adequadamente. O médico tinha dificuldade de dormir sentado e era impossível se deitar. Para piorar, as turbulências causadas pela irregularidade dos trilhos o faziam despertar, de modo que seu sono ficasse constantemente picado.

Holmes, ao contrário, se adaptou totalmente aos trens, pegava no sono logo que o veículo saía de uma estação, sendo mimado pelo balançar dos vagões e dormindo por horas a fio. Ele dormia tanto, que roncava, babava e acordava com o rosto inchado.

Para os dois estrangeiros, a Índia era um país totalmente novo e exótico. Pessoas com turbantes, mulheres com um pequeno círculo vermelho na testa, vastas plantações alagadas de arroz, pessoas viajando em cima dos trens e vacas, muitas vacas andando livremente pelas cidades.

Naquele período, o país pertencia à Coroa Britânica e a língua inglesa era naturalmente a oficial. Nos anos seguintes, em 1857 e 1858, haveria uma guerra civil da população, contra uma entidade chamada Companhia Britânica das Índias Orientais, que administrava a Índia em nome da Inglaterra.

No auge de seu governo na Índia, a Companhia Britânica das Índias Orientais tinha um exército particular de cerca de 260.000 militares; duas vezes o tamanho do exército britânico. A empresa acabou por dominar grandes áreas da Índia com seus próprios exércitos privados, exercendo o poder militar e assumindo funções administrativas.

A Rebelião Indiana, nome dado à guerra que se iniciou em 1857, teve como resultado o fim de tal entidade e levou a Coroa Britânica a assumir o controle direto da Índia sob a forma do novo Raj Britânico.

Richard e Holmes desembarcaram ao nascer do sol em Nova Delhi, e verificaram que o próximo trem com destino a Shimila, o próximo destino dos dois, somente sairia na hora do almoço do dia seguinte.

Ao dar os primeiros passos fora do trem, Richard teve a sensação de que fora atropelado. Seu corpo inteiro doía, sua cabeça girava, seu estômago rodopiava em náuseas e ele implorou por uma cama.

Os dois companheiros se hospedaram em um pequeno hotel perto da estação e Holmes, revigorado pelo "passeio" de trem e excitado demais para dormir, resolveu sair e visitar a cidade, deixando o doutor hibernando no hotel.

...

O assistente conheceu um condutor que falava inglês e que tinha uma carroça com uma pequena cobertura para cobrir parcialmente o motorista e plenamente os passageiros. Holmes pediu para que fosse levado a alguns pontos turísticos.

— Você tem alguma preferência? – perguntou Ajay, o pequeno e moreno indiano que tinha somente uma tira de pano cobrindo o tronco.

— Me leve a dois lugares famosos, por favor – respondeu Homes, subindo na carroça, com vontade de explorar.

O assistente nunca tinha visto uma cidade como aquela. Ela parecia pertencer a um universo paralelo, outra dimensão, principalmente por causa das obras faraônicas que vira do trem e pelo ritmo enlouquecedor das ruas.

Por sorte, além de Ajay conduzir bem a carroça, ele falava razoavelmente bem a língua e soube ser um excelente guia turístico. Sabendo que o passeio levaria várias horas, ele sugeriu não cobrar pelo acompanhamento aos locais que visitariam. Em troca, Holmes usaria exclusivamente sua condução naquele dia. O assistente aceitou de bom grado.

O primeiro destino foi Red Fort, um conjunto de monumentos e jardins que Ajay explicou ter sido projetado pelo mesmíssimo arquiteto do Taj Mahal e que fora construído quando a capital foi transferida de Agra para Nova Delhi, pelo Império Mughal. Tal império chegou a dominar boa parte do território da Índia.

A fachada do escarlate muro externo era gigante e possuía um fosso como se fosse de um castelo. A entrada principal tinha dezenas de metros de altura e continha duas torres que se elevavam acima da muralha.

Eles passaram por um conjunto de lojas onde eram vendidos vestuário, comida, calçados, dentre outros produtos, e chegaram a um grande jardim com árvores plantadas simetricamente e em linha.

Ajay conduziu o assistente até uma estrutura retangular, sem parede em três lados, com pé-direito triplo ou quádruplo. As colunas que sustentavam o teto eram conectadas por vigas de onde pendiam paredes em formato de ondas ou arcos. O local se chamava Diwan I Am e o guia mostrou o trono do imperador.

— Era aqui que o imperador recebia membros do público em geral e ouvia suas queixas e pedidos – explicou Ajay.

Os dois andaram bastante, passaram pelo Mumtaz Mahal, Rang Mahal, Khas Mahal, Moti Masjid. Holmes ficou encantado pela arquitetura dos prédios e, em especial, pelas esculturas e desenhos em alto-relevo das paredes dos templos.

O tempo voou enquanto eles desbravavam o Red Fort e, ao saírem, Holmes tinha um buraco no estômago causado pela fome. Ele pediu ao guia para que o levasse para comer um prato típico da cidade. Ajay perguntou se ele queria ir a um restaurante ou o lugar poderia ser uma barraca onde se fazia o melhor murg makhani da região. O assistente falou que poderia ser a barraca e que não queria ir a nenhum restaurante chique e para turistas.

Eles tomaram a carroça e, após alguns minutos, chegaram perto de uma feira ao ar livre. O veículo foi estacionado, Holmes e o guia se embrenharam entre as centenas de pessoas que iam e vinham.

A primeira parada indicada pelo guia foi uma senhora sentada sobre um toco, fritando uma série de pastéis. Eles se chamavam samosa e o que o assistente comeu era recheado com uma receita de carne de frango. Ajay pediu um de lentilhas; ambos sorriram e salivaram antes de mordiscarem a quente iguaria.

— Este é o murgkhani? – questionou Holmes, pronunciando errado o nome do prato e mastigando com a boca um pouco aberta para não queimar a língua.

— Não é o murg makhani – enfatizou e corrigiu – Este é apenas um aperitivo.

No miolo da feira, em um local onde o povo se apertava para se mover, se encontrava a barraca procurada.

Eles se sentaram em banquetas localizadas na lateral da barraca e Ajay pediu dois pratos. Ao ficarem prontos, ele fez as devidas apresentações.

— Este sim é o murg makhani! Este prato é obrigatório para quem quer provar todos os sabores da Índia.

Holmes segurou, desconfiado, o prato. Ele continha cubos de carnes embebecidos por um molho amarronzado e grosso, e uma xícara de arroz branco.

Ajay misturou com a mão um pouco do molho, fez uma pequena porção de arroz e comeu. Em seguida soprou a carne, a pegou e colocou na boca. Ele parecia muito feliz e se deliciava com o prato.

O assistente imitou o guia na primeira "garfada" manual e a mistura surpreendeu-lhe pelo sabor. Era diferente de tudo que ele já comera até então. Ao pegar uma carne, ou melhor, frango, e dar a primeira mordida, Holmes notou que a superfície crocante escondia um interior muito suculento e molhadinho, e os sabores de mil especiarias explodiram em sua boca. Como era bom... Ele que a princípio estranhou ter que comer sem talheres, nem se lembrou do garfo e faca durante o restante da comida.

Finalizada a refeição, ambos se levantaram pesados e muitos satisfeitos. O assistente fez questão de pagar pelos dois pratos e eles regressaram para a carroça para fazer mais uma visita turística.

O lugar escolhido pelo guia foi o Túmulo de Safdarjung, um mausoléu de arenito e mármore que fora também construído pelo

Império Mughal. O monumento possuía imponente fachada de cores marrom, branca e vermelha, abobadada por arcos.

Na entrada da estrutura, havia um corredor que dava para um salão com teto em formato de redoma e, do lado de fora, um comprido espelho d´água, cercado por palmeiras, se estendia até o que parecia ser um castelo.

Holmes, que mantinha o peso da comida na barriga, deu um arroto que reviveu os temperos do murg makhani.

Eles andaram lentamente rumo ao castelo, apreciando o verde e exuberante jardim. De perto, a construção era ainda mais bonita e a fachada com linhas geométricas de mármores combinava perfeitamente com a cúpula que adornava a cobertura da construção.

Uma escada no interior da estrutura levava a um túmulo de pedra no centro de um luxuoso salão e, seguindo por aquele andar, uma larga varanda garantia uma linda imagem do espelho d´água, dos jardins e do prédio de entrada do mausoléu.

Lá em cima, Ajay pediu licença para uma ida rápida ao banheiro e Holmes continuou sereno, a contemplar aquela imagem de sonho.

Havia outros naquele local e um homem parou ao seu lado, cercado por três mulheres ocidentais. O desconhecido era bonito do estilo galã, tinha uns trinta anos, era alto, possuía pele clara, queixo quadrado, cabelo louro, volumoso e levemente anelado, cuja franja era jogada para cima com um golpe de cabeça, sempre que ela se aproximava de seus olhos azuis.

— Mas não demorarei para voltar – disse em inglês o homem, com seu sotaque francês e sendo admirado pelas mulheres.

O assistente, não estando nem um pouco interessado na conversa alheia, olhou para o horizonte e, respirando fundo, se sentiu muito afortunado de poder estar ali, do outro lado do planeta, vendo coisas tão maravilhosas.

— Não. Acho que, em no máximo dois meses, estarei de volta... – tornou a falar o desconhecido, evidenciando um sotaque bastante carregado.

O assistente se entristeceu por um momento em pensar que tantos de seus irmãos de cor estavam sofrendo, sendo humilhados e espancados nos EUA, enquanto ele desfrutava de um tão maravilhoso passeio, fazendo uma volta ao mundo.

— Sairei amanhã de manhã, rumo ao meu destino! Nada me impedirá de encontrar o que estou procurando – profetizou o galã. – "Acima de tudo, sê fiel a ti mesmo. Disso se segue, como a noite ao dia. Que não podes ser falso com ninguém" – recitou de Hamlet, pegando na mão de uma das garotas, olhando nos olhos e amolecendo o coração dela. – "Duvida da luz dos astros, De que o sol tenha calor, Duvida até da verdade, Mas confia em meu amor".

Holmes olhou as horas em seu relógio de bolso, o qual ajustara para o fuso horário local, e viu que eram quatro da tarde. As horas haviam voado e era mais do que a hora de voltar ao hotel.

— Droga, está muito tarde. O doutor vai me matar. Ele deve estar muito preocupado comigo. Onde será que está o Ajay?

— Até logo, meninas – disse o homem, acendendo um cigarro. – Fumarei este último cigarro e depois me vou. Desejem-me sorte! – se despediu, vendo as três indo embora. – E não se preocupem – exclamou – eu encontrarei o lago e a cidade misteriosa.

O sangue de Holmes ferveu ao ouvir tais palavras. Ele encarou sem querer o tal homem, a ponto de que o desconhecido, estranhando a cena, o abordasse inquieto.

— Algum problema?

— Me desculpe, senhor. Me perdoe a falta de educação em te encarar.

— Sem problema. Passar bem – disse, dando um passo para o lado, para longe do assistente e puxando uma tragada.

— Senhor – chamou Holmes meio encabulado. – Peço mais uma vez que me desculpe, mas não pude evitar em ouvir que o senhor fará uma viagem para uma cidade misteriosa perto de um lago. Entendi corretamente?

— Sim, eu vou encontrá-la – afirmou com segurança. – Provarei a todos que a cidade existe e que não é somente um mito.

— O senhor pode me dizer o nome do lago?

— Claro. É o Startsapuk.

— Tso – completou Holmes, mecanicamente e arregalando os olhos.

— Não me diga que você conhece a cidade? – perguntou o homem, se aproximando do assistente.

— Não, não conheço – respondeu, para o desânimo do galã. – Todavia, como você, estou em viagem para encontrar a cidade.

— Excelente. Permita me apresentar. Meu nome é Raul Durand, mas pode me chamar de Barão de Lagos, da França.

— Muito prazer, meu nome é Montgomery Holmes. Sou dos Estados Unidos.

...

Raul aceitou o convite de Holmes para conhecer Richard e os três jantaram juntos naquela noite.

O assistente foi elogiado por ter sido tão perspicaz. Realmente o destino que procuravam era o mesmo e a todos pareceu interessante que se unissem para a viagem.

Eles revelaram o que sabiam da cidade e o doutor contou um pouco da história de Khalil, pulando as partes que lhe diziam respeito e se abstendo de falar sobre a transferência. Richard e Holmes disseram suas profissões e o Barão aproveitou a ocasião para revelar que fora o mais jovem cidadão de seu país a ser intitulado Barão.

— A nomeação foi um reconhecimento por meus nobres serviços prestados à Coroa e por abastecer os mais prestigiados museus parisienses com minhas descobertas – se gabou. – Minha família toda mora em Paris, meu pai vem de uma longa e prestigiada linhagem de oficiais do exército francês. Sou o único dos cinco filhos que não seguiu a carreira militar.

O jantar foi relativamente rápido e eles decidiram dormir mais cedo para estarem descansados para a viagem.

Na alvorada que antecedia o embarque, todos foram a um banco para trocar dinheiro, e tanto Richard quanto Holmes perceberam que Raul tentou esconder que carregava uma carteira debaixo da calça, na região da virilha.

O Barão retirou da carteira uma moeda de ouro com brilhantes e um papel dobrado várias vezes em formato de um pequeno quadrado. Ambos foram apresentados ao funcionário do banco, sendo o papel um certificado de autenticidade da moeda.

— Isto deve ser suficiente para toda a viagem até voltarmos – brincou, guardando uma considerável quantia de dinheiro em um bolso da calça na altura do joelho – Sugiro que troquem uma boa soma, pois as cidades por onde passaremos podem não ter onde fazer câmbio.

Richard concordou com a sugestão; mais tarde, todos embarcaram em uma locomotiva.

Transcorridos alguns quilômetros, Richard se recordou de como teria dificuldades para dormir ali, enquanto Holmes pegou sua bolsa, a encostou na janela, apoiou a cabeça e, com um leve sorriso nos lábios, adormeceu.

A partir de Nova Delhi, projetava-se que a viagem levaria cerca de vinte dias, sendo que dois terços da distância seria percorrida via trem e o restante a cavalo.

No decorrer do trajeto inicial, eles conversavam sobre muitas coisas, como civilizações, lendas que conheciam, política, alguns atendimentos que Richard e Holmes fizeram. O Barão contou mais histórias mirabolantes, como quando alegou ser um dos maiores exploradores da Europa, tendo investigado e desvendado grandes mistérios em países nos cinco continentes.

— Sou mundialmente conhecido devido aos meus feitos e realizações – garantiu, sem vergonha.

Em pouco tempo, o doutor e o assistente diagnosticaram que o novo companheiro sofria de um transtorno muito conhecido pelos dois, chamado de Síndrome do Pescador.

O reconhecimento da síndrome se deu em um dia que Holmes disse ter conhecido uma belíssima mulher em Washington e esperava muito reencontrá-la ao retornar aos EUA, quem sabe pedi-la em casamento.

A observação do Barão foi:

— Uma vez namorei uma das mais lindas mulheres de Paris. Ela era loira e seu cabelo anelado ia até sua fina cintura. Ela tinha a minha altura, fartos seios e bunda, os olhos tão azuis como o céu. Por onde eu passava com ela, os homens e mulheres babavam com sua beleza e fazíamos amor religiosamente todos os dias.

— E por que não se casou com ela? - questionou Holmes, desconfiado.

— Ela era muito ciumenta e ficou possessa porque uma outra mulher tão bonita quanto ela deu em cima de mim. Odeio mulher peguenta e louca de ciúmes. "Amor é uma fumaça que se eleva com o vapor dos suspiros; purgado é o fogo que cintila nos olhos dos amantes; frustrado é o oceano nutrido das lágrimas desses amantes. O que mais é o amor? A mais discreta das loucuras, fel que sufoca, doçura que preserva." – declamou de Romeu e Julieta.

Na Síndrome do Pescador, o "peixe" do indivíduo portador é sempre o maior, o mais bonito, o mais interessante e o mais valioso, independentemente a que se refere o peixe.

Aquele que apresenta a síndrome sempre tem que sair em vantagem em todas as situações e comumente são mentirosos compulsivos. Médico e assistente sabiam que teriam que ao menos desconfiar das verdades contadas por Raul.

A boa parte, de o Barão gostar tanto de falar, bem como de dormir pouco no trem, foi que Richard pôde praticar a língua francesa.

— Meu francês está meio enferrujado – confessou. – Minha mãe era francesa e, quando ela era viva, para raiva de meu pai, que era americano, falávamos só em francês. Porém, como há muitos anos não tive com quem praticar, perdi muito do que sabia – afirmou, entretanto, brevemente ele se recordou bastante do que aprendera.

Em Shimla, eles desembarcaram na estação e foram almoçar em um bar da cidade antes do trem continuar a viagem.

Tudo corria dentro do plano e os três estavam satisfeitos pelo progresso que vinham fazendo.

No entanto, na saída do bar, o Barão passou detrás de uma égua e fez um gesto para espantar uma borboleta de perto do rosto, o que assustou o animal. A égua abruptamente deu um coice para trás e uma de suas patas atingiu em cheio o braço direito do Barão, abaixo do ombro. Ele foi jogado ao chão com o braço quebrado e com um pequeno corte causado pela ferradura.

Raul se esborrachou na terra árida da rua e um grande volume de sangue começou a sair pelo corte. Richard soube que a principal artéria do braço havia sido lesionada. A situação do Barão era muito grave e ele morreria se a hemorragia não fosse interrompida.

— Segure ele e imobilize o braço! – gritou o doutor ao assistente enquanto o acidentado urrava e se contorcia.

Holmes se sentou sobre a bacia do Barão, com um cotovelo prendeu o ombro do lado oposto do ferimento e segurou o braço machucado acima e abaixo do corte.

O doutor pegou um bisturi e aumentou o tamanho do corte, a

fim de ter acesso à artéria, sendo agraciado pelo concerto promovido pelos gritos de Raul. Richard abriu a incisão com uma pinça e puxou a artéria braquial para fora do braço. Nesse processo, pulsadas de sangue jorraram e molharam a roupa do doutor; o Barão desmaiou de dor. A artéria não havia se rompido totalmente, Richard a costurou lá mesmo, cercado por curiosos e sob o sol escaldante.

A segunda etapa foi verificar o úmero. O osso mantinha-se alinhado e a fratura poderia ser tratada somente pela imobilização do membro. Uma vez que a pele foi costurada, foram usadas talas de madeira para impedir qualquer movimentação do braço e o Barão foi carregado aos improvisos sobre o tampo de uma mesa para um quarto.

Acamado e medicado, o paciente teria sorte se a fratura não infeccionasse. Se isso acontecesse, o braço talvez tivesse que ser amputado.

Raul acordou doze horas mais tarde, gemendo de dor e com instinto de mexer o braço. Richard, que se deitara em uma cama ao lado, o impediu na hora de movimentar o membro, e o instruiu a ficar quieto e tentar não se mover.

O Barão, entretanto, continuou fazendo menção de se levantar, argumentando que eles precisavam seguir viagem, porém o banho de água fria àquela intenção foi o doutor dizer que teriam que ficar ali por ao menos uma semana. Raul se encontrava encarcerado no quarto e seus recém-encontrados amigos se prontificaram em cuidar dele até que fosse capaz de viajar novamente.

— Gostaria que a Dália estivesse aqui – sussurrou o Barão.

— Desculpe, quem? – questionou Richard.

— Ninguém não – disfarçou Raul. – Você acredita em vida após a morte, doutor? – questionou o Barão, temendo pela sua vida.

— Acredito sim. Não acho que a vida é um mero acaso. Deus tem um plano para cada um de nós.

— Você crê que nós vivemos várias vidas e vamos nos aperfeiçoando a cada uma delas?

— Não. Nossa vida é essa. Todo aperfeiçoamento deve ser conseguido nesta única existência. Por isso, temos que nos espiritualizar e seguir com fé o caminho que Deus nos ensinou.

— Religião é algo que desde adolescente me afeiçoei e por onde eu andei, normalmente, perguntava-se sobre aspectos como de onde viemos, para onde vamos, o sentido da vida, e coisa do tipo. Uma vez ouvi de um rabino seguidor da Cabala que "não é possível entender a Cabala sem acreditar na eternidade da alma e em múltiplas vidas". Um monge budista uma vez me disse que Buda alcançou a iluminação, o nirvana, por isso não precisaria viver mais vidas na matéria. E na Índia, antes de conhecer vocês, fui encontrar um menino de oito anos que nasceu com quatro braços e a quem muitos iam venerá-lo, pois acreditavam que ele era a ressurreição, no sentido da alma que volta ao corpo físico, do Deus Brama. O garoto era muito simpático e era preciso pegar uma fila para que ele tocasse em sua cabeça e lhe desce sua bênção. O que quero dizer é que a crença da pluralidade dos corpos físicos para uma única alma é muito difundida e aceita enormemente por milhões de pessoas. "O mundo inteiro é um palco. E todos os homens e mulheres não passam de meros atores. Eles entram e saem de cena. E cada um no seu tempo representa diversos papéis" – proferiu.

— Compreendo. Contudo, para mim, essa crença é equivocada.

— Mas até na Bíblia cristã se fala que é possível viver de novo.

— Até onde eu sei, em nenhum lugar da Bíblia se fala isso.

— Como não? E a história de Elias e João Batista?

— O que tem ela?

— João Batista era o próprio Elias – enfatizou.

— Bem, Elias foi um grande profeta de Deus que viveu em Israel no reinado do rei Acabe e seu filho Acazias. O profeta Elias foi muito usado por Deus para fazer milagres e para trazer julgamento à nação de Israel por sua adoração a deuses pagãos. O significado do nome Elias é "Javé é Deus". Elias também ficou conhecido por não ter provado a morte. Em vez disso, ele foi arrebatado ao Céu por uma carruagem de fogo em um redemoinho – parafraseou.

— Eu sei da história de Elias – alegou Raul. – Analogamente sei que João Batista foi o último dos profetas bíblicos que anunciou a chegada do Cristo. Ele era primo de Jesus e pode-se dizer que preparou o caminho para Ele. João Batista andava pela região do rio Jordão e pregava que as pessoas precisavam se arrepender de seus pecados para serem perdoadas. Ele alertava que a simples nascença em uma família judia não era sinônimo de salvação e que todos tinham que viver de uma maneira justa, bondosa e com fé em Deus. A pregação de João atraía muitas pessoas e ele promovia batismos no rio Jordão, como sinal de purificação dos pecados. Alguns pensaram que ele era o autêntico Messias, no entanto ele explicava que alguém maior iria chegar. No batismo de João por Jesus, uma pomba surgiu e uma voz proclamou que Jesus era o Filho de Deus. A partir do batismo, João Batista passou a anunciar Jesus como o Messias.

Richard ficou surpreso com o Barão. O doutor não esperava que seu companheiro soubesse falar de assuntos bíblicos.

— Doutor, você tem que convir comigo que a Bíblia é direta e sem rodeios quando fala que João Batista era Elias, certo? Como era a passagem? Me lembrei: "E Jesus, respondendo, disse-lhe: Em verdade Elias virá primeiro, e restaurará todas as coisas; mas digo-vos que Elias já veio e não o conheceram, mas fizeram-lhe tudo o que quiseram. Assim farão eles também padecer o Filho do homem". Então, entenderam os discípulos que lhes falara de João Batista.

— Você recitou muito bem o evangelho – parabenizou o doutor. – O povo judeu da época do Novo Testamento até chegou a pensar que João Batista ou Jesus eram o Elias que tinha retornado. Claro que eles estavam errados. O problema é que eles tinham interpretado uma profecia de Malaquias de forma equivocada, quanto à chegada do messias prometido. Jesus era este messias, e João Batista apenas se parecia com Elias ao agir com o mesmo espírito, no sentido de pregar o arrependimento e preparar o caminho para o Cristo.

O Barão sorriu.

— Neste capítulo da Bíblia, Jesus fala que João Batista era Elias, e ponto final. Não dá para ser mais explícito do que isso. Se Ele quisesse dizer que João Batista parecia, se portava, podia ser comparado a Elias, ele teria dito – apelou. – Portanto, a alma de Elias voltou do mundo dos mortos e habitou mais de um corpo – afirmou, ficando bicudo. – É interessante como que certas pessoas distorcem os ensinamentos de seus livros sagrados a seu bel-prazer. Existem trechos literais que supostamente não querem dizer o que está escrito, e trechos subjetivos que devem ser interpretados como literais... Uma vez me juntei a um judeu e a um cristão e fomos falar dos livros de Levítico, Números, livros estes comuns à Torá judaica e ao Velho Testamento. No meio do caminho, tivemos que parar o debate para evitar tapas e socos, pois cada um se enervou com as interpretações "erradas" dos textos pelo outro.

Naquela hora foi Richard quem esboçou um sorriso, se recordando de como ficara nervoso ao conhecer Khalil em Washington.

— Meu caro Barão, eu entendo seu ponto de vista, mas simplesmente não creio que esteja correto. Para mim, vivemos somente uma vida e depois que morremos teremos que esperar a volta de Jesus para nos ressuscitar e levar os bons para seu reino e o reino de Deus.

— Dizem que existem alguns assuntos em que nunca se chega a um consenso. Religião é um deles, não é!? – brincou, desfazendo o bico.

— Nem Jesus conseguiu convencer todos da sua época, imagina nós, simples mortais? – caçoou.

...

O doutor e seu assistente se revezaram na observação e nos cuidados do Barão, Richard era quem limpava o ferimento e trocava as ataduras.

Sensibilizado com a atenção que lhe davam, Raul se impressionou com a atitude de seus cuidadores, em especial a do doutor, e chorou mais tarde ao saber que não perderia o braço.

Richard não aceitou pagamentos pelo atendimento, entretanto o Barão o convenceu a pelo menos concordar que ele pagaria por todas as despesas daquela parada forçada.

Oito dias após o acidente, os viajantes subiram em um trem e seguiram viagem. Raul continuava com as talas e as usaria por mais quinze dias. Naquele período, seus companheiros o ofereceram ajuda quando necessário.

Antes do lago, a última cidade por onde eles passaram a noite foi Keylong. O local situava-se a três mil metros de altura do nível do mar e o ar rarefeito exigia mais esforço dos estrangeiros.

Desde Shimla, com elevação de dois mil e duzentos metros, e Malani, com dois mil e quinhentos, o caminho foi ascendente e culminaria na altitude dos quatro mil e quinhentos do lago.

Keylong era incrustada em uma região de montanhas e lá foram conseguidos dois guias, pai e filho, para levar os três ao lago. Ninguém confirmava abertamente a existência do templo de Khalil, contudo não negavam que ele existia. Isto animou os exploradores.

O Startsapuk Tso ficava a duzentos e cinquenta quilômetros de lá; uma cavalgada de nove dias montanha acima.

No dia anterior da saída, Richard, Holmes, Raul e os guias se hospedaram no Mosteiro de Kardand, e descansaram e se prepararam para a extensão final de terra. Todos foram bem alimentados, foram convidados para meditar e participaram de cultos comunitários.

Seis burros devidamente encabrestados e selados se encarregariam de levar os cinco ocupantes e os mantimentos. A preparação dos animais se deu com o raiar dos primeiros raios de sol e foi comemorada principalmente pelo Barão, pois suas talas puderam ser removidas e seu braço achava-se cem por cento curado.

Um vento frio soprava no pátio do templo na hora em que a caravana cruzou os portões, o que era um prelúdio do inverno que se aproximava. Eles se encontravam no meio de agosto e, em quarenta e cinco dias, de outubro a maio, iniciaria o inverno.

...

Os guias falavam o básico do básico de inglês e na maior parte da viagem a tentativa de comunicação era feita em suas línguas nativas e, principalmente, por gestos. Os jumentos eram bastante dóceis e, vagarosamente, o comboio foi superando o sinuoso e desgastante caminho.

Antes de cada anoitecer, eles pararam para descansar e armar acampamento. Os animais eram amarrados, alimentados e bebiam água, as bagagens eram descarregadas e presas com cordas, para aliviar os jumentos e evitar que alguma coisa se perdesse durante a noite. Realizadas as tarefas de cada pausa, os cinco integrantes da excursão improvisavam um jantar.

Transcorridos alguns dias, o grupo acampou em uma trilha que ficava a dez metros da base de uma montanha. O local possuía sete metros de largura e seguia curvado à frente, sendo acompanhado por um paredão de pedras, cujo cume situava-se a dezenas de metros de altura.

— Faltam dois dias para chegarmos ao lago – sinalizou o guia mais velho, com um sorriso e juntando as mãos em sinal de agradecimento aos deuses.

Ele apontou para o sol que se escondia no horizonte, dando a entender que era para lá a direção que seguiriam.

Os esbaforidos aventureiros repetiram o gesto de agradecimento, mal podendo acreditar no que tinham ouvido. Finalmente, se aproximavam do destino.

Richard havia planejado chegar àquele ponto da viagem duas semanas e meia antes daquela data, contudo não lamentou os dias perdidos com o tratamento do Barão. Infelizmente, a visita à cidade de Khalil teria que ser mais rápida do que ele esperava que seria e eles teriam que antecipar a volta ao menor sinal de que o inverno se intensificasse.

O doutor e seu assistente eram habituados a terem que ficar muitos dias fora de casa em atendimento, tendo que dormir sob o relento e passar longas temporadas sobre o lombo de um cavalo, contudo, a equação da variável "distância" para aquela aventura era elevada ao infinito.

Pouquíssimos homens no mundo percorreriam tamanho espaço de terra de uma só vez em todas as suas vidas. Parando naquela hora para refletir, Richard concluiu que fora muito ambicioso seu plano, e os cinco quilos que perdera desde que tomara o primeiro navio era um sinal da adversidade e do sacrifício necessário para se realizar tal jornada.

— Estou entendendo agora que subestimei a dificuldade desta viagem ao planejá-la com meu amigo Harold, em Washington – confessou o doutor para seus dois correligionários.

— Quando o senhor me convidou para vir e disse onde seria o nosso destino, me preparei psicologicamente para o pior no sentido de cansaço. Ainda não atingi meu limite e tenho disposição e força para mais uns consideráveis quilômetros – alegou Holmes.

— Acho que estou ficando velho... – admitiu Richard.

— Se vocês estão achando que isto aqui é longe, teve uma vez que...

— Raul, por favor – interrompeu Richard – podemos ficar um pouco calados por uns instantes? Estou com uma leve dor de cabeça

— mentiu, para não ter que escurar mais uma asneira.

Ao amanhecer, o guia mais velho acordou a todos, porém parecia que ele tinha se enganado na hora, pois o céu continuava preto. Foram necessários alguns minutos para que os estrangeiros entendessem que a cor provinha de nuvens negras.

O céu escuro era acompanhado por um vento ferrenho que provocava assobios entre as rochas, e era possível ver pelos rostos dos guias da caravana que algo atípico acontecia.

Uma chuva caiu de repente sobre eles e foi ganhando força até se tornar um temporal. Até os guias, acostumados com a região e com a aspereza do local, foram pegos de surpresa pelo estrondoso dilúvio.

Fazia sete anos que uma chuva torrencial como aquela não caía sobre aquele território. No passado, tais fenômenos trouxeram períodos de muitas tragédias e infortúnios às vilas e cidades atingidas; para os guias, aquilo era um presságio de severas tribulações nas comunidades.

A tempestade foi se tornando cada vez mais agressiva, as barracas ameaçavam ser levadas, os burros empinavam e se debatiam tentando se soltar de suas amarras.

Os homens desengonçadamente guardaram às pressas as barracas e, enquanto Richard, Holmes e Raul foram tentar acalmar os animais, a desprotegida pilha de bagagem foi sendo arrastada. Os dois guias, desesperados, se juntaram para segurá-la.

Para os três indefesos e assustados turistas, a inóspita situação piorou drasticamente ao verem uma grande pedra surgir rolando da ribanceira e acertar o guia mais velho, o levando ao chão.

Richard ensaiou uma corrida para ajudá-lo, entretanto, ao dar os primeiros passos, subitamente a estrada cedeu, e ele, o assistente, o Barão e os jumentos, num golpe, inadvertidamente foram levados pela água. Toda a água que descia naquele lado da montanha se afunilou no trecho onde estavam os três, provocando a liquefação da trilha. O volume de água formado era inacreditável.

Descendo velozmente a montanha, o doutor olhou atônito para cima, para a estrada que ficara para trás, e quase desfaleceu ao ver as bagagens, apontando no limite da trilha e, em seguida, aos capotes, sendo levadas.

Eles rapidamente percorreram centenas de metros em poucos minutos, e os três homens, em meio ao sumiço de suas montarias, se digladiavam contra a água para permanecer na superfície. Qualquer tentativa de sair dali era inútil.

O recém-formado rio serpenteou por entre pequenos morros, desnorteando seus ocupantes, e continuou sua trajetória em alta velocidade, percorrendo uma grande extensão de terra.

Desde que foi levado, Richard, além da água, teve que enfrentar sua fobia. Sua respiração ofegante e a sensação inexorável de morte drenou suas energias mais rapidamente que dos outros e, após uma curva de noventa graus do rio, ele afundou.

Submerso, as águas turbulentas o jogaram de um lado para o outro, por entre os detritos de paus e pedras. Quando seu falecimento estava prestes a acontecer, uma mão emergiu da superfície e o puxou para cima.

Era Holmes que, agarrado a um tronco e gritando devido à força aplicada para emergir Richard, o colocou ao seu lado. Logo, o Barão apareceu nadando e, aos berros incentivadores do assistente, igualmente foi capaz de se apoiar no tronco.

O céu clareou e se acalmou em mais ou menos dez agoniantes minutos, e a corrente de água se propagou por mais uma considerável distância antes que secasse e liberasse os três sobreviventes aos trancos e barrancos.

Eles se puseram de pé com dificuldade e desolados. Para o Barão, sua única alegria foi constatar que sua carteira sob a calça não tinha sido levada. Ao redor deles, um conjunto de entulhos se misturou aos restos de bagagens.

Por sorte, nenhum deles se encontrava seriamente ferido, embora todos apresentassem pequenos cortes, hematomas e escoriações.

Richard sugeriu que eles voltassem um pouco pela terra molhada, buscando coletar o que poderiam encontrar de útil, e os três retornaram, se mantendo a alguns metros distantes uns dos outros.

Para alívio do doutor, ele encontrou sua bolsa, e ao checar seu interior, tudo se maninha no lugar, inclusive seu ensopado dinheiro.

Holmes achou alguns cantis e somente dois mantiveram-se fechados e com água. Ele tomou um pequeno gole e o passou ao doutor, que, por sua vez, o entregou ao Barão, pedindo a ele que racionasse.

Raul deu uma discreta golada e tropeçou em um monte de galhos e folhas, que revelou um pé humano. Era o corpo do guia, que na trilha tinha sido atingido pela pedra.

Eles continuaram a busca por uns trinta minutos e coletaram duas facas, uma corda e alguns pares de roupas encharcadas. Só. O resto, incluindo os jumentos, o outro guia, os mantimentos, desaparecera.

A única alternativa, portanto, era tentar encontrar o Startsapuk Tso e, com a graça de Deus, serem salvos e resgatados.

ATO

3

Nasci na Judeia em uma abastada família e o foco de minha criação foi o estudo.

Eu me formei nas escolas sempre entre os primeiros da turma, e muito jovem entrei para o Sinédrio, a corte judia legislativa e judicial de Jerusalém, onde assessorava alguns juízes e me capacitava para assumir uma cadeira no futuro.

Naturalmente, do ponto de vista religioso, eu era fariseu, o que quer dizer que eu vivia com a estrita observância às escrituras judaicas.

Profissionalmente, devido à minha aptidão para números, fui chamado para trabalhar na empresa de um dos juízes e passei a prestar serviço nas firmas de muitos magistrados, validando os fechamentos mensais das movimentações de estoque, recebimentos e pagamentos.

Eu adorava o trabalho e descobri vários roubos de cargas e desvios de dinheiro pelas minhas análises. Isso me deu notoriedade. Eu conseguia maior liberdade e tempo livre, pois os fechamentos se concentravam nas duas primeiras semanas de cada mês.

O assessoramento aos juízes do Sinédrio consistia também em viajar com eles e auxiliá-los nas teses que lhes eram apresentadas, no contato com oficiais e testemunhas, no despacho de deliberações.

Certo dia, em uma viagem, eu voltava de uma audiência e vi Nicodemos, um dos juízes, se despedindo de um homem que usava túnica, tinha os cabelos soltos abaixo do pescoço e uma feição serena.

O juiz me avistou e pediu que o esperasse para que voltássemos à hospedaria juntos. Eu lhe perguntei quem era o homem com quem ele conversava. Ele me disse que era Jesus.

Eu tinha ouvido falar de Jesus, um candidato a profeta que, até onde eu sabia, não seguia as diretrizes e ensinamentos judaicos, e a quem se atribuía a realização de milagres, os quais não podiam ser explicados pela razão.

Nicodemos me disse pensativo que deveríamos nascer de novo se quiséssemos ver o reino de Deus. Isto foi parte do que Jesus lhe falara. Confessei que tal proposição me parecia absurda, por não ser possível que um homem adulto ou velho tornasse à condição de recém-nascido.

— Talvez ele estivesse se referindo a um nascimento no sentido simbólico, o que daria a entender que se deve nascer para a nova religião que ele prega ou para seus dogmas, como se fosse um batismo – argumentei.

— Eu pensei nesta possibilidade, porém ele disse em seguida outra coisa: "O que é nascido da carne, é carne; e o que é nascido do Espírito, é espírito." – declarou o juiz. – Desta forma, poder-se-ia pensar que a minha carne é proveniente da minha mãe e do meu pai, contudo o meu espírito é nascido do próprio espírito? Bom, a crença de que o espírito vive em diversos corpos, sucessivamente, não é nova...

Nicodemos se manteve em silêncio no restante da caminhada, e me convenci de que Jesus era alguém especial, pois, independentemente do que se dizia dele, o juiz, uma pessoa e um fariseu tão culto, sagaz e inteligente, estava o deixando intrigado.

Tempos depois, trabalhávamos durante a Sucot, uma comemoração conhecida por outros nomes como Festa dos Tabernáculos, que era uma das maiores celebrações judaicas do ano e que tinha o intuito de relembrar os quarenta anos de êxodo dos hebreus no deserto, após a sua saída do Egito.

Em determinado momento, entraram na sala dois sacerdotes fariseus informando que Jesus se encontrava na festa e discursava inverdades ao público. Foi pedido que ele fosse preso e oficiais de justiça foram encaminhados para o local. Houve uma breve discussão entre os juízes sobre a culpabilidade dos atos de Jesus, no entanto ficou óbvio que nem todos pensavam igual e não seria possível chegar rapidamente a um consenso.

Mais tarde, os oficiais retornaram de mãos vazias, alegando que não puderam prender Jesus em função de sua eloquência com o povo e pelo fato de como grande parte da multidão de ouvintes se mostrava cativada por suas pregações. Levá-lo à força, portanto, geraria um tumulto desnecessário e perigoso.

Houve protesto por parte de alguns magistrados enaltecendo a incompetência dos oficiais e Nicodemos incitou sua lógica sobre os colegas, argumentando em favor do profeta. Mais uma vez, não houve sintonia entre as alegações e defesas dos participantes e todos se retiraram.

O assunto "Jesus", acompanhado pelo termo "Cristo", se tornou constante dali em diante, tanto para o bem quanto para o mal.

Meu próximo destino foi Jerusalém. No segundo dia, estando mergulhado em livros e manuscritos, fui informado da prisão de Jesus.

Fui imediatamente ao Sinédrio bem na hora em que Jesus era levado para o governador romano Pôncio Pilatos. Diante do romano, foi verificado que o profeta era da Galileia e ele então foi enviado a Herodes Antipas.

Herodes, o governador da Galileia, conhecido também por seu envolvimento na morte de João Batista, interrogou Jesus, porém, o resultado foi inconclusivo. Jesus disse pouca coisa em resposta aos questionamentos de Herodes e frente às acusações dos sumo-sacerdotes. Por isso, o profeta foi enviado novamente a Pilatos.

Eu me mantinha entre o povo, e presenciei o romano lavando suas mãos e Jesus sendo condenado à crucificação no lugar do criminoso Barrabás. Tive vontade de seguir a procissão do prisioneiro até o calvário, entretanto Nicodemos me chamou e pediu que o acompanhasse.

Encontramos José de Arimateia, outro membro do Sinédrio, e ele, posteriormente, pediu a Pilatos pelo corpo do Cristo. Concedido o pedido, eu e os dois magistrados nos dirigimos ao local da crucificação.

Testemunhei o corpo do falecido profeta ser descido da cruz e me ofereci a ajudar com os cuidados pós-morte, porém Nicodemos agradeceu a oferta e me instruiu que voltasse para casa.

Após três dias da execução, fiquei sabendo que Jesus ressuscitara, apesar de muitos céticos dizerem que o corpo dele tivesse sido simplesmente roubado.

Nunca cheguei a conversar com Jesus ou ouvi algum de seus ensinamentos. Porém, nunca mais me esqueci do quão pacífico ele me pareceu quando o vi pela primeira vez, e de como ele se mantinha inabalável ao ser levado para o julgamento com o governador.

Mesmo seu corpo sem vida, surrado e espancado, transmitia uma grande paz, o que me levou a me afeiçoar por ele, pelo que pregava, e me tornei um admirador e até certo ponto fiel.

Confesso não ter me entregue totalmente ao cristianismo, recém-constituído, pois mantinha o sonho de me tornar um dos magistrados do Sinédrio, o que consegui aos quarenta e oito anos.

Duas décadas antes do meu magistrado, eu havia me tornado sócio de José de Arimateia e frequentemente nos pegávamos discutindo e analisando as lições deixadas por Jesus e, em muitas ocasiões, tivemos como companheiro de debate o meu nostálgico amigo Nicodemos.

Morri com cinquenta e nove anos, tocado por ter visto pessoalmente Jesus Cristo.

RESGATADOS

Atrinca de maltrapilhos náufragos do dilúvio andou a passos lentos seguindo o poente e sucumbiu de cansaço no início da noite.

Holmes improvisou uma fogueira, eles se deitaram e dormiram ao relento. Ao raiar do sol, os três continuaram o caminhar, tendo o astro-rei causticando suas cabeças, peitos e costas. O terreno era árido, plano, e possuía uma vegetação rasteira e dispersa. Não havia sinal de civilização ou de animais de grande e médio porte.

Antes do cair da segunda noite, o Barão habilmente capturou uma cobra que tentou se esconder por entre algumas pedras e aquela foi a primeira e única refeição do dia, servida com as últimas gotas de água que possuíam.

— Vocês acham que morreremos aqui? – questionou o Barão, com os lábios ressecados e a pele queimada como a dos outros.

— Acho que não. Tenho fé de que seremos salvos – se manifestou o assistente, demonstrando esperança na feição.

Richard não respondeu e fez uma careta de dor, provinda de uma fisgada que sentiu em um local bem conhecido dele, sobre uma das costelas e debaixo de seu braço. Seus companheiros notaram o gesto, se entreolharam, mas nada disseram.

— Vocês sabiam que uma das vezes que conversei com Khalil, ele mencionou que era possível transferir a consciência de uma pessoa morta, ou em vias de morrer, para um novo corpo? – perguntou o doutor, demonstrando estar esgotado e decidindo contar sobre o suposto mistério.

— O quê? – indagou o Barão, desacreditando no que ouvira.

— É exatamente isso. Ele falou que a cidade continha muitas tecnologias e modernidades de vários cantos do mundo. Khalil não entrou em detalhes de como essa transferência de fato funcionava. Porém, imaginem se for de fato verdade...

— Se isso for verdade, quem tivesse acesso a essa tecnologia nunca morreria, pois poderia mudar de corpo a seu bel-prazer – ridicularizou o Barão.

— Em tese, sim. Seria possível – confirmou Richard.

— Impossível! Balela! – Raul rechaçou a hipótese. – Não acho que ninguém nunca será capaz de parar a morte.

— Contudo, se fosse verdade, doutor, será que não seria um castigo ter que assistir a todos a sua volta morrer enquanto a pessoa está condenada a uma existência sem propósito? – filosofou Holmes. – Quero dizer, deve chegar uma hora que cansa ficar vagando pelo mundo.

— Errado, Holmes! – contestou o Barão. – Primeiro que ele não viveria sem propósito. Viveria pelo prazer, aventura, pela possibilidade de não ter mais medo e de experimentar uma felicidade absoluta. Segundo que o transferido não estaria sozinho; ele teria uma família de imortais junto a ele. Haveria um grupo de indivíduos imortais, partindo do pressuposto de que a transferência poderia ser usada em várias pessoas.

— Nem toda família é harmônica e equilibrada, e se os integrantes soubessem que não iriam morrer, isto instigaria tensões ou as potencializariam? – provocou o doutor.

— Em vias gerais, penso que os relacionamentos tenderiam para o caos e haveria uma grande chance de um querer matar o outro – supôs o assistente. – Estamos imaginando que ninguém morreria de velhice, no entanto nada impediria de alguém ter a cabeça decepada ou ser aprisionado em um buraco bem fundo para sempre. Conheço famílias em que os integrantes mataram uns aos outros em apenas vinte, trinta anos. Imagina em cem ou duzentos anos?

— "Se podeis ver a seara do tempo e predizer quais as sementes que hão de brotar, quais não, falai comigo, que não procuro nem receio vosso ódio ou vosso favor" – narrou de Macbeth, o Barão, pensativo.

— Holmes – chamou Richard, cabisbaixo – Se algo me acontecer e eu não sobreviver, pode ficar com minha maleta. Pode usar os instrumentos como se fossem seus e use o dinheiro para voltar para casa. Não pense em levar meu corpo de volta, pois isto seria muito trabalhoso e caro, e não haveria dinheiro para pagar pelas despesas – afirmou, morbidamente.

— Nada disto, doutor! Nada te acontecerá e voltaremos juntos para casa. Tenho certeza! – garantiu o assistente.

Um longo minuto de silêncio fez com que todos reflitissem sobre o estado em que se encontravam e os riscos de vida que corriam.

— Doutor Richard, se algo acontecer comigo, gostaria que ficasse com minha carteira. Sei que notaram que a mantenho sob minha calça. Nela está a minha vida e o meu sustento – alegou, se lembrando do doutor coberto de sangue, abrindo com o bisturi o ferimento causado pelo coice do cavalo.

— Vamos dormir – sugeriu Richard. – Temos que repor energia para amanhã.

Quando Holmes e o Barão adormeceram, Richard retirou a camisa e analisou o calombo debaixo da axila sob a luz da lua cheia. A bola tinha dobrado de tamanho e provocava dor ao ser tocada.

O doutor havia percebido algo anormal desde o começo da caravana, no entanto não tinha verificado o local com calma. Foi analisado se seria possível retirar o caroço via cirurgia, no entanto ele se encontrava bastante afixado à pleura e vascularizado. Seria muita imprudência realizar uma operação naquelas circunstâncias clínicas e de desnutrição.

Ele se vestiu e fez a única coisa que podia fazer: orar para que o calombo não fosse sério e pedir pela sua recuperação. Ao realizar tal pedido, seu subconsciente acrescentou a palavra "milagrosa" antes de "recuperação".

Amanheceu e a jornada prosseguiu. Tendo suas bocas sedentas, eles caminharam por mais um dia e a única coisa excitante e ao mesmo tempo frustrante que encontraram foi uma miragem de água, gerada pelos raios de sol refletidos no horizonte.

Na manhã do quarto dia, Richard só pensava no caroço, especialmente porque o movimento de seu braço roçava no local, e a sensação era de que a bola estava crescendo exponencialmente.

Mal eles se puseram em movimento e o obstáculo que eles tinham postergado na noite anterior teve que ser transposto: um morro largo demais para ser evitado, relativamente baixo e sem muitos empecilhos, mas que devido à condição deles, piorada pelo ar rarefeito, representava um considerável desafio.

O Barão foi o primeiro a atingir o topo e, ao olhar para baixo, soltou um choro sem lágrimas, pois seu corpo não podia mais produzi-las devido à desidratação.

— O lago! – comemorou, querendo gritar a plenos pulmões, porém preferiu se manter em silêncio.

Ele olhou para trás e, sem falar nada para não estragar a surpresa, simplesmente deu um sorriso e saiu correndo.

Richard e Holmes estranharam a atitude do Barão, mas se encheram de esperança, pois só podia indicar que o lago havia sido encontrado. Eles alcançaram o topo, explodiram de alegria e iniciaram a corrida. A felicidade deles transbordava por seus rostos e o Barão se virou gritando e gesticulando para que se apressassem.

Raul, em um movimento, retirou a carteira, jogou-a de lado, pulou na água e deu um mergulho.

Ao ver o francês, o assistente se desequilibrou e caiu levemente. Richard fez menção em parar, no entanto Holmes sinalizou que não se machucara e Richard seguiu a trajetória descendente.

O eufórico Barão se ajoelhou, uma vez que a profundidade do lago no local onde se encontrava era de um metro, inadvertidamente tomou água, a esguichou pela boca e brincou de jogá-la para cima, provocando uma singela chuva sobre sua cabeça e gerando pequenos arco-íris. Ele estava alguns metros lago adentro, quando Richard chegou na beirada, e o Barão jogou água para molhar o companheiro.

Richard molhou-se pela água espirrada por Raul, contudo, ao provar uma gota que escorreu para dentro de sua boca, ele se assombrou e se virou para impedir Holmes de se jogar.

O assistente não entendeu a preocupação do doutor e derrapou os pés para conseguir parar a tempo.

Richard agachou, molhou um dedo e o colocou na boca.

— A água é salgada!

O teor de sal na água originalmente era grande, entretanto a chuva de outrora havia diluído sua concentração. Ao paladar, era possível identificar o, discretamente, mas presente, sabor de sal, Richard esgoelou para o Barão, pedindo que parasse de beber a água.

— Não tem problema, doutor – afirmou Raul, flutuando sobre o lago. – Água é água e este tantinho de sal não nos fará mal.

Arrasados, Richard e Holmes viram impotentes o Barão voltar para a margem com a barriga cheia.

— Têm certeza de que não tomarão nada? – questionou Raul, satisfeito.

— Raul, essa água te dará ainda mais sede – explicou o doutor, temendo pela saúde do francês.

— Besteira! Já tomei água muito mais salgada do que esta e não me fez mal.

— Um gole de vez em quando pode não fazer mal. Todavia, no estado em que nos encontramos, este sal, por menor que seja o teor, representa um veneno para nosso organismo. Ao menos peço que vomite a água que tomou. Dessa forma, os efeitos poderão ser atenuados.

— Não vomitarei coisíssima nenhuma! – retrucou.

— Raul – disse o doutor, segurando o braço molhado do amigo – vomite. Esta água te matará. Por favor! Eu te imploro!

— Me solte! – mandou o Barão, rispidamente, puxando a braço. – Não vomitarei! As cenouras estão cozidas! Se vocês dois querem morrer de sede, a escolha é de vocês! – falou nervoso, pegando do chão a carteira em formato de uma tira cumprida de pano.

— Cenouras? – perguntou Holmes, vendo Raul seguir adiante.

— É uma expressão francesa que significa que não há mais o que se fazer. Temo seriamente pela vida dele...

...

Os três decidiram andar em volta do lago para tentar achar ajuda e água potável. Ironicamente, aquele lago era pior do que qualquer deserto do mundo. Para Richard e Holmes, a vontade de tomar um gole foi logo substituída pela preocupação com o Barão.

Antes do sol se posicionar verticalmente acima da insólita caravana, Raul claramente não passava bem. Ele parecia estar fora de si, seu caminhar se tornou lento e desajeitado, ele mal respondia a perguntas ou falava alguma coisa.

Eles teriam rápido que parar e a oportunidade apareceu ao avistarem a estrutura abandonada que antes fora uma pequena casa, da qual restavam somente duas paredes opostas e um telhado de palha seca.

O abrigo trouxe esperança de que alguma vila ou família habitasse as redondezas.

O Barão foi deitado junto a uma parede e pegou no sono. Seu corpo exalava um calor anormal e ele delirou durante todas as horas em que ficou dormindo, como se estivesse tendo terríveis pesadelos.

Ao entardecer, o som de alguns pássaros foi sobreposto pelo despertar abrupto de Raul, incluindo um grito ensurdecedor. Era o início do show de horrores.

— Minha cabeça! – berrou.

Com as mãos, o Barão se voltou contra a própria cabeça e selvagemente tentou abri-la, como se quisesse retirar a fonte de uma horrenda dor.

Holmes segurou o Barão, mas não conseguiu evitar que um corte atrás da orelha fosse feito por uma unha do enlouquecido.

Enquanto o sangue escorria pelo cabelo de Raul, Richard tentou em vão convencê-lo a parar, porém o Barão somente desistiu na hora em que perdeu as forças.

Holmes também ficou bastante cansado e, ao soltá-lo e se sentar, o francês retomou a automutilação aos berros.

O assistente tornou a segurar o Barão e Richard tentou ajudar, porém ele não tinha percebido até então o quão fraco se encontrava.

A tentativa de auxílio a Holmes aflorou uma forte sensação de doença ao doutor, com o corpo fadigado, respiração pesada, tontura causada pelo esforço físico e náusea.

— Teremos que amarrá-lo – lamentou o exaurido Richard, na hora em que os dois homens deram novamente uma trégua de esgotamento na queda de braço.

Raul foi preso e a noite transcorreu lenta, estando o médico e o assistente em alerta e sem dormir, e o Barão urrando de dor e forçando as cordas.

Quando o sol espantou a escuridão, Raul tranquilizou-se e entrou em um estado de semiconsciência. Devido aos ferimentos em carne viva de seus pulsos, a corda foi retirada, e ele iniciou uma insana conversa com seu imaginário.

Por horas ele falou sozinho, gargalhou, chorou, soluçou, gritou. Raul encarnou o melhor de todos os atores e sua lunática atuação lhe renderia o prêmio supremo se não fosse resultado de uma desidratação profunda e de danos graves ao sistema nervoso.

O nome de longe mais mencionado foi Dália, em frases conjugadas como "te amava, traição, joias, França, odiosa família". O segundo nome mais falado foi Pedro, que supostamente era o pai do Barão, e tudo dava a entender que Raul tinha tido uma infância humilde e sofrida.

— Ele não tinha dito que o pai era militar? – indagou Holmes, estranhando tais trechos fragmentados da história. – E quem será essa Dália que ele tanto fala?

Aquela versão da infância do Barão contradizia com o que ele contara em Delhi, e reforçava a rede de mentiras, comum em pessoas que apresentam a Síndrome do Pescador.

Exaustos, com muita sede, com sono, com calor, Richard e Holmes assistiram ao próximo ato da performance do Barão, inaptos de fazer alguma coisa para amparar o companheiro, simplesmente rezando para que de alguma forma ele melhorasse, ou, por mais cruel que pudesse parecer, morresse de uma vez.

Raul iniciou uma série de torções de pernas, braços e colunas, em ângulos normalmente vistos em contorcionistas de circo. De um lado para outro, se arrastando sobre o resto de assoalho da casa como se ele fosse o mais macio dos solos, arranhando o corpo.

O Barão se dobrava quase ao avesso, quase estourando os ossos, quase deformando permanentemente o rosto em caretas e expressões horripilantes.

Em meio àquele assombro, uma sombra apontou no horizonte, vinda da direção do sol e aumentando gradativamente.

Foi Holmes quem primeiro a viu e avisou ao doutor.

Eles ficaram olhando para a miragem que pouco a pouco foi ganhando uma forma mais bem definida e que se transmutou em um cabrito. Os dois amigos acreditaram piamente que haviam adormecido e que sonhavam.

O cabrito continuou o caminho retilíneo naquela direção. Enquanto o Barão se mantinha entortado, o animal parou entre o assistente e o doutor, a fim de dividir aquela bendita sombra.

Richard encarou Holmes como se buscasse confirmar se o que acontecia era real. O assistente, levando uma eternidade para se convencer de que um cabrito havia parado sob aquele teto, pegou a faca e, desferindo um golpe certeiro, acertou a jugular do animal.

Enquanto o cabrito se debatia, Holmes sem pensar e como um vampiro, grudou a boca no pescoço do bicho e tomou o sangue fartamente. Ele fez uma concha com as mãos e serviu o doutor, que despertou da letargia que o consumia.

Richard tomou mais um conchado, daquela vez feito por ele mesmo, despejou o restante do sangue em um cantil e tentou servir o Barão. Raul não aceitou o sangue e cuspiu o que lhe foi oferecido.

Com os lábios e partes do rosto ensanguentados, Holmes iniciou uma risada que contagiou o doutor e eles gargalharam de felicidade pela dádiva recebida. Eles riram até cansar e se abraçaram sem acreditar naquela bênção.

Holmes fez uma fogueira, o cabrito foi despelado, limpo, esquartejado e levado ao fogo em partes. Ele e o doutor se esbanjaram com a comida, roeram os ossos e tiveram mais crises de riso.

Tudo estava ótimo, a não ser pelo detalhe de que depois da sagrada refeição, o Barão voltou ao primeiro estágio de delírio, trocando, daquela vez, a cabeça pelo tronco.

— Eu estou em chamas! – esbravejou, rasgando a camisa. – Socorro! Socorro! Meu corpo está pegando fogo!

— Corda? – questionou Holmes.

— Não precisa – afirmou Richard, sentindo o peso do mal-estar de outrora, uma vez que a adrenalina da euforia causada pelo cabrito e pela comida havia evaporado.

Parte do cabrito foi embalada para o dia seguinte e todos se preparam para dormir.

Os gritos de Raul rasgaram e penetraram no âmago daquela noite, despertando os dois companheiros de suas tentativas de dormir. Em um momento, no entanto, no auge da madrugada, sob o teto cheio de furos que deixava a luz da lua atravessar pelas frestas, todo o som cessou. Richard e Holmes adormeceram profundamente.

Eles acordaram com o dia há muito nascido. Richard tentou se levantar, mas não conseguiu. A doença o dominara. Ele buscou Raul com os olhos, porém o Barão havia sumido.

— Holmes, o Raul...

O assistente procurou o Barão por toda a proximidade, mas nenhum sinal dele ou de um rastro pôde ser encontrado.

Raul nunca mais foi visto.

As únicas coisas que ficaram para trás foram trapos de suas roupas e sua carteira.

A carteira tinha dois palmos de largura, dez centímetros de altura, seis compartimentos, cada um fechado por um botão e um cadarço para amarrá-la em volta do quadril.

Dentro dos compartimentos foram encontradas dezessete moedas de ouro, cujas bordas das faces continham pequenas pedras de diamante em todas as suas extensões. Em um dos compartimentos centrais era mantido o certificado de autenticidade das moedas.

No centro da face de cada moeda fora cunhado o perfil do rosto de uma mulher e, abaixo, a palavra "Portugal". Na parte de trás, havia um brasão, tendo em sua parte superior uma coroa.

Richard não sabia dizer o valor de tudo aquilo, contudo estimava que valia uma pequena fortuna.

...

Agora sozinhos, o doutor e o assistente fizeram uma pequena missa em homenagem ao Barão, comeram um pouco e abandonaram a casinha.

Eles caminharam lentamente, Holmes assumiu a pouca bagagem e Richard parecia muitas vezes estar em transe. Ele se arrastava a passos lentos e, ao meio-dia, após o almoço com os últimos pedaços de carne, Holmes passou a auxiliar o doutor a andar, oferecendo seu ombro.

Diferentemente dos outros dias, o sol se escondia atrás de nuvens e uma brisa refrescante, tendendo para o frio, passou a soprar.

Voltar para o casebre abandonado era uma alternativa, porém distantes de lá, era mais sensato permanecer à procura por auxílio.

Na metade da tarde, Richard pediu para que parassem e, ao se sentar, desmaiou. Holmes tentou reanimar o companheiro, entretanto ele mal respirava.

Desesperado, não havia muito a se fazer além de suplicar aos céus.

Ao longe, semelhante ao surgimento do cabrito, outra figura foi tomando forma. Uma nova refeição seria muito bem-vinda, dadas as circunstâncias. Holmes torceu para que não estivesse delirando e para o que via fosse real.

A imagem foi ganhando uma forma diferente do animal do dia anterior e estranhamente parecia ser maior do que a de um homem. O assistente se convenceu de que ficara louco devido à enorme estatura, porém a insistente figura continuava a crescer e desafiar sua razão.

— Seria um gigante? – pensou.

Em um segundo, a imagem embaçada clareou e o que se aproximava era um homem com um cajado maior do que ele.

— É uma miragem? – pronunciou baixinho. Um segundo homem despontou, andando atrás do primeiro.

Por via das dúvidas, o assistente levantou os braços e esbravejou pedidos de ajuda, e sua recompensa veio com a corrida dos dois homens em sua direção.

Aquele que levava o cajado era um pastor que procurava pelo cabrito desgarrado. O outro sujeito era seu filho de vinte anos. Suas peles morenas de sol e os corpos baixos e quadrados combinavam com as roupas coloridas que vestiam e com os gorros vermelhos de listras azuis.

Holmes chorou com a chegada dos dois indianos/nepaleses e tentou falar que precisava de ajuda, enfatizando a condição do Richard. Embora não entendessem a língua falada, os homens compreenderam o que se passava e ofereceram água de dentro de um chifre convertido em canil.

Enquanto o assistente se satisfazia em êxtase, deliciando o fantástico gosto daquele elixir e dando aos poucos para Richard, pai e filho discutiam o plano de resgate. O mais velho cutucou Holmes, e, em sua língua, apontou para o doutor e para as costas do filho. A solução encontrada foi levá-lo no estilo cavalinho.

Richard foi colocado sobre sua nova montaria e eles seguiram andando rapidamente. A princípio, o assistente teve dificuldade de acompanhar os dois, entretanto rapidamente pegou o ritmo. De cinco em cinco minutos, pai e filho alternaram a condução do doutor. Holmes se dispôs a carregá-lo, contudo os indianos insistiram em não aceitar sua ajuda, pois ele não tinha condições para fazê-lo.

Em trinta minutos, um outro lago despontou na paisagem, para o encantamento do assistente. Richard permanecia desacordado e não pôde contemplar tal maravilha. Aquele era o verdadeiro Startsapuk Tso, cuja extensão era menor do que o outro e suas águas eram doces. O lago encontrado anteriormente se chamava Tso Kar, um lago salgado, como pôde ser comprovado na prática, e endorreico, isto é, que não tem saída para nenhum rio ou mar.

Uma revoada de garças deu boas-vindas aos forasteiros. Fincada na margem do lago, havia uma casa isolada de parede de pau a pique, barreada, caiada e com teto tipo de sapé que se estendia sobre a porta e as janelas, que as protegia das intempéries. Ao lado da habitação, um cercado com cerca de vinte cabras demarcava o destino dos quatro.

Richard foi deitado sobre uma cama, e o pai de família, Jahnu, levou um balde de água para que ele e Holmes dessem banho no enfermo.

Ele foi despido e, em meio ao banho de toalha, o indiano chamou a atenção do assistente para o caroço do tamanho de um limão pequeno sobre a costela de Richard. Holmes se assustou com o calombo e entendeu que ele era a fonte do sofrimento e o que vinha provocando as caretas de dor no amigo.

O banho terminou e foram oferecidas roupas limpas para vesti-lo. Ao terminarem o processo, Richard despertou bastante sonolento. Todos se alegraram muito e Holmes lhe contou o que acontecera.

O doutor perguntou pelo Barão e se entristeceu por eles não o terem encontrado.

Um jantar de carne de gnu e purê de legumes foi servido por Kali, a dona da casa, uma mulher baixinha, de sorriso constante e cativante e que trajava roupas tão coloridas como as de seu marido e filho. Richard comeu um pouco na cama e agradeceu imensamente a hospitalidade dos anfitriões.

Terminado o jantar, ele, que mal conseguia manter os olhos abertos, disse que iria dormir. Ele teve forças para agradecer a Deus pelo resgate, pediu a Jesus que irradiasse suas luzes sobre o Barão, e recitou na mente o Salmo 23, desabando de sono sem finalizar o último verso.

— "O senhor é o meu pastor, nada me faltará. Deitar-me faz em verdes pastos, guia-me mansamente a águas tranquilas. Refrigera a minha alma; guia-me pelas veredas da justiça, por amor do seu nome. Ainda que eu andasse pelo vale da sombra da morte, não temeria mal algum, porque tu estás comigo; a tua vara e o teu cajado me consolam. Preparas uma mesa perante mim na presença dos meus inimigos, unges a minha cabeça com óleo, o meu cálice transborda. Certamente que a bondade e a misericórdia me seguirão todos os dias da minha vida; e habitarei a casa do Senhor..."

Reconfortado por Richard ter conseguido comer, Jahu entrou com a ponta dos pés no quarto e pegou as roupas velhas e rasgadas do doutor para jogar fora. Antes de sair do cômodo, o colar que Khalil dera caiu no chão, o indiano o pegou e analisou surpreso.

Na sala, Jahun chamou por seu filho Manoj e por Kali, e mostrou o colar. Uma conversa com trechos calorosos teve início, com

Kali sinalizando preocupado para Richard e Jahnu, indicando com o braço um local fora da casa.

Holmes não entendia o que era falado e só compreendeu quando lhe disseram para que tomasse banho no lago, sendo meio que expulso da sala com um maço de roupas limpas e uma toalha.

Do lado de fora era possível ouvir que a discussão continuou e, ao fim dela, Manoj saiu de casa levando uma mochila e foi embora.

De volta ao interior da casa, o casal sorria forçada e disfarçadamente, e puseram uma esteira no chão ao lado de Richard para que o assistente dormisse, o que ele fez praticamente de imediato, devido ao cansaço e a despeito dos estranhos eventos ocorridos na residência.

...

Às cinco da madrugada, Manoj voltou em companhia de outro homem. Richard e Holmes foram acordados e, sem entenderem muito bem o que acontecia, foram direcionados para fora, onde uma carroça os aguardava, tendo um kiang, um burro selvagem tibetano, posto para puxar o veículo, e outro amarrado na traseira.

O doutor foi cuidadosamente deitado sobre uma esteira e coberto. Kali entregou biscoitos ao assistente, os quais foram colocados ao lado de outras provisões de comida e água, e a família se despediu dos visitantes.

O condutor da carroça se chamava Dinesh. Ele tinha meia idade, cabelos lisos, possuía a estrutura física de Jahun, era tranquilo e foi bastante atencioso com seus passageiros. Ele falava somente algumas palavras de inglês, e a viagem para o desconhecido se deu sob o desaparecimento gradativo das estrelas em função do sol.

Dinesh e seu burro mostravam conhecimento e habilidade em trafegar pelas desgastadas trilhas demarcadas no chão e se moviam com velocidade. O doutor tentou saber qual seria seu destino, contudo o condutor não possuía vocabulário para respondê-lo.

Soprava um vento frio no ar e todos mantiveram os agasalhos por todo o dia. Na hora do almoço, eles pararam rapidamente para comer e Dinesch trocou os kiang de posição.

Richard comeu pouco e, de volta à carroça, foi acometido de um sono incontrolável e relaxante. Ele fechou os olhos e entrou em um sonho de imediato. O médico se viu flutuando sobre seu corpo e sobre o do assistente, em um voo que parecia simultaneamente inédito e trivial; e, por mais estranho que parecesse, a sensação era de paz e tranquilidade.

O doutor flutuava desajeitado e sem controle. Ao sobrevoar o condutor da carroça, um círculo careca pôde ser notado no topo de sua cabeça.

Pouco a pouco a visão de Richard escureceu e nublou. Ao recobrá-la, ele se encontrava de pé dentro de um quarto. Lá, um senhor de pele branca, sobretudo bege, que tinha o cabelo curto, examinava um homem deitado na cama.

Richard se aproximou devagar sem compreender a situação e, ao reparar no rosto do homem que parecia dormir, não havia dúvidas de quem era: Gael Murphy, o banqueiro.

— Está atrasado – disse o senhor, sem se virar para o doutor.

— Desculpe, quem é você?

— Vejo que sua doença piorou – alegou, olhando para a lateral do peito de Richard e ignorando a pergunta.

Richard sabia do que se tratava e levantou parte da blusa expondo o calombo. Do local, irradiavam ramificações que se espalhavam via veias infeccionadas pela axila e tronco.

O estranho se aproximou do doutor, estendeu uma das mãos sobre o caroço e fechou os olhos. Uma luz saiu então de sua mão, e as ramificações retrocederam como mágica até o ponto de origem, provocando um pequeno ardor no processo.

— Pronto. Venha – pediu o senhor.

— Mas – tentou argumentar Richard, estranhando tudo o que acontecia. – Estou sonhando?

— Se aproxime – interrompeu o homem. – O que há de errado com ele?

Frustrado, Richard hesitou por um segundo, mas andou ressabiado até a cama, tentando suprimir as mil perguntas que o atormentavam.

Claramente o banqueiro estava com falta de ar. Seu respirar produzia chiado, as pontas de seus dedos dos pés e das mãos estavam azuladas e o peito apresentava inchaço.

— Se concentre – disse o senhor, como se falasse com um estudante de medicina de primeiro ano.

Richard analisou Gael, não sabendo ao certo o que procurar, até que um formigamento ao redor de seus olhos o permitiu enxergar o acamado gradativamente mais translúcido.

Era chocante, e o quarto se iluminou. Paulatinamente, passando camada por camada de pele e de membranas, o interior do corpo foi se descortinando. Ao fim do processo, era possível ver perfeitamente o funcionamento de cada órgão e o fluxo de sangue, linfático e de energia que tornavam a vida física possível. A emoção de contentamento foi seguida por mais uma cobrança.

— Chegou a uma conclusão? O que me diz?

Richard, permanecendo estupefato, focalizou a cabeça, o cérebro, e foi descendo até parar no tronco superior.

— Os pulmões dele... – diagnosticou o doutor.

O órgão se encontrava opaco, sem claridade, diferente das outras partes do corpo. No seu interior, mucos amarelados atrofiavam os labirintos de ar nos brônquios lobares e nos bronquíolos. Nas extremidades das duas árvores respiratórias, estranhas formas minúsculas, negras e horripilantes, pareciam se alimentar do sangue que vinha das artérias pulmonares e subiam com espantosa mobilidade por entre as mucosas rumo aos brônquios principais.

— Devido à exposição constante ao tabaco, Gael apresenta uma doença na qual os pulmões perderam a elasticidade e que causa a destruição dos alvéolos, as estruturas responsáveis pela troca de oxigênio – esclareceu o senhor. - A enfermidade dele não tem mais cura – sentenciou.

— O que são estes seres pretos? Nunca tinha visto essas criaturas em minhas autópsias.

— Eles não são de origem bacteriana, viral ou vermífuga. São microrganismos psíquicos oriundos do vício no cigarro. Gael descobriu, quando deu uma pausa no uso tabaco, que sua respiração melhorava. Durante alguns meses, a desintoxicação lhe trouxera de volta o paladar, o ânimo e o fôlego. Entretanto, sua vontade de fumar foi mais forte e ele retomou o mortal hábito com uma frequência superior à de antes da pausa. Esse descontrole mental e suicida é o fato gerador desses parasitas – informou, repetindo no paciente o procedimento que usara para retroagir a inflamação do caroço de Richard.

Foi espantoso como a luz das mãos daquele senhor aniquilou as colônias de infestação, reduziu o muco e desobstruiu as vias respiratórias.

Gael pôde respirar profundamente, a cor voltou às suas mãos e pés, ele se virou aliviado.

Abismado, Richard não sabia o que dizer.

— Seu espírito está habituado ao nosso trabalho; seu eu, sua alma encarnada, não – disse o senhor, vendo a cara do doutor. - Por isso, muita coisa que verá lhe parecerá nova e fantástica. Sua doença é que está te provocando esta experiência. Me refiro a trazer sua consciência material para este trabalho. Normalmente, é meu velho conhecido Richard que comparece a estas sessões, não a sua personalidade física.

O doutor nem sabia por onde iniciar os questionamentos.

— Pode me chamar de Peregrino – se apresentou o senhor, austeramente. – Vamos. Pode tirar algumas de suas dúvidas. Não teremos muito tempo, contudo, pode perguntar.

— Se você pode oferecer este tipo de tratamento, também não poderia curar a doença dele? Consigo ver exatamente o que tratar para evitar que ele venha a morrer – declarou, observando os alvéolos deteriorados.

— Cada corpo físico nasce com o estoque de energia correspondente a quanto anos a vida material durará. Neste sentido, se o homem faz mau uso do corpo, e isto inclui o uso da mente, o estoque diminuirá mais rápido do que o planejado. Portanto, para Gael, não podemos fazer nada mais.

— Que tipo de mau uso, quer dizer?

— Se o homem sucumbe a vícios como bebida, fumo, entorpecentes e droga em geral, comida, sexo, esses hábitos em geral reduzem o período de vida.

— Portanto, maus-tratos provocados contra o corpo...

— Sim, mas não só do tipo físico. Similarmente a esses, os atos e sentimentos de egoísmo, orgulho, o mal gerado a outrem, os pensamentos desordenados patologicamente, tudo isso se volta contra a energia elementar do homem.

— E não é possível dar mais alguns dias de vida para alguém?

— É possível, se há uma conjuntura de grau elevado para que isto aconteça. Por exemplo, recentemente intercedi para que uma pessoa não morresse na "hora marcada", dando a ela mais alguns dias de extensão. Era um homem de quarenta e cinco anos, pai de família, o único que comandava e gerenciava os negócios que eram mantidos desde seu avô, e era um grande colaborador de uma igreja. O nome dele era Benjamin. Naturalmente, ninguém queria vê-lo morrer e todos rezavam para que ele se recuperasse.

— E foi a força da oração dessas pessoas que...

— Não. Em certo momento da vida dele, ao fim da adolescência, ele e seu pai tiveram uma severa discórdia, que os fez não conversarem por anos. Em um dia, sem nenhum alarde prévio, o pai dele teve um enfarto e morreu na hora. Embora Benjamin não comentasse com ninguém a briga com o pai e os anos de silêncio mútuo, ele nunca se perdoou por não ter feito as pazes e não ter se despedido. Este foi o motivo dele permanecer mais alguns dias em vida. Benjamin precisou desse tempo extra para conseguir alcançar o perdão, pedir desculpas ao pai em pensamento e se arrepender da briga que tiveram.

— Nem a força das orações da igreja e dos familiares foram capazes de fazer diferença?

— As orações são muito importantes, pois têm o poder de aliviar o espírito do acamado, auxiliam no processo de aceitação da morte do corpo, e inspiram a necessidade do autoperdão e do envio de boas vibrações àqueles ligados pelo pensamento. No entanto, quase sempre o ato de se prolongar a vida de alguém é provocado por motivos que fogem à razão dos encarnados. É comum que haja sutilezas na vida das pessoas, as quais na hora da morte ganham outras proporções. Se Benjamin tivesse morrido sem se perdoar, seu futuro depois da morte, e enquanto espírito, seria de prolongado sofrimento.

— Nem o risco de a família perder os negócios, nem a possibilidade de cessar a ajuda à igreja, nem para se evitar a dor da perda de um ente querido – refletiu o doutor.

— Exato. Todos à volta dele possuíam uma missão a cumprir com o falecimento, e as consequências materiais geradas faziam parte de tais missões. No caso de pessoas à beira da morte, deve-se, portanto, como em todos os desafios que passamos, simplesmente pedir a Deus que "seja feita a Sua vontade, assim na terra como no céu". Se não é hora de morrer, a pessoa se recuperará. Se for a hora, que Deus a abençoe.

Richard ouviu atentamente a explicação e uma grande sonolência o acometeu. Sua vista foi se embaçando e logo o sonho foi alterando para uma nova encenação da fazenda de Gael e dos tratos das ovelhas. Daquela vez, Richard era quem tinha a maior habilidade em tosquiar.

Ele acordou no meio da tarde com uma fisgada forte na região do caroço e uma lembrança somente do último sonho, com as ovelhas, trazida junto da recordação do banqueiro tendo falta de ar, no esforço de subir o morro da fazenda para encontrar o rebanho. Nada sobre o Peregrino ou o atendimento foi recordado.

Dinesh conduziu a carroça até a noite, diferentemente dos guias de Keylong, que paravam para acampar nos finais de tarde. O motivo da nova estratégia ficou claro na hora em que eles estacionaram ao lado de uma casa isolada, e onde todos foram bem recebidos e hospedados. O local fazia parte do itinerário para os que tomavam aquele trajeto.

TERAPIA INTENSIVA

O grupo foi acordado de madrugada e o doutor andou apoiado em Holmes até a carroça. A saúde dele visivelmente ia piorando, e ficar hospedado na casa por mais tempo não era uma alternativa.

No almoço, o doutor mal conseguiu comer e se encontrava nauseado.

Quando o condutor se curvou para juntar os mantimentos, Richard percebeu uma calvície na região central da cabeça. Aquilo lhe provocou uma estranha sensação de *déjà vu*.

Dinesh, em vez de fazer a alternância dos animais, colocou o kiang de trás, ao lado do outro, a fim de que ambos puxassem o veículo, e a viagem se seguiu.

O doutor, como no dia anterior, foi abraçado pela força oculta do sono e adormeceu profundamente. Seu ser repetiu o voo sobre a carroça e sua reação foi similar à de outrora, embora lhe tenha vindo uma impressão de já ter vivenciado tal experiência. Sua consciência desvaneceu por uns instantes e recobrou-se com Richard caminhando ao lado do senhor do sonho anterior.

— Peregrino – disse o doutor, sem se lembrar com clareza de onde o conhecia.

— Boa noite, Richard! Que bom vê-lo, meu amigo.

— Esta é minha cidade – afirmou o doutor, andando por uma alameda rumo ao bar central, e vendo vultos tenebrosos de homens e mulheres, se escondendo e fugindo das luzes que eles dois emitiam. – Quem são essas pessoas?

— São espíritos desajustados, sofredores, que não são capazes ou não querem se desculpar ou se arrepender.

— Você disse "espíritos"?

— Sim. E aquele homem é nosso alvo de hoje.

Do bar saía um agente da delegacia da cidade, trançando as pernas devido à bebida e sendo acompanhado, sem que tivesse a mínima noção, por uma sombra horripilante.

A cidade se encontrava deserta, devido às altas horas da madrugada. Ao se aproximarem do agente, era possível ver que a sombra era um homem com feições cadavéricas e roupas em pedaços.

O Peregrino cobriu os olhos da sombra com uma mão e a agarrou com a outra, suportando com serenidade seus berros e xingamentos até que dormisse.

Com a separação, o agente sentiu um estremecimento e tropeçou. Ele se endireitou cambaleando e sua impressão era de que ficara, sem motivo aparente, mais leve e disposto.

— A constante convivência entre os dois – explicou o Peregrino – gera a transferência de dores na região do peito para o agente. A bebida é uma tentativa de fuga de tais dores, bem como de dores de cabeça.

Richard se recordou de receber o agente em seu consultório em algumas ocasiões, expressando dores no tórax, as quais não tinham diagnósticos claros.

O homem foi deitado na rua e uma mulher ruiva surgiu, caminhando até eles, iluminando a rua no seu caminho como uma forte lamparina humana. Ela tinha os cabelos longos e anelados, pele clara, nariz fino, uma elegância altiva com seu vestido branco, era de uma exuberante beleza e aparentava ter uns trinta e cinco anos.

A mulher, que mais parecia um anjo, trazia um aparato de madeira e tecido em uma das mãos, o qual foi aberto pelo Peregrino junto ao homem, se transformando em uma maca.

— Boa noite, Peregrino. Boa noite, Richard. – cumprimentou ela, com olhar sereno.

— Boa noite, madame – cumprimentou o peregrino, curvando levemente a cabeça em reverência.

O doutor repetiu o gesto, perdido sobre quem ela era.

O homem foi deitado na maca e a mulher seguiu na dianteira, sendo seguida em fila indiana, tendo, logicamente, os dois marmanjos carregando a maca.

Ao dobrarem uma esquina, o local para onde se dirigiam ficou evidente, em função da luz que irradiava. O grande sobrado parecia um farol que iluminava sua redondeza, e Richard o reconheceu facilmente. Era o orfanato católico.

Eles adentraram o lugar e a mulher os deixou subindo uma escada. O homem desacordado foi levado ao refeitório, um grande salão sem pilares e com alto pé-direito, onde ele foi transferido para uma cama em meio a diversos outros leitos espalhados pelo recinto.

O Peregrino pediu que Richard continuasse ali e evadiu em meio à frenética movimentação de médicos e enfermeiros.

Posteriormente, um casal se aproximou da cama e, antes que pudesse iniciar o atendimento ao cadavérico paciente, uma senhora se posicionou ao lado de Richard, ao pé da cama.

— Amélia? – questionou, duvidoso, o doutor.

— Olá, doutor Richard – respondeu, sem tirar os olhos da cama.

Só então ele pôde saber quem era o paciente. Colin Penn, filho de Amélia Penn, havia sido morto pelo agente seis anos antes.

O tratamento a Colin seguiu com gritos de dor e luzes saindo das mãos da equipe médica. O paciente se debatia e, no meio da assistência, vomitou um líquido espesso e negro. Richard fez menção de cooperar com o paciente, no entanto, um terceiro trabalhador segurou seu braço, indicando para que o doutor não se envolvesse. O terceiro médico acudiu Colin, o colocando de lado para que expelisse todo o líquido.

Richard se lembrou por um instante dos doentes de Norfolk e da misteriosa febre que assolou a cidade.

Ele se aliviou vendo Colin parar de vomitar e adormecer, dando sinais de ter ficado bem melhor.

Finalizado o tratamento, foi dada autorização para Amélia abeirar o filho.

— Me desculpe, meu filho! Me desculpe! – se sentenciou Amélia, aos prantos, abraçando o desacordado rebento.

Aquilo soou estranho para Richard, pois Colin era um criminoso foragido quando foi morto pelo agente com dois tiros no peito. Amélia, em contrapartida, era uma pessoa ótima, caridosa, gentil e, até onde se sabia, não tinha culpa pelo filho ter se desviado do caminho.

O doutor foi quem realizara a autópsia de Colin na época, em meio à comemoração do xerife e dos agentes na sala ao lado, em função da conclusão do caso.

— Eu não soube dizer não para ele – continuou Amélia, se castigando. – Eu achava cruel deixar ele frustrado, ansioso, com raiva, e por isso eu fazia suas vontades, cega ou iludida quanto aos riscos.

Richard se lembrou do amigo juiz e de seu filho mimado.

— Ele adorava ir para a igreja – tentou explicar a senhora ao doutor. – Se tornou coroinha, fez primeira comunhão e foi o mais jovem de sua turma a se crismar. Não sei o que aconteceu com ele para acabar assim. Na verdade, eu sei o que aconteceu: foi irresponsabilidade minha ter permitido que ele entrasse na vida social tão cedo.

Os demais atendimentos foram sendo finalizados conjuntamente ao de Colin. Findados os trabalhos, o anjo de cabelos de fogo de antes subiu os dois degraus de uma pequena área elevada junto a uma das paredes.

— Veja! É a Dirigente Maggie – disse Amélia, baixinho, em meio ao silêncio que se apoderava do local.

Ao lado da dirigente, se encontravam o Peregrino e outra mulher, baixa, de cabelo curto e castanhos.

— Meus irmãos e irmãs – proclamou Maggie. – Mais um dia de abençoado serviço se finda, e a nós, seres buscadores da perfeição, somente nos resta a gratidão de poder fazer parte da seara de nosso mestre Jesus. Frente aos diversos casos hoje tratados, fica evidente a necessidade de aperfeiçoamento e de reforma íntima de nossos irmãos ainda enlaçados desequilibradamente à crosta terrestre, sejam eles encarnados ou não. Somente o amor a nós mesmos, ao próximo e a Deus realmente salva e conduz à vida eterna ao lado do Cristo. É por meio do esforço e da caridade que iremos resgatar e tratar todos aqueles que se desviaram do caminho. Perseverem em suas atividades. Não esmaeçam, não se deem por vencidos, não vacilem. Jesus nos disse que, se tivermos a fé do tamanho de um grão de mostarda, podemos mover montanhas e nada nos será impossível – enfatizou e respirou fundo, em seguida. – Hoje é um dia de despedidas e agradeço a cada um de vocês a oportunidade que me deram de estar aqui, de arregaçar as mangas em prol dos necessitados, de amparar a eles e a mim mesma. Muito obrigado! Levarei todos no coração e não custa dizer que isto é somente um "até logo" e não um "adeus". Literalmente... – ironizou, com um sorriso.

Muitos dos trabalhadores sorriram e enxugaram as lágrimas, em meio à despedida.

— Gostaria agora que todos fechassem os olhos e mentalizassem o Pai Criador. – disse, antecedendo uma oração. – Senhor, antes de qualquer coisa, pedimos que seja feita a Sua vontade. Agradecemos, Pai, a existência, a oportunidade de nos tornarmos melhores a cada dia e de acudir aqueles que necessitam. Senhor, somos seus humildes servos e sentimos tanto suas bênçãos nos inundarem durante as tarefas e atividades de auxílio, quanto o peso de suas mãos sobre nossos ombros, nos enobrecendo e nos dando força para eternamente continuarmos este maravilhoso labor.

Richard experienciou uma enorme sensação de bem-estar em meio àquela oração e, ao abrir levemente os olhos, se surpreendeu pelos inúmeros flocos de luz entrando pelo teto, pairando lentamente e pousando sobre todo o local. Parecia estar nevando luz dentro do refeitório e aquela extraordinária cena, bem como a infinita sensação de agradecimento por poder partilhar aquele momento, o fez chorar.

— Senhor – continuou Maggie. – Pedimos licença para finalizar esta oração, Lhe dirigindo a Prece de Cáritas.

Deus, nosso Pai, que sois todo Poder e Bondade,
Dai a força àquele que passa pela provação,
Dai a luz àquele que procura a verdade;
Ponde no coração do homem a compaixão e a caridade!
Deus, dai ao viajor a estrela guia, ao aflito a consolação, ao doente o repouso.
Pai, dai ao culpado o arrependimento, ao espírito a verdade, à criança o guia e ao órfão o pai!
Senhor, que a Vossa Bondade se estenda sobre tudo
O que criastes. Piedade, Senhor, para aqueles que
Vos não conhecem, esperança para aqueles que sofrem.
Que a Vossa Bondade permita aos espíritos consoladores derramarem, por toda a parte, a paz, a esperança e a fé.
Deus! Um raio, uma faísca de Vosso Amor pode abrasar a Terra; deixai-nos beber nas fontes dessa bondade fecunda e infinita, e todas as lágrimas secarão, todas as dores se acalmarão.

E um só coração, um só pensamento subirá até Vós,
Como um grito de reconhecimento e de amor.
Como Moisés sobre a montanha, nós Vos esperamos com os braços abertos,
Oh, Poder! Oh, Bondade! Oh, Beleza! Oh, Perfeição! E queremos de alguma sorte merecer a Vossa Divina Misericórdia.
Deus, dai-nos a força para ajudar o progresso, a fim de subirmos até Vós;
dai-nos a caridade pura, dai-nos a fé e a razão; dai-nos a simplicidade que fará de nossas almas o espelho onde se refletirá a Vossa Divina e Santa Imagem,
Amém e que assim seja.

O doutor acordou do sono sem nenhuma lembrança, porém se sentia melhor do que antes. Ele ficou grato pelas horas de sono e conversou com Holmes sobre a saudade de casa, incluindo de atender as crianças do orfanato católico.

A topologia do terreno, o qual percorriam, mudara desde sua dormida e, graças aos dois burros na dianteira, a carroça subia com vigor estrada acima, em um conjunto de morros e montanhas, muitas possuindo cumes congelados.

O clima ficara mais gelado e os três companheiros precisaram se agasalhar mais. Suas respirações formavam nuvens de vapor que escondiam por segundos a beleza da cordilheira que se estendia para além do horizonte.

Eles pararam no início da noite em uma residência à beira de um abismo. O grupo foi recebido com animação pelo casal de moradores. O jantar foi servido, Richard ofereceu dinheiro pela hospedagem e pela refeição, contudo, o pagamento não foi aceito.

Naquela noite, ele contou ao assistente tudo sobre o caroço, desde a descoberta, e levantou a blusa para mostrá-lo.

Holmes não dormiu. A imagem definhada do doutor o preocupava muitíssimo e ele não conseguiu deixar de especular sobre os "e se" e suas possibilidades.

— E se eles tentassem retirar o caroço? E se Richard não melhorar? E se ele morrer?

A viagem continuou após um café da manhã reforçado, com o qual até Richard comeu melhor.

Dinesh sinalizou que chegariam ao destino naquele dia, trazendo alegria e alívio ao médico e seu assistente.

A esperança os aqueceu do frio. Depois do almoço, até Holmes se ajeitou ao lado do doutor para tirar uma soneca. O assoalho estava gelado, entretanto foi se esquentando e o assistente adormeceu com o companheiro.

Richard, como de costume, flutuou sobre os companheiros e foi levado para uma fazenda.

— Boa noite, Richard! – cumprimentou o Peregrino.

— Boa noite, Peregrino? – perguntou, com desconfiança, pensando que o conhecia de algum lugar.

— Hoje era para termos mais um integrante nesta visita, porém acredito que ele não virá.

— Outro integrante? Esta não é a fazenda dos McCarthy? – questionou, ao reconhecer uma casa de um pavimento cercada por pinheiros.

— Exato. Viemos visitar a Maggie. Você a conheceu ontem, mas não se lembra dela.

O doutor se autoestranhou, pois aquela situação levaria a muito mais perguntas, mas, por algum motivo desconhecido, tudo parecia ser bastante familiar.

Eles adentraram a moradia e foram para o quarto. Dormia na cama um casal, o doutor indagou se aquela era Maggie.

— Não. Esta é ela – afirmou, indicando um berço onde havia um bebê de quatro meses.

Uma luz azul clareou o quarto e Maggie apareceu, com a aparência da noite anterior.

— Peregrino – disse ela.

— Madame – reverenciou o senhor.

— Tudo bem, Richard? – questionou a dirigente.

— Boa noite, Maggie. Tudo bem, e você? – cumprimentou, desajeitado, o doutor.

Ela assentiu com a cabeça e deu um sorriso.

— Vamos lá para fora. Está fazendo uma noite linda – propôs Maggie.

Eles se sentaram em três cadeiras da varanda e dois cachorros recepcionaram os convidados, deitaram-se um de cada lado da dirigente e se acalmaram ao receberem cafuné.

— Bridges não virá, certo? – perguntou Maggie.

— Receio que não.

— O que achou de minha despedida? – questionou ela.

— Não poderia ter sido mais honrosa. Você irá fazer muita falta nos trabalhos.

Richard franziu os olhos, se recordando vagamente de tê-la encontrado e de ter acompanhado uma consulta médica.

— Você é muito gentil, Peregrino. Tenho certeza de que nem sentirão minha falta – brincou. – Mas o importante é a continuidade dos trabalhos. "Fora da caridade não há salvação".

— Os atendimentos ocorrem todas as noites? – indagou o doutor sem pensar, revivendo melhor o que presenciara.

— Os atendimentos não param, hora nenhuma. São ininterruptos. Você e a dona Amélia foram à noite, pois era a hora que se encontravam dormindo – esclareceu o Peregrino.

— Dona Amélia... – balbuciou Richard, se recordando de tudo e arregalando os olhos.

Ele olhou para o céu, em lembrança do que sentiu na oração final.

— Graças a Deus, Jesus nos abençoa com tamanhas bênçãos – conclui Richard.

— Mas esta não é uma exclusividade dos cristãos – explanou Maggie. – Todos os povos, independentemente de suas religiões, possuem centros de auxílio.

— Achei curioso a dona Amélia pedir desculpas para o filho. Não deveria ter sido o contrário? – inqueriu o doutor.

— Colin era uma criança evoluída e com um grande compromisso religioso. O plano era que virasse padre e, mais tarde, bispo – elucidou a dirigente. – Entretanto, sua mãe o paparicou excessivamente durante a infância e adolescência. Ao completar quatorze anos, Amélia permitiu, após uma birra do filho daquelas em que há xingamentos, gritos e bater de portas, que ele viajasse em companhia de um tio, quem ela sabia que não seria boa influência para o Colin. O tio apresentou a ele o mundo do álcool, mulheres e jogos. Ele voltou para casa doente e ficou uma semana de cama, tamanho foi seu desgaste, perda de peso e intoxicação. A viagem descortinou um mundo de prazeres que Colin não conhecia e, no dia em que houve um segundo convite do tio, sua mãe não teve pulso forte suficiente para mantê-lo em casa. A partir daquela segunda viagem, ele mudou. E se tornou introspectivo, passava o dia na rua e só voltava à noite, se envolveu com más companhias, jogos de azar e passou a fazer pequenos furtos. Uma última chance de resgatá-lo surgiu quando, a pedido de Amélia, ele foi acolhido pela igreja. A tentativa de descompressão durou poucas semanas, pois as viagens com o tio e, principalmente a década e meia de mimos, o havia lesado profunda e deverasmente, e Colin fugiu. Ele ficou desaparecido da mãe por três anos, só retornou novamente dentro de um caixão funerário, em função de uma troca de tiros com as autoridades, devido ao assalto de um banco.

— Colin é um espírito antigo e que antecede uma categoria de espíritos que nascerão na matéria no próximo século – clarificou o

Peregrino. – As crianças, assim como é Maggie, serão classificadas como Índigos.

— Os Índigos possuem grande envergadura evolutiva e virão para trazer avanços na moral e ética, tecnológicos e artísticos para a humanidade. No meu caso – exemplificou a dirigente – meu foco é a matemática. Deus está nos mistérios, na aritmética, na álgebra e na geometria sagrada – definiu. – A propósito, daqui em diante, podem me chamar pelo meu nome encarnado: Hannah.

— "Hannah" é um palíndromo – observou o doutor.

— Sim. É um nome que se lê igual de trás pra frente – confirmou Hannah, com bom humor.

— Então, me corrijam se eu estiver errado: mesmo sendo um espírito evoluído, Colin desviou de seu objetivo de vida? – perguntou Richard.

— Os Índigos e, mais tarde, os Cristais serão crianças questionadoras, tendem a não aceitar regras, restrições, são imaginativos e possuem uma forte intuição – elucidou o Peregrino. – Estas características resultam em um compromisso ainda maior para os pais, no sentido de fornecer boa educação, disciplina e, especialmente, serem modelos de virtudes. As crianças possuem alta predisposição ao bem, no entanto, isto pode não ser suficiente se o ambiente doméstico não colaborar.

...

O doutor e Peregrino se despediram da dirigente e resolveram passar rapidamente pela casa de Bridges.

— Você tinha mencionado o Bridges, porém eu não tinha associado esse nome ao reverendo Bridges – comentou Richard, ao lado da cama, com seu ocupante dormindo inquieto, como se estivesse tendo pequenos espasmos generalizados.

— O espírito do reverendo está enjaulado dentro do próprio corpo, em conflito e sendo açoitado pelo que o nobre pastor vem fazendo. Por isso, ele não compareceu a nossa visita. O que se iniciou como uma caridosa distribuição de queijo, se transformou em caso amoroso entre Bridges e a senhora Thompson.

— Mas a senhora Thompson é casada! – salientou Richard.

— Meus parabéns! Suas percepções afetivas estão muito aguçadas, doutor – satirizou. – Embora esteja se satisfazendo na carne, ele sabe o quão errado é a situação em que se meteu.

— E isto não o está deixando ficar em paz – concluiu Richard.

— A realização deste serviço assistencial noturno depende de como é passado o dia, no que tange ao equilíbrio emocional e uma vida sem transgressões, ou se preferir, longe de pecados. É muito comum, infelizmente, que a desarmonização gerada pelos desafios do cotidiano afastem o trabalhador de seu ofício.

A última visitação da noite foi no lar do doutor.

Muito emocionado, Richard explodiu de alegria ao ver a esposa e deu nela um beijo de boa-noite. Um sentimento de arrependimento sobre a viagem brotou e foi imediatamente podado pelo Peregrino. A instrução foi que se focasse em desfrutar aquela ocasião. Em seguida, o doutor adentrou o quarto das crianças e acariciou as cabeças de cada uma, enquanto seu peito doía de saudade. Ele se despediu jurando eterno amor à família.

...

Richard acordou às quatro da tarde, horário local, trazendo a saudosa emoção de encontrar sua família no sonho, porém sua saúde sofreu um revés. Ele entrou em um estado de quase semiconsciência, e o volume de suas palavras se tornou baixo, apresentando dificuldade de entendimento.

O doutor experimentava uma condição semelhante a uma embriaguez forte, e ele se agarrou à lembrança da esposa e dos filhos com todas as forças. Holmes ficou a um fio de desesperar e não comemorou por nem um segundo a chegada ao tão sonhado templo no final da tarde.

Os portões da cidade de Unkath se abriram para a entrada da carroça.

Dinesh mostrou o colar dado ao médico por Khalil e enfatizou na língua deles que Richard precisava de cuidados médicos urgentes.

O doutor foi levado a uma habitação que funcionava como hospital e colocado em uma cama. Dois supostos clínicos vestindo túnicas amarelas foram chamados, um senhor usando turbante e outro com cerca de quarenta anos e cabeça raspada. Eles conduziram um exame exploratório e identificaram o caroço, além de uma febre baixa.

— Doutor... – disse Richard.

— Falam inglês? – indagou o mais jovem e careca.

— Sim. Viemos dos Estados Unidos – falou Holmes, apreensivo.

— Me chamo Jamyang. Muito prazer!

Quarenta e cinco minutos de uma pacífica discussão ocupou os clínicos, somada a repetidas averiguações da protuberância e diversos questionamentos ao doutor e ao assistente. Superando as dificuldades, Richard contou toda a história de sua doença, sendo ajudado pelo amigo nas horas em que a pronúncia saía atropelada.

Holmes acompanhou tudo com impaciência. Para o doutor, o diagnóstico era inconfundível e conclusivo. O prognóstico era fatal.

No auge da pseudoembriaguez, Richard chamou o clínico mais jovem e sussurrou em seu ouvido:

— Transferência. Eu preciso ser transferido.

O homem pareceu entender o que ouvira e trocou algumas palavras com o senhor, gesticulando e apontando para o paciente.

— Amanhã. Tente comer algo. Traremos sopa.

O quarto onde Richard foi examinado era largo e possuía mais uma cama, a qual foi oferecida ao assistente. Havia instrumentos médicos semelhantes aos do doutor sobre uma mesinha, além de uma estante com ataduras, ervas e frascos de vidro contendo xaropes e remédios. Todo o lugar era bem limpo e higienizado.

O jantar foi servido, trazido em um pequeno caldeirão. Era uma sopa consistente e com pedaços de vegetais. Holmes sentou o companheiro, o ajudou a comer e a beber água; abençoadamente, Richard comeu um prato cheio. O tempero era diferente, um pouco mais doce do que estavam habituados, mas ambos ficaram bastante satisfeitos.

Richard foi novamente deitado e, para ele, o quarto deu cambalhotas em uma dança de tontura. Seus pensamentos, contudo, se tornaram mais fluidos e, pouco a pouco, a vertigem foi diminuindo. Ele dormiu um sono agitado e sem sonhos.

Logo cedo, em uma manhã consideravelmente fria, um desjejum foi servido, porém somente o assistente foi autorizado a comer, isto porque Jamyang chegou, trazendo uma seringa de vidro preenchida por um líquido amarelado em seu interior.

— É um remédio para o calombo – explanou ele, ao ser questionado pelo doutor, que demonstrava uma leve confusão mental.

— Um remédio para o câncer – disse Richard, ríspida e finalmente, assumindo para si e para Holmes a verdade que vinha sendo evitada de ser dita.

— Sim – confirmou Jamyang, lamentando com o olhar.

— E você acha que pode me curar?

— Há uma pequena chance – afirmou, sinceramente. – Este é um medicamento experimental e é o único recurso que temos a oferecer. Nesta conjectura, se não fizermos nada, o senhor terá pouco tempo de vida.

O doutor e seu assistente sabiam que a doença era mortal e sem tratamento. Uma troca de olhares sem palavras, porém com muito conteúdo, foi realizada em um clima quase fúnebre, e Holmes enxugou silencioso suas lágrimas.

Como médico e pesquisador, Richard normalmente iria querer saber tudo sobre o desconhecido medicamento, entretanto, dadas as circunstâncias, ele ofereceu um braço ao clínico como se não houvesse maneira de evitar sua respectiva execução. Só lhe restava aceitar o destino.

Jamyang administrou o remédio bem lentamente em um calibroso vaso sanguíneo, demorando pacientemente quinze minutos para finalizar.

O primeiro efeito do tratamento manifestou-se em duas horas, por meio de um doloso vômito cujo conteúdo era uma pequena porção da sopa do dia anterior e bile. Richard passou o dia nauseado e fraco, e somente conseguiu tomar um pouco de caldo quando anoitecia.

O clínico informou que o plano era que ele tomasse seis doses daquela medicação e, provavelmente, mais uma diferente ao final. As doses seriam ministradas de sete em sete dias.

Decorridos dois dias do remédio, o doutor foi acometido de uma leve melhora em seu quadro clínico geral; no terceiro dia, ele comeu um pouco de todas as refeições oferecidas e sua cabeça parou de girar. Deste dia até a dose seguinte, o doutor permaneceu nas imediações do quarto, se levantando somente para ir a um banheiro que ficava fora da casa. O frio aumentava diariamente e, a cada saída, era preciso vestir muita roupa.

Após receber a segunda dose, apesar da consequência inicial ter sido vômito e moleza, a noite que se seguiu foi tranquila, e ele dormiu bem, como há muito tempo não fazia.

Ao acordarem, Richard e Holmes foram convidados para dar uma voltinha pela rua.

— É importante não ficar deitado na cama ininterruptamente

e sair para caminhar — comentou o clínico. — Hoje andaremos por alguns metros, só para esticar as pernas e, assim que estiver mais forte, doutor, se sinta à vontade para andar pelas ruas.

Unkath era de médio porte, se situava em um vale e muitas construções escalavam as montanhas ao redor, esculpindo o terreno feito escadas. As casas, de um a três andares, eram brancas, e havia pessoas indo e vindo pelas vias, em sua maioria mulheres e pessoas de idade, todas bem agasalhadas e simpáticas, sempre cumprimentando uns aos outros e os visitantes. A maior parte da população seguia a mesma etnia dos clínicos, isto é, nepalês, contudo, era evidente a presença de outras linhagens, como negros, caucasianos e árabes.

— Quem lhes falou da existência de nossa cidade? — questionou Jamyang.

— Conheci uma pessoa chamada Khalil em Washington, nos Estados Unidos, e ele me falou daqui — respondeu Richard, andando bem vagarosamente e semelhante a Holmes, vestindo roupas locais e emprestadas.

— Khalil Ibrahim Radesh?

— Sim. O próprio.

— Imagino que algo tenha acontecido com Khalil, visto que ele não veio com vocês.

— Sim. Ele foi morto em meu país. Se possível, gostaria de conhecer a família dele, a fim de lhes prestar condolências e explicações.

— Khalil possui uma irmã, que assim como ele, visitou muitas partes do mundo. Infelizmente, os pais deles morreram há alguns anos. Pedirei para ela lhe fazer uma visita.

— Muito obrigado — agradeceu.

— Você o conheceu, Holmes? — indagou o clínico.

— Não, senhor. Gostaria muito de o ter conhecido, porém não

tive esta oportunidade.

— Por favor, pode me chamar de "você" – disse Jamyang.

— Ele foi um grande, mas breve amigo – comentou o doutor. – Sinto muitíssimo não o ter podido salvar. Infelizmente, em grande parte dos Estados Unidos, uma doença chamada escravidão persiste ao avanço da sociedade. A escravidão leva ao racismo e a outras injustiças, e Khalil, no final, foi mais uma de suas vítimas.

— Como conseguiu o colar dele? – perguntou o clínico.

— Ele me deu minutos antes de ser assassinado.

— Khalil deve ter gostado muito de você também, a ponto de lhe dar seu colar. Talvez ele deva ter previsto que a viagem seria necessária.

— Confesso que, se eu tivesse permanecido em casa, provavelmente estaria no meu leito de morte.

— Khalil falou sobre uma possibilidade de transferir a consciência entre duas pessoas – observou Holmes, não se contendo, e tirando as palavras da boca do doutor. – Isto de fato é verdade?

— Sugiro deixarmos esta conversa para outro momento – disse Jamyang. – Devemos nos concentrar e orar para que Richard possa ficar bem e saudável. Depois vocês terão muitas oportunidades para explorar a cidade e saber nossos segredos – falou em tom de brincadeira.

— Podemos voltar? Estou ficando cansado – disse o doutor, intrigado pela possibilidade de a transferência não ser um mito.

Os três retornaram silenciosos, estando o assistente retomando a discussão que tivera com o doutor e o Barão sobre a imortalidade; Richard, ponderando e desistindo de entrar no tópico sobre seu dom e a fobia, estando duplamente envergonhado em admitir que não conhecia a si mesmo; o clínico, placidamente, contemplando o céu.

— Acho que nevará em breve – previu Jamyang, quebrando o gelo.

...

A irmã de Khalil foi ao encontro do doutor e eles tiveram uma calorosa e comovida conversa. Rebecca gostou muito da sinceridade de Richard e de como ele enchia os olhos de lágrimas ao falar do irmão. Holmes havia saído e não teve a chance de conhecê-la.

A sensação de doença permaneceu pelas semanas da medicação, como se ele estivesse gripado, além de ter sofrido com constipações, náusea e com o aparecimento de espinhas no rosto e aftas, muitas aftas. Os efeitos colaterais foram tratados com pomadas e xaropes.

A partir do final da segunda semana, tufos de cabelo se desprenderam da cabeça do doutor e, após a quarta dose, tudo foi rapado.

Jamyang explicou que os remédios atacavam não só o câncer como partes saudáveis do corpo, entretanto o corpo se regeneraria ao fim do processo medicamentoso.

A excelente consequência do tratamento foi que o tumor gradativamente reduziu de tamanho, até que ao fim da sexta dose ele pôde ser retirado.

O doutor e Holmes mal podiam acreditar naquele milagre. Nada que conheciam tinha uma ação tão poderosa a ponto de retroceder as dimensões de um tumor. Com a retirada, o assistente se animou muito e fez planos para quando eles voltassem para casa. Richard, embora maravilhado pelo tratamento, sabia que a luta não havia terminado.

Jamyang parabenizou o doutor pela resposta positiva ao tratamento, e disse ter acompanhado poucos pacientes em que a evolução fora tão acentuada. No entanto, sua recomendação era de que o outro remédio fosse aplicado, um mais forte e de dose única, que talvez pudesse limpar o organismo. Ele alertou para as possíveis consequências dessa medicação e salientou que a taxa de mortalidade era de 50%.

O clínico não tinha certeza se o câncer havia sido inteiramente erradicado, pois era possível que áreas adjacentes ao tumor tivessem sido comprometidas. De fato, Richard já tinha pego casos em que os tumores haviam sido removidos, mas que em poucas semanas outro surgia em seu lugar, normalmente mais difícil de ser extraído do que o anterior.

Ele pediu um dia para pensar e, sem querer admitir, se borrou de medo do remédio. Em sua chegada a Unkath, ele concordara em iniciar o tratamento proposto, pois sua condição era de morto-vivo e achava que poderia morrer a qualquer instante.

Diferentemente de como estava antes, ele se encontrava bem e a última vez que se sentiu daquela forma fora antes do dilúvio. Muitos quilos perdidos haviam sido recuperados, a disposição voltara e até a cabeça rapada vinha mostrando seu charme.

Havia um renomado cirurgião e professor, na faculdade de medicina que Richard cursou, que se recusava a ter o braço operado devido a uma queda de cavalo. Se o acidente houvesse ocorrido com qualquer pessoa, ele seria taxativo sobre a necessidade da cirurgia. Contudo, por se tornar o paciente, não faltavam desculpas para se esquivar do bisturi. No final, o braço dele cicatrizou errado e se tornou estranhamente torto, além de ter perdido parte das funções motoras da mão. Nos bastidores da faculdade, ele passou a ser chamado pelo apelido de "Maneta".

Naquela noite, Richard se revirou mil vezes sobre a cama, devido à insistência de seu cérebro ficar gritando o apelido do cirurgião.

Exausto e entregando a Deus sua decisão, o doutor disse sim ao novo remédio.

Em um dia escuro, em que a utilização de lamparinas nas casas se tornava necessária de dia, Richard recebeu o novo e final tratamento, esperando e rezando para que não fosse o seu fim.

De imediato, seu estômago se revirou e, em pouco tempo, a febre e um terrível mal-estar o acometeram. Horas mais tarde, um sangramento nas duas narinas foi limpo, seguido por sangramentos nos ouvidos e, posteriormente, em todos os outros orifícios do corpo. Boca, olhos, ânus, pênis.

A cena era de pesadelo. Sob a luz de velas, Richard sangrava aparentemente para a morte e não havia nada o que se fazer a não ser limpá-lo e esperar.

Holmes se esforçou para manter a compostura e tentar parecer confiante. Porém, seu rosto embranqueceu ao ver tanto sangue brotando. Ele engoliu o choro e o desespero; se fosse outra pessoa naquela cama, teria saído correndo com toda velocidade.

Para o clínico, o qual se manteve ao lado do leito, tais reações eram esperadas, porém o volume da hemorragia não representava um bom presságio. Eles haviam dito a Richard que possivelmente haveria pontos de sangramento, no entanto, nada poderia ter preparado o doutor para aquele purgatório.

Um enfermeiro trouxe um balde repleto de água congelante de neve derretida, e toalhas molhadas foram colocadas sobre os locais de hemorragia, com o intuito de contrair os vasos sanguíneos e paralisar o fluxo.

Os sangramentos foram controlados com muito esforço, porém o quadro era crítico.

Em meio ao caos, Richard, mesmo certo de que iria morrer, não temeu a morte. Aquela experiência lhe pareceu excêntrica e passou a contar os minutos pelas inspirações e expirações rumo a sua partida. Ele possuía plena consciência de sua existência, de si e da fragilidade de sua situação.

Normalmente, a noção de tempo é algo abstrato que só é notada pelo passar dos anos, crescimento das crianças ou pela quantidade de rugas no rosto. Porém, diante da morte, cada instante conta e é preciosíssimo. A cada segundo, é necessário escolher entre o bem e o mal, entre pensamentos bons ou ruins, entre sentimento de amor e ódio. Cada respirar é uma ocasião para permanecer na verdade e na fé, ou se entregar ao desespero e à dúvida.

Inspirar e expirar; escolher. Quem somos nós nestes últimos fragmentos de tempo cujos pensamentos se estendem até o incomensurável?

Memórias de épocas felizes foram revividas como o primeiro encontro com a esposa, o nascer dos filhos, acontecimentos em família, atendimentos médicos, salvamento de vidas e, particularmente, a gratidão por poder servir. Atos egoístas, brigas e desentendimentos geraram tristeza por terem sido ocasiões mal usufruídas, desnecessárias, perdidas.

No final, o epílogo da consciência foi de agradecimento e amor. Em seguida, à noite, Richard desmaiou ardendo em febre.

O estado febril, de semilucidez e alucinações se prolongou por quatro dias, para desespero do assistente, a quem as horas engatinhavam para passar e o medo, a angústia e a aflição se tornaram uma constante, como se ele, em particular, estivesse com um pé na cova.

O doutor era alimentado por pequenas colheres de sopa, que não requeriam mastigação, e hidratado com panos molhados. Holmes era quem colocava o amigo sentado para as refeições. Richard engolia a comida e a água de forma mecânica e por reflexo, não sabendo ao certo o que se passava com ele.

O clínico, o homem com turbante, e o assistente se revezavam vinte e quatro horas por dia nos cuidados com o paciente, contudo era visível que somente uma dádiva divina do onisciente Criador poderia salvá-lo.

No quinto dia, o atrofiado corpo de Richard suou abundantemente, molhando a roupa de cama e se resfriando.

No oitavo dia, ele acordou do pré-coma, perdido sobre onde se encontrava.

DE VOLTA AO TRABALHO

Ao abrir os olhos, o magérrimo doutor teve dificuldade em reconhecer o quarto, além do mais porque um homem negro, com uns quarenta e poucos anos, dormia na cama ao lado, no lugar onde Holmes se deitava.

O "um pouco acima do peso", mas aparentemente sadio homem possuía uma tala imobilizando uma perna e parecia estar dormindo. O doutor se sentou na cama sentindo dor como se seu corpo estivesse em frangalhos.

Ele analisou a região do tumor e não notou qualquer alteração. Richard tomou um pouco de água e se perguntou para onde Holmes havia ido. Ao devolver o copo para uma mesinha, uma câimbra em uma panturrilha o fez contrair de dor e o coração dele disparou. Ele respirou ofegante, buscando controlar o ritmo cardíaco, contudo a dor não passava.

Ao fim da contração, tendo a região permanecendo dolorida, os batimentos cardíacos de Richard apresentaram uma arritmia prolongada, e um autoexame foi realizado às pressas devido à suspeita de infarto.

Ofegante, ele terminou o diagnóstico chegando a um resultado inconclusivo, tendendo para ser reflexos de estresse, e levou um susto quando o senhor o chamou, inicialmente em sua língua nativa e, depois, em inglês, ao ouvir que Richard externou um palavrão com o sobressalto.

— Olá! Tudo bem? Me chamo Pema Wangchuk. Muito prazer! – falou lentamente, como se precisasse repassar as palavras na cabeça antes de falá-las. – Sou um dos administradores da cidade.

— Oi. Meu nome é Richard Lemmon – saudou o doutor, endireitando a coluna e emitindo grunhidos de dor. Ele se encontrava certamente muito fraco devido ao período que passara acamado.

— Vejo que está incomodado. Posso te dar uma sugestão? – sondou, despretensiosamente.

Richard, que não ficou muito à vontade com o senhor lhe fazendo perguntas, bem como com o rumo que aquela conversa tomava, encheu os pulmões para se acalmar, olhou para o companheiro de quarto. Apesar de seu rosto apresentar certa incredulidade, aceitou a sugestão para não parecer desagradável.

— Tente respirar profundamente e pense em sua vida até agora; isso deverá ajudá-lo – insinuou o senhor.

— Sem querer ser desrespeitoso, mas já fiz isso. Só a respiração não está sendo suficiente. Meu mal-estar está tirando minha calma e minha concentração.

— Se importa se fizermos um pequeno exercício? – perguntou Pema Wangchuk.

Richard, prevendo que o senhor proporia alguma técnica sem sentido e desnecessária, tentou fugir da proposta.

— Pema Wangchuk, provavelmente o que estou sentindo está sendo causado por ansiedade e, muito em breve, passará.

Porém, o administrador, não se deixando convencer pela tentativa de fuga, continuou.

— Richard, o que vou lhe sugerir, durará uns dois minutinhos somente, e o pior que pode acontecer é você continuar como está – propôs, demorando para finalizar a frase toda e olhando para o teto como se procurasse o jeito certo para falar inglês.

O doutor olhou desconfiado para Pema Wangchuk, e topou fazer o exercício somente como forma de parar a insistência.

O administrador, com isso, começou a dar algumas instruções.

— Ache uma posição confortável e respire profundamente. Isso! – disse Pema Wangchuk, após Richard posicionar o travesseiro sob a cabeça, colocar os braços esticados ao lado do corpo e se mexer para se adequar à cama. – Agora, feche os olhos, respire bem devagar de forma que sua barriga suba e desça. Está um pouco mais relaxado? – perguntou, após algumas inspiradas de Richard.

— Sim. – respondeu o doutor, um pouco mais calmo, entretanto permanecendo incrédulo quanto ao exercício.

— Agora, eu quero que você belisque seu braço. – o administrador, prevendo a reação do companheiro, falou em seguida. – Não perca a harmonia; continue respirando calmamente. Eu quero que você, usando sua mão esquerda, dê um beliscão no braço direito. Aplique uma força que provoque uma pequena dor, somente ao ponto de te incomodar, e mantenha o beliscão.

Richard, em meio à surpresa do pedido, teve que se concentrar para não perder o ritmo de sua respiração. Ele colocou os dois braços sobre a barriga e deu o beliscão.

— Lembre-se de controlar a respiração – prosseguiu Pema Wangchuk. – Agora que você está se beliscando, olhe para o local em que está apertando e sinta a dor do beliscão.

Richard olhou para baixo, viu a mão apertando o braço e notou que, quanto mais reparava naquele ato, maior era a dor que sentia. Ele se certificou de que não apertava mais forte, porém a dor lhe parecia, com certeza, mais aguda. O administrador, percebendo o que acontecia, continuou.

— Quando você olha para o local, seu cérebro soma a sensação de dor à visão do que está acontecendo, o que causa um aumento da dor. Se o seu beliscão produzisse algum odor e você sentisse esse cheiro, principalmente se ele fosse ruim, seu cérebro faria com que sua dor aumentasse ainda mais. Isso significa que, quanto mais colocamos as percepções do corpo orientadas para a dor, maior será a dor que sentiremos.

O doutor nada disse e o administrador aguardou um breve intervalo a fim de que o companheiro interiorizasse o que havia dito.

— Não se esqueça de continuar respirando – lembrou Pema Wangchuk. – Agora, mantendo o beliscão, feche os olhos e relaxe o pescoço. Respire mais um pouco e dê um pequeno sorriso, como se você estivesse vendo algo muito bonito, ouvindo algum pássaro ou o vento. Em seguida, se lembre de algum lugar que já esteve e que te trouxe paz e felicidade.

O doutor, obedecendo às instruções, se lembrou de uma tarde em que decidiu parar na beira de um riacho, tendo realizado uma cirurgia complicada em uma fazenda, que terminou bem. As costas dele e o pescoço doíam, sua barriga roncava de fome, o cansaço não dava trégua e, finalizado um almoço/jantar improvisado às quatro da tarde, ele se sentou para apreciar a paisagem. O avermelhado sol que se punha era refletido na água como se ela fosse um espelho e as nuvens baixas do horizonte se rendiam às cores do astro-rei. Ele se recostou em uma frondosa árvore, sentiu os pulmões se encherem e esvaziarem com uma brisa límpida e revigorante que parecia limpar seu organismo, uma sensação de felicidade o preencheu.

— O sorriso ajuda seu cérebro a associar o momento que você escolheu com algo bom. Essa alegria nos ajuda a acalmar e a nos elevar – explicou o administrador, novamente falando bem devagar.

Richard estava em paz e seu rosto relaxou, espantando qualquer vestígio de dor e de mal-estar.

— Agora, calmamente, mantendo os olhos fechados e permanecendo neste estado, tente sentir a dor do beliscão.

O doutor havia se esquecido da dor. Pensou ter soltado o braço em meio à lembrança do riacho, notou que o beliscão continuava lá, contudo de forma diferente; sem produzir dor.

Pema Wangchuk pediu que o braço fosse solto e que o doutor voltasse ao estado de paz em que se encontrava.

Richard de novo se viu passando a mão sobre gramíneas que rodavam a árvore onde se viu encostado.

Passado um minuto, o administrador pediu para que Richard, de forma tranquila e sem pressa, sentisse a cama, o cheiro do quarto, ouvisse o som da rua e abrisse os olhos.

O doutor se encontrava bem, seu coração batia calmamente e seu corpo repousava.

— Ao se acalmar e se lembrar de um lugar sereno que te trouxe paz, você experimentou as sensações daquele local, estou certo?

— Está sim.

— E como está o desconforto que estava sentindo anteriormente?

— Estou consideravelmente melhor.

— Você sabe por quê? — questionou o administrador, dando um sorriso aos lábios.

Richard nada falou, esperou a explanação.

— Porque você entrou em contato com você mesmo.

— O que você quer dizer com isso? – indagou, inquieto.

— A concentração e a calma te propiciaram abandonar momentaneamente o seu Eu corpóreo e entrar em contato com seu Eu Real.

— O que é o Eu Real?

— O Eu Real representa quem nós somos de verdade, o melhor de nós; representa nossas emoções e sentimentos mais puros e nobres. Por exemplo: quem é você, Richard? Te direi de antemão, que você não é o pai, o marido, o profissional; nada disso. Todos nós somos uma chispa divina; uma alma imortal e um espírito eterno. Não somos, portanto, o corpo. O seu beliscão no braço provocou uma dor puramente corpórea, tanto que, quando você se elevou, abandonou por instantes esta sensação do corpo. O Eu Real é um reflexo do amor, da beleza e da justiça – disse, olhando para o teto e contraindo os lábios e as sobrancelhas. – É aquilo em nós que é atemporal, que não varia com o passar dos anos, é a essência que perdurará, inclusive depois da morte.

— Vejo que conheceu nosso amigo Pema Wangchuk, Richard – alegou Jamyang, entrando no quarto. – Pedimos ao Holmes que ficasse em outro local, porque o telhado da casa de Pema Wangchuk se quebrou por causa de uma ventania, e parte caiu sobre sua perna. A perna se quebrou e precisou de intervenção cirúrgica. Normalmente ele ficaria em casa, mas, devido ao buraco no telhado, decidimos trazê-lo para cá. E como você está, doutor?

— Estou melhor graças a vocês e ao Pema Wangchuk – afirmou, assentindo a cabeça para o senhor.

— Que bom que o pior ficou para trás. Você está de parabéns! Sabe há quantos dias você tomou a medicação?

— Não faço ideia.

— Oito dias.

— Isso tudo?

— Sim. Houve dias que não tínhamos certeza se sobreviveria. Holmes passou praticamente todos os dias ao seu lado.

— Muito obrigado por tudo! Não sei como poderei pagar-lhes pelo que fizeram por mim – agradeceu, apertando a mão do clínico.

— Com licença – disse o administrador. – Desculpe interromper, mas há algum tempo estou com uma considerável dor no peito e dificuldade de respirar.

— É por isso que está falando devagar, Pema Wangchuk? – questionou Jamyang, indo até o paciente.

— Sim.

Richard se impressionou pelo fato de o administrador estar com dor e ter se mantido tão tranquilo enquanto conversavam.

— Você está com uma temperatura alta – disse, e depois com seu estetoscópio, fez um exame rápido. – Seus pulmões estão com algum tipo de inflamação – verificou o clínico, sem comentar que praticamente todo o pulmão esquerdo parecia estar tomado e parte do direito.

— Pode me conduzir ao banheiro, por favor? – indagou o paciente, se sentando cuidadosamente e pedindo pelas duas muletas encostadas na parede.

— É melhor você continuar deitado – recomentou o Jamyang. – Está nevando lá fora.

— Estou muito apertado. Será rapidinho.

Jamyang o ajudou a levantar, contudo, ao ficar de pé, Pema Wangchuk quase desfaleceu e teve que ser segurado para não cair. Ele foi deitado, urinou na cama e teve uma sequência de tosses roucas que espirraram sangue pela boca.

— Ele tem algum histórico de doença pulmonar? – indagou o doutor.

— Não. Nenhum.

Em uma troca rápida de olhares entre o clínico e Richard, eles compactuaram que a situação era, com certeza, gravíssima.

O administrador perdeu a consciência logo em seguida e o doutor comentou que, provavelmente, algo relacionado à cirurgia na perna havia gerado o processo inflamatório nos pulmões.

Richard fechou os olhos e tentou ativar seu dom, no entanto, nada aconteceu. Parecia uma eternidade desde que o dom se manifestara pela última vez, mas, em casos em que não havia possibilidade de reversão do quadro clínico do paciente, realmente lhe restava apenas tentar diminuir a dor do paciente e rezar pela alma dele. Ademais, dificilmente ele teria condições físicas para levantar da cama e conduzir algum tipo de cirurgia ou algo do gênero.

Pema Wangchuk faleceu de madrugada e o doutor seguia não compreendendo como ele se portava tão calmamente durante o papo que tiveram.

Quando o administrador demorava mais para falar, ele se concentrava para suportar a dor. Ele não tinha dificuldades com o inglês.

...

Holmes visitou o amigo em sua ida matinal ao quarto, deu-lhe um caloroso abraço e se emocionou ao vê-lo lúcido. A ele foi contado sobre o falecimento repentino do administrador, cujo corpo permanecia na cama ao lado. Enquanto conversavam, descobriram que outros visitantes se dirigiram ao quarto de ali em diante.

Mal amanhecera, parentes e amigos foram velar Pema Wangchuk, não se importando com a presença do doutor.

Treze pessoas se sentaram sobre tapetes trazidos para o velório, acenderam várias velas e, com Jamyang, mais dois homens, um de meia idade e um adolescente, adentraram o quarto. Eles vestiam túnicas vermelho-escuras e usavam chapéus pontiagudos com abas pontudas nas laterais.

— Eles são oficiantes – esclareceu o clínico ao doutor, falando alto para se fazer ouvir e achando o cômodo quentinho em comparação à rua. – Eles conversarão com o espírito de Pema Wangchuk, objetivando que ele alcance o desprendimento deste plano material, o equilíbrio e a paz.

— Conversar? Quanto tempo normalmente dura o velório? – perguntou Richard, curioso, em meio ao choro e às preces das pessoas do grupo.

— Sete semanas. Quarenta e nove dias.

— Sete semanas? – repetiu o doutor, em um misto de espanto e curiosidade.

— Vai começar – informou o clínico. – Um livro chamado Bardo Thodol, ou o Livro dos Mortos, será lido todos os dias até o fim do processo fúnebre. Gostaria que eu fosse traduzindo para você o que será dito? – perguntou, ao ver a cara interessada do doutor, olhando para os oficiantes como uma criança que aguarda um presente.

— Sim, por favor – respondeu Richard, excitado, nem ponderando que ficaria plantado ali, no centro da liturgia.

Antes de iniciar a leitura, o oficiante mais velho pediu que todos parassem de chorar, porque aquilo não ajudava, mas sim atrapalhava o morto.

— "Temos que ajudar Pema Wangchuk a se acalmar e pacificar sua mente".

O corpo foi colocado de lado, sobre seu lado direito, e o oficiante iniciou a cerimônia.

— "Pema Wangchuk, nós viemos para ajudá-lo – disse ele, perto do ouvido do corpo. – Pema Wangchuk, preste atenção. É preciso que você me escute. Não tenha medo. Você está morto. Os quatro elementos do seu corpo estão se desintegrando, como se estivesse sendo esmagado por montanhas, destruído por ondas, levado pelos ventos. Este é o bardo da morte. É importante que você reconheça sua nova natureza. Não resista a ela. Não tenha medo".

— Agora ele fará invocações para auxiliar e guiar a alma – elucidou o clínico.

— "Ó vós, Budas e Bodisatvas, residentes nas Dez Direções, dotados de grande compaixão, dotados de presciência, dotados de visão divina, dotados de amor, dando vossa proteção aos seres animados, dignai-vos condescender em aceitar estas oferendas aqui depositadas e criadas mentalmente. Ó vós, os Compadecidos, vós que possui a sabedoria da compreensão, o amor de compaixão, o poder das ações divinas e da proteção, até as medidas do incompreensível.

Ó vós, Compadecidos, Pema Wangchuk passará deste mundo para o mundo além. Ele deixa este mundo. Ele toma um grande impulso. Ele não tem amigos. Sua miséria é grande. Ele está sem defensores, sem protetores, sem forças, sem pais. A luz deste mundo extinguiu-se. Ele vai para outro lugar. Entra numa selva solitária. É arrebatado pelas forças cármicas. Entra no Vasto Silêncio. É arrebatado pelo Grande Oceano. Impelido pelo vento do karma. Vai na direção onde a estabilidade não existe. É tomado pelo Grande Conflito. É obsedado pelo Grande Espírito de Aflição. É horrificado e terrificado pelos mensageiros do Senhor da Morte. Seu karma existente leva-o à existência repetida. Está sem força. Ele chegou ao momento em que deve ir sozinho".

A leitura continuou por mais algumas horas; depois, os oficiantes e parte dos presentes foram embora.

Mais tarde, o doutor foi levado para o quarto em que Holmes estava e não pôde acompanhar o restante da cerimônia.

O Bardo Thodol foi lido por mais cinco dias ao lado do corpo, e, no sexto, o espólio do administrador foi levado para um ritual de cremação. A cerimônia com o Bardo Thodol seria continuada pelo restante das semanas na casa de Pema Wangchuk.

...

O doutor ganhou seis quilos em dez dias desde que acordara dos semimortos. Ele voltou a fazer curtas caminhadas e sentia que seu corpo estava melhorando cada vez mais.

Em uma manhã fria, após Holmes voltar ao quarto com o café da manhã, via-se que o clima entre os dois voltara a ser o de antes.

— Doutor, com toda a correria, incluindo o culto compulsório que fomos convidados, não tive a chance de te perguntar como é estar vivo, após ter vivenciado o turbilhão que passou.

— A vida ganha um novo sentido. As pequenas coisas, aquelas que nos passam despercebidas cotidianamente, ganham versões muito especiais. Respirar, comer, beber, urinar, evacuar... a consciência se foca em cada uma destas atividades, banais ou não, e ao experienciá-las, percebemos com maior clareza o dom da vida e como devemos agradecer às dádivas que Deus nos deu.

— Acho que sei o que quer dizer. Uma vez expeli uma pedra do rim e penei de dor no processo. Até a maldita sair, fui ao banheiro dezenas de vezes, incessantemente, e ao me livrar dela, ardia muito para urinar. Assim, toda vez que eu ia mijar, sentia aquela apreensão e angústia de sentir dor, isso até ela desaparecer. Naquela hora, quando tive a certeza de que eu tinha me curado, a sensação foi excelente, por mais simples que seja a coisa. Até hoje me lembro daquela mijada.

Ambos riram bastante.

— Pena que, na volta à normalidade, muitas pessoas se esquecem das graças recebidas e voltam aos antigos vícios e desdenham da própria existência – completou o doutor.

— Que frio – disse Jamyang, adentrando o recinto para checar o doutor. – Vejo que está bem melhor. Em breve, você poderá se mudar para quarto individual, se preferir.

— Seria bom. Tanto eu quanto o Holmes estamos precisando de um pouco de privacidade, depois de tantos meses de viagem, dividindo o mesmo quarto – confirmou o doutor. – Sem querer ser mal-educado, mas acho que daqui um tempo poderei iniciar os preparativos para voltar para casa. Talvez em umas duas ou três semanas, caso minha saúde não sofra nenhum revés. O que acha?

— Sinto muito, mas você não poderá sair daqui tão cedo – avisou o clínico.

— Por quê?

Jamyang abriu a janela e mostrou a neve caindo.

— Esta estação durará ao menos dois meses e as estradas ficam intransitáveis neste período – explicitou, jogando um balde de água congelada sobre os planos da dupla.

...

— Sobre a leitura do Bardo Thodol – puxou assunto o doutor, enquanto davam uma caminhada nos arredores de onde se hospedara – vocês de fato acreditam que as palavras proferidas alcançam a alma do morto de forma a ajudá-lo?

— Você naturalmente deve ter percebido que existem outras etnias de povos em Unkath, embora a minha seja a mais populosa. Nem todos compartilham de nossas crenças, porém, respondendo a sua pergunta, sim, acreditamos. Você não acredita que os mortos ouvem as preces dos vivos, por exemplo?

— Para mim, não devemos orar para os mortos – afirmou o doutor. – Acredito que, como está escrito em Romanos na Bíblia cristã, "cada um de nós dará conta de si mesmo a Deus", e em segundo Samuel, "enquanto a criança ainda estava viva, jejuei e chorei. Eu pensava: Quem sabe? Talvez o Senhor tenha misericórdia de mim e deixe a criança viver. Mas agora que ela morreu, por que deveria jejuar? Poderia trazê-la de volta à vida? Eu irei até ela, mas ela não voltará para mim".

— Muito bem! Vejo que, além de médico, é um homem de fé – disse o clínico, sorrindo simpaticamente. – Não sei se Khalil te falou, mas aqui, muitos de nós também temos o hábito de estudar outras religiões. Achamos que o melhor é que cada um siga o caminho que lhe faz bem. Não pregamos uma verdade absoluta e gostamos de raciocinar sobre os pontos de divergência, até onde é possível, é claro. – Na minha opinião, a Bíblia possui passagens que demonstram o luto, a oração pelos mortos, em alguns livros como

Gênesis em "José guardou sete dias de pranto pela morte do seu pai."; em Samuel, não me lembro se é no primeiro ou no segundo, encontramos: "Depois enterraram seus ossos debaixo de uma tamargueira em Jabes e jejuaram durante sete dias."; e Eclesiástico em: "O luto por um morto dura sete dias, mas por um insensato e um ímpio, dura toda a sua vida.". Este último é o que mais gosto. Se pensarmos em quantos, antes de morrer, foram insensatos e ímpios tendo como base a lei do amor, teríamos que rezar para eles para sempre – falou, rindo da suposta piada. – Acho que existe mais uma passagem sobre este tema em Judite, se não me engano... – divagou.

— Não conheço os livros de Eclesiástico e Judite, certo doutor? – questionou Holmes.

— Ah, então vocês são um tipo de protestante – concluiu Jamyang. – Interessante. Eu disse "um tipo de protestante" porque, até onde sei, existem Bíblias protestantes que são "cheias" e possuem todos os livros. Sua Bíblia tem Gênesis e Samuel, certo?

— Sim, tem – respondeu o assistente.

— Mas... – tentou formar uma frase o doutor, contudo foi interrompido pelo clínico.

— É evidente que não chegaremos a um consenso. A Bíblia, assim como outros livros sagrados, possui trechos em que, às vezes, a interpretação é conflitante. Tomemos como exemplo o Samuel que o doutor citou e o Samuel que eu mencionei...

— Eu acredito que a morte nos leva para o inferno ou para o paraíso. E por lá ficaremos por toda a eternidade. O conceito de falar com os mortos está muito ligado à crença na existência do purgatório, de um lugar intermediário, de onde a alma supostamente poderia se purgar dos pecados e ascender ao céu. Na Bíblia, protestante ou não, não temos o termo "purgatório".

— É verdade – concordou Jamyang. – Entretanto, o purgatório é um conceito muito difundido por outros cristãos, os quais fundamentam sua existência por passagens como: "Agora, se alguém edifica sobre este fundamento, com ouro, ou com prata, ou com pedras preciosas, com madeira, ou com feno, ou com palha, a obra de cada um aparecerá. O dia do julgamento irá demonstrá-lo". O dia do julgamento não seria o purgatório?

— "O Dia irá demonstrá-lo". Não existe o termo "julgamento" na escritura.

— Não existe na sua versão da Bíblia, correto?

— Sim – concordou, incomodado pelo fato de que existiam mais de uma versão do livro sagrado.

— O que posso te dizer, meu amigo – continuou o clínico – é que este lugar intermediário, de onde a alma pode alcançar o paraíso, povoa, de uma maneira ou de outra, o credo de várias religiões. Ouso dizer que, até onde eu sei, a maior parte da população do mundo compartilha desta crença... Isto motivou, por exemplo, ritos eucarísticos de oração aos mortos, como dias de finados e cultos que acontecem para os falecidos... Chegamos! Certo, Holmes?

— Graças a Deus! – respondeu o assistente, admitindo que nenhum consenso seria atingido. – Estou congelando nesta rua. Venha doutor, te mostrarei o seu quarto.

— Jamyang, vocês têm algum tipo de farmácia onde se fabricam medicamentos? – perguntou Richard.

— Temos sim.

— Eu poderia visitá-la?

— Claro. O que acha de irmos após o almoço? – questionou cordialmente.

— Seria ótimo!

— Combinado.

...

Holmes não pôde ir porque tinha almoçado como um morto de fome e passou mal na hora de saírem.

Ao chegar, Richard foi surpreendido. Ele nunca vira uma farmácia como aquela, nem na faculdade. Era completamente limpa, possuía paredes e piso brancos, prateleiras de vidro e medicamentos, que haviam sido catalogados por tampas em cores e por nomes, os quais Richard não pôde ler devido à língua escrita.

No meio da farmácia, havia uma larga mesa retangular, repleta de instrumentos e aparatos, alguns estranhos aos olhos do doutor, e vidrarias como *beckers*, placas de Petri, tubos de ensaio, frascos Erlenmeyer e provetas.

— E esse é o boticário – apresentou Jamyang, indicado um homem vestindo um turbante, claramente árabe, tinha cinquenta e poucos anos e atravessou o local com andar apressado.

— Muito prazer, doutor Richard. Me chamo Abdul Alim – disse o boticário, dando um aperto de mãos. – Fico muito feliz que tenha melhorado.

— O prazer é todo meu. Muito obrigado por me ajudar – agradeceu o doutor, reconhecendo o boticário. – Você esteve comigo quando cheguei à cidade, certo?

— Sim. Jamyang e eu fomos chamados e, juntos, definimos o melhor tratamento para sua enfermidade.

— Sou eternamente grato pelo que fizeram por mim. Hoje estou vivo graças a vocês.

— Somente fizemos nosso trabalho. Sinceramente, o mérito é seu por ter suportado o calvário que te colocamos – falou aprazivelmente.

Os olhos de Richard se encheram d´água por estar vivo e por Deus ter lhe apresentado homens tão nobres.

— Abdul Alim, me desculpe a indiscrição, mas vejo que é árabe, correto?

— Sim. Você está certo.

— Vi pessoas de estirpe africana, árabes, caucasianos e... – parou por não saber definir a raça de Jamyang e olhando para o clínico.

— Pode dizer que somos nepaleses – clarificou o clínico.

— Como todos estes povos se reuniram em um lugar tão remoto quanto este?

— Esta é uma ótima pergunta, doutor. Sente-se, por favor – pediu, indicando uma mesinha com quatro cadeiras. – Há cerca de cento e trinta anos, um importante e conhecido castelo islâmico, situado a uns trezentos quilômetros ao norte daqui, caiu nas mãos de povos bárbaros. Antes da tomada, o reino havia entrado em período de grande prosperidade, sendo parte integrante de uma das principais rotas comerciais de ligação da Europa com a Índia. Naquela época, o rei deste castelo, o qual foi morto em batalha, fazia questão de receber povos de todas as nacionalidades, e muitas das culturas deles foram pouco a pouco incorporadas ao reino. O rei era fissurado pela medicina e procurava uma maneira de nunca morrer. Com este intuito, ele enviou seu corpo de doutores e farmacêuticos aos quatro cantos do mundo, procurando o que havia de mais novo da área médica e contratando especialistas para que voltassem ao castelo e ensinassem seus conhecimentos. Uma das maiores universidades de medicina do mundo foi, por conseguinte, criada lá em conjunto com um grande e tecnológico centro farmacêutico.

— Só um minuto – pediu o boticário, se levantando, indo até o fundo do estabelecimento rapidamente e voltando carregando uma bandeja com uma pequena chaleira e três xícaras. – Quase me esqueci que tinha deixado a água para ferver. Aceitam chá?

— Sim, por favor – agradeceu Richard.

O chá foi servido e o doutor o experimentou, sendo cuidadoso quanto à temperatura.

— Gostou do chá? – indagou Abdul Alim.
— Gostei. É de um tipo de erva-doce.
— Sim, é de ervas.
— Meu paladar não voltou totalmente ao normal. Perdi um pouco do gosto das coisas com a medicação.
— Isto é comum – falou Jamyang. – Geralmente o paladar e o olfato voltam ao normal em alguns dias ou semanas. Não é incomum, todavia, levar alguns meses...
— Bom, voltando à história – retomou Abdul Alim, – certo dia, o reino foi informado sobre um exército em marcha rumo ao castelo. Houve uma enorme mobilização de tropas e todos ficaram de prontidão. A ameaça se tornou real quando o rei matou um mensageiro que pedia a rendição incondicional do castelo. A batalha se iniciou e, no segundo dia, após ambos os lados terem sofrido severas perdas, surgiram notícias da chegada de novas tropas a compor o exército invasor. Em face da aniquilação, o rei ordenou que dois médicos e dois boticários fugissem do reino e levassem tudo o que podiam, com o compromisso de que continuassem a busca pelo Santo Graal da imortalidade. O grupo escapou, seis sendo acompanhados por mais quinze assistentes homens e mulheres, carregando em mulas o que puderam pegar entre livros, medicamentos e instrumentos médicos. Eles vagaram por semanas ao léu e no caminho encontraram um dos cidadãos de Unkath. A caravana foi autorizada a residir aqui e assim foi herdada a curiosidade e vontade de aprender o que eles trouxeram. Todos os não nepaleses são descendentes da comitiva do reino.
— Vocês continuam, portanto, com o hábito de buscar coisas novas? – perguntou Richard.
— Sim, com certeza – afirmou Abdul Alim. – Contudo, não obstante ao costume exploratório, o que nos diferencia quanto ao antigo castelo é que hoje não dispomos de tão generosas

fontes de financiamento. Atualmente as viagens são feitas por pessoas como Khalil, a quem Jamyang me contou sobre a fatalidade. Uma das tarefas dele era me trazer anti-inflamatórios e anestésicos como éter, a fim de aprimorarmos nossas fórmulas e desenvolver novos medicamentos.

— Richard, gostaríamos de aproveitar este encontro para te fazer um convite que se estenderá igualmente ao Holmes: o de atuar como médico enquanto estiver conosco – propôs Jamyang. – No total, nosso corpo clínico é formado por quatro pessoas, e duas delas, outro clínico e outro boticário, estão em Pequim fazendo especializações e coletas de medicamentos. Eles só voltarão na primavera.

— Seria uma honra trabalhar com os senhores – respondeu o doutor. – Só tenho uma pequena condição – disse, em tom de brincadeira. – Se eu puder, e não houver nenhum impedimento, e por favor, não quero atrapalhar o trabalho de vocês, gostaria de aprender mais sobre seus medicamentos, em especial os que foram prescritos para mim.

— Você não atrapalhará em nada – afirmou Abdul Alim. – Estou certo de que sua experiência nos ajudará e muito.

— Existem alguns tipos de substâncias que são mais usadas em seus experimentos? – questionou Richard.

— Bom, destaco a papoula e estas sementinhas – revelou, se levantando e pegando um vidrinho com pequenas esferas negras.

— O que são? – indagou o curioso doutor.

— Grãos de mostarda.

Richard se lembrou da passagem bíblica relacionada à mostarda.

— "Eu asseguro que, se vocês tiverem fé do tamanho de um grão de mostarda, poderão dizer a este monte: 'Vá daqui para lá', e ele irá. Nada será impossível para vocês".

...

Obtendo consenso do boticário e do clínico, o doutor se embrenhou pela farmácia com Abdul Alim, se focando na medicação contra o câncer e deixando para fazer apenas atendimentos emergenciais.

No decorrer dos primeiros dias de incursão, Richard foi apresentado a muitos elementos químicos os quais não conhecia e que sequer possuíam tradução para seus nomes. Além disso, muitas das técnicas que lhe foram apresentadas, principalmente aquelas realizadas nos não familiarizados aparatos para o doutor, eram diferentes das que aprendera, o que tornou o minicurso ao mesmo tempo interessante e frustrante. Ele precisaria de muitos meses, quiçá anos, para instruir-se a ponto de dominar tais conhecimentos.

Um ponto muito importante, e que ficou bastaste claro, era que o boticário ou seus antecedentes não foram capazes de promover a vida eterna a ninguém por meio da medicina deles ou de qualquer meio medicamentoso. Ao tocar no assunto de transferência de consciência, Abdul Alim delicadamente se esquivou do tema, pedindo atenção na manipulação de uma de suas químicas.

Paralelamente, Holmes ficou a cargo de atender aos pacientes que apresentavam casos mais simples, em companhia de um auxiliar de farmácia também árabe, chamado Hassan, que ajudava na prescrição de remédios e em traduzir as consultas com os doentes.

Em uma manhã gelada, ao assistente foi pedido que visitasse uma paciente que se queixava de dores fortes em um pulso e na mão. Como soube que a enferma falava inglês, não seria necessária a presença de Hassan no atendimento.

Holmes subiu uma escada de dois lances ladrilhados e poucos degraus e bateu à porta, esperando encontrar a nepalês Rebecca, cujo nome era diferente do usual em comparação com os das outras mulheres que conhecera na cidade, além de não precisar enrolar a língua para pronunciá-lo.

No entanto, quem abriu foi uma mulher linda, negra, de postura ereta, com cabelos grandes e encaracolados. Ela usava um vestido listrado que ia até os calcanhares, um conjunto de três colares coloridos e brinco em uma das orelhas, com uma pena azul que descia abaixo da clavícula.

— Re-Rebecca? – gaguejou o assistente.

— Sim, sou eu. Você veio ver meu punho? – perguntou séria, evidenciando um forte sotaque britânico.

— Sim. Me chamo Montgomery Holmes, mas pode me chamar de Holmes.

— Pode entrar, Montgomery! – disse, dando um passo para trás e abrindo mais a porta.

O assistente entrou aos tropeços na casa, pois não viu um degrauzinho de dois centímetros na entrada da casa, e se aprumou embaraçado. O lugar era aconchegante, contava com uma sala, cozinha e quarto, todos interligados e sem paredes. Sobre a mesa da sala, havia muitas roupas, rolos de linha de costura, botões. Quando Holmes foi colocar sua maleta sobre um canto livre, a deixou cair no chão, e rapidamente refez o movimento, tentando disfarçar o indisfarçável.

Rebecca assistiu a tudo sem perder a pose ou fazer comentários.

— Qual punho está doendo? – questionou o assistente, depois de tentar frustradamente pensar em algo para iniciar uma conversa informal com a paciente, anteriormente ao atendimento propriamente dito.

— Este – disse, esticando o braço direito até ele.

— Podemos nos sentar para eu olhar melhor?

— Sim, fique à vontade.

Eles se sentaram e o assistente iniciou a consulta.

— Aqui dói? – indagou, pressionando delicadamente o punho.

— Não.

— Gira o pulso, por favor – pediu, mantendo a pressão. – Doeu?
— Não. Esquisito. Doía agora há pouco.

Holmes comprimiu levemente os músculos tênares da mão, abaixo da base do dedo polegar, Rebecca deu um leve sobressalto.

— Aqui está dolorido?
— Sim. Exatamente neste lugar.
— É comum a dor destes músculos irradiarem para o punho.
— Você está tendo dormência ou formigamento na mão ou no braço?
— Não. Ocasionalmente só a mão e o punho doem bastante, a ponto de eu não conseguir pegar objetos ou sentir dor para girar a chave da porta, por exemplo.
— Estes outros lugares doem? – indagou, comprimindo os músculos abaixo dos outros dedos.
— Não.
— Bom, acho que é somente uma inflamação no músculo. Façamos o seguinte: pegue um pouco de gelo, coloque dentro de um pano e ponha sobre a mão até que ela fique bem gelada. Em seguida, esquente água em uma panela para que fique um pouco mais quente que morna, coloque em um recipiente e mantenha a mão lá dentro por um período similar ao que usou o pano com gelo. Não precisa ser muito tempo.
— Tenho esta pequena ampulheta – disse ela, a pegando debaixo de um vestido. – Posso marcar o tempo por ela?
— Claro. Posso ver?

Holmes virou a ampulheta e, por alguns segundos, viu a quantidade de areia que passava de um compartimento para outro.

— Pode ser. Pode girar ela quatro vezes em cada temperatura – receitou, mas quando foi devolvê-la, a ampulheta escorregou de sua mão, causando um som seco do impacto na madeira do piso. O descuido fez a espinha de Holmes se arrepiar de constrangimento e medo com a possibilidade de ela quebrar.

— Certo – disse Rebecca, se abaixando para pegar a ampulheta, uma vez que ela girou no chão até seus pés.

— Me desculpe – falou o assistente, dando uma risadinha sem graça, sentindo o rosto enrubescer de vergonha.

— Faço estas compressas por quantos dias? – perguntou a paciente, sem ter achado nada engraçado.

— Faça o quente e o frio por três dias, duas vezes por dia, posteriormente só o frio por mais quatro dias. Nesse tempo, evite fazer esforço com a mão como, por exemplo, costurar.

— Sete dias? – questionou, meio inconformada – Isso tudo?

— Receio que sim. Daqui a sete dias, eu volto para ver como você está.

Rebecca se conformou com o prazo do assistente e, na saída da casa, Holmes novamente se desequilibrou no microdegrau. Ele olhou para Rebecca sem saber onde enfiar a cara por tantas trapalhadas e se despediu.

...

Dois dias voaram desde a consulta. Após almoçar, Holmes, que vinha se martirizando, resolveu fazer uma nova visita à Rebecca. Antes de bater à porta, ele cobriu o rosto com as mãos, respirou fundo e tentou se acalmar.

— Montgomery? – perguntou ela, ao vê-lo. Ela vestia uma blusa de manga três quartos, saia rodada longa, brincos grandes de argola e um colar estilo pérola, mas com círculos de madeira. Ela estava tão bonita quanto da primeira vez e parecia estar pronta para sair.

— Vim ver se houve alguma melhora na sua mão.

— Acho que sim. A dor deu uma diminuída – disse ela, precedendo cinco segundos de silêncio, com Holmes um tanto travado nas palavras. – Gostaria de entrar?

— Sim, por favor – falou, se lembrando do degrauzinho e entrando cuidadosamente. – Posso ver sua mão? – pediu o tão dedicado profissional da saúde.

— Pode sim.

Eles se sentaram e o assistente a examinou tentando focar na mão dela e não no decote da blusa.

— Você está fazendo as compressas corretamente?

— Sim. Como você instruiu – informou, sarcasticamente.

— Rebecca. Na verdade, eu vim me desculpar pelo papelão que fiz quando te conheci – confessou o pobre homem. – Não sei o que deu em mim... Para ser sincero, eu sei: eu esperava ver uma mulher baixinha e de olhos puxados, em vez disso, eu dei de cara com você, e fiquei bastante intimidado por sua beleza. Me desculpe. Eu fui patético.

Ela olhou para ele pensativa, franzindo os olhos, em um momento longo como o infinito, mas que de fato só durou uma fração de minuto, castigou Holmes.

— Eu até que achei bonitinho – alegou Rebecca, permanecendo séria. – Foi divertido te ver desajeitado.

— Gostaria de esclarecer que não sou daquele jeito. De jeito nenhum.

Outra porção de silêncio ocupou a sala.

— Teria algum lugar onde a gente podia ir para conversarmos melhor? – questionou Holmes, buscando toda sua coragem interior.

— Pensei que já estávamos conversando – disse a torturadora.

— É que... – Holmes tentou completar a frase, mas não conseguiu.

— Estou brincando com você – falou Rebecca, sorrindo, e o assistente respirou aliviado. – Eu estava de saída para comer alguma coisa perto do lago. Gostaria de ir comigo?

Holmes, em estado de graça, ainda deu um modesto tropicão na saída e eles foram para o lago, onde se sentaram em uma pequena cantina.

Os dois conversaram por horas e se divertiram com as inusitadas histórias um do outro.

Rebecca contou que era irmã de Khalil e que seus pais eram artesãos. Desde que eram crianças, toda a família costumava viajar para outros países, onde eram vendidos para lojas de grife os artefatos que eles confeccionavam. Rebecca seguiu os passos profissionais dos pais, no sentido de realizar trabalhos manuais, se especializando como estilista e confeccionando vestido de alta-costura. Com a morte dos pais, ela resolveu morar por três anos na Inglaterra, fabricando e vendendo roupas exclusivas e, ao voltar, Khalil resolveu viajar. Posteriormente a uma temporada na Europa, passando primeiramente por Istambul, ele foi para os Estados Unidos.

Eles voltaram para casa pouco antes do anoitecer e, na despedida, de volta à porta de entrada da residência de Rebecca, Holmes resolveu, tremendo os joelhos, apostar um incerto "*all in*" e se inclinou rumo à estilista. Ela apertou os olhos, esperou, deu nele um selinho e sorriu antes de fechar a porta e dizer boa-noite.

Holmes mal podia acreditar, tamanha era sua felicidade. Ele desceu as escadas tripudiando, cantarolando e andou sobre a neve como se caminhasse sobre plumas.

ATO

4

A saída do útero de minha mãe ocorreu em uma fazenda com auxílio de uma parteira que tinha desenhos sobre o corpo.

Eu era o terceiro filho de meus pais e dois anos mais velho que minha irmã caçula.

Nossa família, além de pescadores e criadores de porcos e cabritos, possuía uma forte herança e aptidão para a luta e a guerra. Fazíamos parte de um povo guerreiro que somente anos antes tinha conseguido domar o oceano e chegar à Europa, próximo ao mediterrâneo.

No meu aniversário de quatorze anos, meu pai, um homem grande, magro, mas musculoso, me perguntou se eu gostaria de seguir o caminho de meus irmãos e assim me tornar um combatente, ou se preferiria ficar com minha mãe e irmã e cuidar da fazenda.

Meus irmãos não receberam aquela proposta quando tinham a minha idade. O que meu pai e minha mãe pensavam é que, por mais que a tradição do povo fosse de criar homens para batalhas, era sempre bom ter um homem em casa, para proteger as mulheres e a propriedade.

Eu era franzino, não tinha espichado, e meu corpo era de criança. Ele me deu um dia para pensar e meu instinto foi escolher a fazenda. Eu gostava muito de tratar dos animais, de pescar e velejar no pequeno barco que possuíamos.

Meditei a respeito de minhas alternativas e, no final, escolhi me tornar um guerreiro, para o orgulho e alegria de meu pai, que em seu íntimo torcia para que eu me juntasse a ele e meus irmãos nas conquistas futuras.

Na época, eu não sabia que o preço que eu pagaria por minha decisão seria tão caro. Senti uma forte consternação ao deixar de cuidar da fazenda e uma sensação muito ruim, de morte, me acompanhou por dias.

De imediato, iniciei um programa de treinamento em que meus irmãos e meu pai se revezavam nas orientações. Minha dieta passou a ser de muita carne, ovos e pães. Nos seis anos que se seguiram, eu cresci em estatura, me tornando o mais alto da família, e meu corpo foi coberto por poderosos músculos. Eu havia me transformado em uma máquina de combate e, do mesmo jeito que apanhei, ganhei cicatrizes, tive ossos e dentes quebrados e treinei até desmaiar de exaustão. Quanto mais eu crescia, mais eu castigava meus professores.

Perto de nossa casa, havia uma cidade onde se situava o rei daquela região, e não demorou muito para que outra expedição ao novo mundo fosse posta de pé e tivesse como voluntários os homens de minha família.

Além da honra de poder lutar e da sede de sangue, o que motivava os guerreiros eram as riquezas que poderiam ser encontradas e a possibilidade de voltar rico.

Colocamos os escudos na lateral de um dos navios e entramos mar adentro rumo ao desconhecido, torcendo para que os conhecimentos marítimos dos navegadores e os deuses nos levassem em segurança ao destino.

No terceiro dia de mar, o vento parou e ficamos à deriva, perdidos. Três outros dias se passaram e, com eles, nenhuma nuvem trazia chuva nem sequer tapava o sol escaldante.

O rei, que ocupava um navio diferente do que eu estava, pediu por um voluntário para que sua vida fosse oferecida aos deuses. Todos ficamos tentados a nos oferecer, pois a promessa de tal ato era de que a alma daquele que se sacrificasse atravessaria instantaneamente os portões de Valhalla e se banquetearia na presença dos deuses.

Um homem do navio do rei se voluntariou e seu sacrifício aconteceu em meio a preces de um mago, que podia prever a vontade das divindades.

No dia seguinte, o vento retornou e nos levou para a costa, em um lugar que mais tarde seria conhecido como Normandia.

Desembarcamos gratos por termos sobrevivido à viagem e foi só ali que pude contemplar a imagem do rei. Ele era enorme, maior do que eu, tanto na vertical como na horizontal. Seu nome era Rollo e foi a partir daí que entendi as músicas e contos feitos sobre sua pessoa, dizendo, dentre outras coisas, que nenhum cavalo aguentava seu peso. Ele devia pesar mais do que o próprio cavalo.

Rollo conduziu a tropa pela costa e não encontramos nenhuma resistência de povos nativos.

Avistamos a primeira vila no segundo dia e, empolgados pelo rei partir enfurecido na dianteira dos homens, nos jogamos sobre o povoado como uma manada que esmaga o campo.

— Vikings! – gritaram os guardas, que primeiro nos avistaram.

Homens, velhos, mulheres e crianças. Todos eram alvos de nossa fúria e seus sangues alagaram as ruas de terra batida.

Finalizado o saque do que pudemos encontrar, repetimos a cena em outras duas pequenas cidades.

Os cidadãos não tinham chance contra a nossa orla. Era quase como brincadeira para nós, e a morte daquelas pessoas gerava pura excitação.

Em pouco tempo, um rei local enviou um mensageiro e Rollo foi convidado para se encontrar com ele. Não era a primeira vez que a Normandia havia sido invadida e subjugada. Rollo negociou um período de paz, com a condição de que pudéssemos ficar com parte das terras que haviam sido conquistadas.

Um acordo foi firmado e parte da tropa viking foi destacada para acompanhar Rollo de volta para casa, e parte ficou para garantir que as áreas negociadas não voltassem para o antigo dono.

Eu e um de meus irmãos ficamos com cerca de trinta homens. O plano de Rollo era voltar em poucas semanas, com um número maior de tropas e famílias para se estabelecer no local.

No quarto dia de acampamento, ao erguermos os primeiros casebres e fortificarmos em volta com paus, trincheiras e obstáculos, fomos atacados pela guarda do rei, em uma quantidade de soldados que superavam o nosso contingente em sete para um.

Lutamos bravamente, matamos proporcionalmente muito mais do que os combatentes estrangeiros, porém por fim fomos derrotados.

Morri por um machado enferrujado que decepou minha cabeça e a fez rolar para longe do meu corpo.

Quando eu disse que não sabia o preço que eu pagaria pela escolha de me tornar um guerreiro, foi porque eu tive que viver mais de cinco encarnações sendo acometido por grande dor e sofrimento, a fim de me purgar do que eu cometi na Normandia.

A TRANSFERÊNCIA

Esbaforido pelos estudos na farmácia, e se conformando que voltaria para casa com conhecimentos não totalmente palpáveis para replicar o remédio para o câncer, Richard resolveu passar as manhãs em companhia do boticário e as tardes em atendimentos médicos.

Entre os trajetos de uma residência à outra, de um paciente a outro, normalmente revezando com Holmes a presença de Hassan, o auxiliar de farmácia, o doutor ponderava sobre talvez voltar àquela cidade em alguns anos, com o intuito de aprofundar os estudos da medicação, talvez inclusive em companhia de outro boticário americano.

Ele gostaria de voltar para o lar logo que a neve baixasse. Ansiava por matar a saudade de sua família, além de que não achava justo com Holmes mantê-lo prolongadamente fora dos Estados Unidos, pois sabia que o assistente não aceitaria voltar sozinho.

Dentre os outros tópicos que palpitavam sem parar, estavam também os esclarecimentos sobre o dom e a fobia, e ele ficou inseguro se Khalil falara a verdade quando disse que tais respostas poderiam ser conseguidas em Unkath.

Claramente Jamyang e Abdul Alim escondiam alguma coisa relacionada ao mito da transferência, o qual a cada dia parecia mais e mais fantasioso. Richard, por fim, pelo menos por desencargo de consciência, resolver se abrir com o clínico na próxima vez que o encontrasse para tratar sobre seus questionamentos.

Em uma tarde em que o sol deu o ar da graça e diluiu um pouco o frio, ele realizou um atendimento difícil em que o dom ficou a algumas respiradas de se manifestar, porém o salvamento do paciente acabou ocorrendo pelo método tradicional e não sobrenatural.

Na volta para a hospedaria, ele dispensou Hassan e decidiu ir à cantina que Holmes mencionara.

— Holmes, o pecaminoso assistente que praticamente se mudou para a casa de Rebecca, abandonando sem remorso seu amigo – pensou com uma ponta de ciúmes, porém achando bom que ele se encontrava feliz.

Richard encontrou o pequeno restaurante e, do lado de fora, ao lado do lago congelado, ele viu quatro pessoas sentadas, jogando dois a dois, o que o doutor descobriu ser Xiangqi, ou xadrez chinês.

Ele pediu seu prato e, enquanto ficava pronto, foi sapear o xadrez, pedindo aos jogadores licença para fazê-lo. O jogo se assemelhava em partes com o xadrez tradicional, mas somente em partes. O tabuleiro era diferente, os movimentos de algumas peças seguiam outra lógica e ele demorou um pouco para sequer entender o que acontecia em uma partida. General, guarda, elefante, cavalo, biga, canhão e soldado. Definitivamente, era um novo desafio a ser aprendido.

Exausto por um dia longo e pela necessidade de raciocínio, e atenção requerida para acompanhar um jogo até o fim pela primeira vez, ele resolveu voltar para a mesa e esperar por sua refeição.

Os jogadores sabiam quem Richard era, pois, a notícia de um novo médico estrangeiro havia circulado pela cidade e um deles, um senhor nepalês de cabeça branca, chamou pelo doutor, vendo-o retornar ao restaurante.

— Volte, volte – convidou o senhor com um inglês rudimentar. – Eu ensino você.

Richard agradeceu o convite e combinou em retornar noutro dia.

Ele pedira o especial da casa, e ao ser servido algo diferente, aconteceu: o cheiro estava extremamente bom e ele salivou muito. O prato se chamava *dal bhat* e consistia em uma porção de arroz cozido servido com creme de lentilhas em um potinho e *momos*. Os *momos* eram um tipo de pastel cozido no vapor e recheado com vegetais e carne de frango.

O doutor pegou um momo com as mãos, mordeu metade dele e por um triz não chorou. Seu paladar voltara em uma epifania de sabores.

Devido ao tratamento do câncer, a medicação afetara seu paladar e muitas vezes as refeições pareciam estar excessivamente salgadas, embora soubesse que tais gostos eram resultado da intoxicação, no bom sentido, de seu corpo.

Os vegetais com frango do momo estavam quentinhos e o gosto de algo como alecrim temperou perfeitamente a carne. O próximo passo foi cobrir o arroz com parte do creme e o risoto ficou espetacular, com um gosto suavemente adocicado. Ele estrategicamente deixou metade do creme de lentilhas no pote, a fim de molhar e embebecer os outros momos. Aquela era a melhor comida que colocava na boca desde que chegara e Richard foi meio que obrigado a repetir o prato.

Após se satisfazer ao extremo com a segunda rodada das iguarias, ele voltou para o quarto andando devagar e entendendo porque Holmes vinha ganhando alguns quilos.

...

As consultas e estudos continuaram em meio a uma nova sequência de nevascas que assolaram Unkath.

Jamyang passou um tempo sem ser visto e um dia ele apareceu na farmácia pedindo que Richard e Holmes o acompanhassem em um atendimento de emergência.

O paciente era um homem branco de meia-idade que possuía uma hérnia na barriga. Ele havia vomitado, apresentava febre e uma intensa dor abdominal.

A hérnia era do tamanho de um ovo de galinha, projetando-se pelo anel umbilical. A protuberância era dura e um tanto irregular ao toque.

Richard não pôde fazer nenhuma alteração em seu volume, por meio de uma longa e contínua tentativa de devolvê-lo para dentro.

O caso era grave e o doutor pediu autorização para realizar uma cirurgia, a qual foi concedida pelo paciente em meio a outro violento vômito. O clínico vivenciara poucos casos de cirurgias de hérnia e deu lugar ao colega para que a conduzisse.

Holmes pegou éter que coletara da farmácia, sedou o homem, e Richard iniciou a operação, narrando o passo a passo da intervenção.

— Começaremos seccionando os tegumentos com uma incisão superficial. Desta forma, como pode ser visto, assim que o saco herniário é exposto, ao abri-lo há o escape de um pouco de soro límpido e surge então o omento. Agora, estenderei a incisão desde a parte superior até a inferior da hérnia – disse, realizando a cesura e expondo totalmente o interior do tumor.

O omento foi dobrado e uma parte do intestino foi vista.

— Colocarei um dedo atrás do omento, entre ele e o intestino – continuou Richard, – e agora estou sentindo a estenose na abertura umbilical. A estenose está forrada pelo omento aderente. Holmes, me passe o bisturi com ponta de sonda, por favor.

O assistente prontamente entregou o instrumento e de relance notou um princípio de abrir de olhos por parte do paciente, contudo pensou que tivesse se enganado.

— Direcionarei o bisturi com meu dedo no orifício do saco no umbigo, entre o omento e o intestino, de forma a manter a lâmina próxima à parte posterior da linha alba, de modo a evitar que o intestino escorregue. Agora dividirei para cima a área aderida pelo omento, na extensão de cerca de dois centímetros.

Ao realizar a incisão, o homem deu um solavanco e acordou gritando. O movimento do paciente fez com que o bisturi realizasse um corte indevido e um jato de sangue foi esguichado.

— Coloque o éter! Rápido! – gritou o doutor para Holmes, sem que eles tivessem entendido o que acontecera. – Como ele acordou estando sedado? – esbravejou, no entanto aquela não era hora de achar resposta, mas sim, tentar salvar o sujeito.

Houve uma nova sedação, com Jamyang segurando firme o tronco do paciente até que ele apagasse. Richard, vendo o sangue jorrar, sentiu o característico formigamento que indicava que seu dom seria posto em prática.

Inesperadamente, entretanto, foi o clínico que se curvou, fechou quase totalmente os olhos e com uma voz diferente da usual pediu que Richard puxasse o intestino. O doutor olhou incrédulo para o clínico e fez o que foi lhe solicitado.

Uns trinta centímetros de intestino foram colocados para fora até que Jamyang indicasse que parasse. Em meio ao sangue, o clínico pegou uma atadura e, milagrosamente, identificou o local do corte acidental.

— Sutura – disse Jamyang ao doutor, com uma voz baixinha.

Richard costurou o intestino às pressas e estancou o sangramento.

— Pode fechar – concluir o clínico.

O intestino foi limpo e devolvido, sendo necessário fazer uma leve pressão.

Estando o homem muito fraco porque tinha perdido sangue, Richard optou por não remover o saco herniário. Ele juntou as bordas de pele bem unidas, realizou as suturas e cobriu o local com ataduras.

Tudo indicava que o paciente sobreviveria.

O doutor preferiu não tocar no assunto do dom estando em companhia de Holmes. Na volta da casa do paciente, eles falaram na maior parte do tempo sobre a operação e o acompanhamento pós-operatório.

Os três retornaram para a farmácia e o boticário lamentou o ocorrido com o éter, e relembrou que Khalil havia ficado de importar um pouco dos Estados Unidos para que ele revisasse a fórmula. Não havia sido o primeiro caso em que a sedação não fora eficiente para manter o paciente plenamente desacordado.

Richard se ofereceu para conferir a fórmula noutro dia e, aproveitando um momento a sós com Jamyang, pediu que eles saíssem para conversar.

Eles se sentaram sobre uma grande pedra no limite da cidade, de onde o vale coberto de neve e as montanhas ao longo compunham a linda fotografia.

O doutor falou que, durante o incidente na cirurgia reconheceu em Jamyang o fenômeno que ele mesmo possuía, e contou desde quando aquilo se manifestava com ele e de algumas ocasiões em que o dom fez o trabalho.

Richard revelou ainda que Khalil não só soube de alguma forma daquele segredo, como disse que em Unkath poderia ser esclarecida a origem do dom, porque ele o tem, e como funciona no sentido se é algo de sua alma ou do inconsciente etc.

O clínico ouviu o relato com a tranquilidade de sempre, mantendo um diminuto sorriso.

Ele revelou que sabia que Richard possuía tal faculdade e que uma reunião com ele fora agendada para duas semanas com a presença de um dos dirigentes da cidade. O clínico infelizmente não podia dizer muita coisa, porém confirmou que, na mesma reunião, ele conheceria o que Khalil chamou de "transferência da consciência".

O doutor não sabia se ficava feliz ou triste.

— Duas semanas? – comentou. – Isto tudo?

— Tenha paciência, meu amigo – tentou consolar. – Dê tempo ao tempo. Para quem esperou a vida toda por respostas, o que são duas semanas?

— Uma eternidade – ruminou, sem se pronunciar, e desistindo de falar da fobia.

...

Passada uma noite maldormida, Richard ajudou Adbul Alim em sua reformulação do éter. O processo de fabricação consistia em se destilar álcool etílico com ácido sulfúrico.

— Obtenho o ácido sulfúrico em três etapas – explicou o boticário, demonstrando sua técnica. – Na primeira etapa, queimo o enxofre para gerar dióxido de enxofre. O próximo passo é oxidar o dióxido de enxofre, produzindo o trióxido de enxofre que, depois de absorvido, forma o ácido sulfúrico.

— Corretíssimo. Por fim, é feita a destilação do álcool com o ácido, certo? – perguntou o doutor.

— Exato.

— A meu ver, o processo está adequado. Você tem o álcool etílico e ácido sulfúrico armazenados?

— Tenho.

— Pode me mostrar como é realizada a destilação?

— Sim, senhor!

Richard descobriu que o problema do éter eram as proporções das duas substâncias a serem destiladas. O desbalanceamento gerava um éter de baixa concentração e, portanto, de baixo poder anestésico.

Uma vez solucionada a questão, surgiu um paciente na farmácia que foi usado de cobaia pelos dois. Um homem negro e forte foi à procura do boticário se queixando de dor em um dente.

O diagnóstico foi que a dor era resultado de um dente que possuía uma profunda cárie. A gengiva no local pulsava com a inflamação. Não havia alternativa para o caso a não ser a extração do dente.

O novo éter pôde ser usado e o dente foi extraído sem maiores complicações. O homem demorou alguns minutos para acordar e, ao abrir os olhos, se deparou com Richard Abdul Alim parados na sua frente.

— *Quando tirarão meu dente?* – indagou o paciente, falando em sua língua nativa.

— *Nós o retiramos* – esclareceu o boticário.

— *Não, doutor. O meu dente. O que estão esperando para tirá-lo?* – insistiu o homem.

— *A retirada já foi concluída* – explicou Adbul Alim, praticamente soletrando cada palavra.

— O que ele está falando? – questionou Richard.

— Ele não está entendendo que o dente foi retirado.

— *O senhor está com algum problema de audição? Estou me referindo a minha cirurgia na boca, a qual o senhor executará* – explicou o homem, ficando impaciente.

— *A cirurgia do senhor já foi feita. Sinta os pontos em sua boca e veja em minha mão o seu dente* – mostrou, e deu a ele um espelhinho.

O paciente verificou surpreso que o dente fora extraído e ficou muito embaraçado pelo mal-entendido.

— *Minha nossa! Minha sensação foi que eu tinha piscado. Eu fechei os olhos por um segundo e, na hora que os abri, achei que não tinha sido operado.*

— Agora ele entendeu – disse o boticário ao doutor.
— Pelo menos sabemos que o éter funcionou – falou Richard rindo, sendo acompanhado pelos dois.

...

Como forma de conter a ansiedade pela espera do dia da reunião, o doutor resolveu se dedicar ao aprendizado do tal xadrez chinês, em qualquer hora vaga. À tarde, quando não tinha atendimento, ele se dirigia ao lago e ficava o máximo que podia, sendo ensinado por um calmo senhor. O jogo era mais difícil e diferente do xadrez convencional do que pensava.

Contudo, rapidamente Richard foi pegando o jeito da coisa e, com exceção de algumas "capivaradas", isto é, a perda ridícula de peças ou uma derrota esdrúxula por desatenção, ele passou a dar certo trabalho a seus adversários. Trabalho, mas continuava distante de conseguir vencer uma partida.

Há dois dias da tão esperada reunião, Abdul Alim convidou Richard para fazer uma visita ao entardecer.

— Sabe, doutor, fui autorizado a revelar algumas informações sobre a cidade – disse andando pela rua, sobre seu habitual tapete de neve. – Imagino que deve ter se perguntado de que vivemos, economicamente falando.

— Sim, é verdade. Percebo que todos são humildes, não há muitas discrepâncias financeiras entre as famílias e há pouca desigualdade social.

— Notou algo diferente em meio aos atendimentos ou andando nas ruas?

— Bem, pelo menos de dia, a população Unkath é predominantemente formada por mulheres, crianças e idosos. Não vi muitos homens.

— Exato. Economicamente temos como fonte de renda uma mina de ouro situada a poucos quilômetros daqui. A maioria dos homens trabalha lá. A extração e beneficiamento do ouro é conduzida pelo governante e parte do lucro da venda distribuída aos trabalhadores. Não buscamos a riqueza ou o poder pelo ouro. Ele serve para que possamos nos manter, sem ostentações e buscando a perenidade da sociedade.

— Os mineiros vão e voltam todos os dias?

— Trabalham por cinco dias e descansam dois dias por semana.

— E onde o ouro é comercializado?

— Principalmente na China, Índia e Japão, diretamente por cidadãos de Unkath, residentes nestes países. Nosso produto é muito cobiçado. Atingimos um alto nível de pureza, diferente do que muitos fornecedores comercializam. Isto e a localização remota e sigilosa da cidade geram uma lenda sobre os tesouros de Unkath e motivam aventureiros a desbravarem as montanhas em busca das riquezas ocultas – brincou.

Richard lembrou do Barão.

— Mas o ouro não é o nosso maior tesouro – comentou o boticário.

— Não é?

— Aqui está a fonte da verdadeira fortuna.

Eles pararam defronte do que se assemelhava a uma moradia de três andares de altura, nada diferente das demais.

— Esta é a biblioteca central – falou Abdul Alim, orgulhoso, sendo acompanhado pelo desdém do doutor em ver a construção.

O interior da biblioteca, entretanto, não condizia com o que se via externamente.

O pé-direito era triplo, não havia colunas e o corredor era preenchido de estantes em madeira nobre, abarrotadas de livros e papiros, que seguiam por todos os oitenta metros de comprimento. A iluminação era providenciada por janelas próximas ao teto e por lamparinas.

Mesas com cadeiras preenchiam o interior e o piso era coberto por mosaicos de pequenas peças de cerâmica, formando flores sobre águas.

Richard ficou boquiaberto pelo local e Abdul Alim sorriu ao ver a reação dele.

— *Boa noite, Abdul Alim* — cumprimentou uma bibliotecária de idade, que deixou o livro que lia e se levantou da poltrona onde estava sentada. – Irá *à sala de observação?*

— Sim.

— *Acenderei as lamparinas* – disse ela, *tomando a dianteira dos dois e acendendo lamparinas sobre as mesas.*

— *Obrigado, querida.* Aqui, Richard, temos obras sagradas de diversas religiões, publicações e manuscritos de filósofos e pensadores, textos mitológicos, manuais de medicina e de cirurgia, dicionários, tratados matemáticos e geométricos, cadernetas de engenharia e arquitetura, mapas dos mundos, calendários e uma seção dedicada ao estudo dos astros.

— Você disse que foi autorizado a me revelar algumas coisas. Quem não tem autorização não pode entrar aqui?

— Venha comigo, Richard – disse, o chamando para andar. – Não. Não pode por dois motivos. O primeiro é que acreditamos na frase de Platão: "É preferível a ignorância absoluta ao conhecimento em mãos inadequadas". Escolas clássicas de filosofias como Platônica e Pitagórica, templos de diversas religiões do passado, e até de hoje em dia, condicionavam a entrada de novos alunos ou iniciados, quando deles era percebido a existência de bases morais voltadas para bem e o amor.

— Acha que existe mesmo este risco? O mundo evoluiu tanto, somos tecnologicamente muito superiores aos nossos antepassados e acredito que dentro de algumas décadas voaremos como os pássaros.

— Esta biblioteca possui livros de guerras, táticas de batalhas, históricos de dominação de uma nação à outra, estratégias de luta e conhecimentos que remontam há milênios. Você mencionou sobre os aspectos tecnológicos e eu te pergunto: quanto mal a ciência, a engenharia, a física e a química podem produzir, se conduzidas por mãos erradas, que buscam somente a riqueza e a subjugação?

— Poderiam fazer muito mal.

— O outro ponto nos é apresentado por René Descartes: "O espetáculo do mundo nos oferece frequentemente cenas de violência e intolerância, nascidas de preconceitos que querem se impor pela força, na ausência de questionamentos e, sobretudo, do exercício da razão". Nem todos, para não dizer poucos, entenderiam o que temos aqui, e estariam abertos a verem outras religiões, outros pensamentos que diferem dos seus, com passividade, tolerância e respeito.

— Incontáveis foram as guerras e os genocídios de cunho religioso na história – comentou o doutor, se lembrando de quando conheceu Khalil em Washington e de sua própria intolerância na época.

— Richard, quem foi que disse "não cuideis que vim trazer paz à Terra; não vim trazer paz, mas espada. Pois eu vim para fazer com que o homem fique contra seu pai, a filha contra sua mãe, a nora contra sua sogra"?

— Jesus Cristo.

— Sei que você sabe o contexto desta fala. Contudo, para uma pessoa que não tem o seu conhecimento, concorda que se lesse somente este trecho da Bíblia poderia ter outras interpretações?

— Fora de contexto, sim.

— Ainda hoje temos escolas de filosofia que se reúnem em segredos e às escondidas. Religiosos e seus adeptos que são perseguidos, presos, assassinados. É preciso entender que Buda não nasceu budista. Jesus, cristão, nem Maomé, muçulmano. Eles eram mestres que ensinaram sobre o amor, virtudes e fé. Estas eram suas religiões. "Tratai com benevolência os vossos pais e parentes, os órfãos, os necessitados, o vizinho próximo, o vizinho estranho, o companheiro de lado, o viajante e os vossos servos".

— Esta não estou reconhecendo.

— "Porque Allah não estima arrogante e pretensioso algum" – completou o boticário. – Esta é do Alcorão.

...

No fim do corredor, uma estreita escada integrava o salão principal da biblioteca a uma sala espaçosa contendo dois telescópios do tamanho de uma pessoa apontando para o céu, por entre janelas abertas no teto de vidro.

Os telescópios miravam as primeiras estrelas que eram descortinadas pela noite ao consumir os últimos raios de sol. O boticário reverenciou os grandes instrumentos astronômicos como se fossem gente. O doutor nunca tinha visto telescópios tão grandes.

— Temos um longo histórico de observação de corpos celestes que se originou em períodos antes de Cristo – esclareceu Abdul Alim, se sentando em uma banqueta ao lado de um dos telescópios e ajustando o foco.

— Incrível! – reconheceu Richard.

— Está vendo aquelas três estrelas quase alinhadas por uma reta invisível? – perguntou, parando de olhar pelo telescópio e apontando para o alto.

— Sim. É o cinturão de Órion.

— Elas são conhecidas por seus nomes árabes Mintaka, Alnilam e Alnitak, que significam o cinto, a pérola e a corda, e alguns as chamam de Três Marias. Sabia que os antigos egípcios construíram as três grandes pirâmides refletindo o cinturão?

— Não sabia.

— Os egípcios acreditavam em uma pós-vida celeste para a qual as almas dos mortos transmigravam depois da morte, rumo ao reino localizado na região do céu, ao redor do cinturão de Órion. Nesse sentido, as pirâmides foram construídas para ajudar o Faraó em sua jornada até a próxima vida. Mesmo o não alinhamento de uma das estrelas foi calculado e representado pelos egípcios.

— Me parece um tanto fantasiosa tal crença. Não acredito muito neste tipo de conjunção entre nós e as estrelas, especialmente em se tratando de teorias esotéricas.

— Me permita discordar, pois sim, você acredita.

Richard não entendeu a colocação.

— Os três reis magos descritos na Bíblia seguiram o forte brilho da estrela de Belém para achar a manjedoura de Jesus, correto?

— Correto.

— Como uma estrela pode indicar o nascedouro do Cristo?

O doutor não respondeu.

— Só para esclarecer: a estrela de Belém não era uma estrela, como se acredita em muitos lugares. Ela é, de fato, o ajustamento dos planetas Júpiter e Saturno, fenômeno aquele que se repete a cada oitocentos anos. Se alguns planetas podem interferir na Terra a ponto de guiar pessoas para um ser específico, isto significa que nossa interação com os astros é real. Sente-se e olhe pelo ocular – pediu o boticário, se levantando e oferecendo seu assento. – O que você está vendo é a nebulosa de Órion.

— É aquela fumacinha em volta da estrela?

— Isso mesmo. Para uma pessoa comum, o que ela vê quando olha para o céu são apenas pontos iluminados. É preciso entender que existe uma infinidade de coisas cujo conhecimento não está ao nosso alcance, e que muitas vezes, uma luzinha esconde uma realidade muito maior do que podemos imaginar.

— Eu nunca teria identificado a nebulosa se você não me mostrasse. Esta é uma imagem muito bonita! Estou entendo seu ponto de vista: se Deus guiou os Magos pela Estrela de Belém, temos que acreditar em uma inteligência suprema nas estrelas e até nos planetas – falou, vidrado pela imagem vista pelo telescópio.

— O esoterismo, como você disse, faz parte de todas as religiões, e negá-las, como em se tratando dos três Reis Magos, da gravidez de Maria enquanto virgem, das curas milagrosas de Jesus, significa negar a própria fé.

— Tem razão. Eu atribuía o esoterismo a crenças não cristãs, contudo, talvez pela força do hábito, nunca considerei os mistérios bíblicos como tal. Principalmente com relação a Jesus – admitiu, enfim, tirando os olhos das estrelas.

— Milagres, ser reconhecido como profeta, messias, um ser de luz, não é e nunca foi exclusividade de Jesus. Um sábio previu o nascimento de Buda, por exemplo, e inclusive avisou sobre o fato ao futuro pai do Sidarta Gautama. O anjo Gabriel, que informou Maria sobre "fruto do ventre, Jesus", falou – fazendo alusão à oração de Ave-Maria –, quinhentos anos mais tarde, a um comerciante que ele seria um profeta. Este comerciante passou a ser conhecido por Profeta Maomé, o fundador da religião islâmica, religião esta que foi originada de Abraão, pelo seu primogênito Ismael. Judaísmo, cristianismo e islamismo compartilham, portanto, a mesma descendência. Aceitar que as outras religiões similarmente estão certas quando falam de Deus, fé, amor e caridade não é uma negação a Jesus, é motivo de felicidade por saber que tantos outros homens e mulheres vivem e buscam semelhantes ideias. Deus, fé, amor e caridade são os pontos de convergência de nossas crenças e não podemos dar enfoque no que é divergente. Acreditar que existe apenas um caminho, uma religião correta, um único meio de salvação, é um pensamento egocêntrico e vaidoso.

...

Enfim, o fatídico momento da reunião chegou. Richard dormiu bem na noite anterior a despeito de sua ansiedade.

Ele foi levado para uma construção no topo do morro, e de onde se via todo o vale. Ele ainda não tinha estado naquele lugar e o exuberante desenho da cadeia de montanhas e da cidade o alegrou.

Ele foi conduzido a uma antessala e se sentou em um banco de madeira encostado na parede, onde cabiam umas quatro pessoas sentadas.

Jamyang adentrou a sala logo em seguida, cumprimentou o doutor e se sentou ao seu lado. Diante deles, havia uma porta branca que se encontrava fechada.

— Abdul Alim entrou nesta sala e escolheu acreditar no que viu e ouviu, mesmo ele sendo islâmico? – indagou Richard, quebrando o gelo.

— Um de nossos objetivos enquanto cidadãos de Unkath é apresentar aos dignos que chegam o conhecimento que por eras viemos acumulando. Cabe, contudo, a cada visitante, futuro residente ou não, que eleja para si suas verdades. Não buscamos converter as pessoas às nossas crenças, mas sim, fazer que suas mentes se abram para o que temos a expor e revelar. Feito isso, como eu disse, a decisão sobre o caminho a se seguir é de cada um. Respondendo a sua pergunta, Abdul Alim já entrou, é islâmico e continua fiel ao Alcorão. Entretanto, como ele costuma dizer: "É muito difícil não acreditar no que é mostrado dentro da sala".

Naquela hora a porta se abriu e Holmes saiu de lá enxugando o choro.

— Holmes? – questionou o doutor, surpreso em encontrar o assistente.

— Vamos, Richard – pediu o clínico, se levantando.

— Foi pedido que Holmes esperasse aqui – informou Rebecca, de dentro da sala, também tendo os olhos inchados, confundindo ferrenhamente o doutor.

Os dois entraram e Rebecca fechou a porta, permanecendo no interior da grande sala. O local era decorado com vasos de flores e plantas, possuía flâmulas penduradas nas paredes, tremulando lentamente, contendo desenhos budistas. Três homens e duas mulheres estavam sentados em almofadas, formando um semicírculo, e Rebecca se juntou a eles em um acento vago.

Sentado no centro do semicírculo se encontrava um sábio e dirigente da cidade, com seus cinquenta anos, cara séria, de cabeça raspada e possuía profundas marcas de expressão no rosto. Ele mantinha-se de olhos fechados, com as mãos apoiadas sobre a virilha, mantendo as palmas para cima.

Jamyang pediu que Richard se sentasse sobre uma almofada na frente do homem, e se sentou em uma cadeira encostada em uma parede.

— *Vamos iniciar* – falou o sábio, e todos, menos o doutor, fecharam os olhos e ficaram na mesma posição dele.

Um minuto de silêncio se passou e o sábio, suavizando as feições e sorrindo, olhou para Richard.

— Olá, meu amigo! Tem encontrado seu Eu Real regularmente, como sugeri em nosso último encontro? – perguntou o dirigente.

Richard levou um susto e segurou para não cair de costas.

— Meu Eu Real? – confirmou, tentando ordenar os pensamentos. – Quem é você? – questionou, temendo a resposta.

— Sou eu, Pema Wangchuk.

O doutor embranqueceu e a sala deu uma cambalhota, tamanho foi seu princípio de labirintite. Foi necessário apoiar as mãos no chão para ele se equilibrar.

— Este é o meu Eu Real, habito um dos mundos reais da existência.

— O que quer dizer com mundos reais? – questionou o doutor, concentrando o foco no sábio, a fim de que sua visão se estabilizasse e parasse de rodar.

— Platão descreveu este mundo onde estou como Mundo dos Ideais. Os gregos antigos acreditavam que o homem é composto por três partes: a primeira e mais material é a Soma, a segunda está atrelada às emoções e à consciência e se chama Psique, e a terceira é parte espiritual, ligada ao amor, vontade e inteligência divina. A esta última parte damos o nome de Nous.

Richard se lembrou de Khalil na prisão.

— Similarmente – continuou o dirigente – à classificação da Índia clássica, na Constituição Septenária. Estou transvestido, portanto, unicamente por meu Nous, domiciliando o mundo das ideias, ou como eu disse há pouco, um dos mundos reais. Buda, um de nossos precursores, transcendeu à iluminação, ao nirvana, aos mais elevados mundos, e este é o destino de todas as almas quando se desapegam dos desejos e impulsos gerados pelo mundo material.

— Você quer dizer que este mundo onde estou, o planeta, é um mundo irreal? – questionou, conseguindo melhorar da tontura.

— Podemos dizer que o mundo material é uma persistente e inexorável ilusão. O mundo material é uma manifestação do mundo real, porém é transitório e tem como intuito possibilitar que os seres que o habitam possam evoluir, no sentido de conquistarem as virtudes.

— Desculpe, mas não posso acreditar que a matéria nada mais é que algo transitório. Este mundo é real, é palpável. Não há como as pessoas estarem simplesmente experienciando uma ilusão coletiva.

— Me permita fazer uma pergunta: onde estarão as almas de todas as pessoas do mundo daqui a cem anos? Daqui a oitenta anos, se preferir.

Richard hesitou para responder e o sábio continuou.

— Durante a eternidade da alma que você prega diante da sua igreja – Richard ficou desconcertado por ele falar aquilo, pois nunca tinha dito a ninguém da cidade que fazia sermões. – Quanto tempo é despendido no plano material?

— Uma ínfima cota – respondeu Richard.

— Onde estarão as almas dos que falecerão? Ao lado direito de Deus Pai, todo-poderoso?

Richard nada disse, e uma semente de ceticismo foi germinando dentro dele.

— Quem é esta pessoa realmente? – pensou. – A conversa que tive com Pema Wangchuk não foi exatamente sigilosa e outra pessoa pode ter ouvido, a exemplo do Jamyang.

— Doutor, um dos motivos que o trouxe a Unkath foi saber sobre a transferência e é isto o que está acontecendo aqui e agora: a transferência da consciência imortal e vinda de um outro plano, para uma pessoa encarnada, capaz de acessar e transmitir os pensamentos de alguém cujo corpo morreu.

O que começou como uma semente, naquele instante se tornou um pessegueiro retorcido de incredulidade.

— Meu período aqui se esgotou – avisou o fajuto aos olhos do doutor, Pema Wangchuk. – Peço que continue onde está, pois chegou uma visita para você. Foi um prazer te rever, doutor Richard.

O dirigente deu um profundo suspiro, esticando a coluna, e tornou a se curvar.

— Olá, meu amigo! Como vai? – perguntou, falando uma voz rouca, diferente da anterior.

— Quem é? – questionou o doutor, demonstrando descrédito.

— É o Peregrino.

Nocauteado pelo que ouvira, Richard se lembrou dos sonhos esquecidos em um piscar de olhos, revivendo flashes do corpo translúcido do banqueiro, do atendimento no orfanato e da oração de Maggie com seus flocos de luz, e da Maggie e sua aura azul ao lado do berço. Embora continuasse sentado, ele teve a sensação de que seu corpo caía em queda livre.

— Meu caro – prosseguiu o mentor. – Você constantemente se perguntou sobre qual a origem de seu dom e a resposta é que, assim como este corpo que vos fala, você tem uma faculdade mediúnica muito desenvolvida, a ponto de eu poder te ajudar nos atendimentos em que o conhecimento material e o seu ainda são insuficientes.

— O quê? – balbuciou o doutor como um pugilista que tenta com todas as forças levantar, diante da contagem regressiva do árbitro.

— Sou eu quem te auxilia, meu amigo. Sempre que há necessidade, e que a cura está escrita no destino do paciente, eu vou ao seu encontro.

O doutor voltou a apoiar as mãos no chão para se sustentar e sua cabeça rodou novamente, provocando náusea nele. Ele rebaixou as pálpebras, apertando os olhos em um enorme mal-estar.

Aquela informação, o hipotético Administrador, a recordação dos sonhos, se é que eram mesmo sonhos, o fato de que nem ele se lembrava do mentor e, portanto, não poderia ter comentado sobre ele com ninguém...

Atônito, Richard ficou mais calado do que um boxeador inconsciente beijando a lona.

— Doutor – prosseguiu o Peregrino, como se continuasse a castigar o adversário. – Falaremos agora de sua fobia. Entendo que gostaria de saber a sua origem e te mostrarei um, digamos, exercício, uma rotina, que permitirá acessar tal informação. Por favor, Rebecca, peça para Holmes entrar.

Ao final das explicações sobre o exercício, do qual Holmes e Rebecca participaram como colaboradores, o Peregrino, antes de ir embora, disse ao doutor:

— Confie na machadinha e assuma a dádiva que ela lhe trará.

...

Richard saiu da sala e do prédio, vendo a cidade abaixo flamular em função de sua zonzeira. Ele passou quatro dias de cama, incapacitado por uma labirintite que tornava difícil até se levantar.

No decurso da clausura, ele digeriu e regurgitou tudo o que ouvira, ruminando a tentativa de achar uma lógica, um sentido, uma razão sobre o que vira. Ele tinha calafrios e lhe pesava a consciência sobre a possibilidade de admitir que tudo havia sido real.

De uma maneira quase delirante, ele vasculhou a Bíblia na cabeça, procurando justificativas e trechos que dessem suporte aos acontecimentos. Embora se reconfortasse com algumas lembranças, o que mais se destacou foi a culpa atrelada ao sentimento de heresia. Como se tudo não bastasse, veio aquela inacreditável mensagem sem pé nem cabeça, dizendo para acreditar em uma machadinha. Sem respostas que satisfizessem seu interrogatório íntimo, ele se lembrou do que o boticário disse a Jamyang no dia em que visitou aquele local: "É muito difícil não acreditar no que é mostrado dentro da sala".

...

Em compensação pelo martírio que o assolava, surgiram duas excelentes notícias: a primeira foi que o sol voltara a brilhar e o gelo começava a desfazer-se. A segunda foi que Holmes iria se casar.

No dia da visita de Richard à sala, Rebecca fora chamada para participar dos trabalhos, porém, o que nem ela sabia era que o assistente seria convidado para comparecer antes do doutor.

Diante do sábio, a Holmes foi informada que sua ida à cidade tinha um propósito maior do que simplesmente acompanhar o doutor. Ele e Rebecca estavam destinados a se encontrarem.

Foram falados fatos sobre a infância dele, sobre a maneira com a qual ele e a estilista intimamente procuravam um pelo outro, e de como não se sentiam completos com os parceiros que tiveram antes. Rebecca foi instruída a seguir Holmes para casa, pois sua missão em Unkath havia se cumprido e uma nova estaria se iniciando. O futuro deles prometia ser de muita felicidade, contudo, de grandes desafios e provas.

O dirigente afirmou que o amor deles era verdadeiro, apesar do pouco tempo que se conheciam, isso se devia porque haviam se comprometido mutuamente antes de suas vidas materiais.

De fato, Holmes nunca sentira por outra mulher nada parecido do que sentia pela estilista. Não só o amor à primeira vista o conquistou, mas seu caráter, beleza, inteligência, independência, o jeito com que trabalhava, a atenção aos detalhes, seu carinho e o afeto por ele, sem grude ou condescendência. Ela sabia argumentar e se posicionar sobre os diversos assuntos, e não se deixava convencer por alegações pobremente fundamentadas.

O sentimento de Rebecca por ele era recíproco. Holmes chegou a pedir a mão da namorada em casamento antes da visita, porém ela se esquivou desconfiada das reais intenções do forasteiro.

Ao fim da sessão, o dirigente, observando a vontade de Rebecca, sugeriu que ela deixasse seu posto e fosse ao encontro do amado. Ela e Holmes se abraçaram emocionados e, depois de um beijo, juraram eterno amor.

O casamento aconteceu em um final de tarde, a céu aberto, e no limite de um morro, o que propiciava como pano de fundo a cordilheira e seus cumes em escarlate, coloridos pelo sol poente. Dezenas de pessoas compareceram, de vários cantos da cidade.

Rebecca passou horas sendo arrumada e maquiada por simpáticas senhoras. Seu vestido de casamento fora a roupa que ela mais demorou para fazer.

Holmes, minutos antes de sua entrada na cerimônia, pediu licença e se escondeu em um canto para chorar. Ele se lembrou de sua mãe e pai, desejou que eles estivessem ali, e agradeceu a Deus por ter conhecido sua futura esposa.

Richard entrou no altar acompanhando Rebecca, e o assistente tentou, em vão, não se emocionar. Ela estava linda. Seu vestido era branco com alças em renda, todo bordado, e possuía anáguas que davam volume na parte inferior. Seu véu se arrastava levemente no chão e seu penteado continha duas tranças de raiz e se juntavam na parte de trás da cabeça, formando um coque.

O celebrante foi o sábio de outrora e ele mostrou ser bastante sorridente e engraçado ao longo do sermão. Os noivos leram seus votos e trocaram alianças, como manda o figurino.

Poucas semanas mais tarde, tudo foi preparado para o retorno aos EUA. As estradas haviam degelado e eles aproveitariam um comboio que iria até Nova Delhi.

Antes de ir embora, Richard cumpriu uma de suas metas, que era ganhar a primeira partida de xadrez chinês. O oponente tinha dez anos de idade, mas o que valeu foi a vitória.

No dia anterior à partida, ele foi à biblioteca fazer as últimas anotações sobre os remédios que recebeu para tratar o câncer que tivera e conheceu uma jovem estrangeira que tinha acabado de chegar a Unkath. Seu nome era Elena Petrovna Blavátskaya. Anos mais tarde, ela ficaria conhecida mundialmente como Helena Blavatsky, fundaria a Sociedade Teosófica e teria muitas obras publicadas e traduzidas em diversas línguas, como os livros *Ísis sem Véu*, *A Doutrina Secreta* e *A Voz do Silêncio*.

A despedida de Jamyang, Abdul Alim, Hassan foi comovente por parte principalmente do doutor, uma vez que estaria morto se não fossem o clínico e o boticário.

— Sabe, senhores – falou o doutor a Holmes e aos três novos e grandes amigos – andei pensando, e apesar de a cidade se chamar Unkath, acho que por seu potencial de transcender os homens e por possuir um alto grau de conhecimento sobre saúde e medicações, poderíamos apelidá-la de "Nirvana Instituto de Medicina" – brincou.

— Se fôssemos uma empresa, estaria faltando o "Inc." no final. Nirvana Instituto de Medicina Inc. – sugeriu Jamyang, entrando na brincadeira.

— Mas vocês estão esquecendo do lema da empresa – disse Abdul Alim. – Dá azar não ter um lema... já sei: que tal "Transcendendo rumo à perfeição"?

Todos riram bastante.

— Excelente! Então está decidido – concluiu Richard. – Nirvana Instituto de Medicina Inc. – Transcendendo rumo à perfeição.

Eles tornaram a rir, porém a graça acabou quando Rebecca apareceu ao lado de três kiangs que carregavam suas sete grandes malas, contendo não só roupas, sapatos e assessórios, como todo o ateliê, incluindo utensílios, apetrechos em geral e matérias-primas.

— O que você esperava? – indagou ela a Holmes, estressada por arrumar toda a bagagem e por se desfazer de muita coisa que não fazia sentido levar. – Estou mudando de cidade por sua causa! Lembre-se disso!

REGRESSANDO

O retorno, como é comum em viagens, pareceu mais rápido do que a ida. A impressão era que eles chegaram muito depressa à capital da Índia, e lá, Richard, Holmes e Rebecca se separaram do comboio e se dirigiram para a costa.

Eles planejavam percorrer a rota marítima que havia sido tomada na ida, passando por Moçambique e Cidade do Cabo, no entanto, em Serra Leoa, o doutor se separou do casal. Ele não achava correto ficar em posse do minitesouro do Barão, e por isso, resolveu ir a Paris a fim de encontrar a família dele e devolver as moedas de ouro.

Ele se torturou por semanas quanto a tomar ou não aquela decisão. Apesar de demorar mais para reencontrar a família, concluiu que devia ao Barão aquele último gesto de respeito e consideração.

Holmes ficou incumbido de levar uma carta de Richard para Brianna, em que o doutor se desculpava pelo longo período sem notícias, contou um pouco de sua doença, sobre Unkath, a ida a Paris, e expressou seu imenso amor e saudades da esposa e dos filhos.

Richard tomou navio para o porto de Nantes e de lá seguiu para a capital francesa, onde procurou por toda parte por registros do Barão e por parentes dele, contudo não achou nada. O Barão de Lagos simplesmente não existia. Em paralelo, foi rastreado o nome Raul Durand, no entanto o resultado foi um beco sem saída. A família

Durand encontrada era formada por cuidadores de cavalos e donas de casa, ninguém que eles lembravam se encaixava com o perfil do Barão, nem havia um familiar desaparecido que poderia ser o Raul.

Transcorridos quatro dias de muita frustração, em que delegacias, consulados, cartórios, hospitais e funerárias não puderam fornecer nenhuma informação, Richard desistiu de procurar.

Dentre os poucos momentos de alegria na cidade, o doutor conheceu o Arco do Triunfo, um monumento construído em comemoração às vitórias militares de Napoleão Bonaparte; a catedral de Notre-Dame, com seu estilo gótico; o Panteão, construído para homenagear grandes personalidades que marcaram a história da França; e, por fim, mas não menos importantes, os bares parisienses, exibindo seus charmes únicos.

No início da última noite de busca, ele caminhava cabisbaixo rumo ao hotel em que se hospedara, quando viu uma passeata que tinha pessoas empunhando tochas e que contava com um padre na dianteira. Era um tipo de protesto, porém não era claro para o doutor quais seriam as reivindicações.

Havia cerca de cinquenta pessoas no grupo entre homens e mulheres. Richard subiu na calçada para não ficar no caminho.

— *A igreja leva a Deus! A igreja leva a Deus!* – gritavam alguns participantes.

A passeata se foi e o doutor aproveitou a parada para jantar em um restaurante do outro lado da rua. Ele entrou no local e se lembrou de sua cidade, pois o estabelecimento se assemelhava ao bar que costumava frequentar.

Ele se sentou no balcão, pediu uma cerveja e perguntou ao balconista para onde ia a passeata e qual era o motivo do protesto.

— *Estão indo para a frente da minha casa* – respondeu um não satisfeito homem de meia-idade, com grandes costeletas, bigode e olhos castanhos. – *Vejo pelo sotaque que o senhor não é daqui, estou certo?*

— Sim. Sou americano e cheguei em Paris há poucos dias.

— Sinto muito ter que presenciar tamanha barbárie como este grupo de fanáticos. Que rude não me apresentar. Muito prazer! Me chamo Hippolyte Léon Denizard Rivail, mas pode me chamar de Allan Kardec — cumprimentou, dando um aperto de mãos.

— Muito prazer! Richard Lemmon. Você disse que eles estão indo para a frente de sua casa. Por quê?

— Sim, Meciê. Deixe-me te fazer uma pergunta: você acredita na salvação dos homens, do ponto de vista religioso?

— Sim, acredito.

— E quem é responsável por guiar o homem à salvação? As instituições como a igreja ou os próprios homens?

— A igreja exerce um papel fundamental para o homem, no sentido de guiá-lo, de apresentar os desígnios de Deus e as escrituras.

— Não tenho objeções quanto ao que disse, entretanto, se uma pessoa é clemente a Deus, a Jesus, é caridosa, se esforça para ser virtuosa, este indivíduo será salvo independentemente se frequenta ou não uma igreja?

— Entendo que sim. A igreja é um meio e não o fim. É um meio importantíssimo, contudo não é exclusivo.

— Excelente! Não tenho nada contra a igreja, longe disso. Reconheço sua importância histórica e atual. Contudo, cabe a cada um de nós ascender a Deus, esta inclusive é nossa responsabilidade como seres humanos: evoluir, crescer, se redimir dos pecados, ajudar o próximo. – disse Allan Kardec, se levantando. – Venha, sente-se comigo em uma mesa, por favor.

Richard aceitou o convite de bom grado. Eles levaram suas bebidas e pediram jantar para um garçom.

— Meciê Richard, dediquei minha vida à educação, à pesquisa e à ciência sobre o aprendizado. Minha busca pela democratização do ensino me levou a publicar muitos livros, tratados, e sou membro de algumas das mais prestigiadas instituições da área, como a Real Academia de Ciências Naturais. No entanto, apesar de ter tido uma criação *católica, nos últimos anos venho aplicando esforços em outro ramo do conhecimento: a codificação da comunicação com os espíritos.*

Richard se remexeu na cadeira.

— *Meciê* – continuou o codificador – *não sei se acreditará ou concordará com o que direi, porém, esta vida material é um espelho deformado de uma vida muito maior onde aqueles que se foram, que morreram, não só habitam como intercedem e interagem conosco.*

O doutor não podia acreditar no que ouvia. Mantendo as lembranças da reunião com o sábio evocando em sua memória, ele deu uma pequena risada pela coincidência daquele encontro.

— *Desculpe o riso. É que estou vindo de uma viagem à Ásia e os meus últimos meses foram muito atípicos, por assim dizer. Como o Meciê chegou a essa conclusão sobre os espíritos?*

— *Conversando com eles, é claro.*

— *Meciê, consegue falar com os espíritos?* – questionou, pensando em seu dom e nos eventos de Unkath.

— *Não diretamente, contudo, por meio de pessoas que têm a mediunidade aflorada e que fazem esta ponte* – explicou, tirando um livro de dentro de sua pasta e o entregando ao doutor. – *Tome este livro.*

O livro se chamava *O Livro dos Espíritos*.

— *Apliquei metodologias científicas para a composição deste livro, e todas as respostas foram confirmadas por mais de um médium de forma autônoma e independente, estando eles em um estado mediúnico no qual receberam as respectivas instruções e respostas dos espíritos. O conteúdo desta obra, portanto, não é de minha autoria. Simplesmente compilei todo o seu conteúdo.*

Richard abriu o livro e leu a primeira pergunta.

"*O que é Deus? Resposta: Deus é a inteligência suprema, causa primária de todas as coisas*".

Allan Kardec codificaria posteriormente livros como *O Livro do Médiuns, O Evangelho Segundo o Espiritismo, O Céu e o*

Inferno, A Gênese e muitas outras obras, a exemplo do periódico *La Revue Spirite.*

— *Meciê Kardec, imagino que a igreja é contrária ao seu livro.*

— *Isso para não dizer o mínimo – falou chateado. – Em muitos locais do mundo, as Bíblias são escritas em latim, o povo é analfabeto e a interpretação das verdades divinas cabe unilateralmente à igreja. Isto gera um poder para os cleros, o qual eles não admitem perder. A salvação como dever individual, além do fato de que podemos nos comunicar com o mundo dos mortos, é o foco das manifestações.*

— *O destino não nos colocou frente a frente à toa, Meciê. Durante a viagem que mencionei, fui posto no limite de minhas crenças e me foi apresentada uma realidade que vai em linha com a que você está defendendo. Confesso que ainda não estou totalmente convencido desta abordagem e de suas implicações, mas posso dizer que não sou o mesmo homem de outrora.*

— *Defendo que nossas crenças sejam baseadas na razão, na lógica, ao invés do simples acreditar em algo. Reitero que O Livro dos Espíritos foi gerado de forma científica, e sua conclusão é de que o melhor dos homens não é aquele preso a uma doutrina ou outra de forma cega e monocrática, mas quem pratica o bem, o amor e a justiça, independentemente da religião.*

Naquela hora, o jantar foi servido.

— *Pretende ficar mais quanto tempo em Paris? –* perguntou Kardec.

— *Irei embora amanhã. Vim à procura de uma pessoa ou de algum parente dela, contudo foi em vão. Já ouviu falar no Barão de Lagos ou em Raul Durand? –* questionou, por desencargo de consciência.

— *Infelizmente não.*

...

Findado o jantar, Richard voltou ao hotel, arrumou sua bagagem e deu continuidade em um artigo que fora rascunhado na biblioteca junto a Abdul Alim, e que vinha sendo reescrito desde que deixara a cidade do botânico.

Cansado, ele se deitou para dormir, porém ficou olhando a carteira do Barão sobre uma mesa, se perguntando quem de fato era o Barão. Em meio às dúvidas, uma luz entrou pela janela provinda da lamparina de uma carroça que transitava pela rua, e um detalhe pequenino e amarelado foi refletido da carteira.

O doutor a pegou e verificou que era a ponta de um papel, saindo de dentro de um local que se assemelhava a um pequeno compartimento oculto. Com a notoriedade do papel, Richard reparou que a lateral superior do compartimento fora costurada diferentemente das demais arestas do objeto, com uma linha mais grossa e não tão bem concluída.

A costura foi desfeita e uma folha de papel dobrada foi encontrada. O papel estava bem deteriorado e foi desdobrado com cuidado e lentamente. Nela havia um texto escrito à mão, frente e verso e em francês, quase inelegível devido a furos em algumas dobras, gerados pelo desgaste.

...

Se você está lendo esta mensagem, ou eu fui descuidado e você me roubou, ou estou morto. Se você me roubou, saiba que nunca mais me encontrará, pois meu nome muda conforme minha conveniência. Se estou morto, isto é uma pena porque, afinal, não estou mais vivo, mas também devido ao fato de que as joias que você encontrou são somente parte das que eu possuía. Independentemente de qual for a condição com a qual você ficou em posse de minha carteira, gostaria de lhe contar minha história.

Nenhum dos nomes, cargos, títulos ou cidades que lerá são verdadeiros, portanto, é inútil tentar localizar alguma pessoa ou o restante das joias. Contudo, lhe asseguro que os acontecimentos aqui narrados são verídicos.

Quanto aos nomes, há uma única exceção quanto a sua veracidade: meu pai realmente se chamava Pedro.

Nasci em Portugal, minha mãe morreu meses após meu nascimento e até os oito anos de idade fui criado por meu pai. Tive uma infância humilde e meu pai trabalhou em plantações de oliveiras até morrer de infarto quando eu tinha nove anos.

Órfão, passei a viver de pequenos furtos e, aos dez anos, foi cuidadosamente acolhido por um joalheiro para trabalhar como seu aprendiz. Dos treze para catorze anos, eu cresci e atingi praticamente minha altura de adulto. Neste período, descobri que minha beleza seduzia as mulheres.

Com quinze anos, conheci a filha de um abastado comerciante e por três anos eu aprendi a falar inglês, francês e tomei gosto pela riqueza.

Aos dezenove, me envolvi com uma baronesa francesa muito bonita, vinte anos mais velha do que eu, que passava as férias duas vezes por ano na região do Algarve. Ela era casada e nossas escapadas eram marcadas pela aventura, emoção e pelo prazer. Eu a chamava de Dália, em homenagem às suas flores preferidas, que brotavam em toda parte em setembro.

Aos vinte dois anos, me mudei para Paris, onde Dália me conseguiu um ótimo emprego junto a outro joalheiro, um senhor católico fervoroso, que tinha duas paixões na vida fora o trabalho: a Bíblia e William Shakespeare. Ele fez questão de que eu tomasse gosto por ambos. Líamos e comentávamos capítulos, versículos e peças por dias a fio, e me tornei um entusiasta em ambos.

De eventuais encontros nas férias, meu relacionamento com Dália se tornou muito mais frequente e passei a ser oficialmente seu amante. Após três anos, o marido dela morreu de causas naturais e demorou mais um e meio até decidirmos assumir nossa união para a família dela.

Por eu não ter títulos, ser de origem pobre e devido à diferença de idade, não fui aceito pela sua família e proibido de entrar em sua casa. Voltamos a nos encontrar às escondidas e um dia, em meio a uma transa no alto de uma colina, fomos descobertos. Espancara-me até a beira da morte. Mais doloridos que os murros e pontapés que recebi foi a reação de Dália. Ela não fez nada para me proteger ou para afastar os homens de mim.

Levei semanas para sequer voltar a andar e, para meu desgosto, eu não tinha mais emprego nem lugar para morar. Como vingança, entrei escondido na casa dela e de dois dos meus nobres agressores, roubei muitas de suas joias, certificados e títulos, fugi do país.

A partir de então, me autointitulei Barão, ou simplesmente Lorde, dependendo da conveniência.

Espero que tenha gostado de meu relato. Desfrute do que conseguiu comigo, fique com Deus, leia Shakespeare e aproveite sua vida como usufruí a minha.

...

— Fico pensando nele como "Raul" – lamentou o doutor, tentando em vão achar uma linha condutora que poderia levá-lo a desvendar o caso. – O nome "Dália" é algo que ele deixou escapar em meio às alucinações, após beber água salgada. O problema é que Dália, pelo jeito, era um apelido e não o nome real da mulher.

No outro dia, Richard postergou a viagem e procurou registros de mulheres da nobreza. Ele não encontrou nenhuma Dália, até porque aquele nome era somente o apelido da amante de Raul.

Ele falou com joalheiros, citando o gosto por Shakespeare, e nada. Pelo que fora escrito na mensagem, a profissão do tal senhor poderia ser outra totalmente diferente.

— Pensando bem – refletiu – ele disse que as localidades não eram aquelas na mensagem. Com isso, uma possibilidade é que ele fosse francês de nascença e Dália, portuguesa. De fato, as moedas contêm a palavra Portugal. Todavia, Dália poderia ter conseguido as moedas em uma viagem para Lisboa e voltado para Paris... ou para qualquer outra cidade da França...

A quantidade de possibilidades e o número de combinações lógicas beiravam o infinito.

Exaurido e decepcionado depois de mais diversas lidas da carta e buscas, por fim ficou claro para o doutor que poderia dormir tranquilo e reconfortado, sabendo que não havia maneira de encontrar os familiares de Raul, se é que eles existiam, para devolver as moedas.

...

No embarque no navio para os EUA, a lua cheia foi circundada por um lindo arco-íris. Richard agradeceu imensamente a Deus pela vida e pelo retorno ao lar.

Ele chegou em sua cidade vinte e um dias após deixar o porto de Lisboa, e abriu a porta de casa dando de cara com Brianna, Holmes, Rebecca e os dois filhos. O doutor levava uma mala nas costas, a maleta médica e uma mala menor em uma mão e, para surpresa geral da nação, carregava no colo um bebê que parecia ter alguns meses de vida.

— Foi tudo culpa de uma machadinha – disse em sua defesa.

...

Onze dias antes, ao desembarcar em solo americano, Richard literalmente correu, porém não foi capaz de pegar o trem que dirigia para sua cidade. Se ele tivesse chegado uma hora mais cedo, teria conseguido.

A próxima locomotiva sairia em dois dias e restou a ele dormir em Nova York, perto da estação ferroviária. Como tinha tempo livre, o doutor visitou um amigo médico em um dos hospitais da cidade e, após um longo papo, eles marcaram de sair no dia seguinte.

O amigo, Justin, foi chamado para um atendimento. Quando ambos saíam do hospital, tendo Richard o plano de voltar ao hotel, um homem deveras preocupado, que usava macacão, botas e luvas, com uns quarenta anos, loiro e com o cabelo cortado curto, chegou, pedindo ajuda para a esposa, que tinha entrado em trabalho de parto, contudo sentia muita dor e o bebê não saía.

Justin era o único médico disponível no hospital, todavia tinha outro compromisso. Vendo a situação, Richard se candidatou para ajudar a mulher, pedindo um fórceps do hospital para caso fosse necessário.

Eram três da tarde, Christian, o marido, disse que era fazendeiro e que morava nos arredores da cidade. Ele dirigia uma carroça e o doutor o seguiu com uma égua emprestada do hospital.

A residência possuía uma sala quadrada, com um pilar central, mesa de quatro lugares, cômoda, armário contendo copos e pratos e tinha a cozinha conjugada e sem separação da sala.

No quarto do casal, a esposa, Emma, uma mulher de vinte anos, magra, com seios muito fartos e uma barriga enorme, suava e gemia alto de dor.

Uma parteira de cinquenta anos a acompanhava e chegou para o lado para liberar espaço a Richard e lhe contou o que acontecia com a jovem. O doutor pediu licença para a grávida e a examinou. Como a parteira informara, o bebê estava deslocado e pela vagina foi possível ver o grande bumbum do bebê. Ele devia ter mais de cinco quilos.

O fórceps foi usado e uma tentativa de girar o bebê foi feita, porém sem sucesso.

Richard se sentou em uma cadeira, entre as pernas de Emma, e pediu que ela fizesse força. Passados alguns minutos, ficou claro que o parto não aconteceria daquela forma, devido ao tamanho do feto.

Uma cesariana seria necessária, apesar do doutor não gostar de tal procedimento.

A cesárea, na prática obstétrica, tinha uma alta mortalidade fetal e materna e só era praticada em casos muito emergenciais. A preferência dos médicos era o uso do fórceps ou, se necessário, a embriotomia, uma intervenção cirúrgica por meio da qual se secciona o embrião dentro da mulher, devido à impossibilidade de extração total e de uma só vez.

A parteira falou que não conseguiria ficar lá porque não suportaria ver a cirurgia e se mandou apressada.

A barriga de Emma foi embebecida por um *whisky*, ela foi sedada e o feto foi retirado, com Christian saindo do quarto para não desmaiar.

A bebê possuía quase seis quilos, era rosada, tinha cabelo preto, não tinha aberto os olhos e chorou fortemente ao sentir o frio do ambiente externo.

Christian foi chamado para pegar a filha envolta em uma toalha e Emma foi costurada. Ao acordar, estando um tanto grogue, ela pediu pela cria, e teve dificuldade em segurá-la devido ao efeito do anestésico, principalmente em função do tamanho da bebê.

O primeiro mamar foi realizado com a ajuda do doutor, e a pegadura da bebê foi perfeita, contando com vigorosas sucções.

Emma chorou de emoção na primeira amamentação.

Quando o leite de um peito acabou, o outro peito foi oferecido e aceito com entusiasmo. Ao fim, Richard pegou a bebê, a fez arrotar e pediu que Emma descansasse.

Christian ficou desconcertado com a filha, não sabendo corretamente nem a segurar, mas conseguiu que ela dormisse em seus braços. Ela foi colocada gentilmente em um pequeno berço ao lado da cama.

Os dois homens se sentaram na sala e se falaram por um tempo, jogando conversa fora.

— Farei um café para nós – disse o marido, no entanto, antes de iniciar, Emma surgiu andando curvada e um pouco cambaleante.

— Preciso ir ao banheiro – falou ela.

— Quer que eu te ajude? – questionou Richard.

— Não. Não precisa. Estou melhor. Somente o corte está ardendo um pouco. Meu bem, na hora que eu voltar, temos que escolher um nome para nossa filha – alegou, abrindo a porta para ir ao banheiro, que ficava do lado de fora.

— Você tem que se deitar e descansar – indicou o doutor. – E pelo menos por uma semana, melhor se forem duas, evite de pegar peso ou fazer trabalhos domésticos. Se o corte ficar vermelho ou se começar a infeccionar, chame imediatamente um médico – instruiu, torcendo para que ela ficasse bem.

Christian esquentou a água do café e, por um momento, eles se esqueceram que Emma havia saído. Na hora em que o pó de café ia ser colocado, porém, ela retornou zonza, com sangue escorrendo pelas pernas, e trazendo na mão algo grande semelhante a um fígado, que logo caiu no chão e se espatifou; era um coágulo de sangue que ela havia expelido do útero no início do sangramento.

Ela foi deitada na cama e o doutor sabia que o caso era gravíssimo. Emma fora acometida de uma atonia uterina.

A atonia uterina é a perda da capacidade de contração do útero após o parto. Em condições normais, após a saída da placenta, acontece a contração do útero com a finalidade de promover a hemostasia e evitar o sangramento excessivo. No entanto, quando a capacidade de contração do útero é prejudicada, os vasos uterinos responsáveis por promover a hemostasia não funcionam corretamente, gerando a hemorragia.

O doutor fez um tampão com panos na vagina e fechou os olhos se concentrando para pensar no Peregrino e salvar a mulher com seu dom, embora permanecesse inseguro quanto ao Peregrino e quanto a um espírito ser responsável por tal faculdade de cura.

Contudo, nada aconteceu. Se fosse no inverno, Richard teria pegado gelo para colocar sobre a pélvis, em uma tentativa de promover a contração dos vasos sanguíneos. No entanto, dada as circunstâncias, não havia o que se fazer senão assisti-la morrer, ensanguentando a cama.

Emma foi perdendo as forças e desmaiou para não mais acordar. Richard pegou o estetoscópio e confirmou o falecimento.

— Meus pêsames, Christian. Quer que eu te ajude com o enterro?

— Não será preciso – falou, sem parecer ter interiorizado a morte da esposa. – A enterrarei perto de um lago que tem nas redondezas e que ela gostava de ir para descansar – afirmou mecanicamente.

— Se me permite, posso fazer uma oração? – indagou Richard, obtendo a aprovação do dono da casa.

O doutor cobriu o corpo e findada a oração, a bebê acordou chorando, pois tinha feito cocô e xixi. Richard se ofereceu para trocá-la.

— Onde vocês guardaram as fraldas e roupas limpas?

— Na gaveta da cômoda na sala. Pode trocar ela lá. Esquentarei outra vez a água do café.

A cômoda era coberta por um forro grosso que descia por ambas as laterais do móvel até o chão. Richard tentou abrir a primeira gaveta, contudo ela estava emperrada. Por isso, ele abriu a segunda gaveta, pensando que fosse a correta, e se deparou com vários recortes de jornal. Sem pensar muito e segurando a neném ainda no colo, o doutor folheou os recortes e ficou pasmo ao ler uma notícia sobre a morte do xerife George.

Ao ver o doutor xeretando em suas coisas, Christian se irritou e fechou a gaveta com força.

— Não é esta gaveta! É a de cima! – falou, dando um tranco na gaveta para que abrisse.

Richard se desculpou, a bebê foi trocada e ele teve muita dificuldade em manter a mente sã, devido ao recorte. A neném adormeceu novamente e foi posta no berço.

— Sente-se, doutor. O café está pronto – falou o fazendeiro, pegando o bule e algo envolto em um pano.

— Nos primeiros meses, dê a ela leite diluído em água – instruiu o doutor, com o café sendo servido. – Daqui a três ou quatro meses, pode dar comidas mais sólidas, como papinhas. Você sabe como vai chamá-la?

— Não tenho ideia. Penso nisso amanhã.

— Ela é uma bebê bastante grande e comerá bastante.

Christian acenou com a cabeça, serviu o café e desembrulhou um pedaço de queijo de dentro do pano.

— Eu que fiz este queijo – alegou, tirando a luva, cortando o queijo e dando um pedaço a Richard.

Agradecido e soprando o café, aproximando a xícara para perto da boca, o doutor subitamente levou um susto e derramou um pouco de café na camisa de Christian. O fazendeiro se levantou rapidamente, reclamando do visitante.

— Mas que droga!

O que assustara o doutor foi o fato de uma das mãos do fazendeiro não ter o dedo mindinho.

— Me desculpe – se envergonhou o doutor, reparando que uma das luvas tinha um enchimento no dedo faltante.

— Me queimou, bosta! – se queixou bravo Christian, indo até a pia para passar uma água na blusa.

Richard se recordou da autópsia do xerife, em específico dos hematomas do pescoço com a ausência de um dedo. Por um instante, os olhos dele piscaram várias vezes, descontroladamente, como se tentasse montar um quebra-cabeça.

O recorte com o nome do xerife, a mão faltando justamente o mindinho, o cabelo louro, apesar de estar raspado.

— Gostou do queijo? – questionou o fazendeiro de costas, buscando os pensamentos do doutor de volta do limbo das especulações.

— Sim, é muito gostoso – alegou, dando uma mordida.

— Fui eu que fiz. Merda, não está dando para lavar direito! – falou, baixando as alças do macacão.

O doutor comeu outro pedaço do queijo, ele realmente estava muito bom, respirou fundo, tentou se acalmar e ponderou sobre a situação.

— Tudo não passa de uma grande coincidência – tentou se convencer, até que o fazendeiro teve que tirar a camisa para lavá-la, exibindo nas costas uma tatuagem de machadinha de um palmo de extensão, centralizada na parte superior e sob o pescoço.

Richard embranqueceu.

— Não pode ser! – pensou, se levantando e arrastando a cadeira para trás.

— O que foi? – perguntou Christian, indo pegar uma nova camisa.

— Preciso ir – alegou Richard, suando frio.

— O que aconteceu? Você está pálido.

— Não é nada. É que lembrei que tenho que arrumar minha mala, pois meu trem sai amanhã bem cedo.

— Você mal comeu o queijo – observou o homem.

— Me desculpe – falou Richard, tomando o resto do café em uma golada e jogando o resto do queijo na boca. – Muito obrigado pelo café, sinto muitíssimo por sua mulher e parabéns pela filha – parabenizou, pegando sua maleta e indo para a porta.

— Doutor – chamou o homem, parando o visitante.

— O quê? – perguntou, sem se virar e tremendo de medo.

— Está esquecendo seu estetoscópio no quarto.

— Obrigado – agradeceu aliviado e sem graça.

Ele pegou o estetoscópio, se despediu dando um aperto de mãos e saiu da casa.

...

Richard voltou para a cidade se martelando sobre a machadinha e os demais indícios descobertos. Ele perguntou sobre a localização de uma delegacia, porém, mais calmo, a hesitação passou a corroer sua certeza.

Ao ser informado onde ela ficava por um pedestre, ele parou, inseguro pelo que planejava fazer.

— Uma acusação como esta é algo muito sério! – ponderou. - Não posso simplesmente acusar um desconhecido de assassinato! E se o Christian for injustamente preso, torturado para assumir um crime que não cometeu? É melhor deixar as coisas como estão e me preocupar somente em voltar bem e inteiro para casa – concluiu.

Ele deu meia-volta com a égua, no entanto a lembrança da tatuagem não o deixou ir embora. Não era possível que ela fosse uma casualidade e que não tivesse conexão alguma com o que o Peregrino dissera.

— Aquele encontro não foi acidental – raciocinou, e entregou a Deus o futuro que lhe cabia.

Na delegacia, ele contou a história a um delegado, se focando no folheto, na mão e no cabelo, deixando de fora a machadinha. Ele se chamava Jeff e era um senhor austero, de cabelos brancos, que cobriam as grandes orelhas.

Jeff não ficou muito convencido com o testemunho do doutor e, em companhia de um agente, Jared, fez várias perguntas, a começar pela morte do xerife, passando pela tentativa de assalto ao trem. No final, ele decidiu ir ao encontro de Christian, não para prendê-lo, mas para conversar.

Eles marcaram de sair no dia seguinte de manhãzinha e, pelo sim, pelo não, o delegado pediu que o agente e Richard entrassem na casa primeiro. Ele ficaria de fora às escondidas, pois como era conhecido, sua simples presença poderia atiçar as coisas desnecessariamente.

O plano seria realmente conversar e o agente conduziria o falatório, dizendo que também era médico e gostaria de se apresentar, a fim de que fosse procurado, caso houvesse algum problema com a bebê.

No caminho da morada do suspeito, sem motivo aparente, o doutor se lembrou do xadrez chinês, e imaginou se poderia compará-lo ao desenrolar dos fatos porvindouros.

Ao chegarem, Richard bateu à porta e Christian abriu uma fresta, desconfiado de quem poderia ser tão cedo. O doutor o cumprimentou, disse que viera ver a bebê e apresentar um colega médico da cidade.

O escuso homem, mantendo uma expressão impassível, abriu a porta meio descrente sobre o real motivo da visita. Quando os dois puseram os pés dentro da casa, a cautela passou a ser a estratégia do jogo. Outro homem, um ruivo, mal-encarado, com braços e mãos muito peludas, usando suspensório e um chapéu coco, estava ao lado da bebê que, por sua vez, fora colocada sobre a cômoda.

O doutor e o agente entraram e se inquietaram, pois, ambos os homens estavam vestidos para sair, e se encontravam armados. O suspeito principal possuía duas armas na cintura e o ruivo, uma.

Depois que a porta foi fechada, o tempo freou enquanto Christian, que se portava como uma pessoa totalmente diferente do simples e em luto fazendeiro do dia anterior, atravessava a sala.

As peças ocuparam seus respectivos lugares, cada uma em uma aresta do tabuleiro. O ruivo ficou diante do doutor, alinhado com a porta de entrada, e o suspeito se postou de frente de Jared.

A luminosidade baixou devido a uma nuvem que tapou o sol, e o clima exalava tensão e perigo.

— Você deu um nome para a bebê? – questionou o doutor, tremendo as pernas.

— Não. Pensei que tinha dito que ia embora hoje na alvorada, doutor – disse Christian, ficando com o corpo meio arqueado, praticamente com postura de ataque.

— A viagem – pensou Richard, lamentando profundamente ter esquecido que dissera aquilo, e dando uma "capivarada" que poderia significar a derrota da partida. – E... eu sairei mais tarde. Por isto resolvi vir aqui antes – gaguejou, ficando vermelho de vergonha e medo, pelo lapso de memória.

— Certo – falou Christian, entendendo o que acontecia. – Você é médico em Nova York há muito tempo? Não estou lembrado de ter te visto antes – indagou ao agente.

Ele não respondeu e um eterno instante de quatro segundos se passou, até que o agente tentou empunhar sua arma. Contudo, Christian, em um ataque de Canhão, o acertou com um projétil retilineamente desferido no ombro e apontou a outra arma para o doutor.

Mal o agente caiu no chão, e o suspeito fez sinal para trocar de lugar com o ruivo, como se fizessem um Roque, embora o xadrez chinês não tivesse aquele movimento, e as duas peças foram movidas num só lance.

— Quietinho – ameaçou o ruivo, andando frontalmente como uma Biga, ameaçando o agente deitado com seu revólver.

— Jogue a arma no chão, doutor. Quem realmente são vocês? – questionou Christian, ao conferir que a arma havia sido jogada, tendo como música de fundo os berros da bebê.

Richard não sabia o que fazer, resolveu improvisar.

— Eu sei quem é você! – acusou, blefando na sua jogada. – Você matou o xerife George.

— O quê? – o suspeito foi pego inadvertidamente. – Não sei do que está falando.

— Você guardou o jornal com a notícia da morte dele. Eu fiz a autópsia do corpo e sei que ele foi estrangulado por você, pois a falta de seu dedinho da mão ficou escrita no pescoço do xerife. Sei igualmente que seu bando tentou roubar uma diligência e todos foram mortos – indiciou Richard, simultaneamente ao delegado abrir levemente a porta, tendo os ruídos da abertura, encobertos pelo choro da bebê. – Antes de morrer um dos seus comparsas te delatou, contando sobre sua escapada e que você tinha uma tatuagem nas costas – mentiu, como um jogador de *poker* que no *flop* com três reis faz um *all-in*, tendo nas mãos um dois e um três de naipes diferentes.

— Seu desgraçado, filho da puta! – proferiu Christian. – Não sei como me achou, mas isso não importa mais.

— Este é da delegacia – informou o ruivo, vendo parte da insígnia aparecer sob o paletó do agente.

— Mata ele – ordenou Christian. – O médico é meu.

Naquela hora uma pedra entrou voando e quebrando a janela. Quando os dois criminosos olhavam para fora, o delegado entrou diagonalmente como um Elefante, atirando com sua pistola e se protegendo atrás do pilar.

O tiro atingiu em cheio a testa do ruivo, que caiu morto como uma tora de árvore.

Com a abrupta entrada do delegado, Christian tentou alvejá-lo, porém seu tiro parou no pilar. Jeff, demonstrando muita agilidade, deu um passo para o lado e dois para frente, reproduzindo um Cavalo, e apontou seu rifle henry para a barriga do réu confesso.

— Você está preso pelo assassinato do xerife George – declarou o delegado. – Se ajoelhe e coloque as mãos sobre a cabeça. Doutor, veja como está a bebê e acode o Jared. Jared, você está vivo? – indagou Jeff.

— Sim. Mas estou com dificuldade para me levantar sozinho.

Richard foi até uma lateral da cômoda e a examinou rapidamente.

Do lado oposto da cômoda, Christian mantinha-se de joelhos, porém para ele a partida não tinha terminado.

— Ela está bem, delegado! – concluiu o doutor. – Olha, ela abriu os olhos pela primeira vez – notou, vendo os olhos cor de mel.

No instante em que o delegado tirou os olhos de Christian, o falso fazendeiro esticou uma mão ao lado da cômoda e pegou um revólver.

Preso à lateral do móvel e coberta pelo forro, havia um coldre com um revólver carregado.

Christian deu um tiro no peito de Jeff. O delegado deu três passos para trás e caiu de costas. Seguidamente ao eco do disparo, o Bandido golpeou o doutor com o movimento semelhante a um murro, usando uma pequena adaga retirada de um bolso interno do paletó.

A cortante arma era segurada entre os dedos indicador e médio e tinha um cabo em formato de W invertido que se prendia na parte interna dos dedos.

Richard, num reflexo quase involuntário, se esquivou do ataque, tendo somente o peito ferido superficialmente pela adaga, e parou próximo da peça abatida, o corpo do delegado.

Ele imediatamente se lembrou da autópsia do xerife e de que a faca utilizada para golpear George tinha sido uma lâmina curta e que a guarda da faca, a parte que fica entre a lâmina e o cabo, tinha criado um hematoma, como se tivesse sido batida com muita força.

— Foi com esta adaga que você tentou matar o xerife – concluiu Richard.

— Você acertou – confessou Christian. – É uma pena que você terá um destino igual ao dele – ameaçou.

Naquele jogo, só havia os dois Generais no Palácio, pelo menos foi isto que o doutor pensou. A situação não era nada favorável para o time dos mocinhos.

— Nunca perdi em uma luta mano a mano empunhando esta adaga, doutor. Hoje será o dia em que você conhecerá o Criador – ameaçou, ficando em posição de dar o bote.

O doutor, contudo, percebeu três discretas batidinhas no tornozelo, feitas pelo delegado, e ao ver de rabo de olho a imagem do xerife refletida em um pedaço do vidro sob a janela quebrada, Christian reparou no olhar de Richard e procurou pela janela por alguma outra pessoa que pudesse ter ido para lá com os três.

Aproveitando a distração, o doutor saltou para o lado, possibilitando um ataque descoberto sobre Jeff.

O xerife se esforçara para levantar o rifle e, quando o doutor saiu da frente, acertou uma perna de Christian, arrancando uma banda da coxa acima do joelho. Xeque-mate.

O fora da lei foi ao chão, esgoelando de dor.

Richard se levantou, examinou Jeff e constatou que a bala atingida no peito foi segurada por uma cruz que o delegado usava como colar.

— Me ajude a levantar, doutor.

— Vá com calma. Você quebrou duas costelas.

Jeff andou devagar até o fora da lei e apontou o rifle para a cabeça dele.

— Você está preso, seu maldito.

O doutor velozmente examinou e auxiliou Jared a ficar de pé. O tiro que ele levara no ombro havia atravessado direto, depois fez um torniquete na perna de Christian. A perna teria que ser amputada.

Preso e amputado, o preso foi condenado à morte por enforcamento. Quanto ao assassinato do xerife, houve o seguinte desenrolar dos fatos.

...

Findada a briga no bar, George conduziu Christian, que na época usava um nome falso, para fora. No último empurrão, um pequeno objeto caiu de seu bolso, o qual o xerife notou de relance e não deu muita atenção.

Christian continuou andando, gesticulando e reclamando de ter sido enxotado.

O xerife se certificou por um minuto de que o arruaceiro não voltaria para importuná-lo e se lembrou do objeto que caíra. Ele se abaixou para pegá-lo e ia chamar Christian para devolvê-lo, porém o que encontrou o surpreendeu. Era uma moeda de prata que se assemelhava com as que haviam sido roubadas semanas antes pelo tal grupo que estava sendo investigado.

O xerife, excitado com a descoberta, fez menção de seguir o homem, mas se lembrou que sua insígnia ficara no bar. Ele entrou no estabelecimento, a pegou, se despediu de Richard e voltou para seguir o suspeito.

Christian entrou no hotel que estava hospedado, chamou pelo proprietário na recepção, mas como ninguém apareceu, ele deu a volta no balcão, pegou a chave do quarto pendurada na parede e subiu as escadas.

George entrou no hotel sem fazer barulho e, vendo onde estava pendurada a chave, soube qual era o número do quarto.

O xerife subiu até o andar, viu que a porta não tinha sido trancada, e adentrou o quarto levando a arma em punho. Quando ele passou pela porta, porém, Christian, que se escondia atrás dela, bateu a porta na mesma hora em que deu uma bofetada na arma, a jogando para o outro canto do cômodo.

George tentou acertar um soco, todavia o suspeito se esquivou, e com uma adaga entre os dedos, desferiu um golpe que atingiu o peito do investigador.

O ferimento não foi fatal, o criminoso pulou sobre o xerife o derrubando no chão e o enforcando. Naquele momento, um cotovelo do assassino foi apoiado sobre a insígnia e uma das esferas se soltou.

— Como foi que você me achou? – perguntou, enquanto o xerife lutava por sua vida – Eu vi que você me seguia, seu filho da puta.

No final, o xerife foi morto sem poder dizer nada, pois Christian calculou mal sua força sobre o pescoço, uma vez que não gostaria que o xerife gritasse por ajuda.

O assassino checou o corredor do andar para ver se alguém tinha visto ou ouvido alguma coisa. Diante do silêncio que se fazia, a porta foi fechada e trancada.

Christian rapidamente viu que o sangue não tinha manchado o chão, revistou o corpo e achou a moeda.

— Foi assim que me descobriu, seu merda – resmungou, puxando o corpo para a janela e o jogando.

Na hora em que o xerife atingiu o chão da rua, alguém bateu à porta do quarto.

Christian guardou a adaga e, escondendo a arma atrás das costas, abriu a porta.

— Está tudo bem aqui? – perguntou o dono da pensão, um homem baixo que possuía uma proeminente barba.

— Sim, sim – afirmou, tentando controlar a respiração. - Fui tirar um sapato e caí da cama – disse, abrindo um pouco mais a porta, de forma que o dono da pensão pudesse ver o interior do quarto. – Acho que eu não devia ter bebido tanto no bar – disfarçou. – Eu peguei a chave lá embaixo porque quando te chamei você não apareceu, eu subi.

— Eu ouvi você me chamando, mas estava no banheiro iniciando uma cagada daquelas – brincou.

— Ok. Não tem problema.

— Tudo certo! Uma boa-noite.

— Boa noite – se despediu fechando a porta.

Uma hora mais tarde, Christian fez o *check-out* e, oculto pela escuridão da noite, puxou o corpo para longe da janela e tapou o sangue com terra. Ele seguiu rumo ao local onde achava que o resto do bando estaria, no meio de uma pequena floresta próximo à cidade. Porém, eles não estavam no local.

— Droga, para onde eles foram? – esbravejou, chutando alguns paus carbonizados, fruto de uma fogueira apagada.

Sua ordem seria de abortar o assalto. Uma vez que se o xerife o tinha descoberto, aquilo significava que o roubo provavelmente estaria comprometido.

Os três comparsas tinham se revoltado por somente o chefe do bando ficar em hotel, haviam resolvido repousarem em uma hospedaria próxima.

Na verdade, Christian tinha o papel de se hospedar dois dias na cidade, com o objetivo de verificar se havia algum indício ou suspeita de que o grupo estava sendo procurado, o que justamente aconteceu.

— Não posso voltar para a cidade – pensou o assassino. – Terei que encontrá-los antes de subirem no trem, isso se acharem que conseguirão fazer o assalto sem mim.

Na cidade, o bando ficou sabendo do assassinato do xerife e da prisão de um suspeito, que eles assumiram ser o Christian. Sem o líder, a decisão foi seguir o plano por conta própria.

Em seguida, resolveram sobre quem substituiria Christian e ficaria com os cavalos esperando os outros pararem o trem.

No dia do assalto, Christian procurou por toda parte pelos comparsas e, não os encontrando, foi ao lugar onde eles tinham planejado subir no trem. Contudo, eles também não apareceram.

O plano original era abordar o trem no começo de uma grande subida onde o terreno era aberto, sem obstáculos e onde o trem iniciaria uma desaceleração. Ao invés disso, o trem passou por Christian, que permanecia no local combinado, e só mais tarde ele viu ao longe o grupo fazer a abordagem no final da subida. Embora o trem estivesse mais lento naquele local, um grande ofensor era que o terreno se apresentava mais estreito e irregular, o que tornaria a aproximação mais difícil.

Era tarde demais. Ele acenou e gritou, mas eles estavam muito longe e não havia jeito de impedi-los.

— Idiotas! Eu tinha dito que por aqui seria mais fácil – *disse, vendo-os começar o processo de subida no trem.*

Christian ainda seguiu o trem, esperançoso de que ele estivesse errado e que o assalto fosse bem-sucedido, contudo, o que presenciou foi o trem parando, o capanga chegando com os cavalos e sendo morto.

Desde então, ele fugiu para Nova York, comprou o sítio, se casou e se preparava para voltar à vida do crime, até se encontrar com o doutor.

LAR DOCE LAR

À bebê foi dado o nome de Martha Lemmon, em homenagem à mãe do doutor.

Após a condenação de Christian, Martha seria encaminhada para um abrigo. Todavia, Richard, muito afeiçoado a ela, e se recordando mais uma vez da fala do Peregrino, "confie na machadinha e assuma a dádiva que ela lhe trará", conseguiu adotá-la com a cooperação do delegado Jeff.

Todos na casa ficaram surpresos e sem entender a princípio quem era aquela bebê que Richard trazia no colo, todavia tudo foi devidamente esclarecido de imediato e Martha foi recebida com muita alegria.

O doutor mal soube expressar o quão feliz se encontrava em rever a esposa e os filhos, posteriormente aos beijos, abraços apertados e lágrimas, à noite o doutor consolidou o retorno com Brianna por meio de duas sessões de ardente amor noturno, tendo ao lado da cama Martha, que misericordiosamente dormiu a noite inteira em uma gaveta grande, provisoriamente adaptada como berço.

Na manhã seguinte, todos, incluindo Holmes e Rebecca, foram à beira do rio em uma área um pouco afastada da cidade, para comemorarem o retorno de Richard e o aumento da família.

A clareira era cercada por um bosque e com frondosas árvores que estendiam seus galhos sobre o rio. Eles amarraram uma corda em um galho, de onde todos os homens, com exceção do doutor, e Rebecca se seguraram para balançar e pular no rio fazendo acrobacias.

Brianna preferiu não se molhar e, para seu fascínio, ela assumiu Martha como sua filha. Seu instinto materno refloresceu com a bebê no colo. Ao se sentar na margem do rio, molhando as pernas gordinhas e cheias de dobras de Martha, Brianna teve uma reconfortante sensação de amor.

Martha mostraria conjuntamente ser ótima de cama, ou melhor, ótima de berço. Nos dias que se seguiram, a bebê dormiu tão bem e profundamente que, à noite, Brianna pegava um espelhinho e o posicionava debaixo do nariz da bebê, para se assegurar de que ela estava bem. Era uma bênção!

A nova e fofa integrante da família cativou na verdade a todos, e Raphael e Bruno se encheram de alegria por terem uma nova irmãzinha. Rebecca e Richard ajudavam com as trocas de fraldas, dar de mamar e se revezavam nos cuidados com a bebê.

A estilista apertava, beijava e mordia as perninhas, bracinhos e barriguinha de Martha, tamanha era sua gostosura e seu corpinho de quatro meses, em vez de dez dias. Holmes, que não tinha muito jeito cuidando de nenéns, percebeu de cara que sua esposa era uma mãe nata e que não tardaria para que ele se tornasse pai.

Além de balançarem na corda e nadarem bastante, uma das brincadeiras preferidas da turma era a briga de galo, e as duplas que se formaram foram Holmes e Raphael versus Rebecca e Bruno. Como era disputado! Ninguém gostava de perder e os jovens riram e se divertiram como há tempo não faziam.

— E como eles estão crescidos – se encantou o pai, consternado por não entrar na água por causa de sua fobia. – Parecem outras crianças; mais astutas, de maior estatura, mas os filhos companheiros e amorosos de sempre – comentou com sua esposa.

No almoço foram servidos peixes grelhados e pescados em uma ceva que eles montaram a uns cinquenta metros rio abaixo. A refeição foi finalizada com um doce de leite e queijo que eles haviam levado.

Os principais assuntos conversados eram relacionados à ida, estadia e volta de Unkath. Dentre aqueles tópicos, o mais fascinante foi a doença e o tratamento de Richard, em segundo lugar o dilúvio, e o terceiro foi o primeiro encontro de Holmes e Rebecca, o qual a estilista fez questão de contar nos mínimos detalhes, encabulando o marido.

O doutor pedira ao casal que por enquanto não falasse sobre a conversa com o sábio, nem sobre os desdobramentos do que fora dito na sala do templo. Ele trataria do tema com Brianna em outra ocasião.

Antes de voltarem ao lar, em meio ao excelente meio de celebração do retorno dos viajantes e pela chegada dos novos membros, Richard se lembrou da prática de Abdul Alim e Hassan de rezarem a Deus cinco vezes por dia. Ele decidiu que seguiria aquele que é um dos pilares do Islã, sem tapete, sem se ajoelhar, mas de todo coração.

Richard, naquela hora, fez uma oração sincera em agradecimento pela vida e por sua família, seguido de uma forte paz interior.

Daquele dia em diante, ele incorporou ao seu jeito as cinco orações diárias.

...

A volta para a rotina de atendimentos teve um início lento, e seus principais pacientes ficaram muito satisfeitos pela presença do doutor. As consultas se tornaram longas não em função da saúde dos doentes, mas devido à curiosidade deles sobre a viagem de Richard.

Ele aproveitou as ocasionais folgas para finalizar seu artigo que falava do uso da mostarda como substância capaz de combater infecções e ser útil no tratamento de doenças graves como câncer, explicando e apresentando muito do que aprendera com o boticário. Ele não pôde reproduzir com exatidão o remédio que tomou quando estava doente, porque tanto os equipamentos como outras substâncias utilizadas na medicação não eram conhecidos pela medicina da atualidade. O artigo foi endereçado para as principais universidades de medicina do país.

Transcorrida uma semana, o doutor se sentia diferente de antes. Ele via a cidade e seus habitantes com outros olhos, como se fosse um estrangeiro.

Certo dia, ele cruzou com o juiz Raymond e não havia mais ódio ou revolta em Richard, mas sim piedade e compaixão pelo magistrado, pois sabia o quanto ele sofreria na pós-morte, caso não se redimisse dos pecados que cometera.

Ele se ausentou por dois dias para tosquiar ovelhas com os amigos. Infelizmente Gael, o banqueiro, havia falecido de uma crise pulmonar aguda. Richard não se assustou com a informação e, finalizado o trato com os animas, ele percebeu que perdera um pouco a graça. A sensação era semelhante à de fazer uma atividade que dava imenso prazer enquanto jovem, contudo, se experimentada na fase adulta, se torna simples, corriqueira e sem maior importância.

Estranhamente, estando um mês na cidade, o doutor se deparou com uma realidade que a princípio parecia ser só uma impressão, entretanto se provou ser verdadeira: os enforcamentos públicos de negros tornaram-se uma constante. O xerife da cidade, com suas grandes e grossas costeletas e cara séria, era implacável com o que considerava ser a justiça dos brancos em detrimento dos negros.

Brianna contou que, ultimamente, era comum ver homens negros alforriados sendo espancados, mulheres de cor eram abusadas e, frequentemente, ouvia-se sobre negros que tinham suas propriedades arrestadas. Tudo sob o olhar vedado e não raro cúmplice do xerife Edward Bale, apoiado pelo juiz Raymond.

Em um jantar somente com Brianna, Richard finalmente se abriu sobre o episódio com o sábio de Unkath e revelou sobre quase tudo do que o Peregrino lhe disse. Ele preferiu não falar da segunda parte da conversa, o que tangia à fobia e ao exercício passado. Para o doutor, aquilo seria muita informação para ser processada, além do mais, ele mesmo tinha dúvidas e privações quanto ao tema.

Brianna ouviu atentamente o relato e se sensibilizou com o marido. Ela não sabia o que pensar quanto à possível existência de outros mundos e de almas que poderiam de certa forma ser invocadas ou interagir com os vivos. Em contrapartida, no entanto, ela se lembrou da crença em santos como os da igreja católica, para os quais tantas preces são direcionadas, e até onde se pressupõe, tantas são atendidas.

Richard confidenciou os sonhos que tivera com o Peregrino durante a jornada final até Unkath, e como o sábio chocantemente o personificou. Por um lado, tal explicação confortou o doutor, porque antes dela ele não possuía sequer alguma teoria ou explicação para a origem de seu dom, contudo ele reconhecia que a reunião na sala possuiu um caráter que beirava a fantasia, além de ir contra as escrituras sagradas.

Um conflito foi instaurado, não entre o casal, mas com relação a quanto eles estariam perniciosos de assumir tal realidade como verdadeira.

Para piorar, Martha foi levada para a casa deles também em função do que foi dito sobre a machadinha. Richard somente adquiriu a confiança e a coragem para denunciar Christian por causa da tatuagem. Apesar de os indícios apontarem para o fazendeiro no que se referia ao assassinato do xerife, se Richard não tivesse visto a machadinha, somente Deus saberia o que teria feito. A tatuagem, fruto da premonição do oráculo de Unkath, foi imprescindível para solucionar o caso.

— Deus te mandou àquela viagem por dois propósitos, Richard. Que você fosse curado do câncer e que encontrasse algumas respostas. O mundo, o universo, é grande demais para que entendamos toda a criação de Deus, meu amor. O que nos resta é ter fé, acreditar e fazermos nossa parte como bons samaritanos. O mais importante é que você voltou a nossa família e que eu te amo – disse Brianna, dando um beijo no marido.

— Eu também te amo!

...

Depois da conversa com a esposa, Richard ficou pensativo e foi ao consultório ler alguma coisa para se distrair.

Ele verificou os livros na estante e um em específico não fazia parte do acervo de outrora. Era *O Livro dos Espíritos*. Ele nem se lembrava de tê-lo ganho e trazido de volta. O livro fora colocado por Brianna naquele local, ao desfazer a mala do marido.

O que se iniciou como uma leitura despretensiosa, se transformou em um alento para as inquietações do doutor, e ele devorou uma considerável parte do livro madrugada afora. A leitura, contudo, foi pausadamente realizada, pois havia muito o que se pensar em cada tópico.

O livro foi finalizado em quatro dias e, em seguida, uma nova leitura foi feita, sublinhando as partes que se destacavam e marcando as páginas.

Foi providencial o encontro com Kardec em Paris. *O Livro dos Espíritos* discorria praticamente sobre todos os pontos de dúvidas de doutor e ia ao encontro dos eventos místicos e esotéricos de Unkath. Estava tudo ali.

Comunicação com os espíritos, volta da alma à vida espiritual, reencarnação, esquecimentos das vidas passadas, interação dos espíritos desencarnados com os encarnados, leis morais, mundos espirituais.

O livro foi mais do que edificante e Richard sentiu que não mais era um exilado, um castigado pelo desconhecimento de seus dons e pela fobia. Uma grande felicidade se apoderou dele.

O *Livro dos Espíritos* passou a ser seu livro de cabeceira, e outro efeito dele foi o de fortalecer a fé e crença em Jesus Cristo. A leitura deixava Richard cada vez mais devoto a sua religião, apesar dos diferentes pontos de vista encontrados.

Sim, havia divergência de pensamentos entre o que o livro afirmava e suas prévias interpretações bíblicas, no entanto, as contradições teóricas, como acreditar ou não em reencarnação, crer ou não na interação dos espíritos com os vivos, fazem parte de um rol de tópicos que representam uma pequena parcela de um oceano de congruências e de pontos em comum. A grandeza da criação, a necessidade de amor e união entre os povos, a caridade como meio da salvação, a igualdade dos homens perante o Criador, a necessidade de remissão dos pecados, a confiança depositada em Deus e em sua sabedoria. Esses eram os principais aspectos universais a serem considerados pelas igrejas.

...

Certo dia, eis que o paciente do doutor foi seu estimado amigo Reverendo Bridges, e um convite para que pregasse na missa de domingo foi feito. Bridges comentou que nem tudo era como antes nas redondezas, havia uma inquietação dos Estados sulistas quanto à política do país e que, além do xerife e do juiz, um novo bispo estaria presente à missa.

A igreja estava lotada. Políticos, magistrados, autoridades e o povo em geral.

Sobre o altar se sentaram Bridges e o bispo Roger Rice, um homem alto, um pouco corcunda, muito magro, branco e que tinha olheiras escuras.

O pastor falou primeiramente e, depois, deu a palavra ao doutor, que se levantou de seu assento em companhia de toda a família. Havia sido pedido a Richard que não se prolongasse muito, porque o bispo, que normalmente não falava, gostaria de se dirigir aos fiéis.

— Bom dia! Que Deus nos abençoe, nos ilumine e que possamos voltar para nossas casas melhores e mais intuídos do que chegamos. Gostaria de começar minha fala de hoje, citando a Declaração da Independência dos EUA: "Acreditamos que estas verdades são autoevidentes: que todos os homens nascem iguais, dotados por seu Criador de certos direitos inalienáveis, entre eles a vida, a liberdade e a busca da felicidade". Gostaria de frisar o trecho "todos os homens nascem iguais". Acredito que a maioria de vocês sabe que estive em viagem por mais de um ano, e algo que notei ter tido uma grande mudança, para pior, de lá para cá, foi a questão dos negros, isto sem contar a escravidão em si, que ainda persiste no país.

Mais da metade da congregação se ajeitou no banco, não satisfeita com o tema escolhido.

— Não preciso entrar em detalhes sobre a que tipo de atitudes, para não dizer atrocidades, estou me referindo, porque as evidências estão à mostra todos os dias, bem debaixo do nosso nariz, estampadas em nossas caras, mas que estão tão comuns, tanto fazem parte do cotidiano, que muitos de nós nem parecem se importar.

O bispo olhou irritado para o reverendo e Bridges deu um sorriso amarelado.

— Somente os justos herdarão o reino do Céu. Os justos. Nesta sociedade, a palavra justiça tem um sentido relativo, pois ela não se aplica a uma parcela pobre e de cor da população, que não possui meios de se defender, em detrimento de uma minoria que é beneficiada pela falta de justiça e pela impunidade.

O juiz Raymond, sentado na primeira fila, apertou os olhos de raiva.

— Mas não se enganem, meu caros irmãos e irmãs, a justiça de Deus tarda, mas não falha. Para cada ato de mal cometido, a verdadeira sentença, caso não venha em vida, virá na morte. Nesta hora, aqueles que passaram despercebidos ou perdoados pelos juízes da matéria, como os vigaristas, fugitivos, criminosos comuns ou de colarinho branco, irão encontrar o estado tantas vezes repetidos por Jesus de choro e ranger de dentes. A morte representa o último julgamento, mas não é o primeiro. É ingenuidade pensar que os pecados praticados não geram em vida as primeiras condenações. Eu as vejo todos os dias em meus atendimentos. Pesos na consciência que se transformam em doenças, noites maldormidas e pesadelos, desequilíbrio mental e emocional, suicídio, alcoolismo.

O bispo fez sinal para Bridges parar o doutor, contudo Richard continuou não ligando em ver o discreto aviso do reverendo.

— Em minha viagem, aprendi que o caminho do homem rumo a Deus, por meio da fé, do crescimento moral e espiritual, poderia ser comparado a uma trilha reta e estreita localizada entre dois elásticos que a acompanha indefinidamente. Nunca paramos de andar pela trilha, porém a cada erro de conduta desviamos do caminho reto e vamos empurrando um dos elásticos. O empurrão é proporcional ao tamanho do erro, do pecado, e a estilingada que nos coloca de volta ao centro é sempre marcada por dor e sofrimento. Quanto maior o erro, mais o elástico se estica e maior será a estilingada que colocará o homem de volta ao centro – disse, pausando uns segundos. – A justiça tarda, mas não falha – reforçou. – Peçam perdão pelos seus pecados, pratiquem o bem, sejamos os discípulos de Jesus e não aqueles a quem Ele combateu em sua época entre os hebreus. Somente o amor salva. Somente ele deixará aureoladas nossas cabeças.

Naquela hora o bispo se levantou, entretanto Richard prosseguiu com o último trecho do sermão.

— "Amarás o Senhor teu Deus de todo o teu coração, e de toda a tua alma, e de todo o teu pensamento". Este é o primeiro e grande mandamento. E o segundo, semelhante a este, é: "Amarás o teu próximo como a ti mesmo!". Jesus se referiu a alguma cor de pele quando proferiu estas palavras? De que cor é a pele de nosso próximo, a quem devemos amar? Não importa a cor da pele, correto? O amor é incondicional e abrange a todos. Obrigado! – finalizou, voltando ao seu lugar e recebendo tamanho gelo e silêncio que era possível ouvir o som de seus sapatos pisando na escada do altar e no assoalho de madeira do corredor.

Rebecca, que acompanhava o marido no culto, ficou deslumbrada com o doutor e teve que se conter para não se levantar e dar um abraço nele.

— A escravidão é uma das práticas mais antigas da humanidade e através da qual o mundo como o conhecemos historicamente e atualmente se colocou de pé – disse o bispo, iniciando sua retaliação. – A própria Bíblia fala sobre escravidão. Efésios 6.5: "Quanto a vós outros, servos, obedecei a vosso senhor segundo a carne." 1 Pedro 2.18: "Servos, sede submissos, com todo o temor ao vosso senhor." E como não lembrarmos de Onésimo, o escravo fujão, por quem Paulo intercedeu, não para que fosse liberto, mas para que o seu proprietário Filemon o perdoasse pela fuga – afirmou, usando tom debochado, provocando risos. – A escravização dos negros é um ato de bondade, pois desta forma eles podem ser cristianizados e salvos. Como cristãos, temos o dever, a obrigação de instruirmos e evangelizarmos os selvagens africanos e presenteá-los com a salvação. Imaginem quantas almas estão agora, neste instante, perdidas no continente africano, por não poderem acolher Jesus Cristo em seus corações – alegou, recebendo acenos positivos do público. – Não estou certo, doutor? Ou você acredita que as pessoas que não creem em Jesus serão aceitas no reino de Deus? – provocou Richard, e deu um tempo para retomar. – Não podemos tratar igualmente aqueles que Deus criou desiguais! Os negros não são como nós! – falou, dirigindo o olhar para Holmes e Rebecca.

Os dois eram praticamente os únicos negros na igreja e habitualmente, ao entrarem lá, recebiam olhares de reprovação de frequentadores. A proibição da entrada deles só não era formalizada por estarem em companhia do doutor.

— Falar de tratamento igualitário é um absurdo e uma afronta à igreja! Sejamos sinceros: quem gostaria que seu filho ou sua filhinha se casasse e constituísse família com um negro?

Ninguém respondeu, e mães se entreolharam horrorizadas, sincronizadas com as caretas dos pais.

— Se seguíssemos para a libertação dos negros, por exemplo, quais futuros impactos teríamos na sociedade? Negros votando?

— Não! – responderem alguns.

— Negros na política, talvez um deputado, senador?

— Nunca! – disseram outras vozes.

— Presidente?

— Nunca, jamais! – se pronunciou a maioria.

— Se milhares, milhões de escravos fossem libertados agora, para onde eles iriam? Eu pergunto. Com o que trabalhariam? Como conseguiriam o seu sustento? Alguém empregaria um negro, se pode contratar um branco que faria um trabalho muito melhor?

— Não! – falou o coro.

— Se os negros forem libertados, após metade deles morrer de inanição, a outra metade nos imploraria para que os aceitássemos de volta – alegou, deixando escapar de propósito uma pequena risada e sendo acompanhado pela plateia – Senhores, portanto, a verdadeira caridade, o mais humano a se fazer, é manter as coisas exatamente como elas são – encerrou.

...

Terminado o culto, aconteceu uma rápida e objetiva conversa de Richard a sós com Bridges, em que, a pedido do bispo, o doutor foi gentilmente convidado a não mais participar dos sermões, o que aceitou com pesar, pois adorava palestrar, porém entendia o novo momento em que a igreja passava.

Do lado de fora da igreja, Brianna conversava com a senhora e o senhor Thompson enquanto esperava o marido, Richard e Bridges se aproximaram dos três.

— Olá, doutor – cumprimentou o Sr. Thompson. – Parabéns pelo sermão! Foi... interessante – divagou, provocando uns segundos de constrangimento no ar.

— Ontem eu fiz mais queijos para serem distribuídos – declarou a Sra. Thompson. – Reverendo, será que o senhor pode me acompanhar na entrega?

— Ela me pediu para acompanhá-la, mas se esqueceu que tenho que trabalhar hoje, acredita? – alegou o inocente marido.

— Sei... – disse Richard.

— Bom, senhora. Acho que podemos marcar para hoje à tarde. Pode ser?

— Seria ótimo, reverendo.

Se a machadinha se provou ser verdadeira, o banqueiro realmente morrera de problemas pulmonares, como se previu no sonho com o Peregrino, era possível se afirmar, com alta probabilidade de acerto, que Bridges e a Sra. Thompson mantinham um caso amoroso. Richard se lembrou da visita que fez com o Peregrino à casa de Bridges, e de como ele se encontrava paralisado pela culpa do adultério.

— Brianna, por que não ajuda a Sra. Thompson com a distribuição? – sugeriu o doutor, dando um cutucão nas costas dela e fazendo uma cara, no mínimo, suspeita. Ela tinha comentado noutro dia que gostaria de se voluntariar nessa ação assistencial, e o doutor aproveitou a oportunidade.

— O quê? Claro. Posso, sim, ajudar – agiu furtivamente, sem saber muito bem o que acontecia.

— Não será necessário, Brianna – falou o reverendo.

— Não precisa se preocupar, minha amiga – reforçou a Sra. Thompson. – O Reverendo é um cavalheiro e ele atenciosamente se prontifica para me auxiliar.

— Não será problema algum – insistiu Richard, entendendo a jogada dos dois. – Como é por uma boa causa, Brianna adoraria ir e levar Rebecca, a esposa do meu assistente Holmes. Está decidido, então!

O doutor incluiu Rebecca na história para que ficasse mais difícil para os dois safadinhos desmarcarem ou escaparem.

— É, é... – perdeu a palavra o reverendo.

Eles se despediram meio que às pressas e, na saída, Brianna, que era puxada pelo braço, indagou:

— O que foi tudo aquilo?

— Te conto mais tarde – cochichou. – Tenho certeza de que o queijo não é a única coisa que eles estão distribuindo. Confirma com a Rebecca se ela desejará ir, por favor.

— Confirmo, sim. Ela vai querer. Eu tinha falado com ela sobre esse trabalho voluntário.

...

À noite, de volta ao lar, e com a confirmação por parte de Brianna do relacionamento amoroso entre os dois amantes, Richard recebeu uma visita que a princípio pareceu ser uma consulta médica. Era Michael Kremer, um farmacêutico de cinquenta anos, baixinho, cabelo grisalho e com dentes muito tortos.

— Diga, o que posso fazer por você, meu amigo? – questionou o doutor.

— Richard, o assunto é um pouco, digamos, complicado, e não tem nada a ver com minha saúde. Eu estava hoje na igreja e presenciei o show tocado pelo bispo Roger. Você está certo quando diz que a situação dos negros piorou por aqui. Só que o problema é maior do que você imagina.

— O que quer dizer?

— Quanto mais as pautas de liberdade dos escravos se intensificam em Washington, como a que acontece atualmente, mais os negros sofrem e os Estados do sul se juntam em uma contraofensiva política, econômica e de direitos civis em prol dos brancos. Dada esta situação, muitos ativistas vêm procurando maneiras de retirar negros do sul e os enviar para Estados do norte.

— Certo. Imagino que este seja um trabalho arriscado e punido severamente se for descoberto.

— Com certeza. Doutor, somos amigos há décadas e é uma grata satisfação que compartilhamos tanto a paixão pela área médica e medicamentosa quanto a militância a favor da causa dos escravos.

— Sinto que cada vez mais estamos ficando isolados nesta militância, Michael. É uma pena e um crime este caminho para o qual estamos seguindo.

— Richard – cochichou o farmacêutico, pegando na mão do doutor. – O que estou prestes a te dizer é algo confidencial, e para tanto, preciso de sua total discrição. Posso contar com seu sigilo?

— Claro, Michael.

— Faço parte de uma rede de ativistas, com Gregg Martin, o carpinteiro, Denis Monroe, o fabricante de carroças, e James Thorne, o pecuarista. Hoje estou aqui como recrutador. Gostaríamos de sua ajuda, Richard, para cuidar da saúde dos homens, mulheres e crianças, que constantemente aparecem machucados e maltratados.

— Pode contar comigo!

— Outro ponto é auxiliar em fornecer um local para que os fugitivos fiquem abrigados por dois ou três dias, até que eles sejam levados para o norte.

O doutor engoliu a seco.

— Michael, eu moro no centro da cidade e não tenho propriedades rurais. Não seria melhor que James, por exemplo, fornecesse o abrigo?

— James os estava abrigando. Porém, ele quase foi descoberto há duas semanas e sua fazenda deixou de ser um lugar seguro. Minha casa e a farmácia são pequenas; não dão. A operação funciona da seguinte maneira: Gregg é responsável pelo resgate dos que conseguem escapar e ele os leva para a fábrica do Denis. Contudo, eles não podem ficar lá por um tempo maior porque ele recebe muitas visitas, inclusive do xerife e de seus agentes, e por isso seria muito arriscado. Do Denis, eu levava até a fazenda do James, onde os fugitivos ficavam escondidos até serem conduzidos para o norte. Eu também forneço os primeiros socorros e remédios. O que mais estamos precisando é de um lugar para que as pessoas passem duas noites, talvez três, até que a logística de transporte na fazenda seja viabilizada.

— Simpatizo muito com a causa de vocês e podem contar comigo para ser mais um a tratar dos doentes e feridos.

— Agradeço imensamente por se voluntariar, Richard – falou, se levantando e se preparando para ir embora. – Por enquanto, as fugas estão suspensas por falta do abrigo. Normalmente, eu presto os primeiros socorros na fábrica do Dennis. Se aparecer algum caso, eu te aviso.

— Obrigado pelo convite! – disse, alegre por terem pensado nele para participar do esquema.

...

Passados três dias, uma situação praticamente tão importante e urgente quanto à de Michael surgiu para o doutor, pelo menos foi isso que ele pensou inicialmente, devido ao tom de voz de Brianna.

A casa de Holmes, localizada no fundo da casa do doutor, havia se transformado em um ateliê.

Rebecca se apossara de todos os espaços livres, inclusive o quarto do casal. Para fins de local de trabalho da estilista, o lugar era ótimo, contudo, em se tratando de um ambiente adequado para que ela e o marido dormissem tranquilos e acordassem sem pisar nas roupas e tecidos, estava um caos.

Richard não tinha ideia de como havia ficado a residência, pois quando chegou de viagem e a visitou, a situação ainda se encontrava sob controle.

Brianna na verdade pediu para que o marido a acompanhasse, somente para que soubesse que eles dois bancariam a construção de um novo quarto para o casal e que, antes de qualquer reforma, era preciso trazer de volta um cofre, que era mais um componente que ocupava desnecessariamente a sala de Holmes.

O cofre ficava originalmente no quarto de Richard e foi realocado para um canto da sala de Holmes antes da viagem. O cofre fora levado para lá por três pessoas, e sobre ele e ao seu redor, foram colocados objetos para o esconder.

O cofre tinha quarenta centímetros de altura, trinta e sete de profundidade e trinta e três de largura. Ele continha, além de dinheiro e documentos, as moedas do Barão.

Depois que ele foi esvaziado e abriu-se um caminho em meio ao ateliê para que ele fosse retirado, Richard convocou Holmes para carregar o cofre.

— Richard, o cofre é muito pesado para vocês o carregarem sozinhos. Só para lembrá-los, foram necessárias três pessoas para trazê-lo para cá – alertou Brianna.

— Nós dois damos conta! Não precisamos de ajuda! – garantiu com confiança e alongando os braços.

— Meu amor, ele é muito pesado. Vocês podem se machucar – se preocupou Brianna.

— Doutor, a senhora está certa. É bastante pesado – temeu Holmes.

— Larga de moleza! – insistiu Richard. – Pegarei daqui e você pega de lá – disse, já pegando a parte de baixo de uma das laterais do cofre.

— Homens... – comentou Rebecca, ao lado de Brianna. – Aposto que eles não darão conta.

— Eu até apostaria com você, contudo meu palpite seria o mesmo.

O cofre foi levantado, e a passos lentos eles se dirigiram para a porta da casa, onde Holmes tomou a dianteira, pois não daria para passarem de lado.

— Viu? Moleza – disfarçou Richard, com os punhos doendo e tentando não pensar no quão longe estavam de seu quarto.

— Eles não conseguirão – sussurrou Brianna para a estilista. Olha a cor do rosto de Richard.

O doutor ficou com a cara vermelha em função da ferrenha força que aplicava, os olhos ficaram meio esbugalhados, umas veias grossas se tornaram proeminentes e sua respiração ficou ofegante.

— Você está bem, doutor? – perguntou Holmes.

— Estou – respondeu, respirando fortemente. – Só preciso tomar um ar.

Eles atravessaram o quintal e, ao darem os primeiros passos sobre o piso da varanda que dava para a cozinha, o doutor pediu que parassem.

— É mais pesado do que eu imaginava – confidenciou o fadigado doutor.

— Nós te ajudamos, papai – se ofereceu Raphael.

— Raphael e Bruno! Não cheguem perto daquele cofre! – ordenou Brianna. – Ele pode cair em cima de vocês!

— Nós conseguiremos – insistiu Richard, começando a ver uns pontos luminosos de delírio em seu raio de visão.

Instantaneamente, ao retomarem a caminhada, os braços de Richard simplesmente perderam as forças e o cofre seguiu rodopiando devagar até o chão, onde rolou por três vezes e quebrou cinco tábuas do assoalho.

Ninguém ousou comentar, porém o que se ouvia eram as palmas irônicas de Brianna, tendo ao lado Rebecca, que, espantada, cobria a boca com uma das mãos.

O doutor se recuperou um tanto embaraçado e se prontificou para chamar Gregg, o carpinteiro. Holmes se ofereceu para ir no lugar dele, entretanto Richard o dispensou e foi sozinho.

Ele saiu a pé, andando com o rabo entre as pernas, e sua vergonha só passou quando uma surrada carteira, que tinha um palmo de altura, apareceu jogada na rua em seu caminho.

Não havia ninguém para reivindicar a carteira e, ao ser aberta, Richard se recordou da conversa com o farmacêutico.

Ela continha fotos de crianças negras. Na parte inferior de cada foto, havia respectivamente as legendas abaixo:

"Menino Escravo, 11 Anos .... $ 600.
Irmãos Escravos, 7 e 8 Anos... $ 900.
Menina Escrava, 12 Anos..$1000."

Havia quinze fotos, todas de criança. A carteira pertencia a um comerciante de escravos. Era muito comum que filhos e filhas de escravos fossem tirados de seus pais, da mesma forma que um potro é levado para longe de sua genitora.

Famílias eram constantemente destroçadas, marido separado da esposa, irmãos enviados para lugares opostos e a maioria nunca mais se encontrava.

Richard chegou cabisbaixo à morada de Gregg, um homem de quarenta e poucos anos, com braços musculosos e voz rouca, e verificou com o carpinteiro se ele podia o acompanhar até sua casa.

Eles caminharam trocando poucas palavras e, ao ser perguntado se havia alguma coisa errada, o doutor mostrou a carteira.

— É uma abominação – comentou o carpinteiro, vendo as fotos. – Michael me contou que você entrou para o clã de contrabandistas do bem. Seja bem-vindo!

— Obrigado! – agradeceu, mas continuou pensativo.

Richard mostrou o estrago que fizera no assoalho e aproveitou a presença de Gregg para colocar o cofre no quarto. Enquanto o carpinteiro avaliava o prejuízo, o doutor pediu que Brianna o acompanhasse no consultório. Ele lhe contou sobre o que ouvira de Michael, do convite que fora feito, e mostrou a carteira.

O doutor então sugeriu que eles se valessem das tábuas quebradas para montar um abrigo naquele local, com a assistência do carpinteiro.

Brianna ficou receosa, com medo principalmente do que poderia ser acarretado para as crianças, caso fossem descobertos. Os dois se falaram mais um pouco e Gregg bateu à porta, para dar um diagnóstico do estrago.

Richard pediu que ele entrasse e lhe confidenciou o que conversavam.

— Um ponto a favor é que ninguém imaginaria que um abrigo estaria plantado no meio da cidade. Seria o último lugar que o xerife procuraria.

— Precisamos de mais opiniões. Chamarei o Michael – avisou o doutor. – Gregg, você pode esperar aqui?

— Posso sim. Sem problemas.

— Passarei um café. Aceita um pedaço de bolo, Gregg?

— Aceito sim, senhora.

Com a presença de Michael, eles reavaliaram a situação e decidiram chamar Denis.

Nem Holmes, Rebecca ou as crianças sabiam o motivo da reunião ou das idas e vindas na varanda.

O grupo verificou que seria possível montar um abrigo subterrâneo e que, além do telhado, a árvore daria mais frescor ao local. Os outros vizinhos não conseguiam ver a área e Michael disse que poderia levar os escravos lá, usando como desculpa para as visitas uma falsa história de que Richard havia montado um laboratório em sua casa, para manipulação de remédios.

Antes de baterem o martelo sobre construírem o abrigo, toda a família foi reunida e foram apresentados os fatos. Richard assumiria total responsabilidade se eles fossem descobertos e Michael esclareceu que o abrigo seria usado no máximo uma vez por semana, sendo que, pela experiência deles, o uso era em média uma vez a cada duas semanas.

A aprovação foi unânime.

INDÍCIOS DE TRAIÇÃO?

O abrigo foi cavado e preparado em um prazo de três semanas, com a construção do quarto de Holmes e Rebecca, que serviu como justificava para todo o barulho da obra. No final, caberiam no esconderijo três pessoas deitadas lado a lado, e a altura ficou sendo de um metro e cinquenta. Não foi possível cavar mais, pois foram encontradas rochas no subsolo.

Todo o assoalho de madeira da varanda foi trocado para que não ficasse somente uma parte reformada e gerasse desconfiança, caso os ativistas fossem investigados. Uma portinhola foi feita sobre o abrigo e coberta por um tapete e um vaso de plantas. Os abrigados usariam o banheiro externo do quintal para fazerem suas necessidades.

No decorrer da construção, o farmacêutico passou todo o período indo duas vezes por semana à casa de Richard, encenando o descarregar e recolher de caixas e sacos, com o apoio de seu auxiliar Alex, um negro de dezenove anos.

As idas aconteceram à noite, quase de madrugada. A intenção era de que os vizinhos do doutor se habituassem com tal movimentação noturna.

Aquela rotina continuaria daquela data em diante, independentemente da presença ou não de escravos. O plano era que os escravos vestissem as roupas do assistente quando fossem se esconder no quintal do doutor. Como precaução, Alex também iria, entretanto ficaria no fundo da carroça, só saindo se fosse necessário.

Havia duas adaptações na carroça de Michael. A primeira é que existia uma portinha que permita que os ocupantes da traseira saíssem pela dianteira. A segunda consistia em ter uma espécie de caixão acoplado em um dos cantos, onde cabia uma pessoa deitada e cujo aspecto externo se assemelhava a três caixas. O escravo tinha que se deitar ali dentro até que a carroça parasse na casa de Richard ou de James. O aspecto de caixa já tinha salvo o boticário em paradas de autoridades à procura de fugitivos.

O primeiro escravo em processo de fuga chegou logo que o esconderijo foi concluído.

Michael estacionou como de praxe de frente à residência do doutor e uma mulher vestida de homem caminhou tremendo os poucos metros que a levavam para dentro do consultório do doutor. Ela tinha cerca de vinte anos e se portava como um animal acuado. Por mais pena que Brianna sentisse dela, e que sugerisse que ela ficasse em um quarto, o mais prudente e seguro foi colocá-la no abrigo.

O local havia recebido um colchonete, travesseiro e cobertor. Durante a estadia da moça, não houve qualquer incidente e, em duas noites, ela foi recolhida.

Transcorrido o primeiro mês, foram contabilizados três fugitivos, e o cotidiano da operação foi se tornando cada vez mais habitual.

No quarto escravo, porém, houve um contratempo a ser remediado.

Um negro de trinta anos, muito forte e com curativos em várias partes do corpo que cobriam os açoites que levara antes de fugir, entrou pelo consultório como de costume, contudo Alex avistou uma pessoa se aproximando atrás de Michael.

O auxiliar avisou o farmacêutico e rapidamente passou pela porta que dava para a parte frontal da carroça.

— Boa noite, Michael! – cumprimentou o agente, um homem de vinte e oito anos, muito dedicado ao serviço e um dos pupilos do xerife. – Noite movimentada, hein?

— Sim, Ulysses! – disse, falando um pouco alto para que Richard ouvisse que havia problemas. – Este trabalho nunca acaba. Agora como se não bastasse, arranjei como sócio o doutor Richard... Ele e eu estamos trabalhando vinte quatro horas por dia – brincou.

— O que você tem na carroça?

— Por favor, pode olhar. A maior parte são insumos para a fabricação de xaropes – afirmou, trazendo o agente bem perto da carroça e abrindo um saco com um pó bem fino.

— Vi que seu auxiliar, aquele negrinho, entrou com uma caixa na casa do doutor.

— Tudo certo, Michael! – disse Alex, vindo da lateral da carroça e dando a impressão para o agente que ele saíra da residência.

— Boa noite, senhores! – cumprimentou Richard, indo em direção aos três, após o fugitivo estar devidamente acomodado. – Que noite bonita, hein?

— Olá, doutor! – falou Ulysses.

— Algum inconveniente, "xerife"? – paparicou o agente, pegando em seu ombro.

— Xerife! Quem sabe em alguns anos, doutor – respondeu, achando graça. – Inconveniente algum. Só fazia uma ronda pelo bairro.

— Está acontecendo alguma coisa fora do normal? – questionou o farmacêutico.

— Nada de novo, exceto a fuga de uns escravos no último mês. As fugas tinham parado por um curto período, porém neste mês o número aumentou.

— E você acha que eles vieram para a cidade? – indagou o doutor, simulando estar perplexo.

— Claro que não! O mais provável é que estão subindo o rio, pois achamos rastros hoje mais cedo. Amanhã tentaremos recapturá-los e dar as merecidas surras que precisam para não fugirem mais.

...

Com a construção do novo quarto, a casa de Holmes e Rebecca se tornou enfim habitável e o delicado imbróglio pôde ser contornado.

Terminada a nova organização das peças, acessórios e materiais de costura, tudo correto e sistematicamente separado e posto em seu lugar ideal, viu-se que a quantidade de vestidos prontos e não vendidos formaram uma pilha.

Devido ao preconceito por Rebecca ser negra, ela recebeu negativas da maioria das lojas que entrou em contato quanto a comprarem e revenderem seus vestidos.

Aquela situação era inaceitável para Brianna. Ela catou a estilista pelo braço e foi enfrentar as megeras racistas.

A cidade era uma das maiores e mais desenvolvidas do sul do país. A esposa do doutor discutiu com duas donas de boutiques sobre relevar a cor de pele de Rebecca e olhar somente a ótima qualidade dos vestidos.

As discussões foram em vão e as mulheres mantiveram-se irredutíveis em aceitar os vestidos, dada a procedência.

Brianna ficou mais possessa do que Rebecca. Era um absurdo!

Devido à pilha de vestidos estar aumentando, a estilista teve que parar de costurar e ficou bastante triste e decepcionada. Brianna sentiu uma imensa vergonha de sua cidade e propôs a única forma que pôde pensar para solucionar a parte financeira do problema: dizer às lojistas que os vestidos eram confeccionados por ela.

— Rebecca, se eu falar que os vestidos são meus, acredito que você conseguirá vendê-los.

— Eu pensei a mesma coisa, e ia te pedir exatamente isso.

— Rebecca, de maneira alguma quero tirar vantagem de você ou receber a fama pelos seus produtos. Seus vestidos são maravilhosos e infelizmente, devido ao grau de sofisticação deles e em função do custo de produção, só mulheres brancas conseguirão pagar por eles. Não vejo outra maneira de as lojas os aceitem – lamentou. – Vou inclusive às lojas que fomos e tentar convencê-las de, sou eu quem está os confeccionando.

Se valendo da nova abordagem, os vestidos foram aceitos sem muito esforço, porém Brianna não se sentiu bem de se passar pela estilista.

Rapidamente, os vestidos se tornaram um sucesso e, naquele ritmo de vendas, em pouco tempo Rebecca teria que ter uma ajudante. Porém, costurar e pensar em novidades, embora trouxessem muita alegria para a estilista, não estava gerando realização profissional.

— Sei que é vaidade de minha parte, querer ser reconhecida pelo meu trabalho – confessou Rebecca para Holmes, sentada, bordando em um bastidor de madeira.

— Imagino que deve ser difícil... não vejo que está sendo vaidosa; é a falta de justiça que nos incomoda – comentou o assistente. – Pior que o racismo e o preconceito estão tão arraigados nesta cidade, que só a destruindo e construindo outra para acabar com esses desrespeitos.

— Eu não devia estar reclamando – se censurou. – Estou sendo ingrata. O certo era eu estar pulando de satisfação pelos meus vestidos terem sido tão bem aceitos aqui. Há poucas semanas, estávamos abarrotados de peças encalhadas, e olhe só agora o vazio que está este lugar.

— Se continuar neste ritmo, quero ver como conseguirá entregar toda a demanda.

— Muito simples. Você me dará uma mão.

— Eu? Não sei nem começar a costurar.

— Você leva jeito. Eu sei. Vi você dando pontos em cortes de pacientes, e eles ficaram ótimos. Garanto que é muito mais difícil costurar uma pele humana do que um pedaço de tecido.

— Me tira fora dessa. É comum eu sair bem cedo e só voltar à noite. Isto fora as pernoitadas nas fazendas da redondeza. Eu só iria atrapalhar. O certo seria pensar em uma ajudante no futuro.

— Não sei se caberia mais gente conosco...

— Como assim? Há tranquilamente espaço para três pessoas.

— O pequeno detalhe é que em breve iremos compartilhar o nosso lar com mais um integrante.

Rebecca finalizou o bordado e virou o bastidor para que Holmes visse o que fizera.

"Parabéns, papai".

O assistente arregalou os olhos e uma lágrima cortou seu rosto em meio ao calor que ele sentiu subitamente.

— Tem certeza? – perguntou ele, com o queixo tremendo, segurando para não cair em prantos.

— É claro que eu tenho certeza! – garantiu, se levantando e dando um tapa no ombro do marido. – Aí! Eu te bato, mas minha mão é que dói. Eu notei que meu corpo estava diferente e então soube que tinha engravidado. Por via das dúvidas, me consultei com o doutor e ele me confirmou. Você será um ótimo pai – assegurou, se derramando em choro.

— E você a mais linda e amorosa das mães – sancionou Holmes, a beijando e a abraçando.

...

Dias mais tarde, Brianna convidou a estilista para dar uma volta, a fim de botar o papo em dia e passear com Martha em um carrinho de bebê.

— Está se sentindo bem com a gravidez? – questionou Brianna.
— Venho sentindo um pouco de enjoo, no entanto nada muito forte. Admito que as perspectivas de minha barriga crescer não são as melhores possíveis para mim, mas sei que isso faz parte.
— Eu não vejo a gravidez com todo o *glamour* que muitas dizem. O bom é ter o bebê no colo. Eu adorava amamentar. Era um ato de total conexão e cumplicidade com as crianças, e em ambos os casos fui mãe de leite de outros nenéns, devido à enorme quantidade de leite que eu produzia.
— Minha mãe dizia que teve muito leite. Acho que vou puxar a ela.
— Mudando de assunto, você está gostando de entregar os queijos com a Sra. Thompson?
— Sim. É muito importante e gratificante fazer trabalhos voluntários e atender aos necessitados. É comum se pensar que os beneficiados pela caridade são só aqueles que a recebem, porém quem está exercendo o ato ganha igualmente. Além do sentimento de dever cumprido, experienciar a dificuldade e desafios dos outros possibilita que reavaliemos nossas vidas e constatemos o quanto somos afortunados.
— É verdade. Na grande maioria das ocasiões, reclamamos de barriga cheia, e quando conhecemos famílias que mal têm o que comer, a percepção sobre nossos problemas tende a diminuir bastante. Nos tornamos, portanto, mais felizes. É uma pena que você não pode ir todos os domingos.
— Tem dia em que o trabalho acumula e não dá para deixar para o dia seguinte. Falando em queijo, a Sra. Thompson é muito íntima do reverendo, não é?
— Íntima até demais...
— Imaginei – disse Rebecca, confirmando o que já desconfiava. – Eu sabia. Meu sexto sentido não falha para estas coisas... tenho até medo de mim mesma. Se eu sentir algo diferente com relação a alguma pessoa, pode ter certeza de que estou certa.

— A boa notícia é que o caso parece ter esfriado. O fato de estarmos indo com os dois, de falarmos de nossas famílias, das peraltices das crianças, com certeza está sensibilizando a Sra. Thompson para dar maior valor a seu casamento. Coitado! O Sr. Thompson é uma ótima pessoa. Por falar em traição, acho que existe uma possibilidade de o Richard estar tendo uns casinhos por aí.

— O quê? – se surpreendeu. – O doutor? Você descobriu alguma coisa?

— Não, nunca vi, nem fiquei sabendo de nada. Mas é que, quando ele voltou da viagem, estávamos muito próximos. Entretanto, recentemente parece que nos distanciamos, eu estou sem paciência com ele e evitando conversar e, para piorar, mais e mais vezes me pego tendo sentimentos de rancor em relação a ele. Sabe, às vezes meio que torço para que o que ele está fazendo dê errado, como para dar o troco pelo que ele supostamente vem fazendo...

— Nunca notei nada de errado com vocês dois.

— Bom, talvez seja loucura da minha cabeça – admitiu, e se animou ao passarem por uma loja que tinha um dos vestidos de Rebecca na vitrine. – Veja como está lindo seu vestido.

A estilista sorriu, apesar de que um misto de contentamento e tristeza a atingisse, esta última, por não poder assumir a autoria de suas criações.

Naquela hora, duas amigas de Brianna cruzaram por elas e elogiaram o "novo dom de Brianna".

— Não sabíamos que era tão prendada – disse uma delas, uma mulher de meia-idade, muito branca, ruiva, e que segurava uma sombrinha para se proteger do sol.

— E não sou.

— E quanto a estes vestidos maravilhosos que soubemos que você está fazendo? – perguntou a segunda mulher, com seus trinta e três anos, loira e emperiquitada.

— Para ser sincera, só estou revendendo – falou de pronto e sem titubear. – Sou uma distribuidora.

— Ah... não foi o que nos contaram – disse a ruiva.

— Mas é a verdade. Não tenho o mínimo talento para costurar um vestido inteiro, ainda mais desta complexidade. Pequenos reparos, estes, sim, estão alinhados com minhas habilidades – brincou. – Para ser sincera, estes vestidos são feitos pela maior estilista desta cidade – afirmou, pegando na cintura da Rebecca e a encarando.

As duas amigas arregalaram os olhos e se entreolharam encabuladas.

— Passar bem, senhoras! – se despediu Brianna.

— Distribuidora? – indagou Rebecca, sorrindo.

— Sim. Estou dizendo que consegui um contrato exclusivo com uma talentosíssima estilista. Estou deixando claro que não sou a autora das peças e que só vendo os vestidos. Tive que "fazer uma confissão" para as donas de loja, dizendo que tinha sido vaidosa a princípio e estava me passando pela costureira. No final, elas aceitaram minha história e isto não impactou nos negócios.

— E não te perguntaram quem era a costureira?

— Algumas perguntaram, mas eu as despistei dizendo que é uma mulher linda que prefere ficar no anonimato. Imagino que esta situação não seja fácil para você, e longe de mim tomar crédito pelo seu trabalho. Pelo menos, dizendo que sou revendedora, acho que este inconveniente fique menos pior.

Rebecca achou graça da situação.

— Embora ocultamente, você está merecidamente famosa, Rebecca! Parabéns!

...

Transcorridos exatos quatro meses de gestação, os enjoos de Rebecca se foram, Brianna manteve a birra com relação ao marido e não raramente evitou sexo por falta de clima, e a décima e décima primeira pessoas fugitivas foram enviadas ao abrigo dos Lemmons.

Eram uma mãe de dezesseis anos, que tinha lacerações no corpo e seus dedos mínimos das mãos decepados por ter pego um pintinho para comer, e seu bebê de três meses. O estado da jovem era deplorável e sua magreza impressionava.

A boa notícia era que ela, inacreditavelmente, produzia leite suficiente para a bebê, e a má era que a neném chorava sem parar.

De longe as duas foram as mais comoventes de todos que foram abrigados no esconderijo, tanto Brianna quanto Rebecca, sensibilizadas pela maternidade e pelas mutilações, choraram copiosamente ao vê-la.

Como se não bastasse, houve imprevistos na logística de retirada e as duas tiveram que dormir no abrigo por três noites.

No dia da retirada, pouco antes do anoitecer e estando Michael tratando de atualizar Richard sobre a operação de fuga, batidas na porta do consultório interromperam os amigos.

— Boa tarde, senhores! – era o xerife Edward, dando um sorriso maldoso e sendo acompanhado do agente Ulysses. – Podemos entrar?

— Boa tarde, xerife. Entre, por favor – disse Richard, se concentrando no som que ouvia e tentando identificar o choro da bebê.

— Podemos dar uma olhada ao redor, doutor? – indagou o Edward.

— Do que se trata esta visita, xerife? – questionou Richard.

— O senhor não tem o direito de entrar na casa de ninguém sem ser convidado! – se pronunciou o farmacêutico.

— Doutor, posso entrar agora, tranquilamente, ou eu fico aqui plantado na sua porta até chamarem o juiz Raymond.

— É claro que pode entrar, Edward. Qual é o motivo desta vistoria?

— Venha, Ulysses.

Eles entraram na sala onde se encontravam Brianna, Martha, Raphael e Bruno, o xerife ordenou que o agente revistasse os quartos.

— Recebemos denúncias de um choro excessivo de bebê, justamente quando uma vadiazinha negra e sua filha sumiram da fazenda do juiz. Como devem saber, estamos tendo uma série de fugas na região e, como se fosse milagre, os negros fujões estão desaparecendo como mágica – explicou, enquanto o agente entrava em cada cômodo, olhando debaixo das camas e dentro de armários. – Não vejo a hora de pegarmos as pessoas que estão por trás destes sumiços e ensinar a eles uma linda canção de ninar, com a qual acho que eles nunca mais acordarão do sono – ameaçou, assustando as crianças, que chorando, foram amparadas por sua mãe.

— Nada aqui, xerife – concluiu Ulysses.

— Você tem outra casa nos fundos, certo doutor?

— É onde mora Holmes, meu assistente, e sua esposa.

— Ah, é. Holmes. Aquele projeto ridículo de enfermeiro. Ulysses – o xerife chamou o agente para que o seguisse, provocando uma ira silenciosa em Richard.

Por sorte, o quintal se encontrava silencioso na hora em que foi percorrido pelas autoridades.

Richard pisou mais forte na varanda para fazer som, e a escrava entendeu o que se passava lá em cima.

Holmes e Rebecca se assombraram com a invasão.

— Então esta é sua esposa, Holmes? – indagou, chegando muito próximo da estilista, fazendo com que o assistente ficasse com uma respiração de ódio para atacá-lo.

Contudo, o ímpeto de Holmes foi contido por uma encarada séria do doutor, e Ulysses retomou a busca.

O agente revirou roupas, tecidos e, propositalmente, fez a maior bagunça.

— Tudo limpo – averiguou Ulysses.

— Bem, parece que as denúncias eram infundadas. Vamos embora, Ulysses. E você – disse à Rebecca, agarrando um de seus pulsos – se quiser me fazer uma visita na delegacia para me levar um bolo ou um biscoito, pode entrar lá sem me avisar.

Holmes fez menção de pular no pescoço do xerife, mas Richard voou pela sala e segurou o amigo enfurecido. Diante da ameaça, Edward sacou a arma e apontou para o assistente.

— Não vale a pena, Holmes! Não vale a pena.

— O que foi, rapaz! Desistiu, seu merda? – provocou, guardando a arma. – Um dia destes você terá o que merece! Fica esperto, seu negrinho farsante. Eu nunca deixaria você tocar em mim, nem para dar um ponto, mesmo se eu fosse sangrar até morrer!

Edward e Ulysses saíram da residência, sendo seguidos pelo doutor e o farmacêutico, deixando para trás Rebecca tremendo de choro e Holmes, de raiva.

— Parece que foi uma falsa denúncia, senhora – informou à Brianna, segurando Martha no colo, sentada na sala. – O choro que ouviram deve ter vindo de sua filha.

Mal o xerife fez sua suposição e um princípio de choro de neném da fugitiva se fez ouvir do lado de fora, no quintal.

A bebê se despertara chorando e sua mãe desesperadamente deu a ela o peito para mamar.

Tanto Edward quanto Ulysses se viraram de imediato para trás e a feição de todos se tornou, fantasmagoricamente, branca.

— O que temos aqui? – questionou o xerife, voltando rumo ao quintal.

— Xerife – disse Richard, não sabendo o que dizer e sendo repreendido.

— Todos calados! Se algum der um pio, eu levo todo mundo preso. Doutor, venha comigo. Ulysses, fique com a família.

— Xerife... – insistiu o doutor, em uma tentativa de dissuadir Edward quando saiu para a varanda.

— Calado, Richard – ameaçou sacando a arma e procurando por um possível esconderijo no quintal. – O que temos aqui? – falou andando vagarosamente rumo ao vaso.

Edward começou a levantar o tapete e um gato surgiu detrás do vaso, emitindo um alto e esganiçado chiado, avançando contra o xerife e arranhando o rosto dele.

Ferido e com o rosto sangrando, Edward deu um tiro em direção ao gato, no entanto, ele fugiu, pulando o muro.

Devido ao disparo todos correram para o quintal e graciosamente a neném no abrigo continuou mamando como se nada tivesse acontecido, ao contrário de todos os outros que quase infartaram.

— Maldito gato! – gritou o xerife, tampando o sangue com um lenço.

— O que foi, xerife? – questionou Ulysses.

— Tinha um gato aqui e ele me atacou! Foi ele quem fez o barulho estridente – respondeu, envergonhado. – Hora de ir!

— Xerife – chamou Holmes, abraçado de lado por sua esposa –, se quiser que eu dê uma olhada ou que eu faça um curativo, é só me pedir – se atreveu o assistente.

— Um dia, rapaz. Um dia – falou Edward.

— O que ele tem contra você, meu bem? – indagou a estilista, depois que os intrusos se foram.

— Nem sabia que ele tinha algo contra mim – disse Holmes.

— Por que fazemos isso e nos arriscamos, hein, doutor? – questionou Michael, aliviado.

— Um dia em minha viagem – disse aliviado e mole pelo estresse – me contaram o seguinte conto: "Certa vez, um monge e seu discípulo estavam na beira de um lago e viram algo cair na água. Logo eles notaram que um escorpião havia se desprendido do galho de uma árvore e se debatia na água. Rapidamente o monge foi socorrer o escorpião, no entanto, ao pegá-lo acabou sendo picado na mão. Com a dor da picada, ele derrubou novamente o escorpião na água. Ele repetiu o ato obtendo o mesmo resultado e, por fim, pegou um galho e, com todo o cuidado, tirou o escorpião da água, colocando-o na margem do rio, num lugar seguro. Vendo aquilo, o discípulo questionou o mestre: 'Mestre, por que o senhor continuou tentando salvar o escorpião, mesmo ele te ferroando?' O monge respondeu: 'A natureza do escorpião é atacar, mas isso não muda a minha natureza, que é ajudar'". Nossa natureza, meu amigo, é a caridade.

...

Em um domingo, Brianna almoçou, montou em um cavalo e foi até a casa da Sra. Thompson acompanhá-la, junto do reverendo, na distribuição dos queijos. Rebecca disse que não poderia ir, pois tinha um compromisso.

Chegando ao local, um sobrado bonito com vacas leiteiras em um pasto ao lado, a porta foi atendida pela própria queijeira, em sobressalto ao ver a amiga e a deixando na sala sozinha.

— Não te avisei que hoje não íamos entregar os queijos, Brianna? – gritou, subindo as escadas.

— Não que eu me lembre.

— Lionel e eu vamos viajar – gritou do andar de cima.

— Que bom – berrou de volta a esposa do doutor.

— É ótimo! Estou superansiosa – disse, descendo as escadas.

— Você avisou o reverendo?

— Sim – respondeu, se sentando ao lado da amiga. – Desculpe a correria. É que estou fazendo as malas enquanto Lionel foi à cidade fazer umas compras.

— Não tem problema.

— Quanto ao reverendo, ele não irá mais nos acompanhar nas entregas, Brianna – disse, pegando nas mãos da amiga. – Eu estava tendo um caso com o reverendo – confidenciou, cabisbaixa e envergonhada. – Eu não presto – se sentenciou, emocionada.

— Janet... – tentou consolá-la.

— Mas agora isso é passado – alegou, enxugando uma lágrima. – Decidimos nos afastar um do outro. Preciso me dedicar ao meu casamento... – falou, baixinho e pensativa. – Toalhas! Estou esquecendo as toalhas! – falou se dirigindo à escada.

— Janet, vou embora. Não quero te atrapalhar.

— Quando eu voltar, conversamos melhor. – falou, já no meio da escadaria. – Mais uma vez me desculpe por não ter te avisado da viagem.

Brianna deixou a amiga feliz pela decisão que tomara, e ficou refletindo sobre seu relacionamento com Richard.

Como teria a tarde livre, ela resolveu visitar outra amiga e sua mãe, que moravam em uma fazenda ao lado e que, ao contrário de trabalhos voluntários, gostavam era de se divertir.

Amanda e sua mãe Lucia, a filha com trinta e seis anos e sua progenitora com cinquenta e dois, ambas morenas e baixas, viviam só em suas propriedades de cinquenta hectares, onde criavam cavalos. O curral em frente à casa de um pavimento normalmente tinha cavalos e potros sendo domados e o restante da manada vivia solta entre as cercas da fazenda.

Brianna foi recebida com festa e de cara desfrutou do presunto e torresmos que elas comiam, acompanhados de *cowboys* de *whisky*.

A visitante bebia pouco e, ao contrário de mãe e filha, foi moderada na bebedeira.

Elas conversaram e riram à beça e, após se atualizarem sobre os últimos acontecimentos, o papo descambou para falar mal dos homens.

— Nem a pau eu morarei com outro homem – disse Amanda. – Me casei, recebi mil chifres na cabeça, enviuvei e para mim chega!

— Homem é tudo igual – alegou a mãe. – Seu pai fazia exatamente a mesma coisa comigo.

— E ai de alguma mulher se é ela quem comete uma traição – comentou Brianna.

— Morre – definiu Amanda. – Ela é morta pelo marido.

— Sabe o que é o pior? – indagou Lucia. – É que todo lugar é mesma coisa. A maioria das minhas amigas e parentes foi chifrada, e uns canalhas, inclusive, tinham amantes fixas.

— E se escapar disso, o safado é um beberrão, volta para casa trançando as pernas de bêbado e fica dias morgado.

— Isso quando não bate na mulher – acrescentou Brianna.

— Tem que fazer igual uma irmã minha que faleceu há uns anos: o marido dela chegou bêbado em casa e com marcas de batom. Minha irmã foi reclamar e acabou levando uma surra. No meio da noite, para se vingar, ela pegou uma faca, cortou o pinto do desgraçado e fugiu – contou, recebendo gritos de revanche em comemoração. – Ela foi morar em outra cidade, arranjou outro marido, mas seu carma era forte e o segundo esposo era igual ao primeiro. Ela morreu no parto do primeiro filho, coitada.

— Não podemos esquecer do terceiro tipo de miserável. O que é manso e que não trabalha – se lembrou Amanda. – Esse para mim é um dos piores. O preguiçoso. A vizinha minha e da Janet Thompson, pobrezinha, toca praticamente sozinha não só a casa como a fazenda. O imprestável do marido dela não serve nem para tirar leite das vacas. Fica o dia inteiro mascando fumo, fumando, e, quando se levanta para fazer alguma coisa, vai para um bar da cidade e volta de madrugada.

— Torno a repetir: homem é tudo igual.

Aquela conversa fomentou em Brianna a mágoa que vinha sentindo do marido e a sensação de que ele também a traía.

Toda vez que um bando de amigas se unia, a conversa era a mesma. Mulheres falando mal de seus maridos, reclamando de como são safados, adúlteros, bêbados, preguiçosos, molengas, ruins com os filhos, frouxos.

A história comumente se repetia, em todos os lugares.

Naquele instante, Brianna teve uma epifania e ela se espantou.

— O que foi, Brianna? – questionou Amanda.

— É isso! – pensou a esposa do doutor. – É este o motivo da minha raiva! Estou tão imersa em um mundo onde os homens não prestam, que inconscientemente coloquei Richard no mesmo balaio. Além disso, não saio deste ciclo vicioso por empatia às minhas amigas. Agora entendi que, para ser parte do grupo, eu sem querer apliquei sobre Richard a mesma visão delas com relação aos homens. Como pude ser tão boba?

— Você está bem, querida? – perguntou Lucia.

— Estou. Estou muito bem! Desculpe, mas tenho que ir – disse, se levantando.

— Aonde você vai? – indagou Amanda.

— Encontrar meu marido. Acabo de perceber que ele é um ótimo esposo, adora nossos filhos, é um ótimo profissional e ser humano, e eu o amo! Até logo!

— Sortuda – se invejou a filha, vendo Brianna sair pela porta.

...

Brianna regressou animada e cruzou com um grupo de pessoas fantasiadas e maquiadas, convidando o povo para ir a um circo que chegara à cidade. Os artistas, performando pelas vias públicas, brincando com os pedestres e, encantando crianças e adultos, deixou a cavalgada ainda mais vibrante e vivaz.

Ela entrou em casa com remorso pelo jeito como vinha agindo, mas estava agora cheia de paixão e de amor para dar. Richard foi procurado na sala, no quarto, na residência de Holmes, porém ninguém foi encontrado.

— O consultório – pensou.

Brianna ouviu um cochicho vindo de lá e, ao colocar a mão na maçaneta, notou uma voz estranha que só podia ser de mulher.

— Eu te amo. Te amarei para sempre – disse a voz ofegante, quando Brianna encostou a orelha na porta.

— Não é possível! Peguei eles no ato – concluiu, em choque.

Seu mundo virou de cabeça para baixo e ela se afastou da porta cambaleante, com uma súbita falta de ar e entendendo que vinha sendo feita de palhaça naquele espetáculo.

A cabeça de Brianna iniciou uma sequência descontrolada de deduções e especulações e ela teve que se sentar para não cair no chão de desgosto, frente ao circo que se transformara sua vida.

— Como um mágico que faz desaparecimentos no picadeiro, o safado esperava que eu saísse todo domingo para entregar queijo, despachava as pessoas da casa e trazia sua amante – refletiu. – Sei que na hora que eu o confrontar fará malabarismos para justificar sua traição e, como um contorcionista desajeitado, tentará não meter os pés pelas mãos – ressignificou. – E que futuro nós teremos? De uma coisa, eu tenho certeza: essa leoa nunca será domada com desrespeito e humilhação; ao contrário de outras mulheres, eu não engolirei espadas. É ele quem andará na corda bamba nesta situação – definiu, se deixando abater e se emocionar. – Se eu o perdoar – ponderou com lágrima nos olhos – as coisas nunca mais voltarão a ser as mesmas – supôs. – Me conheço muito bem a ponto de saber que, em qualquer discussão que tivermos a partir de hoje, qualquer desentendimento, eu serei a primeira a me portar como uma atiradora de facas, arremessando os desvios, os erros, a infidelidade, os chifres que ele me colocou – previu, enxugando o rosto. – E então seremos aqueles casais que não se falam, fazem mímicas para se comunicar, em que o marido e a esposa, ao se cruzarem, parecem estar em uma sala de espelhos, cada um vendo seu respectivo reflexo e mantendo irredutíveis suas razões – lamentou, se levantando e criando coragem. – Não! Eu não fraquejarei. Mesmo que eu caia e me esborrache, todos nós temos que ser persistentes e dedicados como um trapezista, e por mais que as piruetas da vida possam ser desafiadoras, não podemos desistir ou nos dar por vencidos.

Brianna, tremendo, voltou à porta e se esforçou para escutar o que acontecia no consultório, porém só havia silêncio. Ela respirou fundo, direcionou sua coragem e abriu a porta em um solavanco.

— Richard! – esbravejou ela, com sangue nos olhos.

ATO

5

Nasci na fazenda de minha família e era o filho mais novo dos sete de minha mãe e o segundo homem. O primeiro homem e o mais velho dos irmãos era o Benjamin – falou com uma voz fina, de tom quase feminino.

Com o passar dos anos, minhas irmãs se casaram e a maioria se mudou para longe, algumas para o oeste dos Estados Unidos, arriscando a vida entre os índios para ter seu pedaço de terra. Para mim, ficou claro que eu e meu irmão tocaríamos a fazenda de nossos pais.

Com a morte de meus genitores, Benjamin negociou a compra da parte de todas as minhas irmãs, coisa que raramente era realizada, especialmente de forma tão amigável, porém a minha continuou comigo.

Nosso acordo era que eu ajudaria na fazenda e receberia um sétimo dos lucros, até que quisesse administrar sozinho minha área.

Benjamin demorou a se casar e, aos dezesseis anos, entendi que meu futuro seguiria o dele: me casaria, constituiria uma família com meus filhos, tentaria comprar mais terras para expandir minha fazenda e morreria velho, tendo talvez cinquenta anos, deixando meus bens para quem estivesse vivo.

Seguindo aquela premonição, conheci uma menina, Jéssica, e após dois anos de namoro, achei que ela seria a mulher certa para cumprir meu planejamento futuro.

Porém, tudo ia bem até que a família dela arrumou as malas para morar em outra cidade.

Dentre as opções que me restaram, nenhuma era de meu agrado, uma era muito gorda, a outra muito magra, uma feia, outra bonita demais.

Certo dia, fui banhar-me em um lago, e ouvi uma voz cantando, a qual me assegurei ser de um anjo. Eu me embrenhei lentamente entre os arbustos para descobrir qual era a origem daquele som celestial e me deparei com uma jovem, cuja beleza era ressaltada pelo reflexo do sol sobre as águas, e sua vestimenta de freira adicionava mais um aspecto divino à música que ela cantava.

Seu nome era Jodie. Superado o susto de nosso primeiro encontro, conversamos por horas, até o sol se avermelhar abaixo das nuvens e ela sair correndo, dizendo que estava muito atrasada para retornar para o convento.

Em meio à correria, ela olhou para trás, para mim, e deu um sorriso envergonhado.

Meu coração se derreteu.

— Seria Jodie a mulher que o destino reservara para mim? – eu me perguntei.

Nos encontramos outras vezes, fixamente naquele lugar. Embora ela não falasse, sabia que o amor que eu passei a sentir era compartilhado por ela.

Nossa afinidade foi se tornando cada vez mais forte e evidente; no décimo encontro, nos beijamos. Depois que eu a beijei, descobri que jamais desejaria beijar outros lábios.

Terminado o beijo, Jodie correu assustada para o convento, em conflito entre o que sentia por mim e seu voto religioso.

Não a vi por semanas, até que em um dia chuvoso, em que a esperava como de costume em nosso lugar às margens do lago, com o coração despedaçado e duvidoso se eu a veria outra vez, Jodie apareceu, ensopada e chorando, jurando seu amor para mim.

Fizemos amor ali, apaixonados, como se estivéssemos sendo abençoados pela água que caía sobre nós.

Por dias conversamos bastante e consolidamos nossa paixão. Posteriormente, a apresentei para meu irmão e, juntos, bolamos um plano para que Jodie saísse em definitivo do convento.

A saída não seria fácil, pois além de ter que enfrentar as freiras, um enorme obstáculo seria a família dela.

A família de Jodie era muito católica e por gerações tinha o costume de que ao menos um dos filhos seguisse o caminho do clero, seja como padre ou freira. Jodie tinha um irmão que aos quinze anos engravidou uma menina e se casou com ela. A partir do casamento, ela foi doutrinada para assumir a posição na igreja, sem que a ela fosse dada nenhuma opção de escolha.

No dia em que enfrentaríamos o pai e a mãe dela, resolvemos ir a um rio e sugeri que entrássemos para relaxarmos as tensões da fatídica conversa que nos aguardava.

— Independente de qualquer coisa – disse Jodie para mim, dando uma pausa para tentar parar as lágrimas – eu te amo. Te amarei para sempre – confidenciou ofegante, com o choro.

Após eu em prantos jurar igualmente meu amor e enxugar as lágrimas de meu rosto, pulei no rio e nadei até a metade, a chamando para que entrasse também.

Porém, quando Jodie entrou até a cintura, gritei para que ela voltasse, pois uma cabeça d'água se aproximava com muita velocidade, arrancando pedras, galhos e até árvores.

A alguns quilômetros acima daquele trecho do rio, uma chuva fortíssima havia caído e vinha provocando um aumento rápido e repentino das águas. A cabeça d'água tinha um alto poder destrutivo e nadei o mais rápido que pude para tentar me salvar.

Eu cheguei perto de alcançar a margem, todavia fui pego pela torrente.

Jodie, desesperada, correu impotente, me acompanhando com os olhos, no entanto, meu corpo foi puxado para o fundo por violentas correntes de água.

Girei incontrolavelmente em meio ao escuro interior do rio, e a última coisa que senti foi o pavor de estar morrendo afogado. Meu corpo nunca foi encontrado.

— Richard! – gritou Brianna, abrindo a porta do consultório e se surpreendendo em ver o marido sentado em uma cadeira, na companhia de Holmes, Rebecca e Martha, esta última dormindo em um canto improvisado.

A estilista fez com urgência um sinal para que Brianna fizesse silêncio, Richard se levantou e olhou estranhamente para a esposa.

— Esta foi minha última encarnação – alegou o doutor, mantendo a voz alterada e em transe, andando em direção à Brianna. – Eu sabia que nos encontraríamos de novo, Jodie – falou, pegando no rosto da esposa. – O destino de sermos marido e mulher não seria interrompido pela morte e o que sinto por você hoje é o que eu sentia na época em que compartilhávamos nosso amor proibido.

Brianna se emocionou sem saber muito bem o porquê e abraçou forte o marido.

A dúvida de minutos antes fora convertida em uma lembrança feliz da trajetória dela e do marido desde que se conheceram.

O doutor voltou a se sentar e Rebecca deu instrução para que Richard acordasse.

Ele despertou devagar como se estivesse tendo um sono muito pesado.

— Esta foi difícil, hein – alegou Richard, se espreguiçando, se recordando sobre sua morte no rio e voltando a falar com sua voz normal.

Enquanto ele se restabelecia, Holmes contou para Brianna que, em Unkath, foi pedido a Richard que fizesse regressões a vidas passadas com o objetivo de ele aprender mais sobre sua fobia e assim se curar dela.

— A primeira sessão foi feita em Unkath, onde Richard se apresentou como uma mulher no Egito antigo, na época dos Faraós

– esclareceu Holmes. – As demais sessões foram conduzidas pela Rebecca neste consultório. Nesta regressão de agora, Richard ia se casar com você, entretanto morreu afogado.

— Sinto muito não ter contado a você antes, Brianna – se desculpou o doutor. – Para ser sincero, até eu não acreditava nestas regressões e achei melhor ver primeiro no que ia dar.

Brianna ficou aliviada pela farsa da suposta traição, porém não muito contente por ser a última a saber das sessões.

— No momento em que te vi pela primeira vez, eu tinha certeza de que você era a mulher da minha vida e que nossa ligação precedia o encontro desta vida – alegou o doutor, dando um beijo em sua amada esposa.

O FUTURO MÉDICO

Após a sessão de regressão, houve uma longa conversa com Brianna, da qual participaram Richard e seus cúmplices. Eles detalharam toda a história, iniciando com os exercícios de hipnose falados pelo Peregrino.

Finalizada a sabatina, o doutor pediu licença e saiu de casa.

Ele se sentou nas proximidades do rio, pensou bastante sobre suas vidas passadas, e entendeu que a origem de sua fobia fora o fato de ter morrido afogado.

A morte havia sido tão traumatizante que ele carregou a sensação de pânico que sentira para aquela vida atual.

— Eureka! – era a revelação que ele tanto buscava!

Ele mal podia acreditar. A euforia foi tamanha que começou a se despir e, aos tropeços, foi em direção à água. Ao pôr o pé dentro do lago, contudo, ele retrocedeu um pouco, sentindo um princípio de fobia, entendeu que a alegria deveria ser substituída pela concentração, atenção e foco, a fim de que fosse capaz de vencer o medo.

Ele repetiu a sequência ensinada a Frank, o tabelião, e vagarosamente e com sucesso deu dois passos água adentro. O coração dele disparou, suas pálpebras dilataram, os pelos dos braços se arrepiaram, a saliva sumiu e o ar escapou dos seus pulmões. Ofegante, ele teve um instinto de fuga, por estar diante de um perigo iminente, porém, devotando-se em superar o trauma, Richard controlou a respiração, aprumou o corpo, se acalmou e se manteve na água por uns minutos.

— Sucesso!

Richard se sensibilizou pelo feito e aproveitou para fazer uma emocionada oração de agradecimento a Deus, suplicando por sua graça e, em especial, reconhecendo as inúmeras graças recebidas.

Ele voltou ao lago todos os dias por um mês, avançando passo a passo e ensaiando mergulhos.

Depois de 30 dias desde a primeira entrada na água, foi organizada uma nova saída com toda a família para a beira do rio e, daquela vez, foi Richard que brincou com os filhos de galo-de-briga.

...

Quatro anos foram transcorridos e as habilidades aquáticas do doutor foram aprimoradas até o ponto em que a fobia foi totalmente superada.

O período de bonança foi tão bom para ele que engordou quinze quilos, e teve que ter todas as calças alargadas.

No campo profissional, o doutor passou a ser amplamente conhecido, tanto dentro do país quanto fora. O artigo que escrevera se tornou um sucesso e ele foi convidado para palestrar nas principais universidades do país, tal como as quatro mais antigas dos Estados Unidos: College of Philadelphia, na Pennsylvania; King's College, em Nova York, Harvard, em Massachusetts, e Dartmouth College, em Nova Hampshire.

Convites para comparecer a eventos internacionais, como na Inglaterra, França, Espanha e Alemanha, também foram recebidos, no entanto, o doutor cordialmente os recusou, pois sua cota de viagens ao exterior se esgotara, pelo menos no curto e médio prazos.

O artigo de Richard foi de suma importância para estudos sobre os agentes de mostarda, no entanto, antes de que fosse usado para fins médicos, de forma pacífica e em prol dos pacientes, tais agentes foram utilizados para produzir uma das mais mortais e desumanas armas químicas da história das guerras: o gás de mostarda.

O gás foi descrito pela primeira vez em 1822 por César-Mansuète Despretz e caracterizada como substância tóxica, pela primeira vez, em 1860, por Albert Niemann. Durante muitos anos, vários cientistas contribuíram para melhorar e aperfeiçoar sua síntese, tornando-a mais eficiente. Desses, destacam-se os ingleses Frederick Guthrie e Hans T. Clarke e o alemão Victor Meyer.

No decurso da Primeira Grande Guerra, e com base no método de síntese Meyer-Clarke, o Levinstein, a Alemanha foi capaz de produzir a mostarda sulfurada em grande escala e usá-la como arma química pela primeira vez.

Porém, justamente no período da Segunda Grande Guerra, Alfred Gilman e Louis S. Goodman deram uma reviravolta na história do gás mostarda. Foi graças aos seus estudos que a substância até então responsável apenas por morte e terror foi associada à terapia do câncer.

Com relação ao cenário escravista dos EUA naqueles anos, os açoites e perseguições de negros mantiveram-se em alta e, por mais que o xerife e seus agentes negassem, uma área específica localizada ao sul da cidade, onde o rio fazia uma curva mais acentuada, se tornou um local de desova de corpos e assassinato de negros. O local ficou conhecido como "Portal para a Morte".

O Portal estava na cabeça de todos, porém ninguém ousava comentá-lo. Edward fazia questão de dizer que aquilo se transformara em um mito, que investigara a área e não havia encontrado nenhum indício de que sequer exista.

Richard e seus companheiros de crime, no bom sentido de crime, pois resgatavam e salvavam negros, sabiam que o Portal era real.

Muitos dos escravos resgatados diziam que uma milícia de fazendeiros havia se formado em função da grande quantidade de fugitivos, e não só o Portal era verdadeiro, como o xerife era conivente com as barbáries lá praticadas.

O extravio de negros passando pela casa de Richard se intensificou nos três primeiros anos, muito em razão do deterioramento do cenário político do país e, no último ano foi suspenso, pois a cadeia logística responsável por levar os negros para o norte foi descoberta, o que inviabilizou toda a operação.

Por décadas, abolicionistas digladiavam com aqueles que defendiam a escravidão, e isso resvalou na expansão territorial do país. A partir de 1800 até 1854, os Estados Unidos promoveram uma vasta expansão territorial por meio de compras, negociações e conquistas. No início, os novos Estados, formados a partir desses territórios que entraram na União, foram divididos igualmente entre Estados onde os negros eram escravos ou livres. Porém, com o passar dos anos, a pressão nortista foi se intensificando para promover a liberdade dos negros. Enquanto eles defendiam a supremacia federal sobre os Estados neste quesito, os Estados sulistas se apoiavam sobre suas autossoberanias para legislar sobre a escravidão.

Economicamente, o Sul era um território agrícola, sem mecanização, e os escravos representavam uma mão de obra de baixo custo para realizar os trabalhos manuais. O Norte, em contrapartida, era industrial, estava em processo de automatização, e seus interesses se pautavam em tarifas, pagas em grande parte pelo Sul, e no protecionismo do que era manufaturado por eles, combatendo a entrada de produtos importados.

Por conseguinte, o Sul agrário não podia importar peças e equipamentos de fora do país, e eram obrigados a comprar do Norte. Desde a década de 1830, os democratas do Congresso, controlados pelos sulistas, conseguiram gradativamente baixar as tarifas, e esse foi mais um ponto de discórdia que punha mais lenha na fogueira para o conflito que se formaria.

Em 1858 e 1859, Richard teve acesso aos debates do republicano e abolicionista Abraham Lincoln versus Stephen A. Douglas, quando da candidatura dos dois para uma vaga no Senado. No total, foram realizados sete debates e o doutor ficou tão entusiasmado pelo posicionamento do republicano que lhe enviou uma carta o parabenizando.

Lincoln perdeu aquela eleição, todavia, em novembro de 1860, foi eleito presidente do país. Ele assumiria o cargo em abril do ano seguinte. Um efeito imediato à eleição foi que, em dezembro de 1860, o Estado da Carolina do Sul votou unanimemente e adotou a "Declaração das Causas Imediatas que Induzem e Justificam a Secessão da Carolina do Sul da União Federal". Tal Estado foi o primeiro a declarar independência do governo federal.

Naquele mês, Richard recebeu uma carta da presidência, fazendo um convite para que ele comparecesse à capital com sua família. As cartas enviadas pelo doutor ao longo dos anos a Abraham Lincoln, em prol da libertação dos escravos, bem como seu renome internacional em função de seu artigo, tinham despertado o interesse da equipe de transição do novo governo pelo doutor.

...

No dia anterior à viagem, Brianna não se sentia bem devido a uma intoxicação alimentar cuja diarreia a levou por diversas vezes ao banheiro. Embora, horas antes da partida, ela estivesse se sentindo melhor, era mais prudente que não fosse com o marido e com os filhos.

...

Em uma manhã ensolarada, Richard dirigiu sua charrete puxada por seu cavalo preferido em meio a campos e matas verdejantes.

Era grande a satisfação de viajar com os filhos e passar aquele tempo com eles, após tantas viagens sozinho para falar de seu artigo.

No terceiro dia de cavalgada, eles acordaram animados, ansiosos, e se aprontaram para em poucas horas entrar na capital.

— Sabe, pai, no futuro quero ser médico para poder atender e curar todo mundo – declarou Raphael, o primogênito.

— Eu não, eu quero ser um grande cientista! – gabou-se Bruno.

— Muito bem! Mas para isso vocês terão que estudar muito.

— Mas eu não quero ser só um cientista – avisou o caçula, quase interrompendo o pai. – Eu quero ser rico e famoso, como o presidente Abraham Lincoln.

— Ok – entendeu Richard, achando graça. – E foi ele quem disse: "Você não consegue escapar da responsabilidade de amanhã esquivando-se dela hoje". Como eu disse, vocês terão que se esforçar muito nos estudos. E, falando no presidente, chegaremos à capital em uma hora ou menos. Quero que prometam que se comportarão lá.

— Nós prometemos – concordou o caçula.

— Muito bem. Tenho muito orgulho de vocês, meus filhos. Apresse os passos, Rudolf! – deu o comando ao cavalo, balançando as rédeas. – Acelera, pois estamos um pouco atrasados.

Eles seguiam pela estrada e, paralela a ela, surgiu um lago cristalino e calmo que sumia de vista no horizonte. O doutor conduzia o veículo satisfeito com o progresso da viagem e muito orgulhoso dos filhos. As crianças brincavam com bonequinhos feitos de palha, botões e pano, além de algumas cordas amarradas nas laterais da charrete, que passavam por debaixo dos assentos.

De repente, o que parecia ser um galho na estrada revelou-se ser uma cobra. Com a aproximação deles, ela levantou a cabeça e se encolheu, ficando em posição de ataque. O cavalo, por conseguinte, assustou-se, empinou sobre as pernas traseiras e todos se seguraram para não cair. Ao pousar, Rudolf disparou em direção ao lago.

Temendo pela segurança de seus filhos, amedrontados pela velocidade e pelos solavancos causados pelo terreno irregular, Richard gritou para que eles se segurassem e puxou as rédeas com toda a força, com o objetivo de parar o cavalo. No entanto, Rudolf não respondeu aos comandos e gritos de seu dono, e seguiu correndo rumo à margem do lago, onde fez uma curva fechada, fazendo com que a charrete ficasse sobre uma roda, de lado, perto de virar.

O doutor, que tentou manter a bravura a fim de encorajar os filhos, segurou-os com um braço para que não fossem arremessados para fora. Em meio ao pavor das crianças, a charrete voltou à posição normal, contudo, o solavanco da segunda roda encostando no chão provocou o rompimento da parte dianteira da carroça, que acabou se desligando do animal.

Totalmente descontrolada e se equilibrando instavelmente, a charrete virou para o lado e, com um salto potente sobre um barranco, caiu dentro do lago. A batida na água foi muito forte e Richard foi arremessado para longe do local da queda. Ele afundou e, com determinação, voltou à superfície, onde esperou por alguns segundos o aparecimento dos filhos, já que ambos sabiam nadar.

Passados alguns segundos angustiantes e sendo atingido levemente pelas ondulações da água, ele compreendeu que os dois se encontravam com problemas, talvez machucados, talvez inconscientes, e mergulhou para o resgate. O que ele não sabia era que seus filhos tinham os pés presos nas cordas da charrete e que ela, como uma âncora, afundava sem dar trégua.

Os meninos, desesperados e tentando se livrar, em certa altura, vendo-se sozinhos, imersos na água e presos, olharam-se e, sentindo em seus corações o amor que tinham um pelo outro, abraçaram-se emocionados.

Alguns minutos se passaram até que Richard reapareceu na superfície com os garotos nos braços. Ele nadou para a terra firme, mantendo as cabeças deles para fora da água, arrastou os dois para a terra amarronzada da margem e iniciou um procedimento de reanimação.

Ao constatar que nenhum dos dois respirava, Richard bateu no peito de um dos filhos de forma desordenada, e vendo um pouco de água sair pela boca e pelo nariz do garoto, tentou sugá-la com sua boca. Engasgando-se muito, ele repetiu o procedimento com o segundo menino e passou a alternar os atendimentos, em meio a pedidos encarecidos a Deus para que poupasse as vidas dos dois, bem como ao Peregrino, para que viesse ao socorro.

A princípio, Richard teve vigor e velocidade, contudo, após poucos minutos, seu corpo alcançou o ápice do esgotamento, e sua mente, em pânico, começou a assumir que era tarde demais. Exausto, o doutor se deitou entre seus filhos mortos e, com a última força que lhe restava, puxou-os para junto de seu peito. Chorando copiosamente e abraçando cada filho com um braço, Richard fez um juramento maior do que sua própria vida.

— Meus filhos, nem a morte me levará para longe de vocês! Eu juro!

...

Os corpos foram levados para casa e o funeral reuniu grande parte da cidade, tendo o revendo Bridges como celebrante.

Brianna, que desmaiou de desespero ao ouvir a notícia do acidente, tentou se portar de forma firme e inteira, contudo, desabou no caminho para a cerimônia, e ficou meio que anestesiada e fora de si até o enterro. Seu coração apresentava picos de batimentos acelerados quando se lembrava dos filhos vivos, e a tristeza que a abatia por não poder mais vê-los ou tocá-los gerava uma dor excruciante, tão incapacitante, que ela se desligou do mundo externo, não ouvindo nada, nem mesmo o sermão de Bridges.

Richard tentou confortá-la, estando ele também em pedaços, contudo encenando uma postura de conformista; sua esposa se encontrava inconsolável.

Rebecca não foi ao funeral, porque se oferecera para ficar com Martha e seus dois filhos, o mais novo de um ano e meio.

Desde a morte das crianças, a estilista nunca vira Holmes daquele jeito, tão abatido.

Junto a Richard no funeral, ele ficou em silêncio, parado, e suas lágrimas silenciosas caíam minuto a minuto em profunda dor, mas com a certeza de que as almas de Raphael e Bruno haviam sido acolhidas.

— Se eu não tivesse superado a fobia e reaprendido a nadar, eu teria também morrido – comentou Richard, grato pela forma com que aprendera a vencer a fobia.

O doutor ficou acamado de luto e com uma gripe forte por dias. Ele aproveitou a vigília orando pelos filhos, pedindo a Deus, a Jesus e ao Espírito Santo que os conduzissem para seus reinos.

De certa forma, em certos momentos, Richard teve a impressão de sentir uma presença acolhedora do Peregrino, e aquilo fortalecia a sua fé de que as mortes faziam parte do plano de Deus e que seus filhos estavam bem.

Vinte dias após o falecimento dos meninos, Richard recebeu uma carta de Abraham Lincoln, expressando seus pesares por sua perda. Diante daquele momento tão delicado, ele comentou que mantinha o interesse em conversar pessoalmente com o doutor, para que ele talvez fizesse parte de seu governo.

Richard agradeceu o contato e pediu um prazo maior para pensar. A empolgação de antes tinha diminuído e ele ponderou se entrar para a política seria algo realmente de seu interesse, uma vez que era apaixonado por sua profissão de médico.

Os episódios de gripe e mal-estar se repetiram de três em três semanas e, em meio a uma delas, ele foi convidado para ir novamente a Nova York, a fim de participar de um simpósio na King's College.

Ele levou Brianna e Martha para que sua esposa espairecesse a cabeça e respirasse novos ares.

Enquanto Richard participava do evento, ela reencontrou duas primas de segundo grau, ambas viúvas e de idades próximas à dela.

O convívio com as parentes foi ótimo, elas se deram muito bem e, desde o enterro, Brianna não ria como fez com as primas.

No dia de voltarem para casa, Richard contou à esposa que recebera e aceitara uma proposta de emprego na universidade para ser professor e coordenador do curso de medicina. Brianna o abraçou forte e aquele convite foi um oásis para as angústias e inseguranças dos dois, no que tangia ao futuro do país e o que estava por vir.

Em janeiro e fevereiro de 1861, os Estados de Mississippi, Flórida, Alabama, Geórgia, Louisiana e Texas seguiram o exemplo da Carolina do Sul e se separaram da União.

Os Estados do Sul acreditavam que a posse de escravos era um direito constitucional. Em quatro de fevereiro de 1861, eles concordaram em formar um novo governo federal, os Estados Confederados da América, e assumiram o controle de fortes federais e outras propriedades da União dentro de seus limites, com pouca resistência do presidente cessante James Buchanan, cujo mandato terminou em quatro de março de 1861. Um quarto do Exército dos EUA – toda a guarnição do Texas – foi confiscada sob o comando do General Comandante David E. Twiggs, que se juntou aos confederados.

...

Richard e Brianna contaram a novidade para Holmes e Rebecca, e eles ficaram muito contentes pelo convite de mudança se estender aos cinco. Sim, cinco. O assistente, a estilista, dois filhos e mais um em gestação.

— Vocês são parte da nossa família – disse Brianna a Holmes.
— Queremos mudar dentro de trinta dias – propôs o doutor.

As novidades não acabaram por ali: na universidade, Richard se inteirou sobre as datas de inscrição para o curso de medicina e revelou que indicara o assistente para participar do processo seletivo.

O teste seria em duas semanas.

Holmes se preocupou com a viagem a Nova York porque aconteceria justamente quando estariam se preparando para mudar, ainda mais em se tratando de todo o ateliê da esposa e das bagagens de toda a sua família.

Eles debateram muito, e ficou acordado de o assistente ir à universidade, retornar e ir outra vez com a mudança. Seria uma enorme contramão, porém a presença de Holmes com sua família, nos longos trajetos de trem e nas organizações finais para as bagagens, traria mais segurança e comodidade para todos.

Além de ir à universidade, o assistente ficou a cargo de alugar uma casa que Brianna tinha visitado com as primas, cujo dono, amigo das duas, estava de mudança para a Europa. O local comportaria todos, menos o ateliê de Rebecca, porém uma vez estabelecidos, um novo local para esse ateliê seria encontrado, bem como uma casa para Holmes e sua família, como era de vontade de sua esposa, apoiada por Brianna.

Quinze dias depois que decidiram se mudar, Richard conseguiu um comprador para sua residência e para seus cavalos, e dias antes de Holmes retornar do processo seletivo, encaixotou com a ajuda de mão de obra de terceiros praticamente toda a mudança e se encarregou de todo o transporte de malas, caixas e pessoas.

Infelizmente, o médico ficou de novo doente durante o corre-corre e fez muitos dos arranjos para a viagem com o corpo mole e ardendo de febre. Os quilos que ele havia ganho nos últimos anos tinham todos evaporado em função das gripes.

...

No dia do retorno de Holmes, a família toda foi ao encontro dele na estação. Eles esperaram por trinta minutos e nada do trem. Como na estação não se tinha informação sobre o porquê do atraso, resolveram voltar mais tarde, para o desânimo geral.

Passada uma hora, Richard e Rebecca voltaram à estação e lá estava o trem. Contudo, todos os passageiros que desciam na cidade já tinham desembarcado e tomado seus rumos, deixando o local vazio e sem sinal do assistente.

Os dois concluíram, portanto, que houvera um desencontro e Holmes provavelmente tinha se dirigido para casa.

Ao entrar pela porta, Rebecca chamou alto pelo marido, porém Brianna lhe disse que Holmes não chegara.

Um princípio de inquietude foi surgindo na estilista e, após mais trinta minutos de espera, ela e o doutor voltaram à estação. Por precaução, Richard, sem avisar ninguém, pegou seu revólver Colt Dragoon. Aquele sumiço era incomum, não era do feitio de Holmes ficar se esgueirando na rua.

— Às vezes ele não conseguiu a vaga e resolveu esfriar a cabeça em algum lugar – supôs Rebecca no caminho.

— Acho que o mais provável é que ele tenha sido chamado por alguém doente ou que precisava de assistência e foi fazer um atendimento antes de ir para casa – presumiu o doutor, tentando ser otimista.

De fato, o assistente tinha chegado e, no caminho, encontrou uma mãe negra aflita porque seu filho tinha cortado o antebraço e talvez precisasse de pontos. Holmes a acompanhou e constatou a necessidade de se fazer o fechamento do corte.

De volta à estação, o doutor e Rebecca buscaram por informações. O que lhes foi dito era que ninguém havia ficado lá e que não tinham visto nada de suspeito. Os dois estavam prestes a ir embora, quando Richard reconheceu um de seus pacientes regulares e notou como ele desviou o olhar dele, evitando ser encarado, como se escondesse algo.

Richard e Rebecca se aproximaram dele, um senhor simpático, com dentes feios e alguns ausentes em sua arcada, e ficou evidente que ele sabia de alguma coisa, pois gaguejou muito de nervosismo e de medo ao ser sabatinado.

Depois de implorarem por notícias, o relutante homem resmungou o que vira, suplicando a Richard que guardasse segredo sobre a fonte daquele testemunho.

— Vi Holmes sendo arrastado inconsciente e colocado em cima de um cavalo. Eu me encontrava distante deles e não pude identificar o agressor. Isso é tudo que sei. Eu juro.

A estilista quase desmaiou e começou a chorar.

— Rebecca, volte, avise a Brianna e peça para ela informar à delegacia. Eu pegarei um cavalo e irei procurá-los.

Rebecca se esforçou para se recompor e colocar um pé diante do outro.

— E Rebecca! Após a delegacia, peça para informar o boticário e o carpinteiro! – instruiu seriamente, imaginando quem poderia estar por trás do sequestro e sentindo uma terrível indisposição e fraqueza, como se, naquela hora, a sensação de gripe tivesse sugado suas forças.

...

— Sabe o que mais odeio em você? – perguntou Edward a Holmes, este tendo as mãos algemadas atrás das costas, mastigando uma mordaça, montado sobre um cavalo e com uma corda que fora amarrada em seu pescoço e no galho de uma árvore.

Holmes, enfurecido, não pôde responder com a obstrução em sua boca.

— Quero que me entenda que é não é nada pessoal – alegou, circundando vagarosamente o equino. – O que me enerva, e é inaceitável, é o que você representa: um negro exercendo um papel de cuidador e se passando por médico. Onde já se viu um negro cuidar da saúde de um branco!? E que homens são estes que se deixam ser tocados e que absurdamente permitem que suas mulheres e filhos sejam examinados por um ser inferior, sujo e impuro como você! Isto me enoja – alegou, acariciando a cabeça do cavalo e com presunção. – O seu papel nesta cidade não representa um exemplo para onde a sociedade está seguindo, mas sim um retrocesso, um revés, uma abominação. Se depender de mim e dos milhões que pensam como eu, o mais alto que um negro chegará é onde você está: amarrado pelo pescoço a uma árvore. A maior qualificação que terá será de catador de algodão ou faxineiro, e o futuro que lhe cabe é morrer no máximo até os trinta e cinco anos, pois a partir desta idade, não tem mais força para trabalhar. Afinal, qual é a serventia de um negro velho? – zombou.

Holmes, que se debatia ouvindo tamanhas barbaridades, percebeu a mordaça se afrouxar e foi capaz de baixá-la utilizando um ombro.

— O futuro dos negros nesta nação não dependerá de escórias preconceituosas e racistas como você. Deus há de mostrar ao país que não somos diferentes, que o sangue que corre em nossas veias é igual ao de qualquer um, que o cargo, o sucesso, é conquistado pelo mais qualificado e esforçado, independentemente se é homem ou mulher, branco ou negro, indiano ou asiático. Sabe, Edward, eu sinto pena, tenho dó de você, porque não sabe do que eu sei, do que presenciei com relação à vida e à morte.

— Cala a boca, seu imprestável! – gritou, indo para trás do animal.

— Jesus nos alertou quanto ao "choro e ranger de dentes" que os egoístas e os criminosos colherão, porém, sua voz é constantemente ignorada e achamos que a vida pode ser vivida sem que soframos nenhuma má consequência por nossos desvios – disse Holmes, se serenando. – A interpretação da Bíblia está errada quando fala que o Senhor visita a iniquidade dos pais nos filhos, até a terceira e quarta geração; a iniquidade, a ação contrária à moral, à ética, ao amor, será cobrada não dos filhos do pecador, mas sim até a terceira e quarta encarnação do próprio homem.

— Heresia! – gritou o xerife, em repúdio. – Como ousa blasfemar contra a santa igreja?! Seu lugar é no inferno e rezo para que Lúcifer e seus anjos te queimem e te torturem por toda a eternidade – amaldiçoou, dando um tapa forte na traseira do cavalo, o fazendo galopar.

Holmes se debateu devido ao enforcamento e, quando achou que não aguentaria mais, a corda foi cortada e ele se esborrachou no chão, mal sendo capaz de respirar. Seu pescoço estava em carne viva e sua traqueia lesionada.

— Você está bem, Holmes? – indagou Richard, ofegante, guardando a faca que usara para cortar a corda e apontando o revólver para Edward. – Quietinho aí, xerife!

— Ora, ora. Se não é o ilustríssimo doutor – satirizou.

— Não faça nenhuma gracinha! Saque a arma e a jogue para cá!

— Cuidado, doutor! Você pode acabar se machucando.

— Eu sabia que você era o culpado pela abdução de Holmes e tinha certeza de que ele seria trazido para o Portal.

— Foi muito sagaz, doutor – escarneceu.

— Vamos! Jogue a arma agora ou te darei um tiro.

— Calma. Não se precipite.

A arma foi arremessada e o assistente teve uma crise de tosse muito forte, lutando para respirar.

— Holmes, você ficará bem – garantiu o doutor, tentando examinar o ferimento no pescoço a distância.

Com aquela distração, Edward correu e se jogou sobre Richard, fazendo sua Colt Dragoon escapar de sua mão.

— Seu doutorzinho de merda! – esbravejou o xerife, sobre o doutor, sendo seguro pelas pernas entrelaçadas de Richard em volta de sua cintura.

Os dois se agarraram e desferiram socos um contra o outro, porém nenhum nocauteou o adversário.

Edward, então, endireitou a coluna, Richard tentou segurar no blazer do oponente, mas foi impedido, o xerife pressionou com as mãos o abdome inferior do doutor, o impedindo de levantar o tronco, e com um movimento rápido, Edward empurrou um dos joelhos do doutor, forçando para que os pés dele se soltassem, e passou a guarda.

O xerife abraçou a cabeça de Richard e passou a perna sobre a barriga dele, podendo com isso se sentar sobre a barriga do doutor. Naquela posição, as tentativas de defesa de Richard se tornaram inúteis, pois não conseguia tirar Edward de cima dele. Após levar um *jab* de esquerda que o tonteou, levou um direto de direita que quebrou seu nariz e o nocauteou.

Edward se levantou orgulhoso, ajeitou a roupa e procurou seu revólver. Ele se encontrava perto de Holmes, que mais calmo respirava melhor.

— Onde estávamos, negrinho? – perguntou, sorrindo.

Ele deu o primeiro passo, porém parou sentindo uma pontada de dor em um tornozelo. Edward o torcera na luta com Richard e, ao tentar caminhar, doeu bastante.

— Merda! – reclamou.

Segundos depois do golpe no nariz, o doutor, que parecia fora de combate, viu que sua arma estava ao seu lado. Ele a pegou e iniciou uma dolorosa e desengonçada escalada de seu corpo para ficar de pé.

A cabeça dele girava e ele se esforçou para empunhar a Colt Dragoon para o xerife.

— Não se mexa, seu desgraçado – advertiu, estando Edward de costas para ele, abrindo e fechando os olhos para dissipar a neblina de sua vista embaçada e turva.

O xerife achava que o doutor permanecia deitado no chão e, irritado pela provocação, se virou velozmente, simultaneamente no instante em que Richard dava um passo à frente.

Edward deu de cara literalmente com ele e o som de um disparo acidental ecoou no ar, na hora em que Ulysses, o agente, chegava apressado ao local e presenciava o tiro.

Os dois homens se encararam face a face, e o rosto judiado do doutor destoava enormemente da feição raivosa do xerife, feição aquela que mudou em um instante, pois a bala que atravessara seu fígado provocou uma hemorragia interna.

Edward caiu para trás feito uma porta.

Richard permanecia confuso e demorou um pouco para entender o que se sucedera. Ele olhou para sua mão, notou que sua arma havia disparado e que do cano subia uma fina fumaça. Quando pôde enxergar por completo, focalizou o corpo do xerife no chão, com o sangue tingindo sua camisa.

Ele se ajoelhou em um empenho para salvar o xerife, no entanto, não havia mais o que se fazer.

O barulho do disparo guiou Michael e Gregg ao Portal. Eles encontraram Edward morto e acompanharam a retirada das algemas de Holmes por Ulysses.

— Richard, eu fui aprovado no curso de medicina – disse Holmes, com a voz mal saindo pela boca.

REENCONTRO

Richard foi preso em flagrante pela morte do xerife, para a revolta dos demais presentes.

Levado à delegacia, o juiz Raymond ordenou que o acusado fosse colocado na masmorra, a mesma cela onde ficara Khalil.

A visitação de pessoas externas só foi concedida após três dias.

Ao longo daquele período, a condição física do doutor se deteriorou enormemente. Ele mal foi capaz de comer, passou a maior parte do tempo deitado e perdeu muitos quilos, o que lhe permitiu confirmar ainda mais o diagnóstico sobre a raiz do mal-estar que vinha sentindo nos últimos meses.

— Richard! – disse Brianna, carregando um lampião e chorando ao ver o marido encarcerado, magro e com a região em volta do nariz toda roxa do soco que recebera.

— Brianna, meu amor – pronunciou emocionado, se levantando com dificuldade, passando as mãos pelas barras e segurando nas delas.

— Estamos fazendo tudo o que podemos para te tirar daqui. Estamos entrando em contato com outros juízes e advogados para te defender e eles disseram que muito em breve conseguirão te tirar – informou com urgência.

O doutor nada falou e abaixou a cabeça entristecido.

— O que foi, meu bem? Não desanime. Nós te tiraremos daqui!

— Brianna, os últimos anos, com exceção da perda de nossos filhos, é claro, foram os anos mais felizes da minha vida. Eu te amo, amo a Martha, Holmes e Rebecca e os filhos deles. Independentemente do que acontecer comigo, saiba que você me fez ser um homem melhor, completo, e que eu nem poderia imaginar uma vida sem seu carinho, companheirismo e afeto.

— Por que está dizendo isso, Richard? – questionou, aos prantos. – Não desista! Eu preciso de você!

— Ninguém que entra nesta cela sai vivo, meu amor – a relembrou, soltando suas mãos.

— Você é o melhor médico desta maldita cidade! É óbvio que você sairá!

— O juiz Raymond não me deixará sair – esclareceu. – Eu estou sendo acusado de assassinato de um xerife e, no testemunho de Ulysses, ele afirmou que Edward se encontrava desarmado no momento do disparo à queima-roupa.

— Mas não foi isso o que aconteceu! O xerife tentou matar o Holmes!

— Sim. Porém o que Ulysses presenciou retira de contexto tudo o que se desenvolvera desde o sequestro de Holmes e se concentra na morte de um oficial da lei desarmado por um civil.

— Nós explicaremos ao júri o que de fato aconteceu! Eles entenderão que o disparo foi acidental! Eles têm que entender! – enfatizou, à beira do desespero e aos prantos.

— Brianna – disse Richard, tornando a pegar nas mãos da esposa. – Holmes veio com você?

— Sim. Está lá fora – respondeu, enxugando o rosto.

— Peça para ele entrar, por favor.

O assistente entrou chorando e pedindo desculpas pelo desfecho de seu desaparecimento.

— Não há nada o que desculpar, meu grande amigo. O mais importante é que você está bem e com saúde.

— A Sra. Brianna me falou que você acha que não poderá sair daqui por enquanto, entretanto, o senhor não pode deixar de acreditar! Tenha fé que Deus te tirará deste lugar! – proferiu, engolindo as lágrimas.

— Gostaria de mostrar para vocês uma coisa – informou o doutor, cabisbaixo.

Ele levantou a camisa e mostrou um tumor próximo da axila. Holmes, arregalando os olhos, se pôs a chorar.

— O que é isso, Richard? – indagou Brianna, sem entender.

— Meu câncer voltou.

As pernas de Brianna perderam força e Holmes a segurou para que não caísse.

— Preciso de uma cadeira, urgentemente! – gritou Richard.

Ele vinha escondendo a doença da esposa, evitando que ela o visse sem camisa e mentindo em um dia em que ela sentiu um calombo nele, dizendo que era uma picada de inseto que inflamara.

Brianna se sentou, tomou um pouco de água e demorou um pouco para que seu pranto desse uma trégua.

— Estas gripes que eu vinha sentindo não estavam normais e, coincidentemente, antes de eu receber o convite para trabalhar na universidade, me consultei com um amigo e ele identificou tumores que eu não tinha visto nas minhas costas. Por isso, eu aceitei o emprego sem pensar duas vezes, Brianna. Independentemente se eu me encontrava apto ou não para assumir o cargo, agora Nova York é o lugar certo para a família.

Após um silêncio gritante, o doutor continuou.

— Meu câncer não só voltou como se espalhou por todo meu corpo – alegou, tirando a camisa e mostrando as costas com tumores. – Como eu emagreci, eles ficaram mais visíveis.

Brianna e Holmes ficaram mudos e aterrorizados.

— Graças a Deus, não estou sentindo dor, nem quando os tumores são tocados. Eu planejava falar sobre a doença em Nova York, Brianna. Eu não contava, porém, que a evolução do câncer acontecesse tão agressivamente.

— Meu amor – balbuciou Brianna, sem poder acreditar.

— É um milagre eu ter vivido tantos anos – alegou o doutor, não podendo conter as lágrimas. – Mas receio que a hora de minha partida está próxima... – Mantenham o plano – pediu firme e se endireitando. – Este Estado não é mais lugar para vocês. Brianna, dinheiro não será problema. Além de nossas reservas, Deus nos enviou as moedas do Barão e elas garantirão o sustento pelo resto de suas vidas. E isto vale igualmente para você, Holmes.

— Não precisarei de ajuda. Obrigado! Os negócios da Rebecca vão muito bem e sei que poderei trabalhar em Nova York enquanto faço faculdade.

— Holmes, você será um excelente médico – disse orgulhoso e com os olhos umedecidos. – Brianna, eu te amo de todo o coração. Vá para casa. Descanse. Pense e seja grata pelos momentos felizes que passamos juntos. Você volta amanhã e conversamos mais.

Ela estava em choque e se levantou com a ajuda do assistente.

— Eu te amo eternamente – se declarou Brianna, anestesiada.

...

Durante a madrugada, Richard sucumbiu à doença, ficando no limiar da morte. Em sua cela escura e úmida, ele se sentou devagar, ficou extremamente agradecido pela vida que tivera e se lembrou de uma frase lida em Unkath, do filósofo e teólogo Giordano Bruno: "Todas as coisas estão no Universo e o Universo está em todas as coisas. Nós estamos nele e ele em nós, de modo que tudo caminha em direção à perfeição e à unidade.

Esta unidade é eterna, e os filósofos que a descobriram encontraram sua amiga Sabedoria".

A reflexão sobre tal pensamento provocou no doutor um efeito semelhante ao vivido pelo teólogo e ele embarcou em uma viagem astral.

Richard fechou os olhos e, como se visse seu corpo, similar como testemunhou o do banqueiro em companhia do Peregrino, pôde enxergar seus órgãos funcionando e o conjunto com pontos disformes que representavam os tumores em metástase.

O funcionamento do corpo era uma obra-prima divina. Mesmo os tumores eram fantásticos, com suas cores esbranquiçadas e concentrações de fluxos de energia.

Em seguida, focou no cérebro, onde as luzes das sinapses derivavam de um lugar para outro, como milhares de raios se ramificando em nuvens do céu, afastando as trevas.

A imagem do cérebro foi sendo afastada e se transformou em uma forma elíptica em três dimensões de conteúdo idêntico aos aglomerados de neurônios e suas interligações. Era a estrondosa teia cósmica do universo vista dentro em uma bolha e cada ponto mais denso representava um superaglomerado de centenas de milhares de galáxias.

Um princípio de pânico se formou diante daquele vislumbre da grandeza da criação e Richard teve um impulso de tentar voltar para seu corpo.

Na projeção astral de Giordano Bruno, ele se viu dentro de uma tigela limitante de estrelas, que simbolizava o Cosmos de sua época. Ele teve uma sensação momentânea de medo, como se a base de tudo sumisse sob seus pés, porém, movido pela coragem, se deixou levar pela experiência.

A coragem também foi o motor que expulsou o pânico do doutor, e ele adentrou numa bolha voando em uma velocidade multiplicada muitas vezes pela velocidade da luz. O que era um superaglomerado compacto, lentamente foi se tornando aerado e seu interior foi se mostrando composto por uma infinidade de pontos brancos, preenchendo o negro do espaço.

Os pontos brancos ganharam a forma de pequeninos discos, cada um sendo uma galáxia, e Richard as percorreu aos bilhões. Era de tirar o fôlego, pela sua beleza e vastidão.

"Uma nova visão do Cosmos deve necessariamente corresponder a uma nova concepção do homem. Se é a Terra que gira em volta do Sol, bem como os outros planetas giram em volta do Sol, se existem outros sóis, outros sistemas solares dispersos pelo Universo, se isto é verdadeiro – e é verdadeiro –, então Deus não está no alto, acima de nós, fora do mundo, mas em toda parte, em cada partícula de matéria, tanto viva como inerte", alegou o filósofo Giordano.

A velocidade diminuiu e duas galáxias foram sendo focalizadas. Uma era Andrômeda, nossa vizinha, e a outra era a Via Láctea, nosso lar.

Cada galáxia é formada por centenas de bilhões de estrelas. O doutor penetrou a Via Láctea, as estrelas próximas a ele despontavam e ficavam para trás como raios.

A velocidade diminuiu novamente diante de um sistema triplo de estrelas e Richard se aproximou de uma delas, uma anã vermelha chamada Próxima Centauri.

Ela é a estrela mais próxima do sistema solar terrestre e é bastante menor e menos brilhante do que o Sol. E lá, situada na zona habitável da estrela, uma região nem muito quente, nem muito fria, em que a água pode existir no estado líquido, um planeta um pouco maior do que a Terra orbitava o astro.

"Abri asas confiantes no espaço e elevei-me em direção ao infinito, deixando para trás tudo o que os outros se esforçavam para ver ao longe. Aqui não há em cima, embaixo, não há beira nem centro, eu vi que o Sol era só outra estrela e que as estrelas eram outros 'Sóis'. Cada um deles acompanhado por outras 'Terras' como a nossa, a revelação dessa imensidão foi como se apaixonar", testemunhou Giordano Bruno.

...

A vida encarnada de Richard se esvaiu ao amanhecer, após sua consciência voltar ao corpo e ele dar o último suspiro, maravilhado com o que presenciara.

O corpo do doutor se deitou singelamente e seu espírito continuou sentado, sem entender que o falecimento acontecera. Logo ele se levantou, viu o corpo deitado e se afastou em sobressalto.

Em meio ao susto, o doutor flutuou involuntariamente alguns centímetros do chão e foi puxado para fora da prisão, passando pelas paredes e barras como se não fossem obstáculos.

Ele foi levado para uma clareira. Ao aterrissar, a alguns passos dele, um túnel de luz se abriu e, de dentro dele, uma voz surgiu.

— Doutor Richard.

O Peregrino saiu do túnel, andando devagar, e abriu os braços para dar um abraço no recém-desencarnado.

— Vim te dar as boas-vindas, meu caro – informou o Peregrino, ao se separarem.

Richard não sabia o que dizer. Ele tentou expressar um misto de espanto e alegria, mas antes que pudesse formular uma frase, o Peregrino continuou atualizando o doutor das novidades.

— Confesso que hoje vim meio que de atrevido, pois o titular deste trabalho é outra pessoa.

— Khalil! – exclamou o doutor.

— Meu prezado! – cumprimentou o atual guia responsável por conduzir uma caravana de espíritos desencarnados rumo a uma colônia espiritual.

Eles se abraçaram e Richard lamentou pelo que Khalil passara enquanto encarnado.

— Águas debaixo da ponte, doutor – brincou o guia. – Por mais assustador que possa ter sido, após segundos de dor, meu espírito deixou o corpo e fui transportado para perto de um túnel como este, são e salvo.

— A morte tem o intuito de ser a libertação da alma, e o é para aqueles que passaram a vida praticando o bem e a justiça, usufruindo dos bens materiais que possuíam, do dinheiro, do cargo, da profissão, dos entes queridos, em vez de se tornarem reféns deles – explicou o Peregrino.

— Quando para um encarnado estas coisas se tornam a razão de se viver, no sentido de se ter posse, de atrelar a existência exclusivamente à matéria, ou acontece a perda do caminho reto por meio do egoísmo, da vaidade, do mal cometido a outrem ou a si próprio, a morte será uma escravidão – contribuiu o guia.

— Isto porque tais aspectos materiais, bem como as transgressões à lei do amor, acorrentarão a alma a um estado que pode ser tão penoso e doloroso quanto o mais terrível dos açoites – completou o doutor.

— É bom ter você de volta, meu amigo – disse o Peregrino, sorrindo de alegria.

— Richard, está na hora de irmos – informou Khalil, conduzindo o doutor ao túnel.

— Vá com Deus, doutor – falou o Peregrino.

— Você não virá conosco? – questionou Richard.

— Não. Tenho trabalho neste plano e, além do mais, você está em ótima companhia. Nos encontraremos noutro dia. Não se preocupe porque teremos muito trabalho pela frente – avisou, se despedindo.

— Mal posso esperar – respondeu o doutor.

Richard embarcou em uma caravana que cruzou a zona purgatorial que separa o mundo material dos mundos espirituais mais evoluídos.

A travessia foi difícil e apresentou complexos desafios a serem transpostos.

Ao fim da jornada, uma grande escada de luz indicava uma inflexão no interior do purgatório, e o doutor a subiu confiante para além das nuvens no céu.

A claridade do dia tornou seu olhar opaco e, à medida que foi melhorando, ele se deparou com um belíssimo jardim, o mais bonito que vira desde a última encarnação. A alguns metros deles, duas figuras embaçadas vinham se aproximando rapidamente. Ao recobrar totalmente a visão, ele identificou os filhos correndo em sua direção.

Os três se abraçaram chorando. O doutor mal podia acreditar no reencontro.

Eles se soltaram, Richard se lembrou do dia do afogamento, e como foi desesperadora a sensação de perdê-los, entretanto, o fato deles estarem ali, bem, vivos em espírito, ao alcance de seus braços, era uma dádiva divina.

Richard puxou os filhos e, aos prantos, os abraçou mais uma vez.

Ele se lembrou do sentimento de perda e de vazio provocado no falecimento deles, e estar de volta com os dois era maravilhoso e deslumbrante.

— Desculpe por não ter conseguido salvar vocês – disse ele, enxugando o rosto.

— Pai, não sentimos dor alguma. Não se preocupe. Não foi sua culpa – esclareceu Bruno.

— Nós fechamos os olhos no fundo do lado e, quando demos por nós, um túnel de luz se abriu e fomos puxados para dentro dele – contou Raphael. – Ao chegarmos aqui, nos disseram que você não ia demorar para nos encontrar.

— E como está a mamãe, a Martha, Holmes, Rebecca e as crianças? – indagou Bruno.

— Holmes passou por uns apuros pouco antes de eu vir para cá, no entanto ficará bem. Todos ficarão bem, com a graça de Deus, e sei que um dará força ao outro até que possam estar conosco aqui um dia. Podemos dar uma volta para vocês me apresentarem este paraíso? – perguntou, animado.

...

Richard morreu no dia em que os confederados invadiram Fort Sumter, um posto militar americano na Carolina do Sul, em 12 de abril de 1861, iniciando a Guerra de Secessão.

Seu corpo não foi enterrado em sua cidade atual. Brianna o levou consigo, com os caixões dos filhos, e todos foram enterrados em Nova York.

...

Anos de serviços, junto ao Peregrino, foram trilhados, tratando e assistindo espíritos sofredores no plano material.

Em um dos retornos de Richard à colônia, ele se encontrou com os filhos com o intuito de atualizá-los dos planos futuros.

— Vejo que resolveram me encontrar com a mesma aparência da vida encarnada passada. Que criativo – comentou sério, e depois achou engraçado, vendo os dois se sentarem ao seu lado em um banco na margem do plano espiritual, situado acima do planeta.

— Achamos que seria mais apropriado – alegou Raphael.

— Foi para fortalecer mais nossos vínculos – ironizou o irmão.

O doutor sorriu.

— É maravilhoso, não é? – questionou Richard, olhando as estrelas. – O que podemos ver daqui, incluindo todas as estrelas visíveis em torno da Terra, é somente uma pequenina fração da Via Láctea.

— O que dirá do Universo – contribuiu Bruno.

— Estão vendo aquelas três estrelas no horizonte? – indagou Richard, apontando para elas.

— Sim. Elas formam o Cinturão de Órion – respondeu Bruno.
— Correto. Elas são conhecidas por alguns por Três Marias ou Três Reis. Embora pareçam situadas na mesma lonjura da Terra, cada uma está a uma distância diferente. Para ser exato, somente a Alnilam, a do meio, e que é a mais longínqua delas, é uma única estrela. Ela é uma supergigante azul, mais de cem vezes maior do que o astro-rei do sistema solar terrestre. A Mintaka, a da direita, é, na verdade, um sistema quíntuplo com quatro estrelas gigantes azuis e uma laranjada, todas dezenas de vezes maiores que o nosso Sol. A Alnitak é um sistema triplo de gigantes azuis.
— O universo é realmente incrível – observou Raphael.
— Ainda fico intrigado com nosso papel em toda existência – filosofou Bruno. – Somos uma peça tão ínfima neste astronômico quebra-cabeça.
— Isto sem contar toda a lógica de Deus, o plano dele para nós, a existência de muitos mistérios, apesar de tudo o que aprendemos neste plano – comentou Raphael.
— Não temos todas as respostas, contudo elas virão com o tempo, vividas as reencarnações e a evolução espiritual. Meninos, o motivo pelo qual chamei os dois aqui foi de contar que sua mãe morreu e, se tudo der certo, estará conosco em breve.
— Até que enfim ela morreu! – brincou Bruno.
— Graças! Não sei para que viver aquele tanto – satirizou Raphael, sentindo, assim como o irmão, muita alegria e saudade de Brianna. – E o que será de Martha?
— Martha já é uma mulher de vinte anos, madura e responsável. Ela herdará a parte de Brianna na confecção fundada com Rebecca e sei que se sairá muito bem, pois também é estilista como a tia. Holmes, como era esperado, se tornou um excelente médico e é como um pai para Martha. Falando em pai, não serei o pai de vocês na próxima encarnação – falou, sabendo que ouviria a reclamação e indignação

deles. – Calma, calma – pediu para que se controlassem. – Tem mais: vocês não serão irmãos – revelou, gesticulando para que parassem o falatório e o deixasse concluir o raciocínio. – Nos encontraremos na matéria e eu serei um pai postiço dos dois, um orientador. Não se livrarão de mim tão facilmente – brincou. – Vocês não serão irmãos de sangue, no entanto, serão irmãos na amizade – esclareceu, e se aproveitou do momentâneo silêncio para refletir. – É isso! Todos estaremos juntos, inclusive a mãe de vocês, que será novamente a minha esposa. – explicou, deixando os dois mais relaxados. – Ainda demorará muitos anos para fazermos o retorno ao mundo material e acostumem-se com a ideia.... Seria muito estranho se eu mantivesse meu nome? – divagou. – Se tudo der certo, gostaria de voltar como negro – ponderou, franzindo os olhos, balançando positivamente a cabeça e fazendo um bico com os lábios.

...

Mais de cem anos mais tarde, Hugo, o anterior Raphael, e Gabriel, seu antigo irmão Bruno, melhores amigos desde que Gabriel passara a ser vizinho de Hugo, lamentavam a derrota do robô deles em um campeonato regional. A pressão e a decepção foram ainda maiores porque eles representavam a escola naquele evento.

A posição final do Stark Machine, o nome que foi dado ao robô, foi o quarto lugar.

Eles foram derrotados na semifinal, porém não havia batalha entre o terceiro e quarto colocados. Naquele estágio, o critério que foi determinante para a classificação deles foi a idade; era quanto maior, mais bem colocado. Os dois eram os mais jovens competindo, com seus treze anos de idade.

Após a derrota, eles realizaram atualizações e ajustes em seu robô com base nos pontos fracos que ele apresentou na última batalha e na competição como um todo.

    O Stark Machine era um pouco maior do que uma caixa de sapatos, e realizadas as modificações, os dois se sentaram no meio-fio da calçada da casa de Hugo.

    — O que faremos agora? – indagou Hugo.

    — Com relação à competição?

    — Não. Da vida! Não tem nada para fazer.

    — Bom – instigou o amigo – duvido que você consiga acertar um ovo no lustre do vizinho da frente sem subir na calçada dele – propôs, olhando para a luminária que tinha um metro e oitenta de altura e ficava atrás de uma cerca baixa, dentro do quintal localizado na lateral da casa.

    O desafio foi aceito de pronto e, depois de mais de uma dúzia de ovos lançados pelos dois, o pai de Hugo, descobrindo o que faziam, entregou materiais de limpeza para ambos e os levou pelas orelhas para se desculparem e limparem a lambança.

    — Espera, pai! O Stark Machine não pode ficar na rua!

    Eles bateram na porta e a dona da casa, uma mulher baixa e caucasiana, a abriu, ouviu sobre a arte dos garotos e os deixou entrar.

    O pai de Hugo voltou para a sua residência, colocou uma cadeira no seu gramado externo, abriu uma cerveja e ficou supervisionando de longe a dupla dinâmica, rindo da cena.

    O lustre e seus arredores estavam uma nojeira. Hugo e Gabriel ficaram tão sujos quanto seu alvo, durante a limpeza desengonçada de ambos. O lustre era mais alto do que eles, e restos de ovo literalmente caíam sobre as suas cabeças.

    A faxina era para ser algo que duraria algumas dezenas de minutos, no entanto, o foco de ambos desde o princípio dos trabalhos foi dividido entre os ovos e as maravilhas do quintal do vizinho. O lugar parecia uma oficina misturada com carpintaria e era repleto de serras, tábuas de madeira, tubos, ferramentas e pequenos equipamentos.

Findada mais ou menos a limpeza e aproveitando que se encontravam sozinhos, eles foram explorar a área, estando imundos e com seus cabelos duros pelo gel de gema e clara.

Os dois pareciam estar em um parque de diversões e exploraram boquiabertos cada canto do quintal. Ao abrirem um armário, encontraram vários livros de medicina, neurologia, uma maquete de um cérebro e de um sistema nervoso humano completo.

Hugo pegou o cérebro, que tinha partes que se encaixavam como um quebra-cabeça, e deixou a maquete cair no chão, quando a porta que dava acesso ao local em que estavam foi aberta. Quem abriu a porta fora um homem negro, alto e que usava jaleco, em companhia da dona da casa e de um senhor também de cor e com cabelo somente nas laterais da cabeça.

— O que temos aqui? – questionou o homem de jaleco, cruzando os braços e com um sorriso no rosto.

— Richard! – esclareceu a mulher, apresentando os dois arruaceiros – Estes são Hugo e Gabriel. Eles moram nas casas de frente a nossa – informou, tapando o nariz para não respirar o fedor dos amigos.

O senhor, que visivelmente era mudo e gargalhava com o que via, fez alguns sinais para Richard e ele também riu bastante.

— O que ele disse? – perguntou Gabriel, não gostando de ser o alvo das risadas.

— O que o professor Martin está falando – respondeu Richard, passando a respirar pela boca para não sentir o mau cheiro – é que daria de tudo na vida para poder falar neste momento e caçoar de vocês – traduziu, também rindo. – O que é aquilo? – questionou, vendo o robô em um canto.

— É o Stark Machine! Nós o construímos para competir no Campeonato Regional de Robôs – explicou Hugo.

— Que interessante! Posso pegá-lo para ver? – perguntou o doutor.
— Pode, sim – autorizou Gabriel.
— Você é médico? – indagou Hugo.
— Sim. Neurologista. Mas nas horas vagas gosto de fazer algumas invenções, como vocês podem ver pelo meu quintal.

Richard e Martin foram até a máquina andando nas pontas dos pés, para desviarem dos restos de ovo ainda espalhados, e gostaram muito da criação dos jovens.

Eles conversaram em libras, animados como se tivessem recebido um presente, e os fedorentos amigos ficaram maravilhados com a forma com que os dois se comunicavam e analisavam o Stark Machine.

— Vocês estão de parabéns! Ele é uma belezura! – congratulou, sendo acompanhado por um "joia" feito por Martin com a mão.
— Obrigado! – disse Hugo.
— Obrigado! – agradeceu Gabriel.
— Sabe, garotos, acho que posso dar uma mãozinha para ajudar vocês a deixar o Stark Machine ainda melhor. O que acham?

FIM